삼국지가 울고 있네

너무나 잘못 옮겨진 한국의 삼국지

리동혁 지음

금토

1. 적벽대전을 일으켰던 바로
   그 적벽(赤壁)

2. 진시황릉에 늘어서 있는 갑옷을
   입은 병마용

3. 유비가 제갈량에게 아들을 부탁한
   백제성(白帝城)

4. 중국 역사책에 나온 제갈량

5. 당나라 염입본(閻立本)
   '역대제왕도'의 손권

6. '역대제왕도'의 유비

7. 중국 역사책에 나온 장비

8. 중국 역사책에 나온 조조

9. 대쪽에 적힌 《손자병법》.
   2000여 년 전의
   실물 죽간(竹簡)

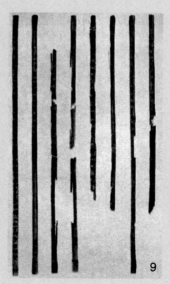

<중국에서 발행된 삼국지 기념 우표들>

(왼쪽) 동오의 선비들과
입씨름을 벌이는 제갈량

(오른쪽) 싸움터에서 위엄을
떨치는 장요

▲ (왼쪽부터)

손권을 격동시키는 제갈량

동오의 손부인과 결혼하는 유비

삼고초려

조조, 오소를 습격하여
원소를 이기다

조조, 삭(창)을 들고 시를 읊다

장판파의 장비, 호통소리로 적군을
물리치다

(왼쪽) 제갈량의 회군

(오른쪽) 천하를 셋으로 나누다

(왼쪽) 유비가 백제성에서
제갈량에게 아들을 부탁함

(오른쪽) 장판파에서
유비의 아들을 구하는 조운

적벽대전

제갈량이 공성계를
펼치다

관우는 천리 길을
말 한 필로 달리며

육손이 지른 불에
유비의 꿈은 깨지고

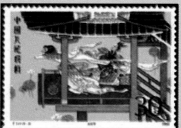

도원결의

〈삼국정립도〉

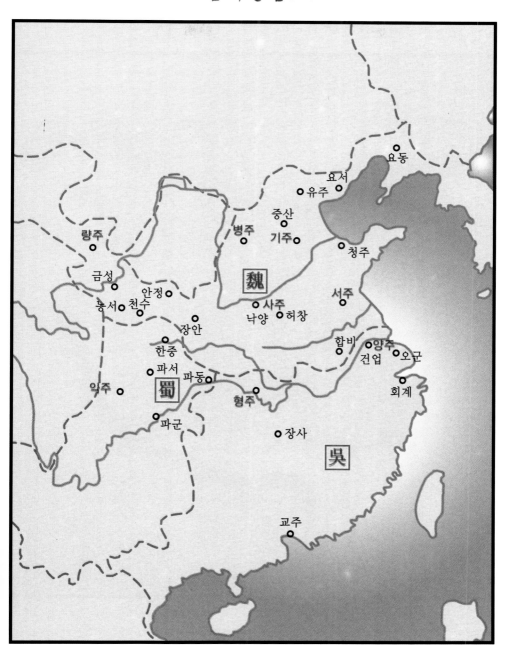

<삼국시대의 주 위치>

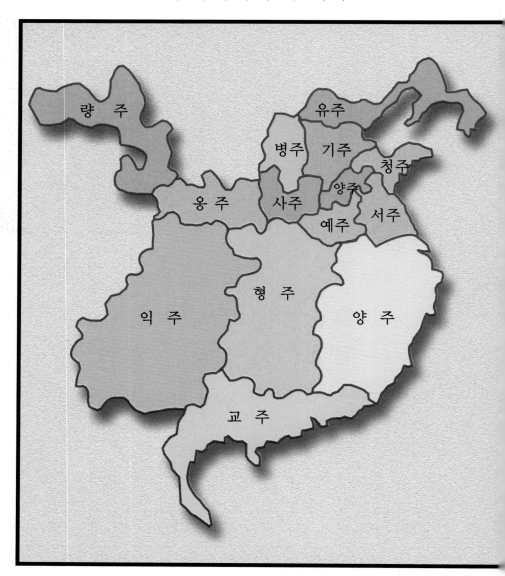

유명한 삼국지가 그렇게 틀린 곳이 많아서야!

인명이 지명으로 둔갑하고

주어를 착각해 사실과 정반대가 되었으며

이치에 맞지 않는 무리한 해석으로

내용을 완전히 그르쳐놓았으니.

차 례

을 죄'가 아니라 '노역수' / 깃털 덮개는 무엇을 덮었을까? / 한(漢)나라 사람들
은 머리로 생각하지 않았다 / 겨울에도 자라는 곡식은 분명 있어 / 재사(才士)들
의 라이벌 의식 / 뼈를 긁어 독을 다스리는 게 맞기는 한데… / 제갈량의 사주팔
자 / 제갈량이 북두칠성에 목숨을 빌었을까? / 좌자의 술법, 도사들의 믿음 / 대
보름에는 통행금지가 없어 / 점술의 종류와 역사 / 사바악신은 신 내림굿 / 물고
기가 그물 아가리로 들어가니 / 신하로서는 더 오를 수 없는 지위 / 지나치게 과
학적인 해석은 오히려 우스워 / 황건군을 보는 눈도 이제는 달라져 / 오두미도
의 실패한 실험 / 경릉은 무덤이 아니라 봉지(封地) / 소금을 먹지 않고 30년을
살 수 있나? / '화로 위에 앉다'의 진정한 의미 / 영웅들은 반드시 후대를 만든
다 / 키 큰 사나이들의 신화 / 자연의 섭리는 바로 하늘의 뜻

제4장 _ 벗기면서 보는 인물 224

제5장 _ 재미로 보는 소설 312

'어, 이게 아닌데?'

2002년 무더운 여름 어느 날, 중국에서 사는 필자는 서울의 친지가 보내준 이문열 씨 평역 삼국지 전집을 받아 읽었다. 그 동안 나온 한글판 삼국지들에 불만이 많았는데 10여 년 전, 한국의 신문에서 새로 번역된 삼국지가 나왔다는 보도를 접하고 은근히 읽고 싶었던 책이었다.

'다음 일은 하회를 보라' 따위의 옛날 문투를 버리고 새로운 짜임새를 갖췄으며, 무척 정성들여 옮겼다기에 기대가 컸다.

그런데 멋지게 디자인된 앞표지를 보고 나서 뒤표지를 보는 순간, 흠칫 놀라 입에서 소리가 저절로 새어나왔다.

"어, 이게 아닌데?"

다음 구절을 읽고서였다.

'중국에는 젊어서는 삼국지를 보고 늙어서는 삼국지를 보지 말라는 말이 있다.'

중국에 정말 이런 말이 있었던가? 필자가 알기에 중국에서 잘 알려진 말 중에 다음과 같은 말은 있지만 그 말은 처음 들어보는 것이었다.

'사오부칸수이후, 라오부칸산궈[少不看水滸 老不看三國, 젊어서는 수
호지를 읽지 말고, 늙어서는 삼국지를 읽지 마라].'

　그 이유는 간단하다. 젊은 시절에는 혈기가 왕성하여 수호지를 읽고
강도나 될까 봐 겁나고, 늙은이들은 가뜩이나 교활한데 삼국지를 읽으면
더욱 음흉해질까 봐 보지 말아야 한다는 것이다. '볼 간(看)'자 대신
'읽을 독(讀)'자가 쓰이기도 하지만 뜻은 별다르지 않다.

　글쎄, 필자가 읽지 못한 책이나 듣지 못한 경구 중에 그런 말이 있을
까 하여 다시 생각해보았으나 역시 이상했다.

　'젊어서는 삼국지를 읽고 늙어서는 삼국지를 읽지 마라'고 하면 우선
한문으로는 '사오칸산궈, 라오부칸산궈[少看三國, 老不看三國]'가 되는
데, 대칭을 굉장히 중시하는 중국어에 이런 4・5조가 있다는 것이 이해
가 되지 않았다.

　중국어가 재미있는 이유의 한 가지는 시(詩)든 보통 대화든 간에 일정
한 규율을 따지기 때문에 빠진 글자나 틀린 글자가 있을 때, 이것을 추측
하고 분석하여 보태거나 고칠 수 있다는 점이다.

　그런데 위의 중국어를 5・5조로 맞춰 '젊어서는 삼국지를 읽어야 하
고'라는 뜻으로 써서 '사오야오칸산궈, 라오부칸산궈([少要(혹은 應)看三
國, 老不看三國]'라고 고쳐보더라도 어색하기 그지없다. 고개를 갸웃거

리다가 잠시 접어두고 본문을 펼쳐보았다.

문장은 매끈하고 읽기 편했다. 그런데 조금 읽어 내려가다가 또 "이게 아닌데?" 하는 소리가 흘러나왔다. 글의 뜻이 아주 이상하지 않은가!

필자가 가지고 있는 《삼국연의(三國演義)》 판본은 자그마치 다섯 가지다. 그래서 필자에게 삼국 이야기는 너무나 익숙하고, 책이나 글을 쓰면서도 가끔 인용하곤 한다.

그런데 필자가 아는 것과는 너무 딴판이었다. 혹시 기억이 틀리지 않았나 싶어 책장에서 《삼국연의》를 뽑아들고 대조해보니 오역이었다. 책을 읽을 때면 습관처럼 쥐고 있는 연필로 그곳을 표시해 놓았다.

그런데 몇 쪽 넘기지 않아 더욱 묘한 말이 나왔다. 원문을 찾아보지 않더라도 분명 틀린 말이었다. 낄낄 웃고 나서 계속 읽어나가자 오류가 툭툭 튀어나오기에 '포스트 잇'을 붙이기 시작했다. 어느 한 쪽에 다섯 군데나 줄을 그을 때는 한숨이 새나왔고, 결국 책갈피에는 노란 장식품들이 보기 좋게 잔뜩 끼었다.

한국에서 유명해진 책에 너무 오류가 많아 한글을 아는 중국인들이 웃음보를 터뜨리게 되었으니, 거 참 유감스럽다고 주위에 이야기를 했더니 그런 오류를 밝히라는 사람들이 여럿 있었다.

손 가는 대로 900군데쯤 틀린 대목을 표시해두었기에 그런 것만 모아도 책 한 권은 쉽게 나오겠지만, 다른 사람이 일껏 품을 들여 옮긴 책, 게다가 잘 팔리는 책을 꼬집으면 그의 이미지에 손상이 가고, 수입에도 영향을 받을 테고, 또 출판사에도 이롭지 못한 일일 터여서 고민을 거듭했다.

그러다가 인터넷에 올라가 이러저러한 자료를 검색하던 중 '20세기 최고 베스트셀러, 이문열의 삼국지' 라는 제목이 눈에 띄어 펼쳐보니 이런 말들이 나왔다.

'대학 수석 합격자들이 논술 실전에서 최고로 꼽는 이문열의 삼국지!'

대학 수석 합격자들이라면 나라와 민족의 미래를 이끌어갈 엘리트들이 아닌가. 그런 엘리트들이 오류로 얼룩진 책을 보풀이 일도록 뒤졌다면 큰일이 아닌가?

'2002년의 개정판은 독자들과 여러 학계에서 지적된 오류들을 바로잡고, 문장을 가다듬어 웅혼하고 세련된 맛을 더했다.'

맙소사! 필자가 본 책이 바로 그 2002년의 개정판이었다. 그렇다면 이것이 오류들을 바로잡은 바로 그 책이란 말이야? 그 글을 읽는 순간 이 개정판의 오류를 지적하는 책을 펴내지 않으면 안 되겠다는 결심을 하게 되었다.

어떤 사람이 '이것은 나의 삼국지니라' 하고 아주 《신판 삼국지》를 새로 꾸민다면 그것은 그 사람의 창작의 자유다.

일본인들은 삼국지를 깊이 연구했고, 그 책을 이용해 별의별 장난도 다 부렸다. 유비가 일본에서 라면식당을 꾸려 가는데 조조가 자꾸 와서 훼방을 놓으니 유비가 제갈량을 청해 조조를 물리친다는 식의 이야기도 있다. 이른바 《경영 삼국지》라는 것이다.

필자는 그 이야기를 듣고 배를 끌어안고 웃은 적이 있다. 그런 것은 충분히 이해가 되었고, 재미있다고 생각했다.

허나 이씨는 분명 중국 고전을 평역하였고, '필요한 곳은 변형 재구성한다' 고 하면서도 아래의 원칙을 밝혀놓았다.

'그 변형과 재구성은 철저하게 정사(正史)에 의지한 것이라 독자를 한낱 말재주로 현혹시켜 역사를 그릇 알게 하는 잘못은 저지르지 않았다고 믿는다.'

중국의 고전을 제멋대로 해석하는 것은 참을 수 없는 노릇이요, 역사를 날조하는 것 또한 위험하다. 더욱이 그런 오류가 널리 퍼지면 한국인들이 중국과 중국인을 아는 데에도 해가 될 수 있다.

그래서 저자나 출판사의 미움을 살 수 있다는 것을 감안하면서도 이문열판 삼국지의 오류를 바로잡아야겠다고 생각했다. 그것이 바로 이 책을 쓰기로 한 참뜻이다.

이렇게 오류를 지적하고 나면 개정판이 보다 새롭게 고쳐지기를 바란다. 그것이 안 되면 필자가 삼국지 전부를 우리 글로 다시 쓰겠다고 나설지도 모른다.

오류를 꼬집어 비웃는 데 그치는 책이라면 별 가치가 없고 단명일 수밖에 없다. 때문에 큰 오류라도 이야깃거리가 되기 어려운 것은 언급하지 않고, 작은 오류라도 이야기로 삼을 만한 것만 골라 중국 문화의 역사와 현황을 소개하고, 중국어를 이해하는 방법도 함께 섞어 넣었다. 때문에 언제 다시 펼쳐보든 재미가 있고, 중국어 번역의 참고서적으로도 가치가 있으리라 생각한다.

이 책에서는 보통 가정본(嘉靖本) 혹은 홍치본(弘治本)이라고 하는 삼국지 판본을 알기 쉽게 저자의 이름을 따서 '나관중(羅貫中)본' 이라고 부르고, 가장 널리 알려진 판본은 '모종강(毛宗崗)본' 이라고 부른다는 것을 미리 밝혀둔다. 이 두 판본의 차이는 책 속의 '삼국지 연혁' 이란 글에서 논한다.

뒷이야기지만 이 책을 쓰기로 결심한 이후, 중국의 한족(漢族) 친구들과 이야기를 나눴다. 한국에서 나온 삼국지에 '중국에는 젊어서는 삼국지를 읽고, 늙어서는 삼국지를 읽지 말라는 말이 있다' 고 썼더라고 했더니 그들은 한결같이 웃음보를 터뜨렸다.

"어디에 그런 말이 있다더냐?"

그런데 이후에 어느 분이 '여기 있지 않느냐!' 하고 책상을 탁 치고 호통을 치면서, 필자가 보지 못한 책을 내놓으면 필자는 할 말이 없을 것이다.

하지만 그렇다고 망신이라고는 여기지 않을 것이다. 필자로서는 오류를 지적당해 바르게 고쳐지는 것만큼 기쁜 일은 없기 때문이다. 말도 없이 속으로 비웃는 사람이 제일 무서울 뿐이다. 그런 사람들만 있으면 필자가 전혀 진보할 수 없으니 말이다.

이 책의 다른 부분에 대해서도 마찬가지로 독자의 평가가 있기를 바란다.

"어, 이게 아닌데? 이게 아니야!"

그러나 물론 가장 듣고 싶은 말씀은 이런 것이다.

"아, 참 그렇겠구나!"

2003년 7월 18일 중국 베이징에서

리동혁

■끝으로 덧붙일 것은, 이 책을 다 써놓고 막 펴내려고 하는 시점에 인터넷을 통해 한국에서 황석영 씨가 번역한 또 하나의 삼국지가 출간되었다는 소식을 알게 되었다. 황석영 씨라면 워낙 개인적으로 존경해왔고, 한국에서도 알아주는 소설가이므로 그의 삼국지도 꼭 한번 읽어보고 싶었다.

게다가 인터넷에 오른 기사를 보면 '모종강본 삼국지의 번잡한 가필을 바로잡고 명대 나관중의 원본에 가장 가깝게 다가간 판본'을 골라 '1999년 중국 상하이(上海)에서 나온 수상(繡像) 삼국연의를 원본으로 했다'고 하니, 워낙 모종강본보다 나관중본을 더 좋아하는 필자로서는 가슴이 설렐 지경이었다.

그래서 재빨리 한국에 주문을 했더니, 이 책의 출판 작업이 거의 끝나가는 마지막 단계에 황석영 씨의 삼국지를 받아 쥐게 되었다.

그런데 죽 훑어보다가 하마터면 눈물을 떨어뜨릴 뻔했다. 역시 이 수준이었던가? 같은 민족으로서 부끄러움을 금할 수 없었기 때문이다. 이것이 과연 황석영 씨가 직접 마음을 먹고 번역한 책이 맞는가 하는 의구심마저 들 정도였다.

그 이유들을 꼽아보면, 옛날 판본에서 잘못된 것들을 이문열 씨는 고치느라고 애를 쓴 흔적이 역력한 데 비해, 황석영 씨는 '천계'를 '하늘에 맹세한 일' (이 책의 '사실은 점잖은 장비' 참조)로 옮기는 등 옛날 판본의 오류들을 그대로 답습한 부분이 많았기 때문이다.

또 인터넷에서 본 기사가 잘못되었는지는 모르지만, 나관중본이 아니라 모종강본에만 근거했는데 간체자(簡體字)본을 번체자본(繁體字, 그것마저 일러두기에는 煩體字로 잘못 나왔음)으로 바꿨다는 식으로 판본의 앞뒤 순서 해석이 이상했다.

더구나 너무 번체자본에만 의지한 탓인지 저본으로 삼았다는 인민문학출판사의 간체자본에서 이미 바로잡은 대목들이 도로아미타불이 되어 고대 판본의 오류들을 되살려내고 말았다. 나관중본을 보지 못했기에 모종강본만으로는 틀리기 쉬운 대목들도 전혀 바로잡혀지지 않았다.

중국어와 중국 역사, 중국 문화에 밝지 못해 뜻풀이가 틀린 부분이 군데군데 눈에 뜨이는 것은 어찌 보면 당연한 일인지도 모른다.

그 이전에 이미 한국에서 나온 《삼국지 해제》라는 책을 읽어보다가 턱없이 근거 없는 해석들을 발견하고 수없이 쓴웃음을 지은 바 있지만, 이문열 씨의 책 이외에 한국에서 나온 다른 삼국지나 관련서적들은 구태여 일일이 비평하고 바로잡을 필요를 느낄 수 없었다.

한국에도 언젠가는 바로 옮겨진 삼국지가 나오기를 바라는 마음 간절하다.

1장

밝히면서 보는 싸움

옛날에 싸우는 법이 그렇게 황당했나?

삼국지 따위 고전 군담소설을 읽으면서 장수들의 초인간적 용맹에 감탄하는 한편, 사졸들이 전혀 힘을 쓰지 못하는 데 대해 의문을 가지지 않은 사람은 드물 것이라 생각한다.

그런 소설에서 사졸들은 깃대로 해를 가리면서 먼지가 보얗게 일 지경으로 기세 좋게 달려오다가도 북이나 두드리거나 소리나 지르고 만다. 싸움에 참가해보았자 어쩌다가 화살을 비 오듯 쏘아대도 장수가 창칼을 한 번 휘두르면 화살이 전부 퉁겨 나간다. 사졸들은 통나무와 돌을 굴릴 때나 잠시 쓸모가 있을 뿐이다.

원저를 보면 걸핏하면 장수들이 만나서 수십 합, 심지어 수백 합씩 겨루어 승부를 가르는데 사졸들은 장수들의 놀라운 무예를 멍하니 구경만 하니까, 묘사가 좀 이상하다고 생각한 이문열 씨가 보는 이들의 의문을 풀어주려고 노력한 것까지는 좋았으나, 솔직하게 말해 이문열 씨의 삼국지를 보면서 필자가 가장 기가 막혔던 대목이 바로 그런 해석이다.

황건군을 진압하려고 유비(劉備)가 선봉군을 이끌고 싸움터에 나선다. 황건군의 부장 고승이 긴 창을 휘두르며 달려 나오니 장비(張飛)가 사모를 치켜들고 말을 달려 맞선다. 그러나 고승은 장비와 겨우 몇 번 부딪히고 장비의 창에 꿰어 땅에 떨어진다. 유비가 돌격 명령을 내리자 황건군은 대패한다.

이 대목에서 이씨는 고대 전쟁을 이렇게 설명했다.

아직 사졸들의 무기와 갑주가 제대로 갖추어지지 못했던 시절이었다. 그런 사졸들 사이로 두꺼운 갑주에 몸을 싼 장수가 말 위에서 길고 무거운 무기를 휘두르며 뛰어들 때에는 그와 똑같은 장수가 아니면 사졸들로서는 막을 길이 없었다. 그것이 당시의 싸움이 일쑤 장수들 사이의 기병전만으로 결판 짓게 만드는 중요한 원인 가운데 하나였다. 뒷날 잘 조련된 갑졸(甲卒)들에 의한 대(對)기병전술이 발달되기까지 몇 백 년이고 그런 형태의 싸움은 반복되었다.

그 싸움에서도 그랬다. 한 창에 고승을 떨어뜨린 장비가 고리눈에 호랑이 수염을 곤두세우고 장팔사모를 휘둘러 적진으로 뛰어들자 대장을 잃은 졸개들은 사태 무너지듯 밀리기 시작했다. 그걸 다시 현덕의 인마가 뒤쫓으니 황건적들은 산골짜기의 저희 본진으로 도망치기 바빴다. (1권 211~212쪽)

탁월한 글 솜씨에 비해 해석은 너무나 황당하다. 중국 고대의 전략가들이 정말 넋이라도 있다면 땅 속에서 뛰어나와 항의라도 할 만한 일이다. 삼국 전후인 서기 2~3세기경이라면 《손자병법》이 세상에 나온 지도 수백 년이 지난 후다. '군사는 국가의 대사'인데 사졸들을 아예 장수들에게 맞아죽으라는 식으로 아무렇게나 내놓을 사람이 어디에 있겠는가?

상세히 말하자면 길어지니 알기 쉬운 예를 들어 설명하겠다.

첫째, 옛날 사졸들이 보호를 받지 못한 것이 아니다. 진시황릉의 병마용을 보면 갑옷을 아주 잘 차려입었다. 황건군 같은 농민군은 물론 국가의 정규군처럼 차려입을 수는 없었겠지만 나름대로 보호는 하게 되어 있었다.

둘째, 장수들 개인의 힘은 아주 약하다. 역시 병마용을 보면 활을 쏘는 사람들이 적을 멀리서 막아버리게 되어 있다. 가지가 달린 나무를 뾰족하게 깎아 땅에 박으면 말이 달려들 수 없었고, 필요할 때 구덩이나 참호를 파놓으면 아무리 날고뛰는 장수도 건너오지 못했다. 만약 장수 하나가 그렇게 많은 사졸을 상대할 수 있다면 아예 군대를 모집할 필요도 없이 갑옷 입고 말 탄 장수만 몇 명 있으면 되지 않았겠는가?

셋째, 옛날의 장수들이라고 그런 식으로는 싸우지 않았다. 십만 대군이 움직이면 하루에도 천금이 나간다고 했는데 사졸들이 바보같이 밥만 축내면서 구경만 하도록 세워둘 장수가 어디 있겠는가? 또한 사졸들이 움직이며 싸운다면 힘이 들더라도 땀이나 흘리고 나면 시원하겠지만 선 자리에서 온종일 남의 싸움이나 구경하노라면 다리가 저려오고 오줌이 마려워서도 견딜 수 없었을 것이다.

말하자면 첫 단추부터 잘못 채워진 격이다.

예부터 장수의 역할은 개인기로 싸우는 데 있지 않았다. 현대전에서 어느 사령관이 일선에서 돌진한다면 그처럼 한심한 짓이 어디 있겠는가? 장수는 어디까지나 사졸들을 잘 훈련시켜 진을 이루고 화력과 무력을 잘 배치해야 한다.

이렇게 잠깐 분석해보면 소설과 현실의 차이가 느껴지지만 삼국지를 비롯하여 중국의 많은 군담소설에서 항상 장수끼리의 싸움으로 전투의 승부가 결정되고, 조선 시대의 군담소설에서도 장군과 장군의 대결이 가장 중요한 작용을 한다.

《박씨부인전》 같은 가상소설은 물론이요, 실제 사실에 근거해 엮은 《임진록》에서마저 이순신 장군은 적군의 배에 뛰어올라 적장과 신비한 검술을 겨룬다. 잘 알다시피 실제로는 그가 그렇게 싸우지 않았는데도 말이다. 삼국지 따위 중국 군담소설에서 비롯된 영향이 만만치 않은 탓이다.

그러면 왜 소설에서 장수들이 마주쳐 몇 십 합, 몇 백 합씩 겨루는 방식이 싸움의 표준 구도가 되었을까? 거기에는 나름대로 이유가 있다.

삼국지는 이야기꾼들의 전쟁

그것은 바로 삼국지가 이루어지는 과정에서 이야기꾼들이 돈을 벌기 위해 장수들 사이의 대결 이야기를 꾸며냈기 때문이다. 이 장수가 저 장수와 잠깐 부딪혔다가 사졸 둘을 죽이고 나서 다른 장수와 마주쳤다는 식으로 사실대로 묘사하면 별 재미가 없다. 이야기가 이야기같지 않게 되니 죽도 벌어먹기 어렵다.

옛날이나 지금이나 중국의 이야기꾼들은 '책의 한 줄 내용을 가지고 사흘쯤 이야기를 풀어내는' 재주를 가져야 밥을 먹고 살 수 있다. 그러자면 어느 인물의 능력을 한껏 부풀려서 이야기를 길게 **빼**는 게 가장 편하다. 그럴 때는 또 거기에 초인간적인 능력을 부여하면 재미가 배가되고, 시대의 변화에 따라 새로운 낱말도 슬쩍 집어넣는다.

현대에 활약하는 중국 이야기꾼들의 엄청난 과장을 예로 들어보자.

"문추가 칼을 번쩍 들어 내리치는데 조운(趙雲)이 창을 비껴들고 탁 내쳤다. 그러자 '땅' 소리와 함께 그 칼은 문추의 손에서 벗어났다. 저 멀리 하늘가에서 뭔가 윙윙거리며 빙빙 돌기에 문추가 이거 어디에서 유에프오(UFO)가 날아오는가 하고 쳐다보니 아이고, 자기 칼이었다."

신비한 힘을 믿는 옛날 청중과는 달리, 현대 청중들은 너무 비현실적인 과장을 믿지 않기에 유능한 이야기꾼들은 장수들의 능력을 한껏 부풀렸다가도 합리적인 해석을 가한다. 그런 재치에 필자도 웃음을 터뜨린 적이 한두 번이 아니다.

이런 이야기꾼도 있다.

"악비(岳飛)가 여진족의 장수와 만나 창으로 작살을 받아치니 그 작살이 하늘로 날아 올라가 사흘 만에야 땅에 떨어졌다."

청중들이 '뻥이야' 하면서 믿지 않을 때, 한마디 보탠다.

"그 작살은 나뭇가지에 걸렸다가 사흘 후에야 바람에 날려 떨어졌으니까."

중국 고전소설이 이야기에서 나왔다는 것은 잘 알려진 사실, 문인들이 구전 이야기를 문자화하여 책으로 펴낼 때에도 의식적으로 주인공들의 초인간적 능력을 강조하게 되었다. 이야기나 소설만이 아니라 무대극에서도 뭇사람들이 뒤엉켜 싸우는 장면을 만들 수 없다 보니 장수들만 나와 일대일로 겨뤘다.

이러나저러나 그런 무술시합이 싸움의 표준으로 굳어진 다음, 봉건시대가 끝나기 전까지는 그 누구도 고칠 엄두를 내지 못했다. 다른 식으로 쓰면 군담소설로 인정해주지 않았으니까 말이다.

고대의 싸움에서 장수들끼리 부딪히는 경우가 많은 것은 사실이지만 전투력을 알맞게 분배하기 위해 그렇게 되었지 적장이 달려올 때 사졸들이 날 잡아 잡수 하고 다소곳이 죽기를 기다릴 리가 있겠는가?

이름 없는 병졸에게 죽은 명장이 그 얼마더냐. 원소(袁紹)의 맹장 문추를 보더라도 소설에서는 관우(關羽)가 죽였다고 썼지만 정사에는 그저 조조(曹操)의 군대가 싸움에서 이겨 문추를 죽였다고 되어 있다.

문추의 죽음이 어느 한 사람의 공로로 기록되지 않은 이유는 무엇일까? 어지러이 날리는 화살에 맞아죽었거나 어느 하급군관, 심지어 어느 사졸의 손에 죽었기에 정사의 '조조전'에 죽인 자의 이름을 넣을 필요가 없었던 것이다. 그 덕분에 야사에서는 관우의 공로로 둔갑했지만.

근엄한 학자들은 엄숙하게 장수들의 그런 무술 경기는 제왕장상(帝王將相)의 역할을 과대평가하는 이른바 영웅사관(英雄史觀)의 산물이라고 지적한다. 사실 삼국지보다 아득하게 앞선 옛날에 나온 호머의 《일리아드》도 영웅들 사이의 대결, 특히 단독대결로 사람들을 감동시키니 동서고금의 이야기꾼들은 모두 다 어떻게 이야기를 꾸며야 청중들의 마음을 사로잡는가에 정통한 모양이다.

그런데 옛날에 장수들만의 겨룸이 없었느냐 하면 그건 아니다. 장수들이 한 번 어울려 싸우다가 갈라지는 걸 가리켜 '합(合)' 이라는 개념까지 나왔으니 말이다.

대부대를 떠나 장수들끼리 마주쳤다면 일 대 일로 싸우지 않을 수 없다. 앞에서 잠깐 언급한 조운과 문추의 싸움이 그러하다. 다른 장졸들이 달려올 때까지 두 사람은 치열하게 싸운다.

또 평소의 훈련에서도 장수들의 무예시합이 벌어진다. 예를 들어보면 수호지에 나오는 양지(楊志)와 주근(周瑾)의 무예 겨룸, 창날을 뽑고 천으로 창대 끝을 싸서 석회를 묻힌 다음 창법을 겨룬다.

사오십 합 지난 다음 살펴보니 양지는 왼쪽 어깨에 흰 점이 하나 있는데, 주근은 온몸이 얼룩덜룩하여 마치 두부를 뒤집어 쓴 꼴이 되었다. 실전이라면 주근이 수십 번이나 말 아래로 떨어져야 했으니 죽은 지 옛날이다.

싸움판의 가혹한 실정보다 장수들의 평소 훈련에 보다 익숙한 이야기꾼들이 '합'을 단위로 하는 싸움법을 과장한 것도 이상한 일은 아니다.

이처럼 장수들의 겨룸은 대체로 특정한 환경에서 일어난 특수상황이었고, 이 밖에 양군의 총수가 약정하고 단독대결로 승부를 가르자고 하는 경우도 있지만 결과는 항상 시원치 않았다.

춘추 시대의 싸움에서는 결투에서 진 자가 패배를 시인하기는 고사하고 비열하게도 품에 감췄던 비수로 적수를 찔러 죽이는 것으로 끝났고, 항우(項羽)의 단독대결 제의에 유방(劉邦)은 '슬기를 겨룰지언정 용맹을 겨루지는 않겠다'고 대응했다. 삼국지에서 이각과 곽사의 결투 역시 싱겁게 끝난다.

끼는 창, 차는 칼, 금 깃 화살은 다 무엇?

이문열판 삼국지를 볼 때, 늘 '이것이 도대체 고대 중국의 전투를 그린 책이 맞는가?' 하는 의문이 들어 무척 곤혹스러웠다.

우선 창을 쓰는 법을 보자. 이씨의 글에서 창을 쓰는 장수들은 일단 싸움판에 나서기만 하면 '창을 끼고' 달려 나간다. 화극(畵戟) 역시 항상 장수에게 끼인다.

필자가 아는 중국 무술과는 전혀 다른 모습이다. 중세 유럽의 기사들을 그린 영화를 보면 기사들이 무거운 창을 한 팔로 들어 겨드랑이에 끼고 마주 달려가면서 서로 냅다 찌르는 장면이 나오는데, 이씨의 글은 그런 장면을 연상케 한다.

'끼다' 라는 말은 뜻이 상당히 많지만 인간이 물건을 '끼는' 동작은 두 가지뿐이다.

1. 제 몸의 벌어진 사이에 넣어 죄어서 빠지지 않게 하다. 예) 책을 겨드랑이에 끼다. 손가락에 담배를 끼다.

2. 걸려 있도록 꿰다. 예) 장갑을 끼다. 반지를 끼다.

암만 보아도 창을 낀다면 겨드랑이에 껴야겠다.

그리고 '끼다' 를 '껴들다' 의 준말로 보았나 하면 그런 것 같지도 않다. '껴들다' 는 물건을 두 팔로 끼어서 든다는 뜻이다. 예) 신문을 껴들고 달리는 소년.

장수들이 창이나 화극을 들고 말을 달리는 경우 원문에서는 쳐들었다는 '정(挺)' 자를 썼다. 이전의 한글 삼국지 판본에서는 창을 드는 장수들이 창을 '꼬나들었다' 고 옮겼는데 '꼬느다' 는 꽤 무거운 물건의 한쪽 끝을 쥐고 번쩍 치켜들어서 내뻗친다는 뜻이라 정확한 표현이다.

어떻게 보든 창을 끼고 싸운다는 건 실제와 맞지 않는 말이다. 중국 무술에서 창은 두 손의 아귀를 창날 쪽으로 향해 창대를 쥐는 것이 상례다. 아주 특수한 경우 한 손으로 창대 끝을 쥐고 한껏 내뻗치기도 한다. 그렇게 하여 팔과 창이 일직선을 이루면 '태공조어(太公釣魚)'라는 법수가 된다.

이 밖에 몸을 돌리거나 패배하여 달아날 때에는 아귀가 창날과 반대되게 창대를 쥐고 간다.

사소한 일이지만 '창을 끼고' 싸우는 식의 책이 널리 퍼지면 한글을 바로 쓰는 법도 잊혀지지 않을까 두렵기까지 하다.

물론 옛날 장수들이 창 따위 무기를 전혀 끼지 않은 것은 아니다. 조조 수하의 맹장 전위(典韋)가 처음 나올 때 묵직한 쌍철극을 끼고 말 위에서 재주를 보인다. 하지만 두 손으로 잡고 쓰는 긴 창을 겨드랑이에 끼면 불편하기 짝이 없고, 위력도 발휘하기 어렵다.

다음으로 '대도(大刀)를 찬다'는 말도 심심찮게 나온다. 중국어에서 '다다오[大刀]'는 두 가지 뜻을 가진다. 긴 자루가 달린 큰칼과 짧은 자루가 달린 비교적 작은칼, 후자는 '딴다오[單刀]'라고도 불린다.

항일전쟁 시기에 칼을 쓰는 중국군 부대 '다다오두이[大刀隊]'가 백병전에서 일본군에게 공포의 대상이 되었는데 그런 다다오는 바로 짧은 자루가 달려 등에 지거나 허리에 찰 수 있는 칼을 가리킨다.

그러나 고대 전쟁소설에 등장하는 다다오는 거의 다 자루가 기다란 칼이다. 관우의 청룡언월도가 바로 전형적인 대도인데 그런 칼을 어떻게 허리에 찰 수 있단 말인가?

칼을 잘못 상상하다 보니 하후연은 '칼도 제대로 뽑아보지 못하고'(8권 56쪽) 황충의 칼에 맞아 죽고 마는가 하면 위연은 '활을 버리고 칼을 뽑아들더니'(8권 100쪽) 조조가 있는 언덕으로 뛰어오른다. 이 모두가 긴 자루가 달린 큰칼을 칼집에 들어 있는 검(劍)으로 오인한 데서 비롯된 오류다.

칼을 놀리는 법을 몰라 이상한 말이 나온 대목을 보자.

'형과 아우가 차례로 끔찍한 꼴을 당하는 걸 보자 한요는 눈이 뒤집혔다. 칼을 휘두르며 조운을 찍어 넘기려고 미친 듯 덤볐다. 조운은 문득 손에 들고 있던 창을 땅바닥에 내던지고 보검을 뽑아들었다.

조운의 손에서 퍼뜩 칼 빛이 뿜어져 나오는가 싶더니 벌써 한요는 성한 사람이 아니었다. 한 칼을 맞고 비실대는 그를 조운이 사로잡아 자기 진채로 끌고 가버렸다.'(9권 249쪽)

원문은 아주 간단하다.

'말을 놓아 달려 들어온 한요는 보도를 번쩍 쳐들어 조운을 똑바로 겨누고 내리찍었다. 조운은 창을 땅에 내버리고 칼을 슬쩍 피하더니 한요를 냉큼 사로잡아 자기 진으로 돌아왔다(韓瑤縱馬擧寶刀便砍趙雲, 雲棄槍於地, 閃過寶刀, 生擒韓瑤歸陣).'

'산꿔[閃過]'는 뭔가 피한다는 뜻인데 '번개같이 피한다'고 해도 괜찮다. 헌데 이문열판에서는 조운의 손에서 뿜어져 나오는 칼 빛으로 변했다. '산[閃]'이 번개라는 뜻도 지니기에 이런 오류가 생기지 않았을까?

제갈량(諸葛亮)이 죽은 다음 오나라 황제 손권(孫權)은 촉나라와 사이 좋게 지내겠다고 보증한다.

'금으로 깃을 만든 화살 하나를 가져오게 해서 꺾으며 맹세했다.'(10권 241쪽)

금으로 깃을 만들면 너무 무거워 화살이 날지 못한다. 원문의 '금비전(金鈚箭)'이란 촉에 금을 박은 화살로 조조가 허도에서 황제와 함께 사냥을 할 때 빌린 황제 전용 화살이다. 헌데 허도의 사냥 대목에서 화살은 거의 정확하게 설명했으나 활은 또 이상하게 틀렸다.

'활은 보석을 아로새긴 보궁(寶弓)에 화살은 금으로 된 촉을 가진 금비전이었다.' (3권 287쪽)

나관중본을 보면 천자만이 조궁(雕弓)을 지닐 수 있고 금비전을 쓸 수 있다고 하면서 금비전이란 살촉에 금을 박은 화살이요, 조궁이란 '적색 니금궁(赤色泥金弓)'이라고 밝혔다. 이금(泥金)이란 금박과 아교풀로 만든 금빛 도료로서 청색과 적색 두 가지가 있다. 또 '조(雕)'는 조각이라는 뜻으로 많이 쓰이기는 하지만 채색 그림으로 장식한다는 뜻도 갖는다. 황제의 활은 적색 이금의 그림으로 장식된 활이었다.

모종강본에서 천자가 찬 활을 '보조궁(寶雕弓)'이라 했더니 한 글자한 글자 옮겨 보석을 아로새긴 활이라고 풀어쓴 모양이다. 기실 모종강본에서는 황제가 탄 소요마(逍遙馬), 금비전과 글자 수를 맞추려고 '보(寶)'자를 하나 더 보탠 듯한데 엉뚱한 풀이가 되었다.

모종강본에서는 삭제되었으나 나관중본에는 관우가 원소의 군사를 비웃어 하는 말이 있다.

"마치 금으로 만든 활이요, 옥으로 만든 화살(金弓玉矢) 같습니다."

옥으로 만든 화살은 전혀 쓸모없는 물건인데 희한하게도 이문열판에 '옥으로 된 화살촉'이라는 말이 비유로 나온다.

유비가 두 번째로 제갈량을 찾아갈 때였다. 겨울철이라 눈이 내리니 산천의 모습이 멋지게 변한다.

'이내 세상은 눈에 덮여 산은 옥으로 된 화살촉 같아지고 숲은 은으로 단장한 듯 희게 변했다.' (5권 130쪽)

여기까지는 이대로 보아도 우리글의 뜻이 너무 이상하지는 않다. 허나 유비가 손권의 누이와 결혼하는 신방의 분위기는 괴상하다.

'방안 가득 창칼과 화살이 늘어서 있고, 시중드는 계집종들도 모두 칼을 찬 채 양편으로 갈라 서 있었다.' (6권 281쪽)

화살은 대체로 전통에 넣지 늘어 세우지 않는다. 이문열 씨가 '무리, 무더기, 떨기, 떼' 또는 '한 곳에 모이다, 빽빽이 둘러서다' 라는 뜻인 '추[簇]' 를 화살촉이라는 '주[鏃]' 로 잘못 보지 않았는지 모르겠다.

그러므로 앞에서는 '산은 옥을 모아놓은 듯 아름다웠다' 로 해야 하고, 뒤의 신방에서는 '창칼이 즐비했다' 고 해야 맞는 글이다.

현대 중국어에서는 지지자들이 리더를 에워싸면 '추융[簇擁]' 이라고 하는데, 리더 곁에 화살촉이 늘어섰다고 해서는 안 되겠다.

검을 겨드랑이에 걸고 어떻게 싸우나

후한 말년의 군벌들 가운데서 제일 먼저 황제를 자칭한 사람은 원술 (袁術)이다.

'원술은 날을 받아 스스로 제위에 나아가는데 그 행사가 자못 볼 만했다. 호를 중씨(仲氏)로 하고, 용봉(龍鳳)을 아로새긴 연(輦)에 올라 남쪽 교외에 나가 하늘에 제사한 뒤 데리고 살던 풍방의 딸을 비(妃)로 삼고 그 아들로 동궁을 세웠다.' (3권 168쪽)

짧은 대목에 누락과 오역이 여러 군데다. 우선 비(妃)라면 왕의 부인을 가리키는 말이므로, 황제의 부인은 당연히 황후, 또는 후(后)다.

제사도 북(北)쪽의 일이 한 줄 빠져 맛이 변했는데 이 식으로는 원술은 황제 등극의식을 제대로 치르지 못한 셈이다. 원술은 남쪽 교외에 가서 하늘에 제사를 지내고 북쪽 교외에 가서 땅에 제사를 지냈는바, 이는 천자가 꼭 밟아야 할 절차였고 그런 제사는 또한 황제만이 지낼 수 있는 특권이었다.

옛날 베이징 황성의 남쪽에는 하늘에 제사를 지내는 '톈탄[天壇]'이 있고 북쪽에는 땅에 제사를 지내는 '띠탄[地壇]'이 있었다. 지금은 도시가 커져 베이징 도심에 자리 잡은 공원들로 변했고, 제사도 치르지 않지만 관광객들이 즐겨 찾는 명소가 되었다.

실력 좋은 호걸들이 여기저기 널려 있는 상황에서 황제다운 권위도 없으면서 그 칭호부터 차지해 천하 영웅들에게 공동의 적이 된 원술의 첫 정복 목표는 명장 여포(呂布). 양군이 진세를 벌이고 보니 천자의 의장을 벌여 세운 가운데 원술이 나타난다.

'원술의 모습은 한층 볼 만했다. 온몸에 번쩍이는 금갑(金甲)을 두르고 겨드랑이에는 두 벌의 보검을 걸고 있었다.'(3권 176쪽)

이문열판 삼국지의 어떤 오류는 어느 글자를 잘못 보아 그렇게 되었으리라 짐작되는 바가 있는데, 어떤 오류는 필자의 머리로는 해석하기 어렵다. 검(劍)은 권총이 아닌 이상 미국 경찰처럼 겨드랑이 주머니에 넣기는 어려울 것이고, 설사 겨드랑이에 걸더라도 쓰기 불편해 자칫하면 자기 겨드랑이를 베기 십상일 것이다.

원문을 보면 '완쉔량다오[腕懸兩刀]', 직역하면 '손목에 칼 두 자루를 드리웠다'는 말이다. '팔에 칼 두 자루를 걸었다'고 옮긴이도 있는데 크게 틀리지 않는다.

혹시 손목에 어떻게 칼을 드리우느냐고 이상하게 여겨 이씨가 자의로 고치지 않았을까? 그런데 손목에 칼을 드리우는 건 얼마든지 가능한 일이다.

옛날 중국 사람들이 무기를 쓰는 법을 보기로 하자. 칼이나 검, 창에 달린 술에 눈길을 돌린 이들이 있는지 모르겠다.

'단다오' 혹은 '다다오'로 불리는 석자 남짓한 짧은 칼자루에 붙은 천은 '다오파오[刀袍]'라 하고 칼자루 끝에 달린 술의 이름은 '잰수이 [劍穗]'다. 현대 무술 시범에서는 그저 보기 좋게 달아놓은 장식물에 불과하지만 옛날 실전에서는 쓸모가 많았다.

격전을 벌이기 전에 천이나 술을 손과 손목에 단단히 감으면 칼이나 검이 적의 무기와 탁탁 부딪히더라도 손에서 빠져나가지 않는다.

무협소설이나 무협영화에서야 무예가 비상한 검객들이 구태여 손에 무기를 고정시키지 않아도 적수를 식은 죽 먹기로 이기지만 목숨을 내걸어야 하는 실전에서 역전의 용사들은 무기를 몸과 한 덩어리로 만들 필요가 있었다.

이 정도 말하면 원술이 손목에 칼 두 자루를 드리웠다는 말을 이해할 수 있으리라 믿는다. 물론 원술 정도면 번번이 칼을 천으로 손목에 매기보다는 칼자루에 달린 고리를 손목에 걸었으리라 보인다. 그렇게 칼을 손목에 걸었다가 손을 드리우면 칼자루를 쥘 수 있다. 좀 멋을 부리려면 손을 세우면서 팔을 위로 흔들어도 된다. 그러면 칼자루가 손에 척 잡힌다.

중국 군담소설에서는 손목에 무기를 거는 인물이 하나둘이 아니다. 수호지에서 양산박의 영웅 손립(孫立)은 철편(鐵鞭)을 손목에 걸고 다니다가 쓴다. 아주 편리한 무기 휴대 방법이다. 쌍도, 쌍검 같은 양손에 쥐는 무기를 쓸 때는 거의 필수적이라 할 만하다.

가끔 한 손이나 두 손을 자유롭게 놀려야 할 경우 쌍도, 쌍검과 쌍철편을 왼손 손목에 걸기도 했다. 이야기의 주인공들이 그렇게 무기를 한 손에 모으면 다른 손으로 적수를 사로잡기도 하고 두 손으로 벽 꼭대기를 잡고 벽 위로 몸을 솟구치기도 한다.

말이 나온 김에 창에 달린 술, 중국어로 '챵잉[槍纓]'이라는 물건의 용도도 설명해본다. 현대 무술에서 창술은 역시 예쁜 장식물로 치부되지만 옛날 싸움터에서는 사실 필수품이었다.

치열하게 싸우면 창에 피가 묻게 마련인데 창날과 창대뿐이라면 창을 이리저리 놀릴 때 피가 창대를 따라 줄줄 흘러내린다. 일단 손아귀에 끈적끈적한 피가 묻으면 창을 쥐기 힘들다. 때문에 창술로 피를 빨아들여야 했고 피가 너무 많아 창술이 푹 젖으면 나무나 땅에 썩썩 문지르거나 세차게 휘둘러 피를 털어내야 했다.

그러면 관우의 청룡도 같이 큰칼에 묻은 피는 어떻게 처리했을까 의문을 갖는 이가 있을지 모르겠다. 칼등에 술을 단 칼은 그 술로 피를 흡수하지만 술이 없는 칼이라도 역시 방법이 있으니, 날 바로 아래에 둥그스름한 접시 모양의 테가 있지 않은가. 그것이 바로 '다오판[刀盤]'이요, 피가 칼자루에 흘러내리지 못하게 막아주었다.

싸움터에 북소리, 징소리가 마구 울리면

이문열판 삼국지에는 '북소리 한 번에 평정한다', '북소리 한 번에 모두 깨뜨린다'는 말이 종종 나온다. 이른바 '북소리 한 번'이란 원저의 '일고(一鼓)'를 문자 그대로 풀었으니 틀리지는 않지만 한글 세대에게는 조금 설명할 여지가 있지 않나 생각한다. 자칫하면 적들이 북소리를 듣고 항복하는 줄로 여기지 않겠나 하는 노파심에서다.

옛날 중국 군대는 싸움판에서 북소리를 신호로 하여 전진하고, 징을 울려 후퇴 명령을 내렸다. 춘추 시기의 유명한 글 '조귀(曹劌)가 전쟁을 논함'에 나오다시피 병사들은 첫 북소리에는 사기가 잔뜩 올라 돌격한다. 그런데 그 돌격이 물거품으로 돌아가 두 번째로 북을 울릴 때는 사기가 약해지며, 그 돌격 역시 실패하여 세 번째로 공격 명령이 내리면 맥이 풀리고 만다.

조귀의 글에서 나온 '이구쭤치[一鼓作氣]'는 사기가 오른 김에 뭘 단숨에 해치운다는 뜻으로 곧잘 쓰이는 사자성어(四字成語)다. 때문에 조금 길어지더라도 이렇게 옮기면 어떨까?

"북소리 한 번 울려 진격하면 단숨에 깨뜨릴 수 있습니다."

북을 쳐 병사들이 전진하게 하고, 징을 울려 병사들을 거두어들이는 '지구쩐빙, 밍진써우빙[擊鼓進兵, 鳴金收兵]'은 고전소설이나 이야기에 수없이 나오는 군사 상식이다. 헌데 이문열판 삼국지에서는 북소리와 징소리가 마구 울린다.

'유비가 징과 북을 울리게 하여 장비를 불러들였다.'(7권 231쪽)

'홀연 조조군의 등 뒤에서 군사를 거두는 북소리와 징소리가 요란했다.'(8권 53쪽)

'명을 받은 엄강은 북과 징을 울리며 원소의 진을 향해 밀물처럼 휩쓸어갔다.'(2권 107쪽)

이 밖에도 틀린 데가 엄청 많지만 지면 관계로 일일이 옮기지 않는다. 징을 쳤다는 '밍진[鳴金]'을 기어코 북을 울렸다고 하면서 거듭거듭 틀린 이유를 살펴보면, 이각과 곽사가 여포와 싸울 때 이각이 한 말만 보고 다른 부분에서 징을 울려 군사를 거둔다는 말이 다 잘못되었다고 판단한 것이 아닌지.

용맹으로는 이길 수 없는 여포와 싸우다가 열세에 몰리니 이각이 꾀를 낸다.

"징을 치면 군사를 내몰고 북을 두드리면 군사를 거두어 여포를 우리 둘 사이에 묶어둘 수가 있소이다."(2권 224~225쪽)

여포는 과연 그 계책에 걸려 골탕을 먹는다. 여기에서 이처럼 분명한 기록이 있는 걸 믿고 이문열 씨는 북을 울려 진공하고 징을 울려 퇴각하는 것을 전부 엉망으로 만든 모양이다.

그런데 이각과 곽사는 바로 원래 규정과는 다르게 신호를 보냈기에 여포가 싸움판에서 판단을 번번이 잘못하여, 막 싸우려고 준비하면 적들이 물러가고 숨을 좀 돌릴까 하면 적들이 달려 나와 맥만 빼다가 지고 만 것이다.

이각과 마찬가지로 신호를 바꾼 사람이 또 하나 있다. 바로 장비다.

'(장비는) 뿐만 아니라 엄안(嚴顏)이 북소리로 군호를 삼을 것까지 짐작하고 자신은 징소리로 군호를 삼을 정도로 치밀하게 계책을 짜 엄안을 사로잡게 되었다.'(7권 181쪽)

북소리를 돌격 신호로 삼는 것은 상식이기에 장비는 일부러 자기 군대에게 징소리를 들으면 진격하라는 명령을 내렸다. 이와 같이 상식과 반대되는 신호는 부대 전원에게 다 알려준 상태에서 잠깐 쓸 수 있을 뿐 평소에도 북으로 군사를 거둔 것은 아니다.

또 아주 특수한 예는 매복했던 군사들이 뛰어 일어날 때, 소리를 낼 만한 물건을 죄다 두드리면 북과 징을 함께 울리기도 한다. 적에게 겁을 주기 위해서는 북과 징만이 아니라 무릇 소리가 나는 물건은 나팔이든 뿔피리든 전부 사용한다.

옛날 중국 군대의 규정에 의하면 북소리를 들으면 앞에 구덩이가 있더라도, 화살이 비 오듯 하더라도 꼭 전진해야 하는바, 징소리가 나기 전에는 물러서지 못한다. 물러서는 자는 죽었고, 명나라 명장 척계광(戚繼光) 같은 이는 심지어 장병들이 돌격하다가 뒤를 돌아보더라도 목을 베었다 한다. 돌아본 사람은 겁을 먹지 않았더라도 다른 사람들이 보고 배울까 봐 걱정해서였다.

싸움은 아니지만 아래 글에서도 북소리, 징소리가 이상하다.

'공명은 그날 밤으로 군사를 물리기 시작했다. 북과 징만 진채에 남겨 밤새도록 요란하게 두드리는 사이에 군사들은 모두 썰물 빠져나가듯 물러났다. 이윽고 북과 징을 두드리던 군사들마저 물러가 버리자 촉병의 진채는 그대로 텅 비어버렸다.'(10권 37쪽)

틀린 이유를 세세히 다 밝히자면 말이 길어지므로 틀린 부분만 간단히 지적한다.

장병들이 있는 진채에서 밤새도록 요란스레 소리를 내면 자기 편이 잠을 잘 수가 없다. 때문에 그렇게 밤새 북과 징을 두드리면 적군이 진채가 비었다는 사실을 빤히 알게 된다.

제갈량이 남겨둔 군사는 소란을 떨던 사람들이 아니라 징을 쳐서 삼경이나 사경 같은 시각을 알리는 사람들이었다. 제갈량은 모든 것이 정상적인 척하면서 감쪽같이 군사를 물렸던 것이다.

고대 중국 병사가 미국의 카우보이던가?

말을 탄 장수가 패배해 도망치거나 적에게 유인되어 쫓아가다가 사로
잡히는 장면은 고전 군담소설에서 심심찮게 나온다.

'사람과 말이 함께 지쳐 갈숲을 지나는데 홀연 함성이 크게 일었다.
태사자(太史慈)는 놀라 더욱 급히 말을 몰았다. 그러나 양쪽 갈숲에서 말
을 잡는 데 쓰는 밧줄(絆馬索)이 빗발처럼 쏟아져 태사자가 탄 말을 얽었
다. 다리가 얽힌 말이 쓰러지자 태사자는 곤두박질쳐 갈숲에 처박혔다.
그러자 숨어 있던 복병들이 우르르 덮쳐 지칠 대로 지친 태사자를 꼼짝
못하게 묶어버렸다.' (3권 96쪽)

갈대숲에서 밧줄이 빗발처럼 쏟아졌다니 숲에 숨었던 복병들이 손에
쥔 밧줄을 공중으로 던져 달려가는 말을 얽는다는 이야기가 아닌가. 갈
대숲 속에서 그런 묘기를 보인다니 미국 서부 카우보이가 생각난다. 앞
부분을 고리로 만든 밧줄을 말이나 소 대가리에 던져 잡아 네 다리까지
포함해 재빨리 묶는 것은 TV에서 가끔 나오는 카우보이 시합에 나오는
장면이다.

그리고 몽골족 같은 동방의 유목민족들은 마음에 드는 말을 발견하면
기다란 장대 끝에 고리가 달린 도구를 들고 말을 달려 쫓아간다. 야생마
를 바싹 따라가다가 도구를 놀려 말목을 걸면 매이기 싫은 말은 기를 쓰
고 달려가고 기수는 계속 쫓아간다.

낚시질과 비슷해 너무 기운을 쓰다가는 장대나 고리가 끊어지고 너무

늦춰주면 말이 벗어날 수 있다. 뜨거운 신경전, 체력전을 한바탕 벌여야 야생마는 길이 든다.

카우보이나 몽골 기수들이 말을 잡는 경지에 이르려면 상당한 훈련이 필요하고 위험도 따른다. 중국 전쟁사에서 그런 방법이 항상 통했을까?

중국에서 출판된 조선문 《삼국연의》에는 반마삭(絆馬索)을 '적의 말을 넘어뜨리기 위해 뿌리는 밧줄'이라고 주해를 달았고, 태사자는 양쪽에서 던진 밧줄에 걸려 넘어진다. 그런데 중국어 사전의 해석은 사뭇 다르다.

'반마삭은 말을 걸어 넘어뜨리기 위해 몰래 설치한 밧줄.'

수호지에는 반마삭이 여러 번 나오는데 송강(宋江)이 동평(董平)을 사로잡는 대목에서 상세하게 설명되어 있다. 길 위에 밧줄을 여러 가닥 늘이고 흙까지 살짝 덮었는데 길 양쪽 집에 매복한 사람들이 줄을 쥐고 있다가 징소리를 신호로 하여 일제히 잡아당긴다. 동평은 급히 말을 돌려 세웠으나 말 다리가 지면에서 조금 올라온 밧줄들에 걸려 보기 좋게 넘어지고 만다.

축가장(祝家莊)을 치다가 진명(秦明)이 사로잡히는 대목은 이처럼 세세하게 설명하지 않았지만 역시 밧줄을 잡아당겨 줄이 올라온다는 말이 나온다.

달리는 말을 상대하려면 높은 담이나 울타리를 쳐 막거나 깊은 구덩이를 파 떨어뜨리고 넓고 깊은 도랑으로 말이 넘어오지 못하게 하는 따위가 있다. 대나무 같은 장애물을 설치해도 좋지만 가장 쉬우면서도 가장 확실한 방법인즉 말을 넘어뜨리는 수단이다. 품이 적게 들고 특기가 필요 없는 것이 특징이다.

머리가 좀 모자라거나 힘이 약한 자라도 똑똑한 사람이 시키는 대로 줄을 잡아당기면 날고 기는 천하 맹장도 넘어지지 않고 견딜 수 있으랴?

물론 적의 장수가 밧줄을 설치한 자리에 반드시 온다는 보장은 없다. 그러나 그 부근에는 나타나게 되어 있으니 태사자의 경우, 매복한 자들은 후닥닥 일어서서 쌍쌍이 밧줄을 마주 쥐고 장수의 말 다리를 바라고 달려가면 되었다. 힘들게 공중으로 밧줄을 던질 필요는 없었다는 말이다.

하긴 던지는 밧줄이 없는 것은 아니다.

'달린 지 얼마 안 돼 과연 크게 함성이 일며 양쪽 산기슭에서 복병이 쏟아져 나왔다. 창 칼 대신 갈고리를 매단 긴 장대와 던지는 밧줄을 들고 있는 것이 관공을 사로잡으려는 뜻 같았다. … 적병들은 관공이 탄 말을 밧줄로 걸어 넘어뜨리고 뒤이어 말에서 떨어진 관공에게 덮쳤다.'(8권 212쪽)

여기에서 나오는 밧줄은 사실 말을 잡는 줄이 아니라 사람을 전문으로 사로잡는 투삭(套索), 즉 '타오쉬'다. 타오쉬란 앞에 고리가 달린 긴 줄로, 말을 겨냥하는 물건이 아니었다.

수호지에서 여장군 호삼랑(扈三娘)이 팽기(彭玘)를 사로잡을 때 던지는 갈고리 달린 밧줄처럼, 훈련을 거친 사람들이 거칠 데 없는 곳에서 사람을 잡기 위해 쓰는 무기였으니 말 다리를 목표로 하는 반마삭과는 다르다.

팔진도의 비밀

유비가 참패하여 도망갈 때 동오(東吳)의 장수 육손(陸遜)이 쫓아오다가 제갈량이 벌여놓은 돌무더기에 놀라 돌아간다. 제갈량 신화에서 한 몫 단단히 차지하는 이야기다.

도사나 기인이 어떤 물건을 벌여놓아 사람이 혼란에 빠진다는 신화는 중국 고대소설에 수없이 나온다. 현대 무협소설에서도 그런 이야기가 심심찮게 나타나 소설에 양념을 쳐준다.

돌멩이나 나무가 정말 그렇게 신비한 힘을 가질 수 있을까? 대답은 당연히 '아니오'다. 그런데 제갈량이 돌을 벌여놓지 않았느냐 하면 그것도 아니다. 당나라 시인 두보(杜甫)의 시에도 나오지만 제갈량이 돌을 놓은 자리는 유명한 유적이었고, 두보는 '(제갈량의) 명성은 팔진도에 의해 이루어졌다(名成八陣圖)'고 제갈량을 칭송했다.

육손이 회군한 역사적 사실부터 알아보기로 하자. 육손은 제갈량이 돌을 벌여놓은 어복포(魚腹浦)까지 가지 않았다. 유비를 동오 땅에서 쫓아낸 다음 잠깐 쫓아가다가 곧바로 돌아섰던 것이다.

서방의 어느 전략가가 말했던가? 대승을 거둔 순간이 바로 강화를 맺는 호기라고. 승리하여 적들이 겁을 먹었을 때 강화조약을 맺어야 가장 큰 이득을 챙길 수 있다. 그렇게 하지 않고 꼭 적을 몰살시키려 든다면 힘도 많이 들고 적들도 악에 받쳐 막다른 골목에서 쥐가 고양이에게 대들 듯이 저항을 할 테니 밑지는 장사다.

지역적인 전투의 성공이 전체 전쟁의 실패를 몰아오는 경우가 많은데 중국인들은 그런 패배를 전술로는 이겼지만 전략으로는 졌다고 평가한다. 관우가 조조(曹操)를 공격할 때 한동안 이겼으나 결국 동오군에게 뒷길을 끊기어 패전한 것이 전형적인 예다.

육손은 전술가일 뿐 아니라 전략가였다. 동오는 삼국 시대 위나라나 촉나라처럼 천하통일의 야심을 드러내놓고 떠들지 않았고, 또 그럴 만한 실력도 없어 주로 동오의 기존 이익을 지키는 것이 전략의 목표였다. 때문에 육손은 촉나라를 멸망시킬 실력도, 필요도 없는 상황에서 대승하자 돌아서서 위나라를 경계하면서 촉나라와의 화의를 강구했다.

그러면 제갈량은 왜 강가에 돌을 벌여놓았을까? 가장 정당한 설은 바로 진법을 훈련하기 위해서였다. 중국어로 '싸판[砂盤]'이라고 하여 모래 따위로 전투지형의 모형을 만들어놓고 적군과 아군의 태세를 밝혀 전술을 연구하고 전투를 구상하면서 모의훈련을 하는 것은 현대의 중국 군대도 늘 쓰는 방법이다.

이렇게 밝히면 좀 싱거울지 모르지만 제갈량이 벌여놓은 강가의 돌도 그런 모래 모형에 표시한 점들과 비슷하여, 팔진법을 연습할 때 병사들이 서야 하는 위치를 밝히는 역할을 했다.

지금 베이징 톈안먼[天安門] 광장의 돌마다 번호가 있는데, 50만 명이상이 모일 때에도 어느 팀은 몇 번 돌부터 몇 번 돌까지 이르는 곳에 서라고 하면 질서정연하게 대오가 이루어진다.

사이비 종교의 신도들은 톈안먼 광장의 지기(地氣)가 특별하여 수련에 좋다고 믿으면서 광장에 와서 별 이상한 짓을 다 하지만, 광장에 깐 돌에서 이상한 기운이 돌지 않았듯이 제갈량의 돌도 평범한 돌일 수밖에 없었다.

'〈연의〉에서는 신비한 위력을 보인 팔진도라는 것도 실전에서는 거의 쓸모가 없는 것으로 밝혀지고 있고…' (10권 210쪽)

이문열 씨가 말하는 팔진도가 돌로 만든 석진(石陣)이라면 거의 쓸모가 없는 정도가 아니라 전혀 쓸모없는 것이다. 그런데 제갈량이 촉군을 훈련시킨 팔진도는 완전히 다르다. 촉나라가 위나라보다 훨씬 약한 실력으로 오랫동안 맞서 싸울 수 있었던 데는 그 진법의 힘이 컸다는 게 지금까지의 정설이다.

제갈량의 진법은 옛날 진법을 고쳐 만든 것으로서 일단 팔진도에 맞춰 진을 치면 진공하거나 방어하기에 다 편리했다. 훗날 당 태종 수하의 대전략가 이정(李靖)이 만든 육화진(六花陣)이 팔진법에서 나왔다는 것은 잘 알려진 사실이다. 고대 전략가들 사이에선 팔진법이 결코 신비하지 않았다.

삼국지를 보거나 삼국사를 돌이켜 볼 때마다 전략과 전술의 관계, 그리고 평범한 사물에 신비한 베일을 씌우는 현상이 떠올라 감회가 새로워진다. 그런데 진법만큼 와전이 심한 것도 드무니, 여기서 진법을 잠깐 알아보기로 하자.

잘못 해석한 진법과 진세

선복(單福, 單은 현대 중국어에서 '하나'라는 뜻으로 쓰일 때는 '딴'이라고 읽고, 사람의 성으로 쓰일 때는 '싼'이라고 읽는다. 우리글로 앞의 경우는 '단'이라 하고 뒤의 경우는 '선'이라 한다)으로 이름을 바꾼 서서(徐庶)가 유비의 모사가 되어 조인(曹仁)이 친 팔문금쇄진(八門金鎖陣)을 깨뜨리고 대승을 거둔다. 이른바 번성 싸움이다.

그런데 유비와 조인의 이 번성 싸움에는 한 가지 특기할 만한 점이 있다. 그것은 《삼국연의》 전편을 통해 처음으로 진법 싸움이 선보이고 있는 점이다. 진법이란 한마디로 군사의 배치라 할 수 있다.

지휘소와 주력(主力)의 위치, 화력 배치와 보병 및 기계화 부대의 전개 등이 오늘날에도 여전히 중요한 것처럼 옛날의 전쟁에서도 중군(中軍)의 위치와 기병 및 보병의 진출 방향이며 궁노수의 배치 따위는 승패의 한 결정적인 요인을 이루었을 것이다. 하지만 이론으로서의 진법이 아무리 훌륭하더라도 그것을 실전에 응용하여 효과를 얻기 위해서는 반드시 정비된 군사 조직과 훈련된 병사가 필요하다.

생각해보면 황건과 십상시(十常侍)의 난리로 군웅의 할거가 시작된 이래 그때까지의 싸움은 선봉장의 개인적인 무용과 모사의 기지에 의지한 기세 싸움이었다. 사방을 떠도는 유민들을 아무렇게나 끌어모아 급조한 군사들로 하는 싸움이라 조직이나 훈련은 거의 생각할 수 없었기 때문이다.

그런데 이제 점차 천하가 몇 갈래의 세력으로 고착되면서 처음으로 진법에 의지하는 싸움이 나타났다. 삼십 년에 가까운 전란의 세월을 지낸 뒤에야 비로소 나타난 전투 양상의 변모였다. (5권 78~79쪽)

그럴 듯하지만 사실과는 십만팔천 리 떨어진 내용이다.

'이야기꾼들의 전쟁'에서 언급했다시피 선봉장의 무용담은 비현실적이었고 진은 예부터 있었으니, 삼국 시대보다 몇 백 년 전에 나온 군사저작 《손자(孫子)》의 '군사 편'에 '당당한 진을 공격하지 마라(勿擊堂堂之陣)'는 말이 있다. 손자와 이름을 같이하는 다른 전략가 오기(吳起)도 진을 깊이 있게 연구했다. 전설에 의하면, 상고 시대의 황제(黃帝)가 진을 창안했다고 한다.

춘추 시대까지의 전쟁에서는 병장기가 간단하고 군마도 적었기에 주로 전차를 가지고 싸웠고, 따라서 진도 거진(車陣)일 수밖에 없었다. 주 무왕이 상나라를 멸망시키던 목야전투에서 거진은 바로 하나하나의 작전 단위였다.

전차 위에 갑옷 입은 사병(甲士) 셋이 있는데 한 사람은 복판에서 수레를 몰고, 거좌(車左)라 하는 전차의 두령은 수레 왼쪽에서 궁전(宮箭)을 들었으며, 거우(車右)라는 사병은 수레 오른쪽에서 창을 들고 싸웠다. 전차의 양쪽과 뒤쪽에는 보병이 따라와 전차와 더불어 작은 진을 이루고 이런 진들이 모여 큰 진이 생겼다. 물론 주력, 즉 골간은 수레를 탄 장병이었다. 이런 거진은 넓은 평원지대에서만 쓸 수 있었다.

전국 시대에 이르니 무기가 풍부해져 거병과 보병만이 아니라 말을 탄 기병과 쇠뇌를 쏘는 노병(弩兵)들도 많아졌다. 또한 싸움 기술이 변하니 전투 지역도 다양해졌다.

전국 시대 조나라의 이목(李牧)은 기이한 진법으로 늘 대승한 명장으로 일컬어졌다. 손자의 후대인 손빈(孫臏)은 《손빈병법》에서 제일 먼저 팔진을 거론했고, 방(方)·원(圓)·추행(錐行) 등 여러 진들의 특징과 운용 방법을 논술했다. 방진으로는 적의 진을 가르며 혼란에 빠뜨리고, 원진을 치면 적에게 틈을 주지 않으며, 송곳 모양의 추행진은 적진을 돌파하거나 자르기 위한 것이라는 것 등이었다.

팔진의 기본 원칙은 똑같지 않은 지형에 따라 똑같지 않은 진법을 쓰는 것인데, 병력을 셋으로 나누어 한 편은 싸우고 두 편은 대기하는 식이었다.

이와 같이 현대의 전투 대형에 맞먹는 진법은 싸움의 역사와 더불어 변형되었고, 군사 장비가 바뀌고 전투 경험이 많아지면서 발전을 거듭했다.

고대 전쟁에서 장수의 지혜와 용기는 물론 중요하지만 싸움터에서 결사전을 벌이려면 많은 사졸에 의거해야 했다. 그런 전쟁에서 승리를 얻으려면 단순히 사졸들의 무술과 용기에만 의지해서는 안 되었다. 철통같은 기율에 의해 유지되는, 엄정하면서도 공격과 방어에 편한 진이 있어야 병사들의 무술과 용기가 충분히 발휘될 수 있었다. '우와' 하고 달려가서 이긴다는 것은 상상할 수도 없는 일이다.

삼국지에서 서서가 나온 다음에야 이상한 이름을 가진 진이 나오는 이유는 단 하나, 뒤에 제갈량이 나타나서 치는 진법의 기묘함을 받쳐주기 위해 미리 분위기를 띄운 것일 뿐, 정규군은 그 전부터 진을 치고 싸웠다.

후한의 두헌(杜憲)이 팔진을 쳐서 흉노를 격파했다는 기록을 보면 제갈량은 옛 사람의 진법을 개조했을 가능성이 높은데, 그것이 종합 실력이 약한 촉나라의 약점을 보완해주었다.

제갈량 자신의 말대로는 이러하다.

"팔진이 이루어지니 지금부터 다시는 지지 않으리라(八陳旣成, 自今行師, 庶不復敗矣)."

청나라 사람이 편찬한 《제갈량집》에 나오는 말이다.

소심하고 보수적인 그는 우선 불패(不敗)의 위치에 처한 다음 승리를 도모했으니, 팔진도법에 따르면 행군하든 주둔하든 다 소란스레 떠들지 않으면서도 강한 힘을 유지하여 수시로 공격하거나 방어할 수 있었다고 한다.

팔진도의 모양과 복잡한 변화를 지금은 완전하게 그려낼 수 없거니와 그렇게 할 필요도 없다. 제갈량과 맞섰던 적수의 평가를 들어보면 충분하지 않을까 싶다.

제갈량이 죽은 다음, 촉군이 영채를 쳤던 터를 돌아본 사마의가 제갈량은 정말 천하의 기재(奇才)라고 감탄한 것은 결코 우연한 일이 아니다. 촉군의 양식이 충분하고, 제갈량이 죽지 않았더라면 자기가 촉군을 이기기 어려웠으리라고 판단한 대전략가의 감탄으로 보아야겠다.

훗날 진나라 마륭(馬隆)은 제갈량의 팔진법으로 양주를 수복했고, 북위의 조옹청(刁雍淸) 또한 이 팔진법으로 유연(柔然)에 저항했다 한다.

그런데 이야기꾼들이 진에 대한 숭배를 조장함에 따라 고전소설에는 야릇한 이름의 진들이 나타나 사람을 현혹한다. 혼원일기진(混元一氣陣), 장사권지진(長蛇捲地陣), 일자장사진(一字長蛇陣) 정도는 그래도 괜찮은 편인데 이룡급수진(二龍汲水陣), 삼재천지인진(三才天地人陣), 사문투저진(四門鬪底陣), 칠성절장진(七星折將陣), 구요성궁진(九曜星宮陣) 따위는 전혀 짐작하기 어려운 진으로 분명 이야기꾼들의 숫자 놀음으로 만들어진 진 이름인 것이다. 이문열 씨가 진법 싸움의 근거로 삼은 팔문금쇄진 역시 숫자 놀음의 산물에 불과하다.

이 밖에 싸움터의 한쪽에 그 무슨 만선진(萬仙陣)이니 천문진(天門陣)이니 하는 무서운 진을 쳐놓고 깨뜨리라고 요구하면, 다른 쪽은 피해 다니지도 못하고 진을 쳐들어가야 하는데 그 승리를 위해서는 꼭 어떤 무기를 쓰는 어떤 성별, 어떤 이름의 장수가 와야 한다는 식이다.

음양오행설이랑 잡설이 가미되면서 어느 날에는 어떤 색깔의 옷을 입은 장수들이 어느 방향에서 공격해야 한다는 식으로 소설과 이야기 속의 진법 싸움도 갈수록 복잡해졌다. 그와 함께 전문적인 진법을 겨루는 것도 고전소설의 상투 수법이 되었다.

제갈량과 사마의가 진법을 겨루기로 하고 군사를 거느리고 들판에서 만난다.

'양군이 서로 마주 보고 진세를 벌인 뒤 한동안 활 싸움이 벌어졌다. 진채에 들어박힌 채 상대편 진채로 화살을 퍼붓는데 북소리가 크게 세 번 울렸다. 위진(魏陣)의 문기가 열리며 사마의가 말을 타고 천천히 나왔다.'(10권 100쪽)

평지에서 싸움을 할 때 임시로 벌린 진에는 진채가 없다. 양군이 마주 치면 우선 상대방이 너무 가까이 오지 못하도록 화살을 쏘는데, 쌍방이 화살에 맞지 않을 만한 거리를 두고 멈춰서면 맨 앞줄부터 시작하여 진 이 정해지니 이것이 '이궁잰써주전쟈오[以弓箭射住陣角, 마지막 글자가 발 각(脚) 자로 나올 때도 많다]', 즉 궁전을 쏘며 진을 치는 것으로 상대 편 군사를 죽이는 데 목적을 둔 활 싸움과는 다르다.

그리고 진을 다 친 다음에야 쌍방의 총수나 선봉장들이 싸움을 걸거 나 대화하기 위하여 나서는데, 세 번 울리는 북소리는 진을 다 쳤다는 신 호이자 싸움의 전주곡이었다.

당 태종 이세민은 중국 역대 황제 가운데서 첫손에 꼽는 전략가로서 자랑스럽게 말한 적이 있다.

"짐은 적군의 진을 척 보면 적군의 강약 분포가 환하게 보여 늘 아군 의 약한 군사로 적군의 강한 곳과 싸우게 하고 아군의 강한 군사로 적군 의 약한 곳을 치게 했는데, 적군은 아군의 약한 군사를 이긴 다음 수백 보도 쫓지 못하고 멈춰 서지만 아군의 강한 군사는 적군의 약한 군사를 이긴 다음 맹렬하게 추격하여 적군의 진 뒤까지 쳐들어가니 적들은 전군이 붕괴되지 않은 적이 없었다."

그러면 그렇게 용병술에 능하다는 당 태종이 왜 고구려를 칠 때는 참패했나? 어떤 한국인들은 당시 고구려 군의 무술이 당나라 군대보다 높았다고 간단히 해석하는데, 기실 야전에서는 고구려 군이 패배했으니 믿을 만한 소리가 아니다.

당나라 군대는 고구려의 산성들을 무시하고 지나칠 수가 없었고, 산성들을 다 깨뜨릴 수가 없어 퇴군했던 것이다.

야전에 능한 이세민은 야전에서 적군에게 밀릴 때, 공격을 주장하는 자들의 목을 치는 행위까지 불사하면서 참고 또 참으며 기다리다가 적군의 기세가 가라앉기 시작하면 반격으로 나가 대승을 이루곤 했지만, 고구려의 지형에 알맞게 쌓은 산성으로 이루어진 성진(城陣) 속에서 결사방어를 고집하는 고구려 군은 깨뜨릴 수가 없었다.

고구려의 승리는 알고 보면 성진에 의한 합리적인 전략의 승리였던 것이다.

공성계는 픽션에 뻥튀기까지

제갈량의 전설 가운데 공성계(空城計)는 너무나 잘 알려진 이야기다. 사마의(司馬懿)가 15만 대군을 이끌고 달려왔을 때, 달랑 2500명 군사밖에 없는 제갈량이 성벽 위에서 태연히 거문고를 퉁겨 사마의를 쫓아버린다는 것은 상상만 해도 얼마나 놀라운 일인가!

1980년대 중반, 중국에서는 드라마 〈제갈량〉이 인기를 누렸다. 그때 화면에 거문고를 퉁기는 제갈량의 잔등이 클로즈업되었는데 땀에 푹 젖은 모습이었다. 그때까지만 해도 삼국지 신화에서 벗어나지 못했던 필자는 제갈량이 긴장한다는 것 자체가 무척 놀랍고 불만스러웠다.

그도 그럴것이, 소설에서는 제갈량의 잔등을 묘사할 리가 없고, 무대극에서도 제갈량은 항상 태연자약한 모습만 비쳤기 때문이다. 후에 곰곰이 생각해보고서야 제갈량이 긴장하는 것이야말로 인간의 상정(常情)이라는 것을 깨달았다.

이문열 씨는 진수(陣壽)가 쓴 정사(正史) 삼국지는 사마의가 가정(街亭) 싸움에 참여한 것조차 알 수 없게 되어 있다고 했는데, 어느 정도 맞는 말이다. 그러나 삼국지의 주해를 보면 사마의가 그 싸움에 끼지 않았음이 분명하다. 사마의는 당시 형주도독이었기에 완성(宛城)에 주둔했으니, 제갈량과 맞서지 않았다.

'〈연의〉의 저자는 쫓겨 가는 공명의 초라함을 덜어주기 위해 서성에서의 그 화려한 막간극을 끼워 넣은 것이나 아닌지.' (9권 364쪽)

이씨는 정당하게 의심했으나 가장 핵심적인 문제는 간파하지 못했다.

고대 전쟁소설의 새로운 스타일을 개발한 현대 장편소설 명작 《이자성(李自成)》의 저자 야오쉐인[姚雪垠]은 삼국지가 사마의를 제갈량의 강적으로 묘사하다 공성계에 와서 그를 허수아비로 만들었다고 지적했다.

'우선 사마의가 가정의 싸움에 참가하지 않은 것은 둘째치더라도 15만 대군을 거느리고 손바닥만한 성 앞에서 질겁하고 돌아간다는 게 얼마나 황당한 말인가. 그 성 안에 병사가 있어보았댔자 얼마나 있을 수 있겠는가? 1000명쯤 거저 죽일 셈 치고 군사를 성 안에 들여보냈으면 제갈량의 속을 뽑았을 게 아닌가?

지당한 말이다. '적을 알고 나를 아는' 지피지기(知彼知己)는 군사의 기본이다. 촉의 군사가 얼마나 되고 얼마는 어디에 있느냐를 위나라의 장수들이 모를 리 없다. 그러니 적들이 어느 곳에 제일 많고, 그곳에는 얼마나 있는가도 짐작했을 것이다.

20세기 중국의 최대 문호 루쉰[魯迅]이 지적한 바와 같이 삼국지의 작가는 제갈량의 지혜를 찬미하려다가 오히려 제갈량을 요귀에 가까운 존재로 만들고 말았다. 또 옛날 이야기꾼들이나 소설가들은 영웅을 찬미하다 보니 비정상적인 현상이 많이 나타나는데 15만 대군이라면 얼마나 넓은 땅을 차지해야 다 늘어설 수 있는지도 계산하지 않고 픽션을 불사한 것이다.

야오쉐인이 지적한 바와 같이 실력 차이가 분명하게 많이 날 때는 이른바 공성계는 분명 자살행위다.

중국 역사에서 공성계가 없었던 것은 아니다. 단, 실력이 뒷받침된다는 전제 하에서 가능한 것이었다.

기원전 666년, 때는 춘추 시대였다. 초(楚)나라가 급작스레 정(鄭)나라를 공격하여 정나라의 수도에 이르렀다. 이때 많은 사람들이 당황했으나 대신 숙첨(叔詹)만은 초나라 군대의 수령 자원(子元)이 정나라를 삼킬 마음이 없다는 것을 간파하고, 초나라 군이 길에서 이미 상당한 승과를 올렸기에 더 큰 모험은 하지 않으리라고 내다보았다.

그래서 일부러 수도가 평소처럼 평화로운 분위기를 유지하도록 했다. 물론 한편으로는 한껏 방어 조치를 취했다.

초나라 장수들은 더럭 의심이 생겨 공연히 사람을 많이 잃게 될까 봐 공격하지 않았을뿐더러, 영채를 그대로 두고 깃발도 빼지 않은 채 밤을 도와 슬그머니 퇴군했다. 정나라 군대가 추격하는 시간을 뒤로 미루게 하기 위해서였다.

　이튿날 아침, 숙첨이 멀리 있는 초나라의 군영을 바라보고 적들이 물러갔다고 말하자 사람들은 믿지를 않았다. 숙첨은 새들이 군영 위에 낮게 내려와 감도는 것은 사람이 없음을 말해주는 것이라면서 아군이 성을 비우는 계책을 썼더니, 적들은 영채를 비우는 계교를 부렸다면서 껄껄 웃었다.

　이것이 옛날에 가장 유명한 공성계요, 진정 뛰어난 슬기가 돋보이는 경우다. 말하자면 옛날에 공성계가 없었던 것은 아니지만 소설 삼국지의 공성계에는 전혀 지혜가 보이지 않는다. 소설에 나오는 제갈량의 공성계와 가장 비슷한 사실을 살펴보자.

　양귀비와의 사랑으로 이름난 당 현종이 나라를 다스리던 서기 727년, 티베트인들이 과주(瓜州)를 공격하여 수성장 왕군환(王君煥)이 죽었다. 신임 과주 자사(刺史) 장수규(張守珪)가 부임하는 길로 백성들을 동원하여 성벽을 보수하는데 공사가 끝나기 전에 티베트인들이 또 급작스레 쳐들어왔다.

　사람들이 모두 당황하자 장수규는 적들이 우리보다 많기에 억지로 싸울 수는 없다면서 꾀로 적을 물리쳐야 한다고 말했다. 그는 성문을 활짝 열어놓게 하고는 성루에 술상을 벌여놓고 악공(樂工)더러 풍악을 울리게 하면서 장졸들과 함께 술을 마셨다. 그러자 티베트인들은 성 속에 매복이 있으리라 의심하고 물러갔다.

　티베트인들은 절대 우세한 병력을 갖지 못했고, 중요한 성인 과주에 주둔한 당나라 군대의 실력도 가늠하기 어려웠기에 물러간 것이다. 소설에서 사마의의 군대를 5000명 정도로 설정했더라면 이야기가 상당히 합리적이 되리라고 본다.

중국 현대 전쟁사에도 공성계의 실례가 하나 있다. 1940년대 말에 중국 공산당 중앙이 허베이성의 시바이퍼[西柏坡]에 있을 때, 국민당이 차지하고 있던 베이징에서 공산당 토벌을 지휘하던 푸쭤이[傅作義]가 정예를 뽑아 시바이퍼를 기습하려고 계획했다.

공산당의 스파이가 이 정보를 빼내 당 중앙에 알렸을 때 시바이퍼 부근에는 소수 경호부대만 있어 적의 기병이 습격하면 막아낼 수 없었다.

마오쩌둥[毛澤東]은 산시성[山西省]에 있는 부대에 급히 돌아오라는 전보를 치는 한편 민병을 조직해 엉성하게나마 방어선을 만들었다. 그러나 산시의 정규군은 바닷물로 산불을 끌 수 없는 격이요, 민병은 정예부대를 막아낼 힘이 없었다.

그리하여 마오쩌둥은 유사시에 대피할 차비를 하는 동시에 라디오를 통해 '올 테면 오라, 오는 족족 몰살시키겠다' 고 허장성세를 부렸다. 극비로 추진하던 일이 적에게 들통이 난데다 공산당 군대가 완강하기로 소문이 났기에 푸쭤이는 자기의 정예를 내걸 모험을 하지 못했다.

앞에 말한 공성계가 적군이 아군의 실력을 종잡을 수 없는 정나라의 수도였기에 가능했다면 마오쩌둥의 공성계도 어느 정도 실력이 뒷받침되었기에 성공할 수 있었던 것이다.

관우의 칼은 왜 여든두 근일까?

"관우의 무기는 무어냐?"

퀴즈쇼에 이런 문제가 나온다면 너무 쉽지 않을까?

"여든두 근짜리 청룡언월도!"

그런데 역사인물 관우의 용맹과 무예는 확실히 놀랍지만 그가 정말 그런 칼을 썼는가에 대해서는 확실한 근거가 없다. 정사 삼국지의 '관우전'에는 관우의 병장기를 언급하지 않았고, 유일하게 장수로서의 무공을 언급하면서 안량(顔良)을 '자(刺)'했다고 되어 있다. '자'란 대개 창 따위로 찌를 때 쓰는 말이다.

그때 조조가 원소의 주력부대를 다른 데로 유인한 다음 급작스레 안량의 부대를 습격하니, 조조의 군대가 십여 리 밖에 이르렀을 때에야 안량은 소식을 듣고 깜짝 놀라 급히 맞서 싸웠다. 조조의 명에 의해 장요(張遼)와 함께 선봉으로 나선 관우가 대공을 세운다.

'관우는 멀찌감치 떨어진 안량의 총수 깃발과 수레 덮개를 바라보고 말을 채찍질하여 달려 나가 수많은 적군 속에서 안량을 찌르고 그 머리를 잘라 왔다. 원소의 여러 장수들은 그를 막아내지 못했다(羽望見良麾蓋, 策馬刺良於萬衆之中, 斬其首還, 紹諸將莫能當者).'

여기에서 알 수 있다시피 관우가 큰칼을 썼더라면 글자 수를 늘이기만 하는 '자'보다는 베었다는 '참(斬)'자만 쓰는 편이 훨씬 더 자연스럽다. 그런데 왜 야사에서는 관우가 칼을, 그것도 또 하필이면 여든두 근짜리 칼을 썼을까?

옛날 춘추 시대까지는 수레를 이용해 싸우는 전차 싸움을 주로 하였기에 활과 과(戈, 한두 개의 가지가 있는 창)가 주로 쓰였다. 활로는 멀리 화살을 쏘고 과로는 찌르는 동시에 적군을 걸어 당길 수도 있었다. 후세의 화극(畵戟)은 과와 창의 혼합체다.

전국 시대에 조(趙)나라에서 먼저 호인(胡人)들을 보고 배워 기병부대를 만들었는데 한동안 수레와 말이 섞여 싸웠다. 유방과 항우가 천하를 다투던 시절에도 수레는 그때까지 도태되지 않았다. 무기도 찌르는 것이 단연 우세를 차지했다.

그후 차차 흉노와의 싸움이 잦아지면서 기병전에서는 칼이 창보다 훨씬 편한 것으로 밝혀졌다. 그리하여 한나라 때부터 차차 칼의 지위가 창의 지위를 대체하게 되었다. 때문에 관우의 칼이 픽션이라 하더라도 역사 사실에 크게 어긋나지는 않는다.

그러면 왜 그 무게가 여든두 근일까?

정사 삼국지에서 병장기가 분명하고 무게도 밝혀진 장수는 단 한 사람뿐이다. 바로 조조의 경호장수 전위, 소설에도 나오지만 전위는 철극 한 쌍을 쓰는데 그 무게가 여든 근이었다.

여기서 주연급 인물인 관우의 병장기가 부정적인 역할에다 단역급 조연에 불과한 전위보다 가벼워서야 되겠는가? 이야기꾼들은 청중들과 더불어 이야기를 만들어가는 과정에서 사람들의 심리를 고려하여 영웅이 어떤 면에서나 나쁜 놈보다 더 강해야 한다는 의식을 가지고 관우의 병장기를 한껏 부풀려놓은 것이다.

헌데 관우가 죽은 다음 동오의 장수 반장(潘璋)이 청룡도를 차지했다가 관우의 둘째아들 관흥(關興)이 반장을 죽여 아버지의 원수를 갚는 동시에 그 칼을 빼앗아 가진다고 이야기를 만들다 보니 반장이 싸움판에서 청룡언월도를 마음대로 다루는 장면이 나온다. 청룡도의 신화에 흠이 가 쑤어놓은 죽에 코를 푼 격이 되었다.

중국 고대소설이나 이야기를 보면 과장이 엄청 심하다. 손오공 같은 신선이 쓰는 천 근 만 근 무거운 무기를 제쳐놓고, 인간이 쓰는 최대의 중량을 가진 무기는 수나라 말기부터 당나라 초기까지의 이야기를 엮은 《설당(說唐)》의 '수당제일호한(隋唐第一好漢)' 이원패(李元覇)의 철퇴 한 쌍인데, 그 무게가 800근이나 된다.

우스운 일이지만 당나라 개국황제 이연(李淵)의 셋째아들이면서도 야사에서는 넷째아들로 알려진 이원패는 원래 이름이 이현패(李玄覇)인데 청나라 강희(康熙) 황제의 이름이 현엽(玄燁)이라 그 휘(諱, 이름자)를 피하느라고 이원패로 둔갑했고, 또 역사에 나오는 진짜 이현패는 아주 어릴 적에 죽어 아무런 일도 해내지 못했다. 그러므로 요절한 소년이 수당 때의 제일 영웅으로 부상한 것이다.

수호지에서 노지심이 백 근짜리 선장을 만들어 달라고 하니 대장장이가 그러면 너무 굵고 쓰기도 불편하다면서 예순 근 좀 웃도는 선장을 추천하는 대목을 보면 저자가 참으로 정직한 사람이라는 생각이 든다. 그런데 후세의 이야기꾼들은 한사코 무기의 무게를 늘여서 노지심의 선장이 120근으로 거의 곱절 가량 늘어나기도 한다.

후세에 청룡도를 본떠 만든 칼이 꽤 있었고, 명나라 어느 장수가 120 근짜리 칼도 썼다 한다. 현대에는 80근(현대 중국의 한 근은 500그램), 100근, 120근짜리 큰칼을 갖고 재주를 자랑하던 노인이 20세기 말까지도 생존했는데, 사실 그런 칼은 힘을 기르는 데나 필요할 뿐 실용적인 가치는 거의 없었다.

삼국지의 무대로 돌아가 살펴보면 후한 시기의 한 근은 222.73그램이었다. 그러니 전위의 쌍철극은 약 18킬로그램이다. 철극이 둘이니 하나는 9킬로그램 미만, 힘깨나 쓰는 사람들이 무기로 휘둘러볼 만한 무게가 아닐까?

고대 전쟁사를 연구하는 어떤 학자들은 당나라 말기에 이르러서야 청룡도가 나왔고, 그나마 실전용이 아니라 위력과시용에 불과하였다고 주장한다. 사실 청룡도의 기원과 용도에 대해서는 학계에서 아직도 논란이 오고가는 상황이다.

송(宋)나라 시기에 관우가 무묘(武廟)로 들어갈 때부터 그의 신상이 칼을 쥐었는지는 모르겠지만 원나라 말기에는 이미 관우와 청룡도가 한 덩어리로 뒤엉켰고, 큰칼 쓰는 법도 관우의 법이 제일 유명했다. 따라서 소설에서는 안량도 칼로 쳐 죽여야 했다.

관우가 말을 달려 산 아래로 짓쳐 나가니 원소의 군사들은 감히 그 앞을 가로막지 못하고 물결이 쫙 갈라지듯 비켜선다. 관우의 적토마가 너무 빨라 안량은 미처 손을 놀려보지도 못하고 관우의 청룡도가 번쩍이자 시체가 되어 땅에 떨어져버린다.

나관중은 관우가 안량을 단칼에 찍어 죽였다고 쓰면서도 원소의 장졸들이 길을 내주고 안량이 관우와 싸우지 않은 점이 불합리하다고 느꼈기에 그 뒤에 긴 설명을 붙였다.

원래 안량이 원소에게 하직하고 떠날 때 유현덕이 가만히 부탁했다.

"나에게 관운장이라는 동생이 있는데 키는 아홉 자 다섯 치요, 수염은 한 자 여덟 치로서 얼굴은 무르익은 대추 같고 봉황의 눈 위에 누운 누에 같은 눈썹이 붙었소. 푸른 비단 전포를 즐겨 입고 황표마(黃驃馬)를 타면서 청룡대도를 쓰는데, 기필코 조조한테 있을 테니 그를 만나면 급히 여기로 오라고 하시오."

때문에 안량은 관공이 오는 것을 보면서도 그저 그가 이쪽 편으로 오는 줄로만 여기다가 맞서 싸울 준비를 하지 않아 관공의 칼에 찍혀 말 아래로 떨어졌다.

옛날 사관이 '자(刺)' 자를 썼으니 그 속에 얼마나 많은 뜻이 숨겨졌던가!

나관중본에서는 관우가 죽은 다음 원한을 풀 길 없어 넋이 떠돌아다닐 때, 고승 보정(普淨)이 옛적에 당신과 싸울 마음이 없다가 허무하게 죽은 안량은 원통하지 않겠느냐고 물어 관우를 깨우쳐준다.

허나 모종강본에서는 관우에게 불리한 이런 글들을 전부 삭제하고 정사의 기록을 참고하여 '츠위마샤[刺於馬下]'라고 쓰고는 '불의에 급작스레 죽였기에 자(刺)라고 한다'고 간단히 설명했다. 말하자면 이런 때의 '자'는 자객이라 할 때와 비슷한 뜻으로 쓰인다는 말이다. 아주 일리가 없는 말은 아니지만 어딘가 억지라는 느낌도 든다.

인간 관우가 신으로 부상한 다음에는 청룡도도 오만 가지 기능을 갖게 되었다.

가장 우스운 기능은 청나라의 유명한 작가 포송령(蒲松齡)이 지은 《요재지이(聊齋誌異)》의 '동공자(董公子)'라는 글에 등장한다. 사사로이 정을 통한 남녀의 허리가 침대와 함께 뭉텅 끊어졌다고 하면서 그것은 관우의 신인 관제(關帝)의 청룡도가 아니고서는 도저히 불가능한 일이라고 설명했다.

관우가 남녀의 간통마저 간섭해야 하고, 용맹한 장수를 베던 청룡도가 시골 남녀의 허리와 침대나 자르게 되었으니 자존심이 둘째가라면 서러워 할 관우가 알면 통곡할 일이다.

역사의 인물은 결국 후세 사람들의 입에 씹혀 모양이 변해버린다. 단단한 칼보다 말랑말랑한 혀가 더 강하다는 옛 말은 참 옳은 말이다.

장비의 장팔사모는 뱀 모양의 창이라고?

장비는 어떤 무기를 썼던가?

삼국지를 본 이들은 당연히 '장팔사모(丈八蛇矛)'라고 대답한다. 연인(燕人) 장익덕이 말 타고 내달리며 장팔사모를 내지르면 당할 자가 없다는 것을 누가 모르랴?

그런데 장팔사모가 어떤 무기냐 물으면 대답이 오만 가지다. 이문열 씨는 '길이가 한 길 여덟 자나 되는 뱀 모양의 창'(1권 182쪽)이라고 풀어 썼는데, 하기는 옛날 책의 그림에 나오는 장팔사모는 창날이 뱀 모양으로 구불구불하다.

정사 삼국지에는 장비가 장판파에서 모(矛, 창)를 들고 호통쳤다고 되어 있다. 그러니 장비의 무기는 확실히 창이 맞지만 사모라는 말은 없다. 그가 정말 뱀 모양의 날을 단 사모라는 무기를 썼느냐 하면 대답은 '아니다'가 정답이다.

송나라 전까지만 해도 중국의 무술은 실용주의로 흐르고 있었기에 괴상한 모양을 만들지 않았다. 날이 구불구불하다고 해서 적의 몸에 더 쉽게 뚫고 들어간다는 법은 없다.

따라서 고분에서 출토된 창날이 증명하듯이 한나라 때의 창날은 거의 다 마름모꼴(菱形)이었다. 현존하는 고대 실전용 무기 그림에서도 뱀 모양을 한 창은 찾아볼 수 없는데 구불구불한 날은 워낙 만들기부터 불편하지 않은가.

사모는 기실 그저 기다란 창을 가리키는 말로서 삭모(槊矛)에서 나온 말이 아닐까 생각한다. 삭(槊, 혹은 矟)이란 특별히 굵고 긴 창, 길이는 마침 한 길 여덟 자였다. 삭과 모가 다 같은 성질의 무기라 함께 이야기되는 경우가 있었는데 지금 음으로 읽으면 삭모는 '쒀마오'이고 사모는 '써마오'다. 고대 음은 좀 다르더라도 역시 비슷하다고 내다보아서 무리는 아니다.

삼국 시대보다 좀 늦은 《진서(晉書)》에 '장팔사모'란 말이 나오니 진나라 때에는 이미 사모의 개념이 있었지만 그 모양을 뱀과 연결시키지는 않았다.

삼국 이야기를 다룬 원나라 시기의 잡극들을 죽 훑어보면 장비의 무기는 장팔신모(丈八神矛)인데 훗날 소설에서 장팔사모로 굳어졌고 그림과 민간전설에서는 그 모양마저 괴상해졌다.

교활한 이야기꾼들이 위대한 장수가 평범한 무기를 써서는 안 된다고 여겨 아예 뱀 모양의 창이라 했음직하다. 그런데 아이러니한 것은 후세에 확실히 뱀의 모양을 딴 사모가 나타났다는 것이다. 삽화나 무대극에는 사모(蛇矛)가 심심찮게 등장한다.

붓으로 뱀 모양을 그리기는 쉽고, 나무로 무대용 창을 깎기도 식은 죽먹기다. 그렇다고 해서 옛사람들이 그런 무기를 들고 싸웠다고 한다면 우스운 일이요, 또 사모의 날이 어쩌고저쩌고 한다면 웃음거리가 된다.

중국어에서는 화기가 나오기 전에 인간의 체력으로 사용하는 창칼 따위의 무기를 통틀어 '렁삥치[冷兵器]'라고 부른다. 그런데 그런 무기에는 실존하는 실전 무기와 가공의 무기가 있었다.

현대 무술 시범에서 기막힌 재주를 보이더라도 실전에서는 전혀 쓸 수 없는 무기가 많다.

송나라 시기부터 실용무술 외에 전문적으로 남의 눈을 아찔하게 하는 재주를 보여주는 무술이 따로 파생했기 때문이다.

알고 보면 중국 역사에서 실제로 목숨을 내걸고 싸우던 사람들은 모두 실용적인 무기를 썼다.

황충의 활 힘은 쌀 무게와는 달라

촉나라의 다섯 대장 가운데서 제일 늦게 등장하는 사람은 노장의 대명사로 알려진 황충(黃忠)이다.

관우가 장사(長沙)를 치러 온다 하니 장사 태수 한현(韓玄)이 급히 부하 황충을 불러 의논한다. 황충은 걱정하지 말라면서 자기의 칼 재주와 활 재주를 자랑한다.

'그도 그럴 것이 황충은 쌀 두 섬을 들어올릴 수 있는 힘이 있는 사람이라야 당길 수 있는 활을 쏘는데 백번을 쏘면 백번이 다 과녁을 뚫을 정도였다.' (6권 231쪽)

후에 하후연을 죽이기 전에 황충은 나이를 더 먹었는데도 힘이 더 세진 모양이다.

"내가 비록 늙었지만 두 팔은 아직 쌀 석 섬을 들어올릴 만한 힘이 드는 활을 당길 수 있고⋯." (8권 27쪽)

일반 사전을 찾아보면 '석(石)'의 십여 가지 뜻 중에서 가장 비슷해 보이는 것이 확실히 용량 단위인 '섬'과 중량 단위인 '석'이다. 용량 단위로는 열 말이 한 섬이고, 중량 단위로는 30근이 1균(鈞)이고 4균이 1석, 즉 120근이 한 석이다. 그러니까 이문열 씨가 '쌀 두 섬을 들어올릴 수 있는 힘이 있는 사람이라야 당길 수 있는 활…' 운운한 모양이다.

그런데 그 오류를 살펴보면 들어올리는 힘과 당기는 힘을 혼동한 것이다.

다른 한글판 삼국지를 보면 앞에서는 '두 사람이 다룰 수 있는 강궁'이라고 했다가 뒤에서는 '삼석궁(三石弓)'이라고 했다. 역시 정확하지 않다.

용량과 중량의 단위로 쓰일 때 지금은 '석(石)'을 중국에서 '딴'이라고 읽는데, 일반 사전에는 나오지 않으나 고대에 활의 강도(强度)를 계산하는 단위 역시 '딴[石]'이었다. 훗날 명나라 시기에는 '리[力]'로 세분했으니 10리가 한 딴이었고, 1리는 9근 14냥(혹은 9근 4냥이라고도 함)이었다 한다.

고대의 한 근이 16냥이었으니 한 딴은 92근 8냥이나 98근 12냥이었다. 활의 강도가 두 딴이라면 200근 가량의 힘을 들여야 당길 수 있는 활이었고, 명나라에는 35리(3.5딴)이거나 그보다 더 센 활을 다루는 사람도 있었다 한다.

그러니 '쌀 두 섬을 들어올릴 수 있는 힘이 있는 사람이라야 당길 수 있는 활'이라는 표현은 다름 아닌 두 딴짜리 활, 즉 '거의 200근 힘을 들여야 당길 수 있는 활'인 것이다.

장사성 아래에서 관우와 황충의 싸움은 연 사흘 계속된다. 첫날에는 칼로만 싸웠으나 승부가 갈리지 않았고, 이튿날은 관우가 지는 척하며 달아나다가 갑자기 돌아서서 막 황충을 베어버리려는 순간, 뒤쫓아 가던 황충의 말이 고꾸라져 황충이 낙마하니 관우는 그 틈에 황충을 죽이기는 고사하고 오히려 말을 갈아타고 다시 나오라면서 놓아준다.

셋째 날에는 황충이 거짓으로 패해 달아난다. 관우는 힘을 다해 뒤쫓아 간다. 황충은 활을 꺼내 들었지만 차마 관우를 쏴 죽일 수 없어 빈 시위만 당겼다 놓았다.

시위소리에 놀란 관우가 급히 몸을 피하며 살폈으나 화살이 보이지 아니했다. 그래도 관우는 황충이 빈 활을 쏜 줄 모르고 뒤쫓기를 계속했다. 황충이 다시 빈 활을 들어 한 번 더 관우를 쏘는 시늉을 했다. 시위소리에 놀란 관우가 살펴보았으나 이번에도 화살은 보이지 아니했다.

그제야 관우는 황충이 활을 쏠 마음이 없음을 알았다. 마음속으로는 적이 괴이쩍게 여기면서도 뒤쫓기를 계속했다. 황충의 말이 적교에 이르렀을 때였다. 드디어 황충은 화살을 빼어 시위에 얹고 힘껏 당겼다 놓았다. 시위소리와 함께 날아간 화살은 그대로 관우의 투구 끝을 맞춰버렸다.

화살이 투구 끈을 끊고 투구에 박히자 관우는 몹시 놀랐다. 비로소 황충의 활 솜씨가 백 발자국 떨어진 곳에 있는 버들잎을 꿰뚫을 만한 것임을 알고 화살을 투구에 꽂은 채 되돌아서 진채로 물러섰다. (6권 235~236쪽)

여기서 관우는 황충이 활을 쏠 마음이 없음을 알았다면서 놀라기는 왜 놀랄까? 이 대목에서 관우는 시위소리만 나면 놀라는데 그런 노루 제 방귀에 놀라는 수준은 중국인들이 '무성(武聖)'으로 숭상하는 관우와 전혀 어울리지 않는다. 또 관우의 투구도 화살에 구멍 날 정도로 허술하지 않았다.

군담소설에서 일방이 달아날 때 쫓아가는 사람이 화살이나 비도(飛刀) 따위를 경계하는 건 기본 상식이다.

원문을 다 인용하자면 너무 길어 골자만 말하면, 원작에서 관우는 시위소리가 날 때마다 피하다가 두 번이나 화살이 보이지 않으니 황충이 활을 쏠 줄 모른다고 여긴다. 때문에 뜻밖의 화살이 투구 꼭대기에 단 술의 맨 아래쪽, 동그랗게 된 부분에 꽂히자 깜짝 놀라고 만다.

궁술은 고대 장수들의 필수기예였지만 누구나 다 활을 잘 쏘는 건 아니었다. 궁술로 일류 영웅 대접을 받는 사람이 군담소설에 늘 등장하는 현상은 거꾸로 활을 잘 쏘기 힘들다는 점을 말해준다.

방어용 성인 오(隝)가 둑벽과 산으로 변해

손권이 도읍을 건업(建業)으로 옮기기로 정하니 장수 여몽(呂蒙)이 손권에게 건의한다.

"조조의 군사들이 쳐 내려올 것에 대비해 유수 물 어귀에 둑벽을 쌓는 것이 좋겠습니다."

그러자 여러 장수들이 입을 모아 말했다.

"물길 위쪽에서 적을 들이치고 맨발로 적의 배에 뛰어들면 될 것인데 둑은 무엇 때문에 쌓는단 말씀이오?"

물 위의 싸움에 익숙한 그들로서는 당연한 물음이었다. 여몽이 찬찬히 대꾸했다.

"군사를 부리는 데는 우리편에 이로운 수도 있고 그렇지 못한 수도 있소이다. 또 싸움에 있어서는 아무리 능한 사람이라도 싸움마다 이길 수는 없지요. 갑자기 적을 만나 보졸(步卒)과 기병(騎兵)이 함께 어울려 버리면 어느 겨를에 물 위로 나가며 배 위로 뛰어든단 말이오?"(7권 102쪽)

오류를 일일이 밝히려면 너무 길어지니 여몽의 말부터 시작해 이 대목을 그 뜻만 옮겨 쓰니 흥미 있는 이들은 대조하기 바란다.

"조조의 군사들이 온다니 유수 강물 어귀에 성(원문은 塢, 城이라는 뜻)을 쌓아놓고 막으면 되겠습니다."

그러자 여러 장수들이 다 반대했다.

"언덕에 올라가서 적을 치고 나서, 맨발바람으로 배에 들어오면 그만이지 성은 쌓을 게 뭐요?"

여몽이 설명했다.

"싸움을 하다 보면 순조로울 때와 그렇지 못할 때가 있고 꼭 이긴다는 법이 없소. 만약 갑자기 적을 만나 보병과 기병이 함께 몰리고 보면 물가에 이를 사이도 없을 텐데 무슨 수로 배에 오른단 말이오?"

물싸움에 익숙한 동오 장수들은 배를 타고 자유로이 돌아다니다가 적을 만나면 언덕에 올라가 싸우고, 이기든 지든 배에 돌아오면 적들이 더는 자기들을 건드리지 못한다고 여겼다. 맨발(跣足)바람으로 배를 탄다는 말은 맨발바람으로 배를 타던 어부들을 상기하면 이해하기 어렵지 않다. 삼국지의 어떤 판본에는 '발을 씻고(洗足)' 배에 탄다 하였으니 그건 분명 오류다.

동오의 다른 장수들이 수상 게릴라전에 집착했다면 여몽은 확고한 근거지를 만들고 땅을 확보하는 진지전(陣地戰)을 내다보았는데, 사실 유수에 쌓은 성 '오(塢)'는 조조의 군사와 싸울 때 크게 빛을 내었다.

고대 중국어에서 '오'는 방어용으로 쌓은 성채를 가리킬 때가 많다. 동탁이 만든 미오(郿塢)도 바로 자급자족할 수 있는 성이었다. 헌데 이문열판에서는 이 '오'를 잘못 옮겼기에 맹장 허저가 처음 등장할 때 도망치는 황건군들을 '성채 속(塢中)'으로 몰아간 것을 '산중으로 끌고 들어가 버렸다'(2권 342쪽) 했으니 고향을 지키는 허저가 산적 꼴이 되고 말았다.

성채도 잘 쌓고 방어를 철저히 했던 동오 손씨 정권의 몇 십 년 역사를 살펴보면 물싸움에서는 많이 이겼으나 일단 뭍에 올라가 조씨 집단을 공격하면 잠깐 이길 뿐 적의 땅으로 깊숙이 들어가지 못했다. 역시 육지전에는 약했으니 강남의 땅을 지키는 데나 만족할 수밖에 없었고, 결국 힘을 한껏 기른 사마 씨에게 망하고 말았다.

20세기 말에 유명한 무협소설가 김용(金庸)이 삼국 시대의 제일 영웅은 손권이라고 하면서 손권을 주인공으로 하여 삼국소설을 쓰겠다던 계획을 세웠는데 그것이 무산된 것은 아쉬운 일이 아니다. 아무리 현란한 글 솜씨로도 역사를 완전히 뒤집을 수는 없을 테니 말이다.

'풀 실은 배로 화살 얻기'의 원조는?

적벽 싸움에서 제갈량이 풀을 실은 배로 조조의 화살 십여만 대를 얻어오는 이야기는 공성계에 못지않게 유명한 이야기다.

근간에 어떤 한국인들은 한나라 시대의 배 길이까지 거론하며 그 전설의 허황함을 증명하면서 아울러 제갈량을 비하하는데, 이야기는 물론 픽션이지만 삼국 이야기의 변화를 알았더라면 이런 부질없는 고증은 사라졌으리라 믿는다.

배로 화살을 얻는 이야기가 소설에서는 손견(孫堅)이 황조(黃祖)와 싸울 때 잠깐 나오고 역사책을 훑어보면 적벽 싸움이 끝난 다음 5년이 지나 서기 213년에 일어나며 주인공은 손권(孫權)이다.

조조가 남하하여 손권과 유수(濡須)에서 한 달 너머 대치했다. 하루는 손권이 큰 배를 타고 조조의 군사를 살펴보러 왔다. 조조의 명령으로 궁노수들이 화살을 어지러이 날렸다.

배에 살이 잔뜩 박혀 배가 기우뚱하면서 넘어지려 하자 손권은 배를 돌려 다른 쪽으로 살을 받게 했다. 양쪽에 화살이 고루 박혀 배가 평형을 잡으니 손권은 되돌아갔다. 《위략(魏略)》이라는 책에서 발췌한 글로서 진수 편 삼국지의 '손권전'에 주해로 붙어 있다.

손권은 배를 살리기 위해 수동적으로 화살을 받았는데, 현존하는 최초의 삼국 소설인 원나라 시대의 《전상삼국지평화》에서는 주유(周瑜)가 주동적으로 화살을 얻는다고 묘사되었다. 그러나 줄거리가 간단하여 한자로 200자 미만이고 글도 거칠다.

여기서도 일부러 원작 수준으로 어수선하게 옮긴다.

주유가 원수가 되었다는 소식이 조조에게 전해진 후 대엿새 지나 조조가 들으니 강 남안에 싸움배가 근 천 척 늘어섰는데 지휘 깃발이 기필코 주유였다.

조조는 싸움배 스무 척을 내어 괴월(蒯越)과 채모(蔡瑁)를 데리고 나가

강 복판에서 말을 걸었다. 남쪽에는 주유, 북쪽에는 조조가 양쪽에서 말을 하고 나서 주유의 배가 돌아가는데 괴월과 채모가 뒤로 쫓아갔다.

주유가 되돌아서는데 큰 배 한 척, 작은 배 열 척이 나왔다. 배마다 군사 1000명(혹은 10명이라고도 함)이 서서 화살로 조조의 군사를 막았다. 괴월과 채모가 수천 명 군사더러 마주 쏘게 하였다.

주유는 장막으로 배를 가렸는데 조조가 화살을 쏘니 왼쪽에 꽂혔다. 주유가 다시 배를 돌리게 하니 조조는 배의 오른쪽을 쏘았다. 주유는 수백 만 대 화살을 얻고 기뻐하면서 말했다.

"승상, 살을 주어 고맙소이다."

조조는 그 말에 크게 노하여 내일 다시 싸우자고 명령했다.

작은 배에 군사 1000명이 탔다거나 화살 수백 만 대를 얻었다는 따위는 비현실적이고 이야기도 평범하다. 그러나 조조가 상대방의 꾀에 걸려 화살을 잃고 조롱까지 당한다는 줄거리는 이미 이루어졌다.

나관중은 이야기의 주인공을 제갈량으로 바꾸고 제갈량이 동시에 조조와 주유를 이기는 것으로 설정하면서 어리숙한 노숙(魯肅)까지 곁들여 제갈량의 이미지를 한껏 살려주었다. 소설의 볼거리로서는 하등 나무랄 데가 없다.

나관중본에서는 제갈량이 얻은 화살이 9만여 대였으나 모종강본에서 십만 여 대로 확장하는 등 현존 이야기는 청나라 초기에야 지금의 모습으로 굳어졌다. 원나라 말기에는 이미 원양 항해를 하는 엄청 큰 무역선도 세상에 나타났기에 사람들의 머릿속에서 배 스무 척으로 화살 십만 대를 얻는다고 해도 그다지 이상하지 않았다.

그리고 삼국 시대의 조선 기술도 사실 상당히 발달했다. 손권 시대에 처음으로 타이완이 오나라의 판도에 들어왔고(때문에 지금 중국에서는 타이완이 예부터 중국 영토라고 자신만만하게 주장한다), 하이난다오[海南島]는 그보다 훨씬 전인 한나라 시대에도 이미 사람들이 늘 오가던 섬이었다.

보다시피 제갈량의 초기 전설의 근간을 이루는 이 이야기는 물론 픽션이지만 소설과 유명한 경극 프로 '풀 실은 배로 화살 얻기(草船借箭)'로 세상에 널리 알려져 후세에 모방자들의 성공을 불러오기도 했다.

항일전쟁 시기에 허베이성의 민병들이 지뢰를 만들어야 했는데 금속 조각이 부족했다. 하여 그들은 일본군이 토벌하러 나오기 전에 마을 동구의 둔덕에다 사람들이 매복한 듯 가짜 목표를 만들어놓았다. 민병들의 습격에 늘 당하던 일본군은 다짜고짜 총포사격을 가했다.

적군이 물러간 후 민병들은 흙 속에서 총알과 포탄 파편을 파내어 지뢰에 넣었고, 그 지뢰 때문에 일본군은 한바탕 골탕을 먹었다. 삼국지에서 계시를 받은 현대판 '풀 실은 배로 화살 얻기'였다.

2장

낄낄거리며 읽는 오류

웃을 때는 손을 어루만지나?

포악한 동탁이 권세를 휘두르는 현실을 개탄하여 왕윤과 대신들이 슬피 우는데 하급 관료인 조조만이 껄껄 웃어대니 왕윤이 꾸짖는다.

"네 애비 할애비도 한가지로 한실의 녹을 먹었는데, 너는 나라에 보답할 생각은 않고 도리어 웃기만 하느냐?" (1권 338쪽)

좋은 글을 다른 언어로 옮기면서 가장 어려운 점은 아마도 새로운 독자들이 원문의 독자가 느낀 묘미를 맛보도록 하는 것이 아닐까. 그러자면 인물들이 자기 신분과 지위에 걸맞게 말을 해야 할 것이다. 한 나라 최고위 대신들의 말을 시정잡배들의 말처럼 옮겨놓는다면 읽는 사람들의 느낌이 달라지기 십상이다.

왕윤이 조조를 나무란 말의 원문을 보면 훌륭한 교육을 받은 사대부가 나이 어린 후배를 꾸짖는 것이 느껴진다.

"자네 조상도 한실의 녹을 먹었으려니…."

상대방의 선조를 들먹이더라도 점잖은 사람은 이런 식으로 나무랐는데 '애비 할애비' 운운하며 상스럽게 욕을 한다면 어떻게 될까.

하기는 이문열판에서 '아비'가 아버지를 가리키는 표준 용어로 등장했으니, 필자가 이렇게 세세히 캐면 너무 흠잡기에 눈을 밝힌다는 비난을 들을 수도 있겠다.

허나 왕윤이 꾸짖기 전에 조조가 웃는 모습을 이문열 씨가 '손을 어루만지며 큰 소리로 웃는 사람이 있었다'고 그린 것은 누구도 변호할 수 없는 오역이 아닌가 싶다.

필자가 아직 나이가 어려서인지 모르겠지만 우습다 못해 배가 아파 배를 어루만지며 깔깔거리는 사람은 보았어도 손을 슬슬 어루만지며 호탕하게 웃는 사람은 본 적이 없기 때문이다.

조조는 '푸장따샤오[撫掌大笑]' 하였는데 '푸[撫]'자가 현대 중국어에서는 '쓰다듬다', '어루만지다'는 뜻으로 쓰일 때가 많다. 애무(愛撫)라는 말의 한자도 바로 그것이다. 그런데 고대 중국에서는 '치다, 두드리다'라는 뜻이나 '거문고 따위를 탄다'는 뜻으로 쓰일 때가 훨씬 더 많았다.

그러니 여기에서는 '손뼉을 치며 크게 웃었다'라고 옮겨야 정확하다.

제갈량이 남만을 칠 때 마속(馬謖)이 묘한 계책을 종이에 써서 제갈량에게 보여준다.

'그걸 본 공명은 손바닥을 쓸며 크게 웃고 말했다.'(9권 140쪽)

여기서도 물론 공명은 손뼉을 치며 웃었던 것이다.

중국어에 '왕원썽이[望文生義]'라는 말이 있는데 글자만 보고 뜻을

해석한다는 뜻이다. 현대 중국어에서 쓰이는 뜻만 알고 어림짐작으로 고
대 중국어에서 갖는 뜻을 풀어쓰려고 하면 '왕원썽이'의 전형적인 오류
를 범하게 된다.

패전한 장수를 꼭 죽여야 하나?

마속(馬謖)이 가정에서 패하는 바람에 제갈량의 북벌 계획이 무산된
다. 제갈량은 눈물을 흘리며 마속을 죽이려 한다. 깜짝 놀란 대신 장완
(蔣琬)이 재능 있는 선비를 죽이지 말라고 제갈량을 말린다.

"옛적 초(楚)가 일껏 얻은 신하를 죽이게 되면 진(晉)의 문공(文公)은
그걸 기뻐해 마지않았다 합니다. 지금 아직 천하가 평정되지 않았는데
지모 있는 선비를 죽이면 그 어찌 아깝지 않겠습니까?"(9권 375쪽)

역시 '왕원썽이' 하여 만든 오류다. 원문을 보자.

'시추싸더천얼원궁시[昔楚殺得臣而文公喜].'

고대 중국의 지식인들은 남을 설득할 때 눈앞의 상황과 비슷한 구체
적인 옛사람의 일을 예로 들어 말하기 좋아했다.

여기서도 예외가 될 수 없어 '더천[得臣]'의 이야기를 했는데, 그것은
'신하를 얻었다'거나 '일껏 얻은 신하'라는 말이 아니라 춘추 시대의 초
나라 대장군 성득신(成得臣)을 가리킨다. 장완의 말은 다음과 같다.

"옛날 초나라에서 성득신을 죽이니 진문공이 기뻐했다 합니다."

성득신의 죽음과 관계되는 유명한 이야기가 바로 '투이삐싼서[退避三
舍]'다.

진(晉)나라의 공자 중이(重耳)가 권력 싸움에서 밀려나 여러 나라를 두

루 돌다가 초나라에서 후한 대접을 받았다. 어느 날 초성왕(楚成王)이 잔치 상에서 중이에게 물었다.

"이후에 진나라를 다스리게 되면 어떻게 보답하겠소?"

"임금님 덕분에 진나라로 돌아가면 초나라와 사이좋게 지내겠소이다. 만에 하나 부득이 임금님과 싸우게 되면 삼사를 물러나겠소이다."

중이의 대답이었다. 당시 행군할 때 삼십 리마다 쉬었는데 사(舍)란 30리를 가리키는 말이었다. 그저 맞받아 싸우지 않고 물러서는 건 어느 정도 양보하겠다는 자세였다.

훗날 중이가 19년의 방랑생활을 마치고 귀국하여 임금이 되니 후세에서 말하는 진문공이다. 기원전 633년에 초나라와 진나라가 과연 싸우게 되자 진나라 군대가 연거푸 세 번 물러나 성복(城濮)에 이르니 마침 90리를 물러섰다.

진문공으로서는 옛 시절의 약속을 지킨 셈인데 초나라 군대를 통솔한 성득신은 진나라 군대가 겁을 먹은 줄로 짐작하고 득의양양해 진격했다. 허나 교만한 군대는 반드시 패한다는 말이 있듯이 초나라 군대는 져도 참혹하게 졌다. 초나라 임금은 대노하여 득신에게 자결을 명령했다.

성득신이 죽었다는 소식을 듣고 진문공은 초나라의 다른 사람들은 걱정할 게 없다면서 대단히 기뻐했다. 그는 초나라에 몸을 의탁할 때부터 성득신의 재능을 알고 꺼렸던 것이다.

그 유명한 성복 싸움에서 진문공이 승리하여 나온 말 '투이삐싼서[退避三舍]'는 져주는 척하면서 양보하거나 진짜로 놀라서 회피하는 두 가지 경우에 모두 쓰이는 성어(成語)다.

성득신의 죽음과 대조적인 이야기를 살펴보기로 하자.

진(秦)나라의 맹명시(孟明視)를 비롯한 세 장수가 진(晉)나라의 매복에 걸려 참패하여 생포되었다가 간신히 목숨을 건져 돌아왔으나 진목공(秦穆公)은 여전히 세 장수를 중용했다.

몇 해 지나 맹명시가 또다시 진나라와 싸웠는데 역시 지고 말았다. 그런데도 진목공은 맹명시의 재능을 믿었다. 꼭 죽을 줄 알았던 맹명시 등 장수들이 분발하여 군사를 훈련시키니 진나라는 끝내 패전의 치욕을 씻고 당당한 강국이 된다.

'천 명 병사는 모으기 쉬워도 장수 하나를 얻기는 힘들다.'

이 이야기는 실례로 늘 쓰이는 말이다.

패전한 장수를 죽이느냐 살려두느냐는 총수의 판단에 달렸다.

이문열 씨는 평역본 삼국지에서 진문공을 잠깐 소개했는데, 그 해석이 이상하다.

'중이는 오랜 떠돌이 생활 끝에 돌아와 마침내 헌공의 뒤를 이으니 그가 바로 뒷날 관중(管仲)을 얻어 춘추의 다섯 패자(覇者) 가운데 하나가 된 진문공이었다.' (5권 287~288쪽)

진문공이 활약할 즈음에는 관중은 죽은 지 옛날이었고, 포숙(鮑叔)과 함께 '관포지교(管鮑之交)'로 유명한 관중을 얻어 춘추 시대의 첫 패자가 된 사람은 제환공(齊桓公)이다.

아차 실수로 보아주고 대충 넘어갈까?

그런데 대충 넘어가지 못할 오류도 있다.

이문열 씨가 현대 한국 독자들이 이해하기 쉽도록 서기 식으로 햇수를 표기하는 등 배려를 했는데 유감스럽게도 그런 간단한 일에서 틀린 데가 너무 많기 때문이다.

'오늘날의 사람들이 알아듣기 쉽게 말한다면 《삼국지연의》가 취급하는 시대는 황건난이 일어나는 서기 183년부터 오(吳)가 망하는 282년까지 약 백 년간이며 공명이 죽는 232년은 꼭 그 한가운데에 해당된다.' (10권 281쪽)

황건봉기가 갑자년에 일어났다는 건 삼국지를 읽은 사람들은 다 아는 상식이다. 현대에 가장 가까운 갑자년은 1984년이었으니 서기 2세기 말의 갑자년은 당연히 184년이다.

삼국 시대가 끝난 해는 오나라 천기(天紀) 4년이자 진나라 태강(太康) 원년이니 서기 280년, 경자년의 일이다.

제갈량이 죽은 해는 촉한 건흥 12년, 서기 234년이다.

또 촉한이 망하는 대목에서는 이렇게 썼다.

'저 복사꽃 흐드러진 동산에서 유(劉), 관(關), 장(張) 세 사람이 형제의 의를 맺은 뒤로 꼭 팔십 년, 서기로는 262년의 일이었다.' (10권 363쪽)

원작 삼국지에서나 이문열 평역 삼국지에서나 다 황건봉기가 일어난 다음 세 사람이 결의형제가 되니 서기 184년의 일인데 무슨 근거로 262년에 꼭 80년 전이라고 단언하는지는 모르지만 촉한이 망한 해는 분명 촉한 염흥(炎興) 원년이자 위나라 경원(景元) 4년, 서기로는 263년이다.

유감스럽지 않을 수 없다. 정사의 기록도 틀린 데가 많다는 것을 감안해 소설의 오류는 그냥 웃고 지나가자.

이름난 자객 예양이 예·양 땅으로 둔갑

관우가 조조에게 포위되어 항복할 때 내세운 세 가지 약조는 후세 중국사람들이 적에게 임시로 항복할 경우에 내세우는 좋은 명분이 되었다.

이른바 '한에 항복하지 조조에게 항복하지 않는다'는 첫 약조가 가장 유명하지만 조조가 진짜 꺼린 것은 '유비가 어디 있는지 알기만 하면 아무리 멀어도 찾아가겠다'는 제3조였다. 조조가 주저하니 관우와 친한 장요가 조조를 설득한다.

"명공께서는 예(豫), 양(襄) 땅의 사람들이 하는 말을 듣지 못하셨습니까? 유현덕이 운장에게 베푼 것은 그저 두터운 은의에 지나지 않습니다. 승상께서 이제 다시 두터운 은의로 그 마음을 사로잡는다면 운장이 어찌 승상을 따르지 않겠습니까?" (4권 59쪽)

그렇게 장요가 부추기자 조조가 관우의 약조를 다 받아들인다.

얼핏 보기에도 어딘가 이상한 느낌이 들 만한 말이다. 예와 양 땅의 사람들이 무슨 말을 했는지는 전혀 설명이 없으니 말이다. 그 뒤에 이어지는 장요의 말은 논리에는 맞을지 모르나 사리에는 맞지 않는다.

그러면 장요가 말이 나오는 대로 함부로 지껄였단 말인가? 그게 아니라 옮긴이가 원문을 잘못 이해한 것이다.

원문은 '치뿌원위랑쭝런궈스즈룬후[豈不聞豫讓衆人國士之論乎]'다. 예양(豫讓)은 춘추전국 시대의 이름난 자객으로 진(晉)나라의 여섯 경(卿) 가운데 하나인 중행씨(中行氏)를 섬기다가 첫 주인 중행씨가 잘못되었을 때는 아무렇지 않게 여기고, 지백(智伯, 이름은 智瑤)의 가신이 되었다. 진나라의 실권자였던 지백이 훗날 권력과 땅 빼앗기 싸움에서 망하니 예양은 목숨을 걸고 복수에 나선다.

예양은 새로운 실권자로 부상한 철천지원수 조양자(趙襄子)를 죽이려다가 실패하자 옻을 몸에 발라 모습을 바꾸고, 숯을 삼켜 목소리까지 변하게 하고는 친구에게 말한다.

"내가 하려는 일은 지극히 어렵지만 이로써 천하 후세에 남의 신하가 되어 두 마음을 품는 사람들을 부끄럽게 하려 하노라."

치밀한 준비에도 불구하고 예양은 두 번째 행동에서 조양자에게 발각되고 만다. 죽기 전에 한을 풀게 해달라고 청을 드리니 조양자는 그더러 자기 옷을 베도록 허락한다. 예양은 세 번이나 펄쩍 뛰면서 조양자의 옷을 베고 죽음을 맞는다. 조양자는 예양을 꾸짖는다.

"워낙 중행씨가 너의 주인이었는데 중행씨가 죽었을 때는 네가 그를 위해 죽지 않았다. 헌데 왜 지백이 죽으니 그를 위해 죽으려 하느냐?"

예양은 태연히 대답한다.

"중행씨는 나를 중인(衆人, 보통사람)으로 대해주었으니 나도 중인답게 보답하는 것이오, 지백은 나를 국사(國士, 나라의 특출한 인재)로 대접하였으니 나도 국사답게 보답하는 것이로다."

그러니 원문의 뜻인즉 이러하다.

"예양의 중인국사론을 듣지 못하셨습니까?"

완전히 한글로 풀어쓰면 이렇게 된다.

"저 옛날 예양(豫讓)이 남이 자기를 대하는 태도에 따라 보답도 달라진다고 논한 말을 듣지 못하셨습니까? 자기를 보통사람으로 대하면 보통사람 정도로 보답하고. 자기를 특출한 인재로 대하면 특출한 인재답게 보답한다고 하지 않았습니까?"

오역이 없는 역서는 거의 없다고 하니 웬만한 오류는 너그럽게 대해야겠지만 이해에도 한계가 있는 법이다.

단재 신채호 선생이 고구려와 수나라의 전쟁을 다룬 한문 글을 어느 한국인이 우리 글로 옮기면서 요동의 어느 싸움에서 수나라의 용맹한 장수 '맥철(麥鐵)'과 '장전(杖錢)' 그리고 '아무개'가 죽었노라고 썼기에 배를 끌어안고 웃은 적이 있다.

이는 '맥철장'과 '전 아무개'를 잘못 읽은 것으로, 좌둔위 장군 맥철장은 빨리 달리기로 소문난 장수인데, 그 이름은 아마 쇠몽둥이를 잘 썼기에 붙여진 것으로 짐작한다. 맥철장과 전 아무개, 두 사람이 죽은 것을 세 사람으로 바꿔버렸으니 고구려군의 전과는 150퍼센트로 늘어났겠지만 얼마나 우스운 노릇인가.

글을 옮기느라고 어떤 책이든 다 뒤질 수는 없으니 깜빡 잊고 서기 612년 고구려와 수나라의 전쟁을 기록한 역사책을 제대로 보지 않은 것은 이해할 만하지만 몽둥이 장(杖)자를 성씨로 간주한 것은 상식 이하의 노릇이다.

이문열판 삼국지에서 예양의 양(讓)을 양(襄)으로 만든데다 인명을 지명으로 간주하고, 중인을 뭇사람으로 이해한 것까지는 깜빡 실수로 봐줄 수 있으나 '국사'란 말을 아예 빼버렸으니 번역의 원칙에도 어긋나는 행위다.

중국어 책을 제대로 보려면 중국역사를 환하게 꿰뚫어보아야 한다. 특히 고서에는 전고(典故)가 많아 글자 하나를 잘못 보더라도 뜻이 전혀 달라진다. 보통 독자들이야 알쏭달쏭한 말을 건너뛰면 그만이지만 책을 옮기는 이가 자신이 잘 모르는 말이라고 하여 슬그머니 빼버려서는 안 될 것이다.

여기서 약간 사족을 보태기로 하자. 한국에서 나온 책들을 읽다 보면 일본인은 복수의식이 굉장히 강한데 한국인은 복수할 줄 몰라 어떠어떠하다고 비판하는 말이 가끔 나온다. 중국인들도 한때 일본인의 강렬한 복수의식을 높이 평가하면서 중국인의 혈기가 부족하다고 반성한 적이 있었다.

헌데 아주 옛날에는 중국인도 복수의식이 굉장히 강했으니 사마천이 《사기》를 쓸 때에는 주인을 위해 복수하는 문객(門客)이 영웅 대접을 받았다. 조조의 장수 하후돈이 소년 시절에 자기 스승을 모욕하는 자를 죽였는데도 영웅 대접을 받는 데 아무런 지장도 없었던 것은 삼국지에도 나오는 사실이다.

말하자면 조조가 살던 시대에도 주인이나 스승을 위한 살인은 주류(主流) 사회에서 보통 살인과 달리 치부했다. 그러나 차차 조조가 권력을 잡으면서 인구가 격감하는 현실에서 살인이 통치에 불리한 점을 파악하고 그런 살인을 권장하지 않았다.

'사사로운 원한으로 복수하는 것을 금한다.'

조조는 이렇게 정했다.

이후 통치자들이 개인적인 살인을 금지했으니 그때부터 살인복수극은 값이 차차 떨어지면서 망한 집안의 하인들은 옛 주인의 후대를 길러주거나 사방으로 돌아다니면서 임금이나 명관을 찾아 주인의 누명을 벗기려 애쓰는 것이 고작이었다.

명나라 《대명률(大明律)》에는 부모를 죽인 자를 죽이면 장(杖) 60대에 처하고, 현장에서 즉시 복수한 경우에는 처벌하지 않는다는 조항이 있었다. 이 시기에도 이처럼 효(孝)를 위한 살인에 대해서는 관용이 명문화되어 있었으나 주인을 위한 살인은 허락되지 않았다. '천지군친사(天地君親師)'에서 군은 엄격하게 임금으로 고정된 것이다.

이와 반대로 일시적인 적수를 용서하는 행위가 갈수록 미담으로 부상하였다. 용서가 복수보다 훨씬 낫지 않은가?

중국어에 '왠왠샹빠오허스랴오[寃寃相報何時了]'라는 말이 있는데 서로 복수를 거듭하면 언제 끝이 나겠느냐는 뜻이다.

토끼와 개의 경주가 개싸움이 되다

후한 말년 북방의 제일 큰 군벌이었던 원소가 조조와의 결전에서 져서 죽은 다음 그의 아들 원상(袁尙)과 원담(袁譚)이 자꾸 싸운다. 철딱서니 없는 녀석들이 조조의 대군을 코앞에 두고도 집안싸움에만 눈을 밝히니 형주를 차지한 군벌 유표가 원상에게 편지를 보내 싸우지 말라고 권한다.

"형제가 서로 싸워 조조에게 몰리게 되었으니 이는 마치 한려(韓盧)와 동곽(東郭)이 저희끼리 싸움에 먼저 지쳐 밭 가는 농부에게 사로잡히게 된 꼴과 무엇이 다르겠소이까?"(4권 361쪽)

이문열 씨는 뒤이어 이렇게 설명했다.

'한려나 동곽은 모두가 옛적에 사납고 날래기로 이름난 개들이다.'

시골 개들이 뼈다귀나 암캐를 두고 으르렁거리며 싸우는 건 이전에 심심찮게 보던 진풍경이지만 '사납고 날랜 개들'이라면 현대의 군견(軍犬) 정도로 급수 높은 개일 텐데 이유 없이 싸울 리는 없다. 농부가 지친 개를 사로잡았다는 것도 어딘가 맛이 이상하다.

워낙 한자로(韓子盧)와 동곽준(東郭逡)은 《전국책(戰國策)》 '제삼(齊三) 편'에 나오는 우화의 주인공들이다. 한자로는 한(韓)나라에서 나는 검둥

개로서 천하에서 제일 빨리 달리기로 소문난 명견이고, 동곽준은 제(齊)나라 동곽에 사는 교활한 토끼다.

한자로가 동곽준을 쫓아 산을 세 개나 맴돌고 산마루를 다섯 개나 넘다 보니 개와 토끼가 다 허덕거리던 끝에 지칠 대로 지쳐 쓰러져 죽고 말았다. 결국 농부가 조금도 힘들이지 않고 개와 토끼를 차지했다. 어부지리(漁夫之利)와 비슷한 뜻이다.

중국에서는 이 이야기가 쌍방이 양보할 줄 모르고 싸우다가는 둘 다 다친다는 뜻인 사자성어 '량빠이쮜샹[兩敗俱傷]'을 해석할 때 곧잘 쓰이지만, 어부지리를 풀이하는 도요새와 조개의 싸움 이야기(중국어로는 '위빵샹쩡, 위웡더리[鷸蚌相爭, 漁翁得利]')보다는 덜 알려진 편이다.

그리고 려(廬)와 로(盧)는 아주 비슷한 한자이지만 뜻은 완전히 다른데, 이씨가 왜 이 글자를 썼는지 모르겠다.

나귀와 노새는 컨혀 다른 짐승인데

제갈량의 맏조카 제갈각(諸葛恪)이 등장하는 장면이 기억날지 모르겠다. 잘 생각나지 않으면 아래 이야기를 보자.

제갈각이 여섯 살 때 아버지 제갈근(諸葛瑾, 자는 子瑜)을 따라 동오의 수령 손권이 베푼 잔치에 참석했다.

그 자리에서 손권은 제갈근의 낯이 긴 것을 보고 우스개 삼아 노새 한 마리를 끌고 오게 한 뒤 그 노새의 얼굴에다 분필로 제갈자유(諸葛子瑜)라고 자를 쓰게 했다. 그걸 본 벼슬아치들은 모두 큰 소리로 웃었다.

제갈근도 손권이 장난으로 그러는 것이라 함께 웃을 수밖에 없었다. 그런데 어린 제갈각이 자리에서 일어나 쪼르르 앞으로 달려 나가더니 분필을 집어 '지로(之驢)' 두 자를 노새의 얼굴에다 더 써넣었다. 합치면 '제갈자유지로(諸葛子瑜之驢)'이니 곧 '제갈근의 노새'란 뜻이 된다. 아버지가 노새가 되는 욕을 재치로 변하게 한 것이었다.

그 자리에 앉았던 사람들은 겨우 여섯 살 난 그의 재치에 놀라 마지않았다. 손권도 그를 기특히 여겨 정말로 그 노새를 제갈근에게 내렸다. (10권 42~43쪽)

아이고, 이거 틀려도 너무 심하게 틀렸다. 손권은 얼굴이 긴 그 짐승을 제갈각에게 상으로 내주었고, 그 짐승 '뤼[驢]'는 나귀다. 중국에서 왔다고 그러는지 한국에서는 당나귀라고도 하고 어떤 이들은 하늘소라고도 부른다.

그런데 이문열판에서 노새라 하다니. 노새는 '뤄[騾]'요, '뤼'와는 한자가 다르거니와 뜻도 물론 전혀 다르다. 조조가 진궁과 함께 도망치다가 여백사를 죽이는 대목에서는 여백사가 나귀를 탔다고 정확하게 옮겼는데 왜 여기에선 엉뚱하게 변했는지 모르겠다.

혹시 번역할 때 사용한 원본에 잘못 찍혔을까? 그럴 가능성은 거의 없다. 그 이야기는 중국에서는 너무나 잘 알려져 있으니 말이다. 이문열판에도 분명 '지로(之驢)'라고 한자는 제대로 쓰지 않았던가? '뤼'의 한국음이 '려'인데 '로'라고 한 것은 잘못되었지만.

기실 이치로 미루어보더라도 손권이 노새로 제갈근을 조롱할 리가 없다. 손권은 얼굴이 긴 제갈근을 빗대어 얼굴이 긴 나귀로 가벼운 장난을 친 것이다. 제갈각이 두 글자를 보태 '제갈자유의 나귀' 라고 말을 돌린 것은 참으로 놀라운 기지다.

그런데 노새는 수나귀와 암말 사이에서 난 잡종이다. 튼튼하고 힘이 세며 병에 대한 저항력이 강해 짐을 나르는 데 많이 쓰이지만 생식 능력이 없다.

그러니까 나귀가 아니라 노새를 끌어다가 얼굴에 '아무개' 라고 쓰면 '자네 아들이 친자식이 아니잖아? 부인이 바람을 피운 게 아냐?' 하는 격이니, 옛날 선비에게는 그보다 더한 욕이 없을 듯하다.

아무리 어진 제갈근이라도 얼굴을 붉힐 테고, 충성스러운 제갈근을 믿고 아끼는 손권으로서는 그런 짓을 할 리 만무하다. 지금 사람들도 술상에서 농을 하더라도 상대방의 생식 능력을 의심하는 농은 하지 않는 것이 상례가 아닌가.

생식 능력 말이 나온 김에 정사를 훑어보면 삼십대에 아들 셋을 둔 제갈근의 번식 능력을 의심하는 사람은 없었겠지만 마흔이 넘도록 자식 하나 없던 제갈량은 고민이 많았으리라 짐작된다.

제갈량은 생각 끝에 형을 보고 조카를 하나 달라고 청했고, 제갈근은 손권의 허락을 받은 다음 둘째아들을 동생에게 주었다. 제갈각의 동생 제갈교(諸葛喬)도 상당히 이름난 인물이었는데 사람들은 그의 재능이 형보다 못하지만 성격은 형보다 낫다고 인정했다. 제갈량은 제갈교를 친아들처럼 대하면서 제갈근의 둘째아들 신분에 어울리는 자 중신(仲愼)을 자신의 맏아들 신분에 맞도록 백송(伯松)으로 고쳐주기까지 했다.

부마도위라는 관직을 가진 제갈교는 촉한(蜀漢) 건흥(建興) 6년(228년)에 스물다섯 살 젊은 나이로 너무 일찍 죽었으나 다행히 이미 아들 제갈반(諸葛攀)을 남겼고, 그보다 일 년 전에 마흔일곱 살 먹은 제갈량 또한 독자 제갈첨(諸葛瞻)을 보았다. 제갈반은 훗날 익무장군(翊武將軍) 자리까지 올랐다가 역시 일찍 죽었다.

동오 건흥(建興) 2년(서기 253년)에 오나라에서 임금이 겁낼 정도의 권력을 휘두르던 제갈각이 암살당했다. 제갈각이 총명한 인재로 떠받들릴 때 그의 아버지 제갈근은 아들의 재주가 너무 겉으로 드러나는 것을 걱정했다고 한다.

"각은 우리 가문을 번창하게 하기는 고사하고 오히려 멸족의 화를 당하게 하겠구나."

제갈각 본인이야 쉰한 살까지 살았으니 요절한 셈은 아니지만 그의 죽음에 이어 피비린내 나는 숙청에 동오에 살고 있던 제갈 가문의 씨가 말라버렸으니 제갈근이 바로 본 것이다. 제갈각 자신에게도 문제가 많았으나 너무 어릴 적부터 사람마다 똑똑하다고 칭찬해준 것도 나쁜 영향을 미치지 않았을까?

그때 촉의 제갈씨는 제갈량의 친아들 제갈첨, 친손자 제갈상(諸葛尙) 등이 있었기에 제갈반은 장자계(長子係)로 돌아가 여전히 제갈근의 후대가 되었다.

소설 삼국지에서는 촉나라가 망할 무렵 제갈량의 아들 제갈첨과 큰손자 제갈상이 위나라 장수 등애와 싸우다가 죽는 것으로 제갈씨의 이야기를 끝낸다.

그런데 제갈씨네는 결코 전부 촉나라를 위해서만 순절하지는 않았다. 제갈량의 둘째손자 제갈경(諸葛京)과 제갈반의 아들 제갈현(諸葛顯) 등은 위나라 함희(咸熙) 원년(서기 264년)에 촉나라의 임금, 신하들과 함께 위나라 땅 하동군으로 옮겨갔고, 제갈경의 마지막 관직은 강주자사(江州刺史)였다니 직위가 상당히 높았다.

제갈량은 촉나라에, 제갈근은 오나라에, 그들의 집안 동생(族弟) 제갈탄(諸葛誕, 이문열판 10권에서는 제갈탄이 제갈량의 집안 조카라고 잘못 나왔다)은 위나라에 끝까지 충성을 다했으니 앞사람들은 삼국 시대의 세 나라를 위해 충성을 고루 바쳤고, 손자들은 삼국 시대를 이은 진나라 시대에 관리로 활약했다. 제갈씨 일가의 활동은 정말 한두 마디로 어느 틀에 맞출 수 없다.

혁명은 가죽띠에 뜻을 밝히는 것?

이문열판의 짜임새를 보면 제갈량이 죽은 다음 부분을 과감하게 줄이고 대신 앞부분에 유비, 조조와 손견 등을 주인공으로 하는 인물들의 전전(前傳)을 길게 보태 사람들의 내력을 밝히려 시도했다.

의도는 좋았으나 유비나 손견이 처음부터 한나라 황실을 바꿀 생각을 했다든가, 유비와 장비, 조조와 하후돈 등이 다 주먹패로 그려진 것 따위는 어쩐지 읽는 사람을 씁쓸하게 만든다. 젊은 조조가 나이 먹은 사람이라야 쓸 수 있는 시를 읊는 것 등도 어색하기 그지없다.

그 긴 전전에서 옛 말을 엉뚱하게 해석했거나 틀린 부분은 몇 군데 꼭 지적하고 싶다.

조조가 원소와 술을 마시다가 역사의 흐름을 논한다.

"그래도 주(紂, 은나라 최후의 천자)가 포학무도함을 그치지 않으니 하늘은 가죽띠에 그 뜻을 밝혀(革命) 무왕(武王)으로 하여금 주를 치게 했

고…." (1권 80쪽)

'혁명'이라는 말이 아무리 남용·도용·오용되더라도 그 어원을 이렇게 해석한 풀이는 보다 처음이다. 혁은 물론 '가죽 혁(革)' 자다. 허나 이 글자는 뜻이 여러 가지이고, 이 경우에는 '개변한다'는 의미다.

혁명이라는 말이 《역·혁(易·革)》에 나온다.

'탕무혁명은 하늘에 순하고 사람에 응했다(湯武革命, 順乎天而應乎人).'

하나라를 뒤엎은 성탕(成湯)과 은나라를 뒤엎은 주무왕(周武王)이 하늘의 뜻에 따랐고 인간의 바람에 응해 새 왕조를 세웠다는 말이다.

《역·잡괘(易·雜卦)》에는 '혁고정신(革故鼎新)'이라는 말이 처음 나오면서 '혁은 낡은 것을 버림이요, 정은 새것을 취함이다(革, 去故也, 鼎, 取新也)'라고 분명히 해석하였다.

때문에 혁명이란 말을 풀어쓰면 혁은 '변혁'이라는 말이고 명은 '천명'이라는 말이다.

근현대에서 말하는 혁명은 리볼루션(revolution)을 일본인이 번역한 것으로서 바로 정확한 한자어를 골랐으니, 혁명과 가죽띠는 전혀 관계가 없는 말이다.

그리고 옛날 사람들이 하늘의 뜻을 들먹거릴 때에는 별 따위의 변화를 즐겨 인용했지 가죽띠로 하늘의 뜻을 대변하지는 않았다.

또한 유비가 유협(遊俠) 집단의 수령이 된 대목에서 이문열 씨는 유협을 논했는데, 이는 고서를 잘못 전한 것이다.

'사마천(司馬遷)이 《사기(史記)》의 〈유협열전(遊俠列傳)〉 앞머리에다 〈유자(遊者)는 글로써 법을 문란케 했고 협자(俠者)는 무로써 법이 금지

하는 일을 범했다〉라고 쓰고 있는 것이나….'(1권 120쪽)

여기서 사마천의 원문은 유자(遊者)가 아니라 선비라는 뜻으로 '유자(儒者)'였다. 원래 한비자(韓非子)의 《오독(五蠹)》에 나오는 말이다.

태위라는 높은 벼슬을 하던 교현(橋玄)이라는 사람이 청년 조조를 보고 말한다.

"나는 천하의 명사(名士)들을 많이 보았지만, 자네만한 상(相)은 아직 없었네." (1권 68쪽)

그 교현의 제의를 좇아 조조는 허자장을 찾아간다. 허자장은 당대에서 제일간다는 소리를 들을 만큼 상(相)을 잘 보는 사람이었다.

… 허자장은 조조의 상을 이모저모 뜯어보기만 할 뿐 종내 입을 열지 않다가 조조가 여러 번 재촉한 뒤에야 응했다.

"당신은 치세(治世)에는 능신(能臣)이 될 것이고, 난세(亂世)에는 간웅(奸雄)이 될 것이오."

그런데 이상한 것은 그 말에 대한 조조의 반응이었다. 난세의 간웅이란 꺼림칙한 단서가 붙어 있음에도 그는 껄껄 웃으며 크게 흡족해했다. 다시 말하자면, 경우에 따라서는 한에 대한 충성을 철회할 수도 있다는 뜻을 솔직히 드러냈다고도 볼 수 있었다. (1권 153쪽)

교현이나 허자장이 비범한 관상쟁이로 변신했는데, 기실 그들은 인간의 재능을 가늠하여 그릇 크기를 짐작하는 사람들이었다.

어떤 일을 당했을 때 사람들이 취하는 태도나 어떤 문제에 대답하는 재치에 근거해 인물평을 하는 것은 당시와 그 뒤 100여 년 이상 유행한 일종의 풍습이었다. 특히 허소(許劭)는 자가 자장(子將)인데 매달 초하루마다 명사들과 모여 앉아 당대 인물들을 평가하면서 인간의 변화에 따라 평가를 고치기도 했으며, 사람을 바로 본다고 소문난 사람이었다.

지금 프랑스에서 식당과 요리사를 해마다 평하면서 별을 늘였다 줄였다 하는 것과 비슷한 그 월단평(月旦評)이라고 하는 평의에서 높은 점수를 따면 이름 없는 젊은이도 일약 명사 급으로 발돋움할 수 있었다.

조조가 별 이름이 없을 때 누구도 그의 재능을 알아보지 못했으나 교현만은 그를 만나보고 놀라워했다.

"천하가 곧 혼란해지겠는데 백성을 편하게 해줄 사람은 그대가 아닌가!"

아내와 자식들을 돌봐달라고 조조에게 부탁하기까지 했던 교현은 무명 시절의 조조를 하루 빨리 명인으로 만들기 위하여 허소에게 가보라고 건의한 것이다.

당시 조조가 푸짐한 선물을 갖추고 허소한테 찾아가 평가를 해주십시사고 공손하게 사정했더니 허소는 조조의 사람됨을 깔보면서 응하지 않았다. 조조가 기어코 고집을 부리니 허소가 마지못해 한 마디 던졌다. 《후한서》의 〈허소전〉에 허소가 한 말이 나온다.

"그대는 태평세월의 간적이요, 난세의 영웅이라(君淸平之奸賊, 亂世之英雄)."

허소의 평어는 단 한마디였을 텐데 진(晉)나라 사람 손성(孫盛)이 쓴 〈이동잡어(異同雜語)〉에서는 말의 순서가 뒤바뀌고 낱말도 달라졌다. 바로 삼국지를 통해 널리 퍼진 그 말이다.

"그대는 치세의 능신이오, 난세의 간웅이라[子治世之能臣, 亂世之奸雄)."

조조의 평생을 살펴보면 《후한서》의 기록이 보다 사실에 부합한다고 할 수 있겠다. 그리고 난세의 영웅이라는 평가만이 청년 조조를 기쁘게 할 수 있었던 것이다.

당시 천하는 크게 혼란해질 징조가 드러났으니 태평세월은 바라볼 수 없었다. 때문에 치세의 간적이니 능신은 다 빈말에 불과했으나 난세의 영웅은 조조 같은 호걸의 마음에 꼭 드는 소리였다.

조조나 손견이나 유비나 원소, 원술 할 것 없이 모두 이제 무슨 일을 할지는 딱히 모르면서도 역사에 자취를 남기고 싶은 욕망에 불타던 젊은 이들이었는데 형세가 바뀌고 권세가 점점 커짐에 따라 차차 욕심이 커졌다고 보아야지, 처음부터 유씨 왕조에 충성을 다 할 마음이 없었다고 풀이한다면 훗날의 행위를 억지로 입지전의 틀에 맞추는 셈이다.

'남겨 기름이 없으리니' 는 도대체 무슨 말?

동탁을 치기 위하여 제후들이 모이니 원소가 맹주로 떠받들린다. 원소는 엄숙하게 맹세문을 읽는다.

"만약 이 맹세를 어기는 자가 있으면 그 목숨을 떨어뜨리고, 남겨 기름(育)이 없으리니…." (2권 31쪽)

정숙한 분위기가 파괴되어 책을 내려놓고 한참이나 낄낄거렸다. 자칫하면 '기름(油)'을 연상시키는 이상한 말이 아닌가.

원문은 전부 네 글자로 구절이 이루어졌다.

'유우위츠멍, 비주이치밍, 우커이유[有渝此盟, 俾墜其命, 無克遺育].'

"만약 이 맹세를 저버리는 자가 있으면 그 목숨을 끊으시고 자손이 없게 하시옵소서!"

생육한다는 '위[育]' 자가 남길 '이[遺]' 자 뒤에 붙어 여기에서 후대를 남긴다는 뜻인데, 그 앞에 '아니된다'는 뜻인 '우커[無克]'가 있어 대가 끊어진다는 말을 이룬다.

동탁을 죽인 왕윤(王允)이 너무 독선적으로 나서니 마일제라는 사람이 걱정한다.

"왕윤은 뒤가 없겠소이다." (2권 217쪽)

여기에서 가리키는 뒤(後)도 사실은 후대라고 옮겨야 오해가 생기지 않는다.

'불효에는 세 가지가 있나니 후대가 없는 것이 제일 크니라(不孝有三, 無後爲大).'

이런 관념이 있었기에 후대가 없어져 제사를 지낼 사람이 없는 것을 고대 중국인들은 가장 두려워했던 것이다. 불충으로 후세에 나쁜 이름을 남기는 것 역시 무서운 노릇이었으며, 중국인들의 다른 한 가지 공포사항은 시체가 온전하지 못하거나 노출되는 것이다.

여포와의 싸움에서 지고 도망가는 유비에게 사냥꾼 유안이 고기를 대접하려고 아내를 죽인다. 원작에서는 팔의 고기를 도려내었다고 했는데, 이문열판에서는 너무 처참해졌다.

'유비가 놀라 그 시체를 살피니 허벅지며 엉덩이 께에 살이 도려내진 게 보였다' (3권 235쪽)고 하였다.

'팔 삐[臂]'와 '엉덩이 툰[臀]'은 얼핏 보기에는 비슷하지만 완전히 다른 글자다. 글쎄, 돼지나 사람이나 엉덩이의 고기가 맛이야 더 있을지 모르겠지만 이런 면에서는 원작을 따르는 편이 좋고, 가뜩이나 불쌍하게 죽은 여인의 감각 없는 시체라도 엉덩이와 허벅지를 드러내면 한결 보기 흉하지 않은가.

워낙 이야기를 꾸민 사람도 아마 남녀의 구별을 가늠해서 팔의 고기를 도려냈다고 했을지 모른다.

비슷한 글자를 잘못 보면 우스운 일이 많아진다. 고대 중국어에서 '누군가'라는 뜻으로 잘 쓰이는 '훠[或]'가 있다. '훠원[或問]'은 '누군가 물었다'이고, '훠웨[或曰]'는 '누군가 말했다'가 된다. '훠까오즈웨[或告之曰]'는 '누군가 알려주었다'는 뜻이다.

헌데 이문열 씨는 조조가 장수(張繡)와의 싸움에서 참패하여 도망갈 때, 우금의 어느 부하가 우금과 나눈 대화에 나오는 이 글자를 조조의 모사 순욱(荀彧)의 이름자인 '위[彧]'로 잘못보고 '순욱이 갑갑한 듯 권했다'(3권 160쪽)로 시작하여 '순욱이 은근히 부끄러울 지경이었다'로 끝낸다.

하기는 글자를 잘못 보지 않더라도 틀리기 쉬운 글자가 있다.

태사자는 산에서 손책과 싸우다가 으슥한 곳에서 사로잡으려고 적수를 유인하여 멀리 간다.

'태사자의 속마음을 알 리 없는 손책이 그를 놓아주지 않고 따라와 둘은 어느새 평지의 냇가에 이르렀다.'(3권 87쪽)

중국어를 우리 글로 옮길 때 가장 틀리기 쉬운 말 가운데 하나가 바로 '촨[川]' 혹은 '핑촨[平川]'이다. 천자문에서 이 글자를 '내 천자'라고 하듯이 물론 개울이나 냇물이라는 뜻으로 쓸 때가 아주 많다. 허나 평지라는 뜻으로 쓰일 때도 적지 않다. 때문에 여기의 '핑촨'은 냇물과 아무런 관계도 없는 평지다.

사소한 문제이지만 이문열판에는 역사 사실을 잘못 쓴 경우도 많다. 예를 들어, 조조는 장수에게 참패하여 도망가다가 맏아들 조앙(曹昻)이 바친 말을 타서 목숨을 구하고 조앙은 죽고 만다.

'실제로는 조조의 정처(正妻)인 송씨(宋氏)는 그 일을 들어 조조와 의절(義絕)하고 평생을 다시 보지 않았다는 기록이 있다.' (3권 158쪽)

틀렸다. 조조의 부인은 정(丁)씨였다. 조앙(曹昻)은 조조의 다른 부인 유(劉)씨가 낳았는데 유씨는 일찍 죽고 정씨가 조앙을 길렀다. 조앙이 비명에 죽은 다음 정씨가 늘 조조를 원망하면서 울었더니 조조는 화가 나서 그녀를 친정집으로 쫓아버렸다.

후에 조조가 장인 집에 찾아가니 정씨는 천을 짜면서 알은체하지 않았다. 조조는 몇 번이나 돌아가자고 말하였으나 정씨가 대답도 하지 않아 부부는 결국 갈라졌다. 만년에 병마에 시달리던 조조는 죽기 전까지 정부인을 잊지 못했다.

"난 평생에 마음에 꺼리는 노릇을 하지 않았는데, 죽은 다음에 만약 넋이라도 있어 자수(子修, 조앙의 자)가 '내 어머닌 어디 계시는가' 하고 물으면 내가 무슨 말로 대답하겠느냐!"

조조와 유비의 영웅담은 너무 맛이 변해

조조가 유비를 청해 술을 마시면서 천하의 영웅을 논하는 이야기는 삼국지에서 가장 이채를 띤다는 평가를 들을 정도로 유명하다. 헌데 이씨의 평역에서는 군데군데 맛이 변하고 심지어 겨우 반 쪽 미만의 분량에서 네 군데나 원작과 달라 읽는 재미를 망쳐버렸다.

정자에는 이미 술상이 차려져 있었는데 조조가 말한 대로 쟁반 위에는 푸른 매실 삶은 것이 안주로 나와 있고 곁에는 잘 익은 술이 한 독 담겨 있었다.

두 사람은 곧 자리를 마주하고 앉아 술을 마시기 시작했다. 술이 반쯤 오를 무렵 갑자기 검은 구름이 짙게 덮이더니 비가 쏟아지기 시작했다.

"용이다! 용이 등천을 한다."

검은 구름 사이로 기괴한 형상이라도 비쳤던 것인지 정자 아래서 두 사람의 술자리를 시중들고 있던 자들 가운데서 하나가 문득 놀란 목소리로 소리쳤다. 그 소리에 조조와 유비는 난간에 기대 검은 하늘을 쳐다보았다. 그러나 소리친 자가 가리킨 하늘가에는 아무것도 보이지 않았다. (3권 315쪽)

여기서 중국어 원본과 맛이 다른 네 군데를 거꾸로 일일이 이야기해 보자.

'소리친 자가 가리킨 하늘가에는 아무것도 보이지 않았다'는 말은 이씨가 보탠 부분. 상상 속의 동물인 용이 현실에서 하늘로 날아오를 리 없으니 나름대로 합리적인 해석을 붙인 모양인데, 옛날 종자가 그렇게 허황한 거짓말을 했다가는 목이 간들거릴 것이다.

용이 등천을 한다는 말 역시 원 뜻과는 반대되는 소리다. 원문은 '룽꽈[龍掛]', 즉 '용이 걸렸다' '용이 내리 드리웠다'는 뜻으로서, 기실 그 말이 가리키는 현상은 바로 중국어로 '룽쥐엔펑[龍卷風]'이라고 하는 회오리바람이다.

멀리서 보면 회오리바람이 불 때 적란운(積亂雲)이 깔때기 모양으로 드리우는데 과학 지식이 부족했던 옛 사람들은 비를 내리려는 용이 거꾸로 드리워 물을 빨아올린다고 여겨 '룽꽈'라고 했다.

삼국지를 우리 글로 옮긴 어떤 책에서는 이 말을 해석하기가 불편하니 아예 종자가 "저기서 용이 물을 마십니다"라고 말했다고 썼는데, 참 잘 된 표현이라는 생각이 들었다. 먼 하늘가에서 용이 물을 마시는 모습을 보면서 조조는 자연스레 용에 대한 문답을 끌어냈던 것이다. 화두(話頭)로서는 적격이 아닌가. 그저 시중꾼의 허황한 한마디에 용 이야기를 할 조조가 아니다.

비가 쏟아지기 시작했다는 말도 원문과 다르다. 원문은 '쩌우위쟝쯔[驟雨將至]'다. '쩌우위'는 소나기, '쯔'는 '이른다, 온다'는 말 그리고 이런 경우에 쓰이는 쟝(將)은 '장차, 곧'이란 뜻을 갖는다. 곧 소낙비가 올 것 같은 환경에서 조조는 용과 영웅을 논하기 시작했고, 유비가 수저를 떨어뜨리는 순간 소나기가 막 퍼부으려고 하면서 우레가 꽈르릉 울었으며, 소나기가 지나가자 관우와 장비가 뛰어 들어온다.

처음에는 조조와 유비 두 사람이 편안한 기분으로 술을 마시기 시작하더니 검은 구름이 뒤덮이는 등 눈으로 보이는 환경 변화가 일어나면서 유비의 신변에도 위험이 다가온다. 드디어 귀로 들리는 소리 변화가 생겨나는 순간, 유비는 극히 위태로운 고비에 몰린다. 다행히 유비가 기지를 발휘해 위험을 모면하니 비가 멎고 날씨도 활짝 갠다.

원작에서는 이처럼 유비의 심정과 맞추어 층층이 묘사되었는데 이씨는 처음부터 비가 내리게 했으니, '말도 꺼내기 전에 볼기만 맞았다'는 노래 가사가 생각난다.

그리고 쟁반 위에 푸른 매실 삶은 것이 안주로 나와 있다니, 시큼한 매실 때문에 입안에 침이 돌기는 고사하고 입가에 웃음이 흐른다. 매실은 설익었을 때 푸른색이 나고 폭 익으면 노르스름하다. 중국인들은 매실을 날것으로 먹기도 하지만 매실로 잼을 만들고 '미쩬[蜜餞]'이라는 꿀에 잰 건과도 만든다. 설익은 푸른 매실 껍질을 벗기고 짚불 연기에 그을려서 말리면 우리가 잘 아는 오매(烏梅), 해열제이자 구충약이 된다.

이처럼 매실을 먹는 방법은 다양하지만 중국인들이 매실을 삶아먹는다는 말은 듣다 처음인 소리다. 잘 알려져 있다시피 매실은 맛이 매우 신데 삶으면 무슨 맛으로 먹을까.

그 대목에 삶는다는 '쭈[煮]'자가 나오니 술에 붙어 있는 이 글자를 매실에 옮겨놓지나 않았을까 의심하는 바다.

조금 뒤로 넘어가 보자. 조조가 자신과 유비를 영웅이라 하는 바람에 깜짝 놀란 유비는 수저를 떨어뜨린다.

그런데 때마침 한 줄기 소나기가 쏟아지며 뇌성이 크게 일었다. 조조의 말에 놀라 수저를 떨어뜨려 놓고야 일이 더욱 나쁘게 된 것을 알고 당황한 유비는 얼른 그 뇌성을 핑계로 삼았다. 머리를 수그려 땅바닥에 떨어진 수저를 주으며 짐짓 부끄러운 듯 말했다.

"좀 전의 천둥소리가 얼마나 무시무시하던지 그만 이렇게 수저를 떨구고 말았습니다." (3권 320쪽)

역시 오역(誤譯)이라면 오역이요, 이씨가 주장하는 '변형, 재구성'이라면 그다지 잘 된 변형이라고 할 수 없겠다. 앞에서도 잠시 언급했지만 원문에서는 그때 소나기가 막 퍼부으려 하면서 우레가 울었다.

사실 '나관중 지음'으로 된 현존 최초의 삼국지 판본인 가정본에서는 '우레가 울면서 급작스레 소나기가 내렸다'고 했는데 모종강본에서 '마침 비가 오려고 하면서 우레가 크게 일었다'고 고쳤다. 유비의 심정과 착착 맞물리게 고쳐놓은 것이다. 이씨의 풀이는 가정본과 맞아떨어지지만 잘 된 표현은 아니다.

그런데 그보다 더 심한 변형은 유비의 말과 행동이다. 먼저 나관중본을 보자.

유비가 수저를 떨어뜨리자 조조가 얼른 묻는다.

"왜 젓가락을 떨어뜨리는 것이오?"

현덕이 대답한다.

"성인께서는 '급작스러운 우레와 폭풍을 만나면 낯빛을 고쳤다'하셨습니다. 우레가 한 번 터지는 위엄이 이 정도로군요."

조조가 계속 캐어묻는다.

"우레는 하늘과 땅의 음기와 양기가 부딪히는 소린데 왜 놀라시오?"

"비는 어릴 적부터 우레 소리를 두려워 해 숨을 곳이 없는 것이 한스러울 뿐입니다."

현덕의 대답에 조조는 냉소하면서 현덕을 쓸모없는 인간으로 치부했다.

다음에 모종강본을 보면 유비가 먼저 선수를 써서 국면을 수습하는데 유비의 이미지를 흐릴 수 있는 마지막 말이 삭제되었다.

　현덕은 천연스레 머리를 숙이고 수저를 집어 들었다.
　"우레가 한 번 터지는 위엄이 이 정도로군요."
　그 말에 조조가 웃으며 물었다.
　"장부도 우레를 두려워하시오?"
　"성인께서도 급작스러운 우레와 폭풍을 만나면 낯빛을 고치셨다 하니 어찌 두려워하지 않겠습니까?"
　현덕은 이렇게 자기가 조조의 말에 놀라 수저를 떨어뜨린 것을 슬쩍 둘러대었다. 하여 조조는 현덕을 의심하지 않았다.

　이처럼 유비는 우레에 놀라는 행위를 지극히 당연한 것으로 묘사하며 천연스레 놀았기에 '부끄러운 듯'이라는 이씨의 말은 암만 해도 맛이 다르다.
　또한 유비가 옛 사람의 말을 빌리는 대목을 보아도 문제가 없지 않다.
　"성인께서 빠른 번개와 매서운 바람이 일면 반드시 변괴가 있다 했습니다. 어찌 두렵지 않겠습니까?"
　유비가 더욱 두려움을 과장하며 되물었다. (3권 321쪽)
　앞에서 필자가 옮긴 나관중본과 모종강본을 대조해보면 성인의 말이 전부 다르다. 워낙 성인이란 바로 공자요, 《논어》의 〈향당(鄕黨)〉에 의하면 공자는 급작스럽고 요란한 우레와 사나운 바람을 만나면 꼭 낯빛을 고쳐 하늘을 존경하고 두려워하는 마음을 나타냈다 한다.
　나관중본에서 《화양국지(華陽國誌)》의 말을 그대로 베껴 '썽런윈쒼레

이펑레삐뺀[聖人云迅雷風烈必變]'이라고 하여 공자가 뭐라고 말한 듯 썼는데 모종강본에서는 말한다는 '윈[云]' 자를 빼버려 공자가 어떠어떠하게 행동했노라고 고쳤다. 《논어》의 기록에 근거하여 고친 것이다.

보다시피 반드시 변하는 상대는 공자의 낯빛이었으니 옛 사람들이 타임머신을 타고 현대 한국에 온다면 공자는 '내가 언제 변괴니 뭐니 말했더냐'고 화를 내고, 유비나 나관중, 모종강은 '우리가 언제 그런 엉뚱한 오류를 범했느냐'고 항변할지도 모르겠다.

자질구레한 오류가 많기는 하나 그럭저럭 스쳐버려도 좋은 오류들이라고 여길 이들도 있을 것이다. 헌데 조조가 내놓은 영웅의 기준마저 틀렸다면?

"무릇 영웅이란 가슴에는 큰 뜻을 품고 배에는 좋은 지모(智謀)가 가득한 사람으로 우주의 기운을 머금고 하늘과 땅의 뜻을 토해내는 자요." (3권 319~320쪽)

중국어를 아는 이들이 틀린 곳을 판단하기 쉽도록 모종강본의 원문을 여기에 적는다.

'푸잉숑저, 숑화이따쯔, 푸유우량머우, 유우바오창위저우즈쯔, 툰투톈디즈쯔저예[夫英雄者, 胸懷大志, 腹有良謀, 有包藏宇宙之機, 吞吐天地之志者也].'

여기서 우주의 '기운'이라고 번역된 '지[機]'는 워낙 기운과 하등의 관계도 없다. 이 글자는 '지머우[機謀, 책략, 계략, 모략]'란 의미요, 그 뜻은 하늘땅의 뜻이 아니라 영웅의 뜻으로, 조조는 자신이 앞 부분에서 들먹인 큰 뜻과 계략의 기준을 설명한 것이다. 나관중본을 참조하여 바로 옮기면 다음과 같다.

"대저 영웅이란 가슴에는 큰 뜻을 품고 뱃속에는 좋은 계책을 갖고 있어야 하나니, 우주를 싸안고 감출 만한 모략과 하늘땅을 삼켰다 토했다 할 뜻이 있는 사람이라야 영웅이라 할 만하오!"

이쯤은 되어야 과연 영웅답지 않겠는가?

오병(鏖兵)은 '적군을 몰살시킴'이 아님

소설에서 손권과 유비 연합군은 적벽대전에서 조조를 이긴다.

'바로 삼강(三江)의 수전(水戰)이요, 적벽의 오병(鏖兵=적군을 몰살시킴)이었다.' (6권 140쪽)

중국어에서는 동사가 명사 앞에 붙어 명사가 목적어가 되는 경우가 많다. 영어와 마찬가지다. 술을 마신다는 '허쥬우[喝酒]', 밥을 먹는다는 '츠판[吃飯]' 등이 그렇다. 또 '싸런[殺人]'은 사람을 죽인다는 뜻을 갖는 동시에 살인이라는 명사도 된다. 이중성을 띤 동사·명사 구조를 보면 이해하거나 옮길 때 각별히 조심해 앞뒤를 가려가면서 신중하게 판단해야 한다. 자신 없는 대목은 당연히 좋은 사전을 뒤져보아야 한다.

권위적인 중국어사전 《사해(辭海)》의 해석에 따르면 '아오빙[鏖兵]'은 격렬한 전투나 대규모 전투를 가리키는 말이다. 말하자면 '아오빙'은 명사다. 어떤 사전에는 그저 '격렬하게 싸우다'라는 동사로만 풀이하는데 뜻을 충분히 해석하지 못한 셈이다.

비슷한 말로 '아오짠[鏖戰]'은 '격전하다, 고전(苦戰)하다'는 뜻을 갖는 동사이자 격전, 고전이라는 명사다. 이씨가 '오병(鏖兵=적군을 몰살시킴)'이라고 한 것은 합성어인 '오' 자의 쓰임새를 잘못 이해한 데서 비롯된 것 같다.

당나라의 안사고(顔師古, 서기 581~645년)가 〈한서 곽광전(漢書 霍光傳)〉에 주해를 달면서 '세속에서 목숨을 걸고 사람을 죽이는 것을 오조라 한다(世俗謂盡死殺人爲鏖糟)' 라고 썼는데, 한국의 어떤 학자가 '목숨을 걸고 사람을 죽이다' 라는 '찐쓰싸런[盡死殺人]' 을 '사람을 다 죽이다' 라는 뜻으로 잘못 이해하여 사전에 올리는 바람에 필자 수중의 중한사전 중에는 오조(鏖糟), 즉 '아오자오' 라는 낱말에 '몰살시키다' 라는 뜻이 있는 것으로 되어 있다.

그 중한사전에서 오류가 생겨난 근원을 살펴보면 혹시 안사고가 '오는 힘들게 쳐서 많이 죽인다는 말이다(鏖, 謂苦擊而多殺也)' 라는 설명을 곁들였기 때문이 아닌가 싶기도 한데, 하지만 앞에서 말했다시피 '아오밍' 은 합성어로서 적병을 몰살한다는 뜻으로는 쓸 수 없다.

현대 중국어에서는 목숨을 내건다, 즉 결사적으로 나선다고 할 때 '찐쓰' 라는 말을 쓰지 않고 '핀스[拼死]', 또는 '핀밍[拼命]' 이라 한다.

별로 중요하지 않은 말이니 아주 사소한 실수로 보아줄 수도 있겠지만 여기에서 기어코 이런 오류를 지적하는 데는 나름대로 이유가 있다. 독자들은 명사(名士)의 작품을 읽을 때 자연히 저자의 권위를 믿는 마음에서 글의 내용을 그대로 믿을 가능성이 높다. 특히 어린 시절에 명사의 책을 재미있게 읽고 나면 그 인상이 굉장히 오래간다.

때문에 많이 팔린 책의 오류는 중국어를 배우려는 사람, 중·한 문화교류에 힘쓰려는 이들더러 공연히 굽은 길을 걷게 하지 않을까 하는 노파심에서 이처럼 장황하게 늘어놓는다.

필자도 많은 중국어 글을 우리 글로, 한글 작품을 중국어로 옮기면서 체험한 바이지만 옮기는 사람들은 가끔 남이 옮긴 작품을 참고한다. 이런 의미에서 명사의 베스트셀러에 숨겨진 오류는 두고두고 나쁜 영향을 미치게 된다.

이문열판에는 원작의 한두 글자를 빼버려 인물의 지위와 맞지 않은 대목이 너무나 많다.

육손이 거느린 동오 군대가 굳게 지키면서 싸우지 않으니 유비 쪽에서 군사를 시켜 갖은 욕설을 퍼부으며 싸움을 걸었다.

'육손은 귀를 막고 못 들은 체하며 나가 싸우는 걸 허락하지 않았다.' (9권 14쪽)

장군 혼자 귀를 막아서 풀리는 문제가 아니다.

또 촉나라의 사신 등지(鄧芝)가 동오에 와서 손권에게 절하지 않고 읍만 하니 손권이 화를 낸다.

'손권은 구슬로 된 발을 걷어 젖히며 큰소리로 꾸짖었다.' (9권 77쪽)

동오에서 오왕(吳王)으로 행세하는 손권이 제 손으로 발을 걷어 젖힐리 있나?

육손은 장병들이 귀를 막도록 명령했고, 손권은 아랫사람더러 발을 걷어 젖히게 했는데, 모두 '시킨다, 명령하다'는 '링[令]'을 빼먹어 뜻이 이렇게 변질된 것이다.

언젠가 1930년대 군벌대전을 그린 드라마에서 당시 중국의 최고 수령 장제스[蔣介石]가 다른 군벌을 매수하려고 돈을 집어주는 장면이 나와 웃음거리가 되었다. 장제스 정도의 지위에 이르면 직접 돈을 줄 필요가 없었기 때문이다.

이문열판에서 이처럼 분위기를 잘못 잡은 대목은 한두 군데가 아니다.

'조조는 한밤중이 되어 작은 쇠도끼만 들고 홀로 가만히 진채 안을 돌아보았다.'(8권 90~91쪽)

대군을 거느린 총수(總帥)는 절대 홀몸으로 다닐 수 없다.

옮긴이가 몇 글자 잘못 쓰는 바람에 몇 곱절 품을 들여야 고칠 수가 있으니 시간이 아까울 때도 있다.

이름과 자(字)가 뒤죽박죽

이문열판 삼국지를 보면서 자꾸만 무언가 이물질을 씹은 듯한 느낌이 드는 이유 중 하나는 대화 속의 호칭 때문이다.

유비는 관우를 보고 '운장(雲長)'이라고 자(字)를 부를 때가 많지만, 때로는 '관우는 익덕(翼德)을 찾아가라'고 이름을 부르며 명령하기도 한다. '익덕'은 장비의 자다. 상대방은 이름을 부르며 다른 쪽은 자를 부른 것이다. 또 관우는 장비에게 '장비'라고 한다.

원소가 수하의 대장 문추가 오니 '오오, 문추로구나!' 하고 이름을 부르며 말을 시작하는가 하면 양봉은 수하 장수를 찾아 '서황은 어디 있느냐' 하고 장수의 이름을 부른다. 다른 인물들도 남의 자를 부르다가 이름을 부르는 등 호칭이 뒤죽박죽이다.

제갈량이 강동의 선비들과 말싸움을 벌일 때 보질이라는 사람의 자를 부르며 반박한다.

'자산은 보질의 자였다. 교묘한 말재주보다 더 무서운 것은 강동에서 그리 알려지지 않은 보질의 자까지 공명이 알고 있다는 것이었다. 모르긴 하되 공명은 아마도 그 자리에 나올법한 사람들에 관해 미리 세밀하

게 알아두었음이 분명했다.' (5권 319쪽)

소설에서 공명은 설전을 벌이기 전에 강동의 선비들과 서로 이름을 대고 인사하는데 고대 예절에 의하면 통성명할 때 반드시 자를 소개했다. 대화를 하다가 이름을 불러서는 안 되기 때문이다.

지금 같으면 사람 이름이야 남이 부르라고 지은 것이라 알려졌고, 이름 그대로 부르는 게 당연한 일이지만 옛날에는 달랐다. 20세기 초반까지만 해도 중국의 식자 사이에서는 상대방의 자를 불러야 예의에 맞는 노릇이었다.

한글사전에서는 '자(字)'를 '(사람의 본 이름을 소중히 여겨) 본 이름 외에 부르기 위하여 짓는 이름. 흔히 장가든 뒤에 본 이름 대신으로 부름'이라고 해석했는데, 조금 불충분하다.

옛날 책을 보면 '이름은 몸을 바르게 하고 자는 덕을 드러낸다(古者, 名以正體, 字以表德)'라고 되어 있다. 상고 시대에 아기가 태어난 후 석 달이 지나 아버지가 이름을 지어주고, 남자는 스무 살에 관을 쓰는 관례(冠禮)를 치를 때 자를 취했으며, 여자는 열다섯 살에 비녀를 꽂는 계례(笄禮)를 치를 때 자를 취했다는 것이 통설이다.

한국도 마찬가지이지만 옛날 중국에서 자는 그 사람의 이름에 비추어 짓거나 항렬에 근거해 짓는 것이 상례였다. 조조는 지조라는 '조(操)' 자이니 '도덕 덕' 자를 달아 자가 맹덕(孟德)이 되고, 손책은 맏이라 백부(伯符), 손권은 둘째여서 중모(仲謀), 이런 식이었다.

그리고 보다시피 꼭 좋은 뜻이 들어간다. 그러나 관포지교(管鮑之交)로 유명한 관중(管仲) 같은 사람은 그 이름이 이오(夷吾)이고 자는 항렬만 표시하는 '중' 자이니 이례적인 경우도 없지는 않았다.

그런데 정말 사람의 본 이름을 소중히 여겨 이름을 부르지 않았다면 그 근원은 무속신앙으로부터 비롯되지 않았나 싶다. 무당은 이름을 가지고 저주할 줄 안다고 알려졌고, 요정이나 귀신도 남의 이름을 불러 사람을 홀렸다고 한다.

《서유기》에서 재주 많은 손오공도 요귀가 이름을 부를 때 대답했다가 요정의 보물 속에 갇힌다. 옛날 많은 부모들이 자식이 탈 없이 자라나기를 바라 아명을 천하게 지었는데 귀신의 작간을 피하려는 속셈이 들어 있었다.

진정한 이유야 어떻든 이름은 함부로 부르는 것이 아니었고, 특히 다른 사람들 앞에서는 상대방의 자를 불러야 존경의 뜻을 나타내었다. 그래서 이름보다 자가 더 잘 알려지는 경우도 많았다. 사람을 맞대놓고 그의 이름을 제멋대로 부르면 모욕이라도 여간한 모욕이 아니었다.

대체로 옛날 사람들은 높은 어른이나 선배, 동배(同輩)와 말할 때는 상대방의 자를 불러 경의를 표시했고, 차이가 많이 나는 아랫사람이나 후배와 말할 때는 상대방의 이름을 불렀다. 우리말에서는 '해라' 식으로 말을 놓는 것은 접미사로 바로 나타나는데, 고대 중국어에서는 대개 칭호로 표시되었으니 상대방의 이름을 부른다면 완전히 어린아이 취급을 하는 격이었다.

우리가 잘 아는 《논어》에서 공자는 제자들의 이름을 부르고, 제자들은 공자 앞에서 자기 이름을 댄다. 또한 공자가 제자 앞에서 자기를 가리켜 '구(丘)' 라고 이름을 부르는 것은 겸손한 태도를 보이는 행위다. 원래의 예절대로 하면 어른 앞에서나 자기 이름을 대게 되어 있었다.

따라서 원저에서 양봉은 서황의 자를 불렀고, 문추의 자는 밝혀지지 않았기에 원소는 '자네'로 시작하여 할 말만 한다. 원작에서 일단 누가 남의 이름을 부른다면 그것은 바로 그 사람을 낮추어 부르는 것이다. 예를 들어, 조조와 손권의 부하들이 유비를 들먹일 때 그 이름을 직접 말하는 식이다.

그러기에 조조의 글에 '장요와 이전은 나가 싸우고…' 운운한 것(7권 326쪽)도 우습기 짝이 없다. '장 장군과 이 장군은 나가 싸우고…'라고 써야 옳을 것이다. 벼슬을 한 사람은 그 벼슬 이름을 불렀으니 말이다.

중국사람들은 관직을 숭배하는 전통이 있어 '관번워이[官本位]'라는 조롱을 들을 지경이다. 옛날에 유비가 유예주(劉豫州)로 불린 것은 그가 예주 목으로 있었기 때문이다. 상대방의 자만 불러서는 경의를 충분히 드러낼 수 없다 하여 상대방의 성 뒤에 관직이나 작위 혹은 고향, 거주지를 붙여 부르는 방식을 좋아서였다.

대시인 두보의 벼슬이 습유(拾遺)여서 후세 사람들이 두습유(杜拾遺, 음은 뚜스이)라고 불렀는데, 후세의 무식한 사람들이 그의 사당을 음만 따라 부르다가 성이 두씨인 여자 열 사람을 가리키는 뚜스이[杜十姨]로 바뀌어버렸다. 그래서 사당에 여자 신상 열 개를 세우기까지 했다는 이야기가 있다.

고대에는 사람들이 호도 몇 개씩 가지고 있어 사석에서 호를 부르는 것도 일종의 풍습이었다. 죽은 다음에 주는 시호까지 합치면 한 사람에게 열 개 이상의 호칭이 있을 때도 많다. 그래서 후세 사람들은 자칫하면 한 사람을 두세 사람으로 착각하는 오류를 범하기도 한다.

그러므로 소설에서 적당히 호칭 숫자를 줄이는 것도 나쁘지는 않다. 허나 아무리 한글 세대에 맞춰 글을 고쳐 쓰더라도 대화에서 현대식 인간관계는 금물이 아닐까 싶다. 기어이 현대식으로 쓰겠다면 적당한 설명을 붙였어야 좋으리라 생각한다.

'깔보는 것'이 모두 '속이는 것'으로 나와

원술은 한때 자기에게 의지하던 손책이 홀로서기를 시작하면서 자기 청을 들어주지 않자 화가 나서 욕한다.

"이 주둥이 노란 어린놈이 어찌 감히 내게 이럴 수 있단 말이냐?" (3권 179쪽)

또한 일생의 마지막 싸움을 앞두고 유비는 육손을 깔본다.

"짐은 한평생 군사를 부리며 늙었다. 어찌 주둥이 노란 더벅머리 놈보다 못하겠느냐!" (9권 13쪽)

유비의 귀가 어깨에 드리우고 두 손이 무릎에 닿는다는 생리학적으로 거의 불가능한 모습이 버젓이 역사책에 기록되었고, 삼국지에서 유비가 걸핏하면 '귀 큰 놈'이라는 욕을 먹으니 손책의 입이 노랗다고 여길 사람이 있을지도 모르겠다.

이전에 한자에 익숙한 한자 세대를 상대로 할 때에는 '황커우루즈[黃口幼子]'를 '황구유자'라고 써도 이해에 큰 어려움이 없었지만 지금 한글 세대에게 이해시키려면 뜻을 풀어줘야 한다. 그러나 문자 그대로 '주둥이 노란 어린 놈'은 심한 오역이다.

고대 중국어에서 '황커우[黃口]'는 두 가지 뜻을 갖는다. 하나는 새끼 새, 어린 새의 부리가 노래서 나온 말이고, 또 하나는 어린아이라는 뜻이다. 그러니 그냥 단순히 '이런 놈'이라거나 '젖 비린내도 가시지 않은 어린 놈'이라는 표현이 더 옳을 것이다.

단어의 글자들을 뜯어 글자마다 뜻대로 옮기면 우스운 말이 곧잘 나오게 마련이다. 하나 더 알아보자.

황충이 주장, 조운이 부장이 되어 싸우러 나가면서 서로 앞장서려고 다투다가 조운이 말한다.

"저나 장군이나 모두 주공을 위해 싸우러 나왔습니다. 서로의 계책을 견줘보아야 무슨 득이 있겠습니까?" (8권 61쪽)

'허삐찌쟈오[何必計較]'라는 말에서 뒤의 두 글자를 풀어 쓰다 보니 계책을 견줘본다는 이상한 말이 되었다. 그러나 '찌쟈오'는 고대나 현대 할 것 없이 늘 쓰이는 두 자짜리 단어다. 흔히 쓰이는 뜻들을 보면 '따지다, 옥신각신하다, 논쟁하다, 문제 삼다' 등이다. 이 밖에 '작정, 생각'이라는 뜻도 갖는다.

그러므로 '찌쟈오'는 '…할 필요가 있을까?'라는 뜻의 '허삐'와 이어질 때 이런 말이 된다.

"구태여 그런 걸 따질 게 뭐요?"

시시껄렁한 일로 입씨름이 벌어지면 '허삐찌쟈오'는 써먹을 만한 말이다. 다투고 나서 만약 상대방이 사과하면 대범하게 나서도 좋다.

"워부찌쟈오(我不計較)."

'나는 그쯤 일은 아무렇게도 생각하지 않는다'는 뜻이다.

배워둘 만한 말은 얼마든지 있다.

중국은 세계에서 인구가 가장 많은 나라인지라 저질 인간도 있게 마련, 외국인이 중국에서 공연히 트집 잡는 자들을 만났을 때 상대방을 깜짝 놀라게 할 말을 한마디 던져보라.

"니베이워이라오와이하오치푸[你別以爲老外好欺負]!"(외국인이라고 만만하게 여기지 마, 업신여겨도 좋은 줄 알아?)

마구 짓밟을 상대가 아니란 걸 깨달으면 저질 인간들은 슬슬 피하게 된다. 헌데 좋은 관계를 유지해야 하는 사이라면 이런 말은 금물이니, '허삐찌쟈오'로 문제를 푸는 것도 괜찮겠다.

그런데 위에 예를 든 말 끝에 나오는 '치푸[欺負]'의 준말 '치[欺]'는 이문열판에서 거의 다 잘못되어 나온다.

조조의 대장 장합이 산을 굳게 지키면서 싸우지 않으니 장비는 일부러 산 아래서 술을 마셔댄다. 장합은 열을 받는다.

그걸 본 장합이 지그시 입술을 깨물며 중얼거렸다.

"장비가 나를 속이려 드는 게 너무 지나치구나!"

그러나 너무 드러내놓고 속이려 드니 그게 꼭 자신을 얕보는 것 같아 그냥 참고 넘어갈 수가 없었다. (8권 16쪽)

원문의 '치(欺)' 자가 기만이라는 뜻을 가지니 속이려 든다고 풀어썼는데 이 경우에 치는 '깔보다, 얕보다, 우습게 보다, 업신여기다, 억누르다, 무시하다'는 뜻이다.

삼국지에서 '치'가 가끔 속인다는 뜻으로도 나오지만 전부 그런 의미는 아니다.

'업신여기다, 깔보다'는 뜻을 기억에 두고 건강에 이로운 웃음 몇 번 터뜨리기 위해 아래 글들을 읽어보면 어떨까?

손권은 장요의 글을 받아보고 크게 노한다.

"장요가 나를 속이려 듦이 너무 심하구나!"(6권 243쪽)

하후돈이 제갈량을 넘보고 무모하게 진군하니 장수 이전이 우금을 보고 걱정스레 말한다.

"적에게 속는 자는 반드시 지게 되어 있는 법이오."(5권 204쪽)

제갈량이 일부러 손권에게 항복을 권하니 손권은 노숙을 보고 화를 낸다.

"공명, 그 사람이 나를 너무 심하게 속였소!"(5권 332쪽)

귀에다 붓는 독약도 있나?

의사 길평(吉平)이 동승(董承)과 마음을 같이 하여 조조를 죽이려고 계책을 꾸민다. 그런데 동승의 하인이 조조한테 고발하여 조조는 길평의 속셈을 뻔히 알게 되었다. 길평이 약을 만들어 조조에게 올리니 조조는 네가 먼저 먹어보라고 한다. 길평은 일이 탄로난 것을 알았다. 그 다음에 어떻게 했을까?

"약이란 병을 낫게 하면 되는 것이지 구태여 다른 사람에게 맛보일 필요가 어디 있겠소?"

그 말과 함께 길평도 몸을 일으켜 약사발을 조조의 귀에다 쏟으려 하였다. 귀로 쏟아 부어도 사람을 죽일 수 있는 맹독(猛毒)이 들어 있는 약인 까닭이었다. 이미 모든 걸 알고 있는 조조가 가만히 서서 당할 리가 없었다. 손으로 약사발을 밀쳐내니 약이 땅바닥에 쏟아져 버렸다. 얼마나 독이 맹렬한지 약물이 떨어진 곳은 벽돌이 다 갈라질 정도였

다. (4권 16쪽)

글을 옮길 때 적당히 재구성하는 것은 이해하지만 이건 너무나 기발한 '변형'이다. 원문을 보면 '처쭈차오얼얼꽌즈[扯住操耳而灌之]'다. 그대로 옮기면 '조조의 귀를 붙잡고 부었다'라는 말이다. 뭘 부었느냐? 물론 약이다. 어디에 부어넣었느냐? 이씨는 귀라고 하는데, 어렵게 귀에 부었을까?

좀 세월을 거슬러 시골 술상의 추억을 되돌려보자.

"한 잔 마셔."

"전 마시지 못합니다."

"마시라니까! 술은 배워야 마실 줄 알게 되는 거야."

"전혀 마시지 못합니다."

"자네 이러기야?"

술꾼이 새내기의 귀를 틀어잡는다. 새내기는 저도 모르게 입을 딱 벌린다. 술꾼의 손이 언뜻 하더니 술잔의 술이 입에 들어왔다가 저절로 목구멍으로 넘어간다. 새내기는 캑캑거리고 얼굴이 새빨갛게 달아오른다.

이것이 바로 '귀를 붙잡고 부어넣기'다. 필자의 고향 옌볜[延邊]의 문예계와 신문계에는 몇 십 년 전에 이렇게 술을 배운 이들이 하나둘이 아니다.

그럼 독약을 왜 귀에 넣는다고 했을까? 혹시 셰익스피어의 《햄릿》을 보고 연상한 결과는 아닐까. 그 비극에서 왕자의 삼촌은 화원에서 잠자는 자기의 형님 귀에 독약을 부어넣는다. 전임 국왕은 순식간에 피가 굳어져 소리 없이 죽어버린다.

그런데 현대의 의학자들은 귀에 약을 부어서는 죽을 가능성이 거의 없다고 한다. 그런 묘사는 위대한 셰익스피어의 작품에서 보기 드문 오류라고 지적한 바 있다.

가령 귀에 넣어 사람을 죽일 수 있는 약이 있고, 땅에 쏟으면 벽돌이 쩍쩍 갈라지는 약이 정말 있다고 가정해보자. 그렇게 무서운 약이라면 귀찮게 귀에 넣을 것 없이 얼굴에 끼얹어도 목숨을 빼앗을 만하지 않을까? 눈을 멀게 하기 십상이고 하다못해 얼굴을 망가뜨리기라도 할 텐데.

사실 나관중본에서는 이 대목이 귀나 약과 별 상관이 없다.

'핑… 처차오얼꽌즈, 투이쟨위제, 쫜제뺑례[平…扯操而灌之, 推蹇於階, 塼皆迸裂].'

'길평은… 조조를 붙잡고 (약을) 부어넣었다. (조조가) 밀어 (길평이) 층계에서 뒷걸음질치니 벽돌이 다 갈라졌다.'

모종강본에서는 조조가 한결 꼴불견이 되라고, 글자를 보태 길평이 조조의 귀를 붙잡았노라고 보다 구체적으로 그리면서 원래 좀 아리송한 대목을 살짝 다듬었다.

'핑… 처쭈차오얼얼꽌즈, 차오투이야오퍼띠, 쫜제뺑례[平…扯住操耳而灌之, 操推藥潑地, 塼皆迸裂].'

'길평은… 조조의 귀를 붙잡고 부어넣었다. 조조가 약을 밀쳐 땅에 쏟아버리니 벽돌이 전부 갈라졌다."

모종강본의 새로운 묘사가 한글판에서 새로운 오해를 살 소지를 만들었다지만 책을 보면서 진실과 픽션을 가려보는 눈은 꼭 키워야 하지 않을까?

측근이 권하는 것은 놀랄 일이 아냐

젊은 시절의 친구이자 중년기의 라이벌인 원소와 조조는 관도에서 승패가 갈라진다. 조조의 군량이 떨어진 걸 알게 된 원소의 모사 허유는 원소에게 조조의 근거지 허창을 기습하자고 제의한다. 조조에게는 치명적인 타격을 줄 만한 계책이었으나, 원소는 허유가 조조의 옛 친구였던 것을 꺼린다.

마침 허유의 욕심 많은 짓들이 들통 나 원소는 허유를 쫓아낸다.

허유는 하늘을 우러러 탄식하더니 차고 있던 칼을 뽑아 스스로 목을 찔러 죽으려 했다. 곁에 있던 사람들이 칼을 뺏고 말리며 충동질했다.

"공은 어찌하여 이토록 목숨을 가볍게 여기시오? 원소는 바른 말을 받아들이지 않으니 뒷날 반드시 조조에게 사로잡히는 꼴이 나고 말 것이오. 공은 조공의 옛 친구였으니 그리로 가보도록 하시오. 이는 곧 어둠을 버리고 밝음을 찾는 길이기도 하오."

아무리 허유와 가까운 사이라고 하지만 적어도 원소의 진중에서 그 같은 말이 나오다니 실로 놀랄 만한 일이었다. 원소의 말에 거의 자포자기에 빠져 있던 허유도 그 같은 권유에 차츰 정신이 들었다. 곧 마음을 돌려먹고 몰래 원소의 진중을 빠져나와 조조의 진중으로 향했다. (4권 254~255쪽)

곁에 있던 사람의 말투로 보든지 이씨의 감탄을 보든지 허유의 동료들이 권유했음이 분명하니 하기는 놀랄 만한 일이었다. 그런데 그런 경탄은 한자 낱말 하나를 잘못 이해하여 나왔으니 원문의 '좌우(左右)'를 그저 '곁에 있는 사람'으로 본 것이다.

'좌우'는 중국어에서 명사도 되었다가 동사도 되는 등 뜻이 상당히 복잡해 하나하나 설명하기는 지루하다. 한마디로 말해 소설에서 쓰인 뜻은 '곁에서 시중드는 사람'으로 근시(近侍), 근신(近臣), 종자(從者)를 가리킨다. 요새 말로 하면 측근(側近)이 바로 그것이다. 그러므로 허유의 측근들이 허유의 앞날을 위해 원소를 배반하라고 권유하는 것이야 당연한 일이 아닌가.

대군을 거느린 총수의 가장 위험한 적은 정면의 적수가 아니라 수하의 갖가지 이익단체다. 누가 좀 출세하면 혈연, 지연, 학연을 좇아 줄레줄레 따라선 사람들이 리더 곁에 똘똘 뭉치는데 그룹 성원들의 눈에는 두령만 비치지 더 이상은 보이지 않는다.

허유의 경우, 허유가 원소의 총애를 잃은 상태에서 원소가 조조를 이겨보았자 허유의 측근들은 찬밥 신세를 면하기 어려우니 보다 살기 좋은 곳으로 가라고 충동질할 수밖에 없다. 아니, 충동질이 아니라 어서 가자고 조르는 격이다.

모종강본에서는 허유 홀로 조조의 군영에 가지만, 나관중본에서는 허유가 종자 몇을 데리고 조조에게로 가니 그런 작은 그룹이 더 선명하게 드러난다.

현대 사회를 보자. 한 마음으로 뭉쳐 싸워야 하는 군대에서 이런 '회'니 저런 '모임'이니 생겨나면 작은 단체의 이익에만 눈이 어두워 군대가 썩어나지 않는가?

옛날에도 마찬가지였다. 리더가 잘 나가면 부하들도 세월을 잘 보내고 리더가 잘못되면 부하들도 내리막길을 걸으니 그런 권유는 지극히 당연한 일이었을 것이다.

'좌우'만이 아니라 소설에 여러 번 나오는 '줘처[左側]'도 이문열판에는 틀린 데가 많다. 물론 현대 중국어에서는 '줘처'가 왼쪽이다. 그러나 고전소설에서는 꼭 그런 뜻은 아니었다.

제갈량은 삼강성(三江城)을 처음 치다가 장병들이 다치자 잠시 군사를 물린다.

닷새째 저녁 무렵 왼쪽에서 가벼운 바람이 일기 시작하자 비로소 영을 내렸다.

"모든 군사들은 옷 한 벌씩을 따로 마련해 일경(一更) 때까지 점고를 받도록 하라."(9권 179쪽)

여기서 제갈량이 군사들에게 따로 마련하라고 분부한 물건 '이진[衣襟]'은 옷이 아니라 옷깃이고, '황훈줘처[黃昏左側]'는 다만 '저녁 무렵, 황혼녘'일 뿐이니 '왼쪽에서'는 잘못 보탠 말이다. 시간을 방위로 보니 뜻을 잘못 풀이할 수밖에 없다.

'한편 위의 선봉 조준과 주찬은 해질 무렵 저희 진채를 떠나 가만히 촉군의 진채 쪽으로 나아갔다. 한 군데 알맞은 곳에 자리를 잡고 기다리는데, 과연 밤이 깊자 왼편 산 아래로 가만가만 군사가 움직이는 기척이 났다.'(9권 299쪽)

이 부분은 원본에는 원래 다음과 같이 되어 있으니, 큰 차이는 없다고도 할 수 있지만 역시 있지도 않은 '왼편'이 들어가는 등 바로 잡아야 할 것이 있다.

'한편 위군 선봉 조준과 주찬은 황혼녘에 영채를 떠나 산길을 따라

구불구불 열을 지어 앞으로 나아갔다. 이경 무렵에 앞을 바라보니 저 멀리 있는 산 앞에 군사들이 움직이는 것이 어슴푸레 보였다.'

뜻이 잘못 옮겨진 말을 두 곳 더 살펴본다.

관우가 조조의 군대와 한창 싸우는데 동오 장수 육손이 사신을 보내왔다. 그 사자가 관우 앞에 엎드려 말한다.

"육 장군께서는 글과 함께 예물을 갖추어 군후의 대승을 축하하고, 또 한편으로는 두 집안의 화호(和好)를 구하고 계십니다. 부디 웃어넘기지 마시기 바랍니다."(8권 172쪽)

이 글을 바로잡으면 이렇다.

"육 장군은 글과 예물을 받들어 올려 군후의 승전을 치하하고, 두 집안의 좋은 정의를 바라는 바이니 부디 웃으시며 기꺼이 받아주시기를 바라나이다."

원문의 인사말 '씽치샤오류우[幸乞笑留]'는 현대 중국어에서 '샤오나[笑納]' 혹은 '칭샤오나[請笑納]'로 변했는데 부디 웃으며 기꺼이 받아달라는 뜻이다. 남에게 선물을 줄 때 늘 쓰는 말이다.

관우가 조인이 지키는 번성(樊城)으로 쳐들어오니 문관 만총(滿寵)은 굳게 지키자고 주장하는데 무장 하후존(夏候存)은 적군을 맞받아쳐야 한다면서 만총의 말을 반박한다.

"그것은 한낱 글이나 읽는 선비의 소리입니다. 물이 쏟아지고 흙이 밀려오듯 적군이 덮쳐 와야 나가 맞서겠다는 뜻입니까?"(8권 122쪽)

'쑤이라이투얜, 쨩쯔빙잉[水來土掩, 將至兵迎]' 혹은 '삥라이쨩당[兵來將擋]'은 고전 군담소설에서 한약의 감초처럼 자주 나오는 말이다.

'물이 밀려오면 흙으로 막고, 장수가 이르면 군사로 막으라(혹은 군사

가 밀려오면 장수가 막는다).'

강적이 몰려와도 두려워하지 않는 사람들이 늘 하는 말인데 적이 오면 맞서 싸우는 게 당연하지 않느냐는 뜻이다.

방통의 귀가 남의 귀가 되고

뇌양의 현령으로 부임한 방통이 술이나 마시면서 백여 일이나 정사를 보지 않았다. 유비의 영을 받들어 고을을 돌아보던 장비가 대노하여 꾸짖으니 방통은 장비 보고 잠깐 앉아 있으라 하고는 밀린 일을 보기 시작한다.

벼슬아치들이 이런저런 문서며 백성들의 송사가 적힌 장부들을 모두 정청에 가져오고 거기에 관계되는 백성들은 모두 마당에 꿇어앉는다.

'(방통이) 손으로는 문서나 장부를 뒤적이고 입으로는 잇대어 판결을 내리는데 귀로 듣기에도 옳고 그름이 뚜렷하여 터럭만한 어긋남이 없었다. 판결을 받은 백성들도 하나같이 머리를 조아리고 엎드려 절하는 게 조금도 불만이 없어 보였다….' (6권 353쪽)

장비는 깜짝 놀라 잘못을 빈다. 헌데 필자는 웃음이 나온다. 방통의 모습이 원상과 달라서다.

원문이 어떤가 보자.

'퉁서우중피판, 커우중파뤄, 얼중팅츠, 취즈펀밍, 삥우펀하오차춰, 민제커우서우빠이푸[統手中批判, 口中發落, 耳中聽詞, 曲直分明, 并無分毫差錯, 民皆叩首拜伏].'

'방통은 손으로는 글을 쓰고, 입으로는 판결을 내리면서, 귀로 송사를 듣는데, 그 판결의 옳고 그름이 분명하여 조금도 잘못된 데가 없었다. 하여 백성들이 다 머리를 땅에 조아리며 절을 한다.'

이씨의 글에서는 방통이 손으로 문서와 장부를 뒤적거렸다고 고치면서 손과 입은 그래도 방통에게 주었는데 귀만은 다른 사람에게 떼어주었으니 이상하지 않을 수 없다.

이렇게 변질된 글이 바로 '변형'이라고 주장하면 필자도 할 말이 없지만 귀의 역할이 잘못된 건 아무래도 원문을 잘못 이해한 듯하다. 주어 방통으로 시작된 구절은 '조금도 잘못이 없었다'에서 끝나고, 그 다음 구절은 백성들이 주어가 되어 머리를 조아리며 절한다. 귀로 듣는다는 말의 주어를 다른 사람으로 볼 이유가 전혀 없다.

문자표가 없는 고대 중국어 작품을 읽을 때 뜻이 완성되어 끊어 읽을 곳과 뜻이 완성되지 않은 채로 끊어 읽을 곳을 가려내는 것이 가장 큰 일이다.

쟁쟁한 고문학자들도 앞의 말에 붙여야 할 글자를 뒤에 붙여 놓았다가 망신당하는 경우가 종종 있으니, 고대 중국어를 끊어 읽는, 이른바 '쥐더우[句讀]'는 참으로 어려운 일이다.

그러나 소설 삼국지는 문장이 원체 그리 어렵지 않고, 또 많은 이들이 현대 중국어 문자표로 다듬은 작품이라 그만큼 읽기 쉬운 책도 드물다.

정사를 보면 방통은 그 재능이나 해놓은 일이 특출하지 않으나 유비 집단에 속했다는 이유만으로 야사에서 크게 부풀려졌다. 동시에 여러 가지 일을 하는 방통의 재주가 하도 유명해져서 1920년대 중국의 유명한 군벌 우페이푸[吳佩孚]도 늘 그런 모양으로 군무(軍務)를 보는 걸 큰 자랑거리로 삼았는데, 그럴 때 쩍하면 군사비밀이 무심결에 입으로 새나가곤

했다 한다.

전설과 현실을 가리지 못하고 명사의 풍도(風度)만 흉내 낸 잘못이라 해야겠다.

소설로 돌아가 보자.

방통은 반나절도 안 되어 백여 일 밀렸던 일을 다 처리하고 나서 장비에게 말한다.

"자, 이제 내가 내팽개쳐둔 일이 어디 있소이까? 조조와 손권의 일이라도 손바닥에 있는 글 읽듯 볼 수 있는데 이까짓 작은 고을의 일을 무엇 때문에 마음 쓰겠소?"(6권 353쪽)

여기서 '손바닥에 있는 글 읽듯 볼 수 있다' 는 말은 원문 '우관즈뤄장쌍관원[吾觀之若掌上觀文]' 을 글자 그대로 옮긴 셈이다. 물론 커닝하는 학생들은 손바닥에 글을 쓸 수도 있고, 손바닥에 책을 받쳐 들고 글을 읽는 사람들도 많다. 허나 좀 생각해보면 어딘가 이상한 냄새가 난다.

아리송한 말의 진정한 의미를 밝히려면 여러 작품을 비교해보아야 한다. 원나라 잡극에서는 장비가 조조를 얕잡아 말하면서 '장쌍관원[掌上觀紋]' 이라 하는데 방통의 장쌍관원[掌上觀文]과 마지막 글자가 다르다.

워낙 문(文)은 상고 시대에 무늬라는 뜻을 가졌다가 후세에 무늬라는 뜻이 차차 문(紋)으로 대체되었다.

헌데 통속작품에서는 문(文)이 무늬, 금, 결이라는 뜻을 가지는 경우가 엄청 많다.

때문에 삼국지에서 방통의 말은 잡극에 나오는 장비의 말과 꼭 같아, 그대로 옮기면 '손금 보듯 하다' 이다. 다만 장쌍관원은 '낱낱이 훤히 알다' 는 뜻인 우리말의 '손금 보듯 하다' 와는 뜻이 약간 달라, 제 손바닥의 금을 보듯이 쉽다는 뜻이 강하다.

원나라와 명나라 시대에는 '손금 보듯 하다'는 장쌍관원[掌上觀紋]이 유행하였으나 그 말은 구두어에서 사라진 지 오래이고, 현대 중국어에서는 비슷한 뜻을 나타낼 때 '랴오루즈장[了如指掌]'이라는 말을 쓴다.

산기슭, 산그늘, 산길, 산골짜기, 산비탈

유비의 서천 정복전이 시작되었다. 그를 막으려고 서천의 네 장수가 낙성에 와서 지킨다. 한 장수가 주장한다.

"성 앞에 있는 산기슭이 험하니 거기에 의지해 두 채의 진을 벌여 두면 적병이 함부로 이 성을 넘보지 못할 것이네." (7권 135~136쪽)

산기슭이란 산 아래의 편편한 부분인데 험해보았자 얼마나 험할까? 원문은 '이싼방샌[依山傍險]', 즉 '산을 의지하여 험한 곳에' 영채 둘을 세웠다는 말이다.

냉포(冷苞)와 등현(鄧賢)이라는 두 장수가 지키는 그 영채들을 치는 싸움에서 산그늘이라는 말이 세 번 나오는데 유감스럽게도 다 '산이 가리어서 생긴 그늘'이 아니다.

"군사들은 모두 왼편 산그늘로 붙어라." (7권 140쪽)

기실 위연은 모두 왼편 산길로 가라고 명령하였다.

습격전에서 지고 위연이 적의 추격을 받으며 도망갈 때 앞에서도 적군이 길을 막는다.

'문득 눈앞의 산그늘에서 북소리가 크게 울리며 한 떼의 인마가 나타났다. 서천의 다른 장수 등현이 이끄는 군사였다.' (7권 142쪽)

그러나 원문에 따르면 이것은 이렇게 써야 옳다.

'산 뒤로부터 북소리가 하늘땅을 울리면서 등현이 한 떼의 군사를 이끌고 산골짜기에서 달려 나와 길을 막았다.'

눈앞에서 나타나는 적군보다 산 뒤에서 불쑥 나오는 적군이 훨씬 충격적이지 않은가?

위급해진 위연이 말을 채쳐 달아나는데 운 나쁘게 말이 무릎을 꿇고 쓰러진다. 위연이 땅에 떨어지자 등현이 달려와 창으로 냅다 찌르려는 순간, 어디선가 화살이 날아와 등현이 땅에 곤두박힌다.

'냉포가 이미 정신을 잃은 등현을 구해 말 위로 끌어올리려는데 맞은편 산그늘에서 한 장수가 달려 나오며 크게 소리쳤다.'(7권 143쪽)

달려 나온 장수는 황충이다. 원작에서는 황충이 어느 곳에서 나타나는가 보자.

'냉포가 막 등현을 구하려 달려오는데 한 장수가 산비탈에서 말을 달려 내려오며 버럭 소리쳤다.'

산 아래쪽의 비탈진 곳으로부터 달려 내려오는 기세는 평지에서 달려 나오는 것과 스피드 감각부터 다를 수밖에 없다.

다른 부분에서도 산과 관계되는 명사가 틀린 데가 많으나 전부 열거하자면 지면을 너무 차지하므로 두 가지만 더 지적하고 줄이기로 한다.

'맹획은 황망히 서이하로 돌아서서 그쪽 거친 산기슭을 타고 달아났다.'(9권 152쪽)

여기서 맹획은 '싼구[山谷]', 즉 산골짜기 안으로 도망간 것이다.

"승상은 어찌 그리도 걱정이 많으신지 모르겠소. 이 같은 산골짜기에 위병이 어찌 감히 밀고 든단 말이오?"(9권 343쪽)

마속이 가정에 와서 하는 말인데 원문은 '산피즈추[山僻之處]', 즉 궁벽한 산 속이란 뜻이오, 그 다음에 이어지는 마속과 왕평(王平)의 대화에서 여러 번 나오는 '땅따오[當道]'는 길 복판이라는 뜻인데 전부 엉뚱하게 틀렸다.

"길옆에다 어떻게 진채를 세운단 말씀이오?"(9권 343쪽)

오류들을 두루 살펴보면서 실제로 뭇사람들의 생사가 걸린 실전이 아닌 것이 다행스러울 뿐이다.

의심스러운 숫자에 날아다니는 조서

공성계를 다룬 글에서 지적했듯이 나관중의 삼국지에 나오는 숫자들은 픽션이 많다. 유비의 대군이 75만이라는 따위는 물론 심한 과장인데, 사실 중국 인구의 숫자 변화와 관계되는 현상이다.

한나라 말년이나 삼국 시대에는 인구가 적었으나, 훗날 인구가 급신장하면서 백만대군을 동원하는 것도 얼마든지 가능하게 되었다. 후세의 싸움 이야기에 못지않은 규모를 만들어야 삼국 영웅들의 영웅상을 부각할 수 있었으니 교전 쌍방의 머릿수와 장수들이 죽인 적의 숫자는 갈수록 늘어났던 것이다.

적군을 죽인 실상도 밝힐 필요가 있다. 워낙 한나라 때에는 적을 죽인 숫자를 열 배로 불려 보고하는 것이 상례였다. 건안 17년(서기 212년)에 하간(河間)에서 전은(田銀)이 주도한 반란이 진압된 다음 국연(國淵)이라는 사람이 실제 숫자 그대로 보고를 올렸기에 조조가 그 이유를 물었다.

"외적을 칠 때 잘라낸 머릿수와 생포한 숫자를 늘리는 것은 전적을 과장하고 백성들에게 보여주기 위해서입니다. 하간은 우리나라 경내에 있는데 전은이 반란했으니 비록 이겼지만 저는 은근히 수치로 여깁니다."

국연의 대답을 듣고 조조는 대단히 기뻐했다.

숫자는 정사나 야사나 의심해야 할 데가 많으나 이문열판 삼국지에는 앞 뒤 말이 맞지 않는 경우가 유달리 많아 유감스럽다.

간단한 예를 하나 들어보자.

조조에게 잠시 항복했던 관우가 유비를 찾아가려고 떠나니 조조는 부하들을 거느리고 쫓아가 배웅한다. 관우의 의리와 조조의 너그러움이 두드러지게 나타나는 감동적인 대목이다. 헌데 이문열판 4권 112쪽부터 115쪽 사이에서 사소한 오류들이 눈에 띄어 읽는 맛을 떨어뜨린다.

처음에 조조가 '수십 기만 데리고'(112쪽) 관우를 쫓아가는데 관우를 따라잡을 때에도 관우의 눈에 '조조가 수십 기를 데리고 나는 듯 달려오는 게 보였다'(113쪽)라고 했다.

그런데 관우를 떠나보낸 후 조조의 말에서 '우리는 여남은 명'(115쪽)이라고 되어 있다. 원작에서 아주 정확하게 수십(數十) 기를 거듭 중복한 상황에서 사람 숫자가 십수(十數) 기로 갑작스레 줄어든 것은 사소하지만 꼭 고쳐야 할 오류다.

관우는 또 만일의 경우에 대비해 말에서 내리지 않고 조조가 선사하는 비단 전포만 받아 걸치고 떠난다. 원문에서는 그저 비단전포 혹은 전포만 네 번 나오는데 이씨의 글은 다르다.

'그리고 한 장수로 하여금 두 손으로 금포를 관공에게 받쳐 올리게 했다. 관공은 그것마저 거절할 수는 없었다.

그러나 다른 변이 있을까 두려워 청룡도 끝으로 옷 보퉁이를 꿰어 받

은 다음 금포를 꺼내 몸에 걸쳤다.'(115쪽)

보통이 따위 사족은 없는 게 좋다.

조조가 원소를 이긴 다음 유비를 치러 간다. 두 편의 군대가 진을 벌인 가운데 조조는 자기가 이전에 유비를 잘 대해주었는데 유비가 배은망덕하였다고 나무라고, 유비는 황제가 내렸던 조서를 들어 반격한다.

'그리고 말 위에서 지난날 천자가 의대(衣帶) 속에 감추어 동승에게 내렸던 밀조를 꺼내 낭랑히 읽어갔다.

조조는 유비가 또 그 밀조를 꺼내 읽자 몹시 노했다.'(4권 296쪽)

의대 속의 밀조는 조조가 동승을 잡을 때 뒤져내어 모사들에게 보인 다음 소설에서 더는 나오지 않는다. 상식으로 미루어보면 그 조서는 당연히 조조의 손에 들어가 있었을 것이다. 조서에 날개가 돋치지 않은 이상 유비에게 그 밀조가 있을 리 없고, 가령 사본이 있더라도 품에서 꺼내 읽으면 유비의 품위가 퍽 떨어진다.

원문을 보면 유비가 말 위에서 밀조를 낭송하였다고 썼다. 암기력이 좋아 그냥 줄줄 외웠다는 말이다. 그만큼 머릿속에 새겨두었음을 설명하기에 조조는 한결 노했던 것이다.

손부인은 바친 게 아니라 잃은 것

제갈량이 동풍을 빌려오니 그 재주에 놀란 주유는 서성(徐盛)을 보내 제갈량을 죽이게 한다. 미리 짐작한 제갈량은 벌써 배를 타고 달아나는 중이었다. 서성이 바싹 쫓아간다.

'서성은 공명이 탄 배에 배뜸(덮개)이 없는 걸 보고 그대로 뒤쫓았다.

황개

…(조운이 제갈량의 배 고물에 나서서 시위에 살을 먹이고) 활시위를 놓으니 화살은 기막히게도 서성의 배뜸을 받쳐주고 있는 밧줄을 맞추어 끊어버렸다. 뜸이 흘러내려 물속으로 떨어지며 서성의 배는 한쪽으로 기우뚱하게 쏠리기 시작했다.'(6권 123쪽)

배뜸은 철갑이 아닌 이상 그것이 있거나 없는 건 추격과 별 상관이 없다. '펑[篷]'은 뜸이기도 하거니와 옛날에는 돛이라는 뜻도 가졌다. 또 진짜 뜸은 배 위에 단단히 붙어 있으니 받쳐주는 밧줄은 있을 수가 없고 고정시킨 밧줄이나 있다.

서성은 제갈량의 배가 돛을 달지 않았기에 따라잡을 수 있다고 자신 있게 쫓아갔고, 조운의 화살은 돛을 오르내리는 밧줄(전문용어는 용총줄 혹은 마룻줄)을 끊었다. 그 바람에 돛이 떨어져 서성은 더 쫓아갈 엄두를 내지 못한 것이다.

'펑'을 뜸으로 보다 보니 적벽(赤壁) 싸움에서 황개가 불 붙일 물건을 실은 배를 몰고 순풍에 돛을 달아 조조의 군영으로 갈 때, 황개의 용의를 의심한 조조의 장수 문빙이 마주나와 군사들에게 소리치게 한 말도 이상해졌다.

"어서 배뜸(덮개)을 벗겨보아라!"(6권 136쪽)

'콰이샤러펑[快下了篷]'의 '내릴 하' 자는 벗기는 동작과 무관하다. 돛을 내려야 배가 멈춰서니 더 다가오지 말고 검사를 받으라는 뜻으로

"빨리 돛을 내려라" 하고 외쳤던 것이다.

주유와 제갈량의 사이로 돌아오면, 주유와 손권이 주도한 정략결혼이 실패로 끝나자 제갈량이 유비의 부하들을 시켜 주유를 조롱해 소리친다.

"주랑의 묘한 계책, 천하를 편안케 했네. 부인을 바치고 군사까지 꺾였구나!" (6권 303쪽)

적수를 놀려주는 것은 제갈량의 상투 수법이었다. 주유는 화가 나서 견딜 수 없었다.

헌데 이문열판의 말은 정확하지 않다. 유비와 손부인의 결혼을 다룬 장의 제목이 '형주는 못 찾고, 미인만 바쳤구나' 이니 '바쳤다' 란 말을 확신하는 듯하다.

필자가 본 다른 삼국지의 번역도 시원치 않았다.

'부인을 모셔다드리고 군사마저 패했구나.'

그런데 원문의 '페이러푸런[陪了夫人]' 은 그대로 옮기면 '부인을 밑졌다', 적당히 의역하면 '부인을 잃었다' 는 뜻이라 '바쳤다' 나 '모셔다드리다' 와는 완전히 다른 의미다.

현대 중국어에서는 '페이[陪]' 가 '모시다, 동반하다' 로 많이 쓰이지만 고대 중국어에서는 '페이[賠]' 와 같이 '밑지다, 손해보다' 라는 뜻이 있다. 소설에서 제갈량이 주유를 풍자한 말을 지금 사람들이 인용할 때에는 아예 '페이러푸런유우저빙[賠了夫人又折兵]' 이라고 쓴다.

'부인을 잃고 게다가 병사까지 손해보다.'

제 좋은 예상과 달리 안팎으로 밑져 이중으로 손실을 입었다는 뜻으로 널리 쓰이는 말이다.

대장부의 통 큰 처신이 값이 떨어져

중국의 고전작품이 거의 다 어떤 인물이 첫 선을 보이는 장면에 공을 들였으나 등장인물이 유난히 많은 삼국지에서는 특히 저자가 그 많은 사람들이 서로 다르게 얼굴을 내밀게 하려고 애쓴 흔적이 곳곳에 보인다.

등장 과정이 제일 복잡한 사람은 물론 제갈공명이다. 다른 인물은 죽 늘어놓은 명단에서 이름을 내놓기도 하고, 격전 도중에 스스로 급작스레 나타나는가 하면 남의 추천을 받으면서 자신의 존재를 알리기도 한다.

삼국 시대의 주요 인물인 노숙은 주유의 추천을 받으면서 모습을 드러낸다.

"제가 노숙을 알게 된 것은 거소의 장으로 있을 때입니다. 한번은 수백 명을 거느리고 임회를 지나게 되었는바 마침 양식이 떨어져 곤란을 겪게 되었습니다. 우연히 노숙의 곳간에 쌀 삼천 섬이 있다는 소리를 듣고 가서 도움을 청했더니 노숙은 종들에게 손가락질 한 번으로 제가 필요한 만큼을 거저 주었습니다. 대개 그 기상의 크고 활달함이 그 정도입니다."(4권 221쪽)

아쉬운 일이다. 워낙 비범한 총수인 노숙이 소설 삼국지에서 별 볼일 없는 인간으로 격하되었는데 이문열판에서는 유일하게 그를 찬양하는 대목마저 뜯어고쳤으니 말이다.

원문이 너무 길어 인용할 생각은 없다. 그 뜻만 밝히면 노숙에게는 곳간이 두 개 있는데 곳간마다 쌀 삼천 섬이 들었다. 주유가 노숙에게 도움을 청하니 노숙은 두말없이 곳간 하나를 가리키며 선사했다.

이 글이 난해한 대목도 아닌데 오역을 한 것은 필자로서는 이해하기

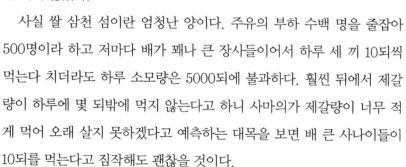
▶ 소설 속의 노숙은 실존인물의 이름만 따왔을 뿐
성품과 능력은 완전 픽션

어려운 일이다. 덧붙여놓은 말 또한 황
당하다. '필요한 만큼'이라면 그 양이
얼마일까?

"쌀이 얼마나 필요하시오?"

"당장 급한 고비를 넘기도록 며칠 먹고
살자면 얼마 얼마인데요."

"여봐라, 쌀 얼마 얼마를 주장군께 퍼
다 드려라!"

원저에서 노숙은 이처럼 좀스러운 짓
은 하지 않았다.

사실 쌀 삼천 섬이란 엄청난 양이다. 주유의 부하 수백 명을 줄잡아
500명이라 하고 저마다 배가 꽤나 큰 장사들이어서 하루 세 끼 10되씩
먹는다 치더라도 하루 소모량은 5000되에 불과하다. 훨씬 뒤에서 제갈
량이 하루에 몇 되밖에 먹지 않는다고 하니 사마의가 제갈량이 너무 적
게 먹어 오래 살지 못하겠다고 예측하는 대목을 보면 배 큰 사나이들이
10되를 먹는다고 짐작해도 괜찮을 것이다.

현대 중국 되의 양은 1리터다. 후한 시기의 되 실물을 발굴하여 측정
한 결과 당시 한 되는 198.1밀리리터, 계산하기 쉽게 200밀리리터로 친
다. 10되는 2리터, 즉 쌀 2리터는 결코 적은 양이 아니다.

3000섬, 즉 30만 되 쌀은 60일을 먹을 만하니 주유가 적어도 두 달은

군량을 걱정할 필요가 없었다는 이야기다. 노숙은 주유에게 당장 필요한 양보다 훨씬 많은 쌀을 돈도 받지 않고 선사했기에 주유가 점수를 높이 쳐준 것이다.

참고로 소설에서 오만 대군을 거느린 황건군의 우두머리 관해(管亥)가 공융에게 빌려 달라는 양식이 고작 1만 섬이었다.

숫자 계산이 따분하기는 하지만 예부터 정치가, 전략가들 치고 숫자에 밝지 못한 사람이 성공한 예는 거의 없다. 상인은 더 말할 나위도 없지만.

깍쟁이가 된 건 노숙만이 아니다. 서촉을 차지한 유비가 관우에게 금, 은과 비단 외에 돈 오천만 전을 상으로 보냈는데 이씨는 웬 영문인지 오십만 전이라고 썼다. (7권 253쪽)

천(千)과 십(十)이 비슷하여 잘못 보았다 하더라도 책이 나온 지 10년이 훨씬 지난 오늘에는 고쳐져야 할 오류요, 삼국지의 '조조전'을 읽어 보았더라면 여포와 싸울 때 쌀 한 섬의 값이 50만 전을 웃돌았음을 알 수 있다. 그야 물론 흉년의 이야기지만 평소에도 변변한 물건을 사기 어려운 오십만 전을 상으로 준다면 얼마나 웃기는 노릇일까.

몇 십 명이 여남은 명으로, 몇 백 명이 100여 명으로, 700여 리가 70여 리로, 이런 식의 오류가 하나둘이라면 몰라도 이루다 헤아리기 어렵다면 작은 문제는 아닐 듯하다.

문(文)에는 제일이 없다

이문열 씨는 조조가 자기를 야유하는 예형(禰衡)을 받아들이지 않고 남의 손을 빌려 죽이려 한 일에 대하여 그 첫 번째 이유로 '문학의 독기'

를 꼽는다. 뛰어난 문사로서 조조의 자부심이 대단했을 것이고 재사나 문사들이 이따금 그의 문학적 자부심을 건드렸기 때문이라는 해석이다.

근거가 약한 판단이라는 느낌이 든다. 예형이 삼국지에서 조조를 갖 가지로 비난하지만 조조의 문학 성과는 아예 들먹이지도 않았는데 이렇 게 말할 수 있을까? 웃고 지나가려다 예형의 죽음을 잠깐 생각해보았다.

예형은 당시 비상한 기억력으로 기문을 남겼으나 이렇다 할 일을 해 놓은 게 없다. 그러면서도 당대의 인물 가운데서 눈에 들어 하는 사람은 하나둘뿐이다.

그가 조조와 유표의 무리를 비웃는 대목을 보면 기막힌 독설가인데 그처럼 자신의 재주를 자부하고 도덕적 결백을 과신하면서 세상의 '속 인' 들을 깔보면 그릇이 점점 작아지게 마련이다.

조조가 일찍 덕행에 흠이 있더라도 한두 가지 장기만 있으면 쓰겠노 라고 인재모집 광고를 돌렸고, 사실 또 많은 인재들을 수하에 모아 썼지 만 예형을 싫어한 것을 보면 예형이 공담가(空談家)에 불과하고 쓸 만한 재간이 없다고 판단한 듯하다.

조조의 일생을 따져보면 철저한 실용주의자라고 해도 과언이 아니다. 정사에서나 야사에서나 조조는 정치적인 인간이었고, 다만 세력을 쌓는 데 유리한지 아닌지 하는 잣대로 판단을 내리곤 했다. 훗날 죽인 공융이 나 양수 같은 인물들도 자신의 통치에 불리하기에 죽였을 뿐 문학적 자 부심이나 단순한 시기 때문이 아니었다.

조조가 자객을 보내 주불의(周不疑)라는 천재적인 열일곱 살짜리 소년 을 암살했다는 기록이 있다. 조조의 아들 조비가 주불의를 죽이지 말라 고 권하니 조조는 냉정하게 한마디 했다.

"그 애는 네가 다룰 수 있는 사람이 아니야."

명나라 개국황제 주원장(朱元璋)이 개국공신들을 하나하나 제거하는데 그 수단이 하도 끔찍해 태자 주표(朱標)마저 차마 보고만 있을 수 없어 그만 죽이라고 아버지를 말렸다. 주원장은 땅에 나무 막대기를 하나 던지고 주표더러 줍게 했다. 막대기에 가시가 돋아 태자가 머뭇거리니 주원장이 의미심장하게 말했다.

"너는 가시가 무서워 막대기를 줍지 못하는데, 나는 지금 너를 위해 가시를 뽑고 있는 것이다! 다 뽑은 다음에 넘겨주면 더 좋지 않은가?"

당태종 이세민은 만년에 잘못한 일도 없는 명장 이세적(李世勣)을 지방으로 쫓아 보냈다. 장안에서 세도깨나 쓰던 이세적은 변명 한마디 하지 않고 두말없이 떠나갔다. 이세민은 죽기 전에 아들 이치(李治)에게 황제 자리에 오르면 이세적을 사면하여 장안에 불러다가 중용하라고 일렀다.

"이번에 내가 이세적을 지방으로 쫓아낸 것은 바로 너를 위해서다. 그가 머뭇거렸더라면 임금의 명을 어긴 죄로 죽였겠는데, 그가 조서를 받자 떠났으니 충성이 갸륵하다. 내가 죽은 다음 그를 장안으로 불러들여 중용하거라. 기필코 너에게 충성을 다 할 테니 절대 잊지 마라."

보다시피 봉건 시대의 일류 정객들은 이 사람이 쓸모가 있느냐 없느냐에 따라 사람을 쓰거나 버렸고, 만년에는 자기 자식이 이 사람을 다룰 수 있느냐 없느냐에 따라 인재를 남기거나 숙청했다. 정객들은 가끔 감상적이 되기는 하더라도 순진한 문사처럼 행동하지는 않는다.

역설적이지만 예형이 유비를 만났더라면 어떻게 되었을까? 생김새가 못난 편인 방통이 조조, 손권, 유비를 차례로 만나는 장면들은 작가의 허구다. 그런데 조조만 방통을 반겨 맞을 뿐 손권과 유비는 방통이 추하고 말투가 부드럽지 못하다 하여 꺼리면서 제대로 써주지 않는다. 예형도 별로 나은 대접을 기대하기 어려웠으리라.

역사 속 인물을 어떻게 이해하고 해석하느냐는 각자의 자유라 그런 대로 스쳐 지나려다가 이씨의 '첫 번째 이유' 설명에 이어지는 글을 보고 속이 뜨끔했다.

'세상에서 사람을 상처 입게 만드는 일은 여러 가지겠지만 그중에서도 가장 음험하고 치열한 원한을 품게 하는 것은 문학적인 인간의 글에 대한 자부심을 건드리는 일이다. 오늘날에 있어서는 만약 작가나 시인에게 사람을 마음대로 죽일 권한이 있다면 평론가, 특히 엄격한 평론가나 작가의 문학적 자부심에 상처를 입힐 만한 천재는 종종 생명의 위협을 받게 되리라.' (3권 400~401쪽)

필자가 이 책에서 밝히는 이씨의 갖가지 오류는 굳이 천재가 아니더라도 지적할 수 있는 것들이지만 공연히 가슴이 두근거렸다. 중국에서 사는 필자야 가상으로도 생명의 위협을 받을 리 만무하다. 그래도 이씨나 그의 팬들이 필자의 글을 보고 나서 과격한 반응을 보이지 않을까 걱정된다. 필자를 저주할지도 모르지 않는가.

송나라의 유명한 문학가 구양수(歐陽修)의 이야기가 떠올랐다.

구양수는 만년에 자신이 쓴 글들을 엮어서 전집을 만들려고 매우 착실하게 수정하면서 늘 밤중이 되어도 쉬려 하지 않았다. 안쓰럽게 여긴 그의 아내가 그에게 농담조로 물었다.

"당신은 어린 학생도 아닌데 왜 그렇게 명심해서 글을 써요? 훈장에게 책망을 들을까 봐 그러시나요?"

구양수는 정색하여 대답했다.

"내 나이가 이렇게 많으니 물론 선생이 나를 책망할 리는 없소. 하지만 이 전집은 후대들에게 보이려는 것이요. 내가 이렇게 정성들여 수정하는 것은 글에 흠이 있을까 봐 근심되고 후대들이 웃을까 봐 걱정되어 그러는 것이오."

참된 문인다운 생각이다. 작가 생전에 작품이 먼저 흔적 없이 사라진다면 몰라도, 그렇지 않다면 남의 의견을 허심하게 받아들여야 글의 오류가 줄어들고 글이 보다 완벽해지면서 좋은 작품이 만들어져 오래오래 전해진다.

옛날 중국의 어느 유식한 사람이 책을 읽다가 한 글자를 잘못 읽는 걸 곁에 있던 별 지식이 없는 사람이 시정해주어서 나온 말이 '일자사(一字師)'다. 한 글자를 가르치더라도 스승으로 모신다는 뜻이다.

우리말에 '업은 아기한테서도 배우라'는 속담이 있을지니 분명 틀린 것을 가지고 자부심 때문에 시정하기를 거절하고 악의까지 품는다면 '자기 그릇 줄이기'라는 결과밖에 나오지 않을 것이다.

말 나온 김에 보태지만 봉건 시대에 공자의 위치가 날이 갈수록 높아짐에 따라 중국의 옛날 문인들은 그 누구도 자신의 글이 고금제일이라고 자부하지 못했다. 문인들의 필독서가 된 공자의 저작이 누구도 넘을 수 없는 큰 산으로 나섰기 때문이다.

그래서 '문에는 제일이 없다(文無第一)'라는 말이 나왔고, 이에 맞추어 '무에는 제이가 없다(武無第二)'는 말도 생겼다.

다음은 이 말에 대하여 살펴보기로 하자.

무(武)에는 제이가 없다

본론으로 들어가기 전에 우선 장수들 사이의 싸움을 보자.

마초가 유비와 싸우러 오니 제갈량은 조운과 장비만이 마초를 막을 수 있다고 말한다. 그 다음부터 이문열판은 냄새가 달라진다.

"자룡은 군사를 이끌고 밖으로 나가 아직 돌아오지 않았소. 여기 있는 것은 익덕뿐이니 급한 대로 그부터 먼저 보내야겠소."

유비가 찌푸린 얼굴로 그렇게 대꾸했다. 장비 혼자서는 마초를 당해낼 것 같지 않아서 영 마음이 놓이지 않는다는 표정이었다. 공명이 그걸 알아차리고 나직이 유비에게 당부했다.

"익덕이 걱정되더라도 주공께서는 아무 말씀 마십시오. 제가 익덕을 충동질해서 마초를 가볍게 여기고 함부로 싸우는 일이 없도록 해보겠습니다."(7권 222쪽)

바로 옮긴 글은 이러하다.

"자룡은 군사를 거느리고 밖에 나가서 아직 돌아오지 않았고, 익덕이 여기 있으니 급히 보내야겠소."

"주공께서는 당분간 아무 말씀 마십시오. 양이 익덕을 자극하겠습니다."

뒤이어 장비가 오니 제갈량은 장비의 투지를 한결 북돋아주기 위해 일부러 관우를 데려와야겠다고 한다. 가뜩이나 강적을 만나 신이 났던 장비는 더욱 마음이 달아서 마초와 싸우러 달려간다.

제갈량의 방법은 이른바 격장법(激將法), 일부러 반대되는 말로 상대방을 자극하여 분발하게 하는 수단이다. 후에 늙은 황충이 장합과 하후

마
초

연과 싸우겠다고 나설 때도 제갈량이 일부
러 황충의 나이를 꼬집으니, 황충은 나이
에 어울리지 않을 지경의 용맹을 떨친다. 헌
데 여기서도 황충이 떠난 다음 제갈량이 유
비를 보고 하는 말이 엉뚱하게 옮겨졌다.

"이번에는 황충도 감정이 격해 큰 소
리를 앞세웠습니다. 비록 가기는 갔으
나 공을 세우기는 어려울 것이니, 반드시
따로 인마를 뽑아 먼저 보내 그를 돕도록
해야 됩니다."(8권 43쪽)

원문을 바르게 옮기면 이렇다.

"이 늙은 장수는 미리 말로 자극하지 않
으면 비록 가더라도 공을 이루지 못할 것입니
다. 그가 이미 떠났으니 제가 곧 인마를 보내 호응해야겠습니다."

자극과 성공의 인과관계가 거꾸로 되었으니 그 다음 조운에게 분부하
는 말도 틀릴 수밖에 없는데, 더 인용할 생각이 없다.

장비와 마초의 싸움으로 돌아와 보면 이씨는 유비의 첫 마디부터 '급
히'를 '급한 대로'로 옮겼으니 아래에 덧붙인 말들이 틀릴 수밖에 없다.

'그렇게 되자 싸움이라면 자기밖에 없는 줄 아는 장비도 어지간히 긴
장하지 않을 수 없었다.

유비도 몸소 나서고 위연이 보태졌는데도 다시 조자룡이 돌아오면 더
할 듯하니 마초가 새삼스레 조심스러웠다. 적어도 한달음에 우르르 달려
가 개 때려잡듯 마초를 잡겠다는 생각은 버리지 않을 수 없었다.'(7권

224쪽)

이처럼 장수들이 겁부터 집어먹고 싸움터에 나서면 승리를 바라기 어렵다. 그 뒤에 마초도 장비와 싸우다가 은근히 두려워하는데 그런 겁쟁이는 장수 자격이 없다.

이문열판 삼국지에서 일류 장수들이 걸핏하면 놀라거나 겁을 먹는가 하면 삼류 장수들은 정반대로 하룻강아지처럼 날뛴다. 이씨는 그런 얼간이들을 항상 날카롭게 풍자했다.

'가상스런 것은 기세뿐이었다' 하는 식으로.

중국 고전소설은 워낙 이야기에서 나왔기에 그 장점은 기묘한 줄거리요, 그 약점은 심리묘사다. 이씨는 인물들의 심리를 가늠하여 재치 있게 그려냈으나 화려한 문필에 비해 심리활동이 너무 엉터리여서 유감이다.

앞의 글에 나오다시피 '무에는 제이가 없다' 는 말이 있다. 일단 무술을 배운 사람들은 자기가 남보다 약하다고 여기지 않는다는 뜻이다. 이기려는 결심, 이길 수 있다는 자신감이 없으면 싸움에 나서지도 말아야 한다. 굳게 믿던 자기의 능력이 확실히 강한지는 부차적인 문제다.

고대 장수들을 보면 아무개가 어떠어떠하게 대단하다고 소문이 자자하더라도 우선 헛소문일 수 있고, 한때는 정말 잘 나가는 대단한 장수였다 하더라도 지쳤거나 앓거나 늙으면 기운을 추스리지 못한다. 때문에 '천하무적' 인 장수는 있을 수 없다.

그리고 주인의 녹을 먹고 사는 장수로서 유일한 보답 방식은 바로 싸움인데 싸움터에서 적장의 이름에 놀라 도망치면 말이 되는가?

용감히 싸우러 나가는 사람을 비웃는 건 바람직하지 않은 일이다. 삼국지나 수호지를 비롯한 중국 고전소설에서 이름난 장수나 이름 없는 장수나 다 별 생각 없이 싸우러 나가는 경우가 많은데 이처럼 심리묘사가 없는 편이 틀린 심리묘사를 보태기보다 낫다는 느낌이다.

사족의 예를 하나 더 들어본다.

장합과 하후상, 한호가 황충과의 싸움에서 져 영채를 여러 개 잃었다. 그들은 얼마 남지 않은 패잔병을 거느리고 하후덕이 지키는 천탕산으로 달려간다.

세 사람이 하후덕을 찾아보고 온 까닭을 밝히자 하후덕이 고개를 저으며 말했다.

"이곳은 십만의 대병이 지키는 곳이니 걱정할 게 없소. 그대들 세 분은 공연히 여기 와서 북적거릴 게 아니라 돌아가 잃은 진채나 되찾을 궁리나 하시오."

장합이 울컥 치미는 속을 억누르고 좋게 받았다.

"지금은 굳게 지켜야 할 때요. 함부로 움직여서는 아니됩니다." (8권 379쪽)

기실 하후덕의 말인즉 이런 것이었다.

"내 여기에 십만 대군이 둔치고 있으니 이 군사들을 거느리고 가서 진채들을 되찾으시오[吾此處屯十萬兵, 你可引去, 復取原寨]."

장합의 속이 울컥 치밀 까닭이 없지 않은가.

끄덕거리며 보는 문화

오형(熬刑)은 '볶아 죽이는 형벌'이 아니라

조조를 죽이려 했던 의사 길평의 이야기다. 길평이 암살에 실패해 조조에게 잡혔다. 함께 암살을 꾀한 사람들을 대라고 호되게 매질하고 손가락을 잘라도 길평은 조조를 욕할 뿐이다. 참을성을 잃은 조조가 길평의 혀를 잘라내고 입을 부수어버리라고 명을 내리자 길평이 말했다.

"아마도 이제 나는 오형(熬刑=볶아 죽이는 형벌)을 면하기 어려울 것 같구려. 늦으나마 모든 걸 사실대로 말하겠소. 그전에 나를 옭은 이 밧줄이나 좀 풀어주시오." (4권 27쪽)

오형이 볶아 죽이는 형벌이라니? 원문은 어떤가? '아오싱부궈[熬刑不過]'다.

필자는 이전에 닥치는 대로 배우는 시기에 혹독한 형벌에도 관심을 가지고 한동안 연구해보았다. 겁 많은 이들은 아래 글을 읽지 말기를 바란다. 악몽을 꾸지 않으려면 말이다.

중국은 문자로 기록된 역사가 길뿐만 아니라 잔혹한 형벌의 역사와 풍부함에서도 세계의 앞자리를 차지한다. 그러기에 사람을 죽일 때 칼로 바로 목을 자른다면 크게 은혜를 베풀어준 셈이다.

넋이라도 있고 없게 말 다섯 필에 밧줄을 매어 사람의 사지와 머리를 맨 다음 말에 채찍질하여 찢어 죽이는 것은 차렬(車裂) 혹은 오마분시(五馬分屍)라고 하고, 오리오리 천 칼 이상 칼질하여 천천히 죽이되 규정된 칼질 숫자를 채우지 못하고 죄수가 죽으면 칼잡이가 목숨을 바쳐야 하는 것이 능지처참이다.

이런 것은 국가급 형벌이고 단체 수준의 혹형으로는 점천등(點天燈)이라는 것이 있었다. 기름을 먹이거나 혹은 먹이지 않은 천이나 돗자리 따위로 사람을 꽁꽁 싸서 거꾸로 세워놓고 발바닥에 심지를 박아 불을 붙인다. 목숨이 질긴 사람은 허리가 탈 때까지도 숨이 붙어 바둥거린다.

기생집의 사사로운 형벌을 볼라치면 말을 듣지 않는 여자를 발가벗겨 자루 비슷한 옷을 입혀서 고양이를 옷 속에 집어넣고 마구 때린다. 멋모르는 고양이가 질겁하여 발악하면 여자의 몸은 피투성이가 되는데 피하려야 피할 수 없다. 쥐 스물다섯 마리를 넣으면 백조요심(百爪撓心)이라 한다.

아주 죽여 버릴 생각이면 음부에 참기름을 부어넣고 쥐를 밀어 넣은 다음 성기를 꿰맨다. 그 참혹한 결과야 누가 더 말할 수 있으랴?

그러면 볶아 죽이는 형벌도 있는가? 적어도 필자는 모른다. 기름가마나 끓는 물에 사람을 집어넣어 죽이는 형벌은 2천여 년 전의 기록에도 나온다. 그런데 볶는다면? 마른 가마에 뭘 넣고 주걱으로 뒤적거리거나 가마를 흔들어 음식을 익히는 걸 '볶는다' 고 하는데 사람을 어떻게 볶을 수 있단 말인가?

'~부궈[~不過]' 라는 말은 중국어 책을 보노라면 늘 나온다. 예를 들어 '따부궈[打不過]' 는 '내가 너와 싸워 이길 수 없다' 는 뜻이다. 같은 뜻으로 옛날 책에 가끔 '따니부궈[打你不過]' 라는 경우도 있다. 지금은 흔히 '따부궈니[打不過你]' 라는 식으로 쓰인다.

말재주 좋은 사람의 입심에 밀려 쟁론에서 질 듯하면 모면하는 좋은 수가 있다.

"하오하오, 워쒀부궈니[好好, 我說不過你. 됐다 됐어, 말로야 내가 널 이길 수 있겠냐]!"

내가 이치로 보아 진 게 아니라고 밝히면서 대범한 척 물러서는 것이다. 중국어에 아직 정통하지 못한 외국인들이 중국인들과 쟁론하다가 써먹을 만한 말이다. 시시한 논쟁에서 이겨보았자 먹을 것도 없는 것은 고사하고 공연히 감정만 상하는 경우가 많지 않은가. 적당하게 논쟁을 끝내는 법을 알아야 살아가기 편하다.

'아오[熬]' 라는 글자는 중국어에서 몇 가지 뜻을 가진다. 우선 채소 따위를 물에 넣어 삶아 먹는다는 뜻이 있다. 삶는다는 뜻이다. 쌀 따위를 물에 넣어 죽을 만들 때에도 이 글자를 쓴다. 끓인다는 뜻이다. 유효성분을 뽑아내기 위하여 무언가를 용기에 집어넣고 오래 우려내는 것을 가리킬 때도 이 글자를 쓴다. 우리 생활에서 비슷한 예를 들면 약을 달인다고 할 때 이 글자를 쓰면 된다.

그리고 참는다는 뜻으로 쓴다. 특히 고통이나 어려운 생활을 억지로 견디어낸다는 뜻이다. 옛날에는 고생을 호소하는 소리를 나타내는 의성어로 쓰이기도 했다.

그런데 볶는다니 암만 해도 이상하지 않은가? 앞에서 유효성분을 추출하기 위해 뭔가 달이는 경우, 소금을 달일 때는 바짝 마를 때까지 가공하는데 주걱으로 젓기도 하니 볶는 것과 비슷할지도 모르지만 다른 것을 볶는다고 한다면 오류다.

대체로 이 글자는 꾹 참고 견딘다는 뜻으로 잘 쓰인다. 잘 참고 견디는 데 이골이 난 중국인을 바로 알려면 이 글자를 잘 알아야 한다는 생각이 든다.

이전에 의료시설이 턱없이 부족할 때 사람들이 병에 걸리면 곧잘 하던 말.

"아오저베[熬着唄, 참지, 뭐]."

고생 끝에 무엇을 얻는다는 뜻으로도 쓰였다.

"둬냔더씨푸아오청퍼[多年的媳婦熬成婆, 여러 해 고생스럽게 며느리 질을 한 끝에 드디어 시어머니가 되다]."

이야기가 옆으로 빠져 장황하게 늘어졌는데 본론으로 돌아와 말하면, '아오싱부꿔[熬刑不過]'는 '형벌을 견디지 못할 것'이라는 말이다. 현대 중국어식으로 말하면 '아오부꿔쿠싱[熬不過酷刑]'이다.

청나라 사람이 쓴 소설 《여선외사(女仙外史)》에는 한 도사가 아무리 맞아도 끄떡하지 않는데 '아오싱즈줴[熬刑之訣]'가 있어 그렇다고 한다. 볶아 죽이는 형벌의 비결을 장악했다는 말이 아니라 도사가 형벌을 견디는 비결을 안다는 말이다.

그러니 이렇게 고쳐 써야 할 것이다.

"내 이제는 혹형에 더 견딜 수 없소."

만에 하나 이 세상에 오형이란 벌이 있었다 하더라도 '아오싱부꿔[熬刑不過]'만으로는 '오형을 면하기 어렵다'는 말이 나오지 않는다. 맞춤법에 어울리지 않기 때문이다.

중국어를 책으로만 배운 이들이 번역할 때 가장 당혹해하는 것이 바로 구두어와 속어다. 이런 어려운 문제를 푸는 지름길은 없다. 닥치는 대로 보고 자꾸만 말하고 들으면서 잘 모를 말은 솔직하게 모른다고 시인하면서 그 뜻을 정확하게 알아보아야 할 것이다.

세워놓은 채 목을 베다니

앞에서 말했듯이 옛날 중국에서 칼로 남의 목을 잘라 죽이면 상당히 인자하게 죽여준 셈으로 여겼다. 삼국지에는 목을 치는 장면이 수없이 나온다. 헌데 이문열판에서는 목이 떨어지는 사람들의 자세에서부터 문제가 드러난다.

유비가 처음 서천(西川)으로 들어가 서천의 주인 유장(劉璋)이 베푼 잔치 자리에 앉는다. 유비의 군사 방통은 이 기회에 유장을 죽이려고 맹장위연더러 검을 휘두르며 춤을 추게 한다.

유장의 종사 장임(張任)이 얼른 위연과 마주하여 검을 내두르며 유장을 보호하고 뒤이어 유비와 유장의 장수들이 우르르 검을 뽑아들고 나선다. 유비는 깜짝 놀라 칼춤을 그치라고 호통 친다.

"칼을 놓지 않는 자는 세운 채로 목을 베리라!" (7권 82쪽)

관우의 사자가 미방(糜芳)과 부사인을 보고 하는 말에도 같은 뜻이 담겨 있다.

"만약 늦어지면 두 분을 선 채로 목 베시겠다는 게 관공의 영이셨소."
(8권 181쪽)

또 위나라 장수 등애(鄧艾)가 촉나라로 쳐들어가 제갈량의 아들 제갈
첨(諸葛瞻)에게 항복을 권하는 편지를 보내니 제갈첨은 크게 노한다.

"편지를 발기발기 찢어버린 뒤 사자를 선 채로 목 베게 했다." (10권
353쪽)

원문에 '립참(立斬)'이라 하였으니 '립(立)' 자를 선다는 뜻으로 보고
세운 채로 목을 베리라는 엉뚱한 말이 나온 듯하다. 허나 이런 경우 그
글자는 '당장, 곧, 즉시' 라는 부사가 된다.

현대 중국어에서는 '리[立]' 자 혼자 부사가 되는 경우는 거의 없고 흔
히 '리커[立刻]' '리지[立卽]'라고 쓰며 북방 구두어에서는 '리마[立馬]'
라고도 하는데 그 뜻은 모두 '당장, 즉시, 곧, 냉큼' 이다.

아차 실수로 한 글자를 잘못 이해했더라도 목이 떨어지는 사람의 자
세를 알았더라면 이런 오류는 피할 수 있었는데 유감이다. 참수형을 당
하는 자의 표준 자세는 7권 130쪽에 나오는 삽화에 정확히 그려졌다시
피 죄인이 땅에 무릎을 꿇게 되어 있다.

칼로 목을 치는 방법에 따라 죄인의 자세도 조금씩 달라진다. 죄인이
땅에 무릎을 꿇고 나지막한 나무토막에 뺨을 대게 한 다음 '꾸이즈서우
[劊子手, 한국식으로는 망나니]'가 곁에서 칼로 내리치는 것은 칼잡이로서
는 좀 급수가 떨어지는 방식이다.

죄인이 땅에 무릎을 꿇고 허벅다리부터 머리까지 일직선을 이루면 칼
잡이가 그 뒤에서 칼을 가로 날려 머리를 자르는 방식이 고수(高手)다운

방법이다. 태연히 죽음을 맞이하는 사람들이 목을 길게 늘여 칼을 받았다는 말이 가끔 고전소설에 나오는데, 그건 단칼에 머리가 허공에 날아가지 못하면 무지하게 고통스럽기에 턱이 칼날을 막지 않도록 갖춘 자세였다. 죽는 사람도 쉽게 죽는 법을 알아야 편했다.

만약 죄인이 머리를 축 늘어뜨리면 꾸이즈서우는 칼 쥐는 방법도 바꿨다. 오른손 아귀가 칼날과 반대되게 칼자루를 쥐고 팔을 아래로 쭉 펴 칼등을 오른팔 뒤에 딱 붙인 다음 꿇어앉은 죄인의 뒤에 서서 왼손으로 죄인의 뒤통수를 급작스레 툭 친다.

죄인이 반사적으로 머리를 쳐드는 순간, 칼잡이가 허리를 왼쪽으로 꼬면서 오른손을 왼쪽 어깨로 움직이면 칼이 휙 내려가면서 죄인의 목을 자른다. 비밀 처형 때 많이 쓰던 방법이기도 했다.

싸움판에서는 선 채로 목이 날아가는 사람이 많았어도 처형하는 경우에는 중국 칼잡이들이 일본 사무라이가 아닌 이상 세워놓고 목을 자르는 걸 선호하지 않았다. 단칼에 목을 싹둑 자르기가 무척 어려운 일이기에 칼잡이들은 평소에도 늘 남의 목을 유심히 살펴보면서 칼이 지나갈 길을 가늠했는데, 그들의 눈길이 한 번 스칠 때마다 사람들은 공연히 오싹해 했다고 한다.

수호지의 영웅 양웅(楊雄)이 사형을 집행하고 돌아오니 친구들은 비단을 그의 몸에 걸쳐 축하한다. 양웅이 자기 몸에 피를 묻히지 않으면서 칼질을 멋지게 하였다는 것을 말해준다. 옛날 칼잡이가 단칼에 사형수를 죽이지 못하면 조롱의 대상이 되기 십상이었다.

20세기에 들어와 중국에 총기가 많아지면서 참수형보다는 총살형이 더 늘어났다. 사형수의 뒤통수에 대고 사격하여 죄수가 한 방에 죽지 않으면 더 쏘지 않고 총대 꽂을대를 탄알 구멍에 넣어 뇌수를 후벼 죽이기도 했다. 끔찍한 노릇이지만 시체에 구멍을 더 내는 것보다는 낫다고 그런 모양이다.

중국인들은 죽더라도 완전한 시체, 중국어로는 '쵄쓰[全屍]'를 바랐으니 워낙은 교수형이 최고지만 효율이 너무 떨어져 보급되지 못했다.

얼마 전까지만 해도 중국에서는 사형수를 전부 공개 총살했다. 그런데 교통단속하기가 어렵고 사격수들의 심리문제도 생겨 법조계 사람들이 몹시 부담스러워했다.

더욱이 공개처형이 범죄를 줄이는 데 큰 도움이 되지 않는다는 연구 결론이 나오면서 밀실에서 극약을 주사하여 거의 고통 없이 죽이는 주사 사형이 나타나기 시작했다. 지금까지는 여건이 허락되는 곳에서만 주사에 의한 사형이 이루어져 주사형과 총살형이 병행되는 실정이다.

가급적 죄수를 고통스럽게 죽이려 하고 자세 또한 모욕적이던 고대 사형과 비교해보면 침대에 누워서 당하는 주사형은 훨씬 인도적이라고 할 수 있겠다.

이 세상에 둘도 없는 녹슨 청포

원소의 장수 안량이 하도 용맹하여 당할 자가 없으니 조조는 잠시 자기에게 항복한 관우를 불러온다. 산 위에 선 조조는 관우와 함께 산 아래에 당당하게 진세를 벌인 원소의 군대를 내려다보며 대화를 나눈다. 총수 조조와 장수 관우의 심리가 두드러지는 대화다.

조조는 관우의 자존심을 자극하느라고 일부러 안량과 그 부대를 칭찬하고, 관우는 기어코 안량과 그 부대를 폄하하면서 기세를 잔뜩 올리다가 분연히 칼을 들고 말을 달려 내려가 단칼에 안량을 죽인다.

그런데 이문열판에서는 이상한 말이 불쑥 튀어나와 분위기를 깨뜨린다. 조조의 말이다.

"저기 비단 해가리개 아래 녹슨 전포와 금갑(金甲)을 받쳐 입고 칼을 든 채 말 위에 앉은 자가 안량이오." (4권 82쪽)

원문을 찾아보지 않고도 틀린 게 뻔하다. 왜냐하면 전포는 천으로 만든 것이므로 녹이 슬 리 없다. 그리고 만에 하나 쇠 녹이 끼었더라도 한껏 멋을 부린 안량 같은 장수가 깨끗하게 빨아 입지 않을 리 없다.

그러면 원문은 어떻게 되어 있는가? '수포(繡袍)'다. 수를 놓은 전포인 것이다. 쇠 녹은 '수(銹)'인데 혹시 고서에 '수포(銹袍)'라고 적혔다면 그건 분명 오류다.

옛날에 목판인쇄법으로 책을 찍을 때 일하는 사람들이 학식이 높은 사람일 수 없었고, 장사를 하기 위해 책을 양산할 때는 깔끔하게 교열을 할 리도 없었다. 그러니까 틀린 데가 많을 수밖에 없었다.

책을 읽어보다가 이치에 맞지 않고, 맞춤법에 틀리는 곳은 고쳐 읽을 줄 아는 사람이라야 책을 볼 줄 아는 사람이라고 할 수 있다.

한참 뒤에 위나라 황제 조예가 용맹한 장수 왕쌍(王雙)을 얻고 즐거워하는 대목이 있다.

'위주는 그렇게 기뻐하며 왕쌍에게 은포(銀袍)와 금갑(金甲)을 내리고, 호위장군을 삼은 뒤 전부 선봉으로 내세웠다.' (10권 9쪽)

은(銀)으로 전포를 해 입을 수가 없는데 어쩌다 보니 '금포(錦袍)', 즉 비단 전포를 잘못 본 것이 아닌지.

중국에서 가장 알아주는
《삼국연의(三國演義)》 판본.
인민문학출판사 2002년 1월 출판.
1954년, 1973년, 1994년,
세 번에 걸쳐 일류 전문가들이 모여
수많은 고서들을 대조하면서 정리했기에
오류가 가장 적고 주해가 정확한
것으로 널리 알려졌다.

중국에는 이런 말이 있다.

'우추어뿌청수[無錯不成書, 틀린 데가 없으면 책이 아니된다].'

때문에 학자들은 고서의 여러 가지 판본을 대조해가면서 오류를 바로
잡는다. 현재 중국에서는 베이징의 인민문학출판사에서 펴낸 《삼국연
의》를 가장 좋은 판본으로 여기는데, 그것은 1950년대에 인민문학출판
사에서 몇 가지 괜찮은 모종강본을 모아다가 나관중본도 참고하면서 수
많은 오류를 바로잡았기 때문이다.

그러니까 누가 자기 손에 어느 고서가 있다면서, 그 책에는 '수포(銹
袍)'나 '은포(銀袍)'라 나왔기에 남들이 심혈을 기울여 다듬은 글이 틀
렸노라고 떠든다면 참으로 황당한 일이다.

1980년대 중반까지는 중국에 아직 상품경제 시대가 오지 않아 내로
라 하는 학자들이 서재에서 진지하게 고서들에 문자표를 찍으면서 한 자

한 자 교열했다. 중국어로는 '댄쟈오[點校]'라 한다. 출판사에서도 돈만 벌려고 날뛰지 않았기에 펴낸 책들의 수준이 높았다.

지금은 돈벌이를 위해 급조한 책들이 대폭 늘어나 재미로 읽기에는 괜찮지만 연구용으로 쓰거나 다른 문자로 옮기는 원본으로 쓸 만한 책을 찾으려면 품을 들여 이 책 저 책 비교하면서 골라보아야 한다.

풀을 꽂고 목을 팔러 나온 장군

위의 글에 나오는 조조의 말에 관우는 이렇게 대답한다.

"안량이란 자도 제가 보기에는 푯대를 세워놓고 제 목을 팔려고 내놓은 자와 같습니다."

틀린 소리다. 필자가 본 여러 판본의 한글 삼국지에서 이 말은 다 제대로 옮겨지지 못했다.

한국에서 나온 어느 《대삼국지》를 보면 이렇게 되어 있다.

"장대 끝에 머리를 꽂고 팔려는 자와 같습니다."

또 중국에서 1960년대에 펴낸 조선문 《삼국연의》에서는 이렇게 옮겨놓았다.

"제가 보기에는 안량이 꼭 말뚝을 꽂아 놓고 대가리 팔러 나온 놈 같습니다."

80년대에 출판된 조선문 《삼국연의》에서는 아예 현대식으로 말을 바꿨다.

"제가 보기에는 안량이 목에 광고판을 걸고 대가리 팔러 나온 놈 같습니다."

'차뱌요마이서우[揷標賣首]'라는 네 글자가 이처럼 복잡한 말들을 만들어내었다. 꽂을 '삽(揷)', 푯대 '표(標)', 팔 '매(賣)', 머리 '수(首)'. 한자를 좀 아는 사람이라면 어렵잖게 알아보는 글자들이지만 모아놓으면 도무지 감을 잡지 못하는 이들이 많다.

꽂을 삽자부터 '세워놓고' '꽂고' '꽂아놓고'로 이해되는가 하면 심지어 '걸고'로도 바뀐다. 보어인 표가 어떤 물건인지 몰라서인데, 중국어를 글로만 배우고 중국 전통문화를 잘 모르는 사람들이 늘 범하는 실수라 할 만하다. 하기는 중국인들도 이 말의 참뜻을 모르는 사람들이 적지 않다.

기실 어느 책을 볼 때 난해한 대목을 만나면 딱딱한 사전보다도 비슷한 부류의 다른 책을 펴보는 것이 제일 쉬운 방법이다. 여기에서 '뱌오'는 '차오뱌오[草標]'의 준말로 보아야 한다. 차오뱌오는 수호지에서 두 번 이상 나온다.

임충(林沖)이 고구(高俅)의 꾀에 걸려 칼을 살 때와 양지가 곤경에 빠져 칼을 팔 때, 칼에는 다 풀이 꽂혀 있다. 그런 풀이 바로 차오뱌오, 즉 팔 물건에 꽂아 팔 것임을 표시하는 풀이다.

꽂는 게 무슨 물건인지 그 정체를 알고 나서 다시 앞의 오류들을 돌이켜보자. 물건을 팔 때에는 풀을 칼이면 칼집에, 함이면 함 덮개 틈새에 꽂는데 사람을 팔 때는 어디에 꽂을까?

20세기 중반 중화인민공화국이 성립되기 전까지만 해도 중국 각지에는 사람장사가 성행했다. 죽은 부모의 장례를 치르기 위해 자식이 몸을 팔기도 하고, 애들이 많아 먹여 살리기 어려울 때 부모가 자식을 팔기도 했는데, 사람을 판다는 표식으로는 목덜미에 풀을 꽂았다.

사람을 파는 이들의 이유가 이러하다면 사는 사람들은 상대방을 종으로 부려먹거나 첩으로 삼으려고 했다. 요리조리 살펴보다가 어느 사람을 사려고 마음먹은 자가 그 사람의 목덜미에 꽂힌 풀대를 쑥 뽑으면 매매가 이루어졌다.

조금 길어지더라도 관우의 말은 이렇게 옮기는 게 옳다.

"제가 보기에는 안량이 목덜미에 풀을 꽂고 제 머리를 팔러 나온 자 같습니다."

쉬미(胥靡)는 '죽을 죄'가 아니라 '노역수'

예형(禰衡)이 조조의 부하들을 시체라고 비웃으니 조조의 사람들은 화가 나서 예형을 목 없는 귀신이라 욕한다. 예형이 응수한다.

"나는 한조의 대신으로 조조의 패거리도 아닌데 어찌 머리가 없다고 하느냐?" (3권 395쪽)

정식으로 임명 받은 적 없는 예형이 대신이라 자칭하니 우스운 일이다. 만약 이문열 씨의 풀이대로 '조조에게서 받은 정신적인 타격으로 사귀(死鬼)에 홀려 있는 예형으로서는 어서 바삐 오탁한 세상을 떠나고 싶은 마음뿐이었다'면 미친 소리로 치부하고 넘어가도 괜찮겠다. 그러나 원작에서 예형은 한조의 신하로 자칭했을 따름이다.

헌데 그 전에 예형은 많은 문무 대신들이 모인 연회석에서 조조에게 욕설을 퍼붓는다. 예형을 추천했던 공융은 대뜸 긴장한다.

그 자리에 있던 공융은 성난 조조가 예형을 죽일까 두려웠다. 얼른 조조 앞에 나아가 노기를 달래려 들었다.

"예형의 죄는 서미(胥靡=옛날의 死罪)에 해당됩니다. 그를 발명할 길은 없으나 부디 너그러이 보아주십시오."(3권 393쪽)

승상을 욕한다 해서 죽을죄에 해당한다면 한나라의 법은 너무 엄하다. 현대사회에서는 괘씸죄에 걸리더라도 목숨을 잃을 가능성은 적으니 역시 지금 세상이 좋기는 좋은가 보다, 이렇게 안도의 숨을 내쉬는 이가 있을지도 모르겠다.

그런데 중국어음으로 '쉬미'인 서미는 죽을죄가 아니다. 서미는 고대 중국어에서 세 가지 뜻을 갖는다.

1) 일종의 노예 명칭.

2) 아무것도 없다는 뜻.

3) 고대 읍의 이름.

따져보면 공융의 말에 나오는 서미는 첫 번째 의미다. 쉬미는 '서미(絹縻)'라고도 쓰는데 어떤 노예들을 밧줄로 묶어 강제노동을 시키는 데서 나온 말이다. 한나라 때에는 지금 유기수, 무기수, 사형수 하듯이 죄수를 가리키는 말도 되었다.

줄로 죄수들을 줄줄이 이어놓아 명태 두름의 사촌을 만들어 일을 시키기에 서미라 한다고 안사고(顔師古)가 《한서》 '초원왕전(楚元王傳)'에 단 주해에서 분명히 밝혔다. 노역수라고 하면 가장 비슷할까?

그러니 공융은 예형이 죽을죄를 지었으나 용서해달라고 사정한 게 아니라, 예형의 목숨을 살리려고 그의 죄를 가급적 낮추어 이야기한 것이다. 공융의 심리가 엿보이는 말이다.

근년에 부패 말만 나와도 치를 떠는 중국인들이 많다. 생각 같아서는 부정부패를 일삼는 탐관들을 죄다 죽여 싹쓸이해야 시원하겠지만 죄를 지은 만큼 벌을 주어야 하는 법이다.

몇 해 전에 중국에서 인기를 끈 부패척결 영화 〈생사선택〉의 연출은 극중인물들의 죄상에 비추어 걸맞은 유기형을 정하기 위해 법률전문가들을 모셔다가 거듭거듭 연구했기에 나중에 비웃음을 사지 않게 되었노라고 실토한 적이 있다.

아득한 옛날에 죽은 사람이더라도 글에서 큰 죄 없이 재벌 죽임을 하는 건 바람직하지 않다.

그런데 공융이 예형을 발명(변명)할 길은 없으나 너그러이 보아달라는 말은 더구나 웃긴다. 원문은 짧다.

'뿌주파밍왕즈멍[不足發明王之夢].'

여기서 '파밍[發明]'은 무죄를 변명한다는 뜻이 아니다. 파는 동사였고 밍은 왕에 붙은 글자였다. 어색하지만 그대로 옮기면 다음과 같다.

'밝은 왕(明王)의 꿈을 계발하기는 부족하리다.'

옛날에 은나라의 왕 무정(武丁, 시호는 高宗)이 꿈에 어떤 현명한 사람이 노역수로 일하는 것을 보았는데, 이튿날 성을 쌓는 곳에서 꿈에 본 사람과 꼭 같은 사람을 찾았다 한다. 이야기해보니 대단한 인재라 고종은 즉시 그 부열(傅說)이라는 사람을 중용한다.

현대 학자들은 무정이 미리 부열의 재능을 알고서도 신하들의 반발을 우려하여 일부러 꿈 이야기를 지어냈다고 보고 있다.

그 부열이 강제노동을 하였으니 바로 쉬미였다. 공융은 그 옛이야기를 들먹이면서 조조를 보고 예형에게 너무 신경을 쓰지 말라는 뜻으로 이야기한 것이다. 옛 사람을 숭배하던 당시 분위기를 의식하여 예형이 부열과 비길 수 없다고 조조에게 일깨워주었는데, 거꾸로 예형을 엄벌하지 말라는 미묘한 암시도 깃들어 있었던 것이다.

깃털 덮개는 무엇을 덮었을까?

조조는 여포를 하비성에 몰아넣고 성 아래서 항복을 권한다. 귀가 엷은 여포는 은근히 마음이 움직였으나 여포의 모사 진궁(陳宮)이 썩 나서서 조조를 꾸짖는다.

'그런 다음 노한 기색으로 올려다보는 조조에게 화살 한 대를 쏘아붙였다. 화살은 똑바로 조조가 둘러쓰고 있는 깃털 덮개에 내리꽂혔다.'(3권 253쪽)

문자 그대로 보면 조조가 어떤 모양인지는 모르지만 깃털로 만든 괴상한 덮개를 몸에 둘러쓴 듯하다. 중국어 원본에는 '위까이[羽蓋]'로 나온다. 깃털 덮개라고 하면 축자번역(逐字飜譯)한 셈인데 말이 야릇하다.

옛날 중국의 고급 수레는 비바람을 가리도록 작은 집 비슷한 걸 만들고, 그 지붕 위를 깃털로 장식했다. '푸른 깃털로 차 덮개 위를 치장한다'는 기록도 있는데, 푸른 털을 쓰는 이유는 잘 알려지지 않았다.

그러니 조조는 수레에 앉았고 진궁의 화살은 조조가 앉은 수레의 깃털로 치장한 덮개에 탁 꽂혔다. 조조를 똑바로 명중시키지는 못했지만 문사인 진궁으로서는 그만하면 헛되이 살을 날리지는 않은 셈이다.

이문열판은 대체로 한자를 하나하나 풀어 옮기다 보니 오역이 많은데, 그와는 반대로 이유 없이 한자를 줄여 새 낱말을 만든 흔적도 있다.

'주유는… 공명을 불러들이게 했다. 그리고 자신은 좌우의 부축을 받아 일어나 좌상(坐床) 위에 앉았다. 공명에게 약한 꼴을 보이기 싫어서였

다.'(6권 112쪽)

여기서 '좌상'의 원문은 '쬐위촹쌍[坐於床上]'이다. 그냥 침대 위에 앉았다는 뜻이다. 일어나서 좌상, 즉 걸상까지 옮겨가 앉은 것은 아니다. 주유는 손님을 맞이하는 최저의 예절을 지켰을 뿐, 공명에게 약한 꼴을 보이기 싫어서가 아니었다.

삼국지와 수호지를 비교해보면 사람들이 앉는 자리가 모두 다르다. 수호지에서는 영웅들이 거의 다 걸상에 앉고, 의자 뺏기 혈투도 벌인다. 그러나 삼국지에서 의자는 단 두 번밖에 나오지 않는다.

중국어 원본에서 이야기가 시작될 때 푸른 뱀이 한 영제의 의자에 서리어 황제가 질겁하고, 손권의 부하 능통(凌統)이 연회석에서 칼을 빼들고 아버지를 죽인 원수 감녕(甘寧)에게 달려드니 감녕이 급히 걸상을 들어 막는다고 되어 있다. 그러나 실은 삼국 시대에는 불가능한 일들이다.

중국 사람들은 그때까지도 바닥에 깐 삿자리에 꿇어앉는 습관이 있었을 뿐 걸상이란 아직 나타나지 않았으니 말이다. 나지막한 침대인 탑(榻)에는 누워도 되고 앉아도 되는데 그런 침대에 앉을 때에도 무릎을 꿇어야 예절에 어울렸다.

현대 중국의 한 서예가가 농담 삼아 던진 말이 있다. 왕희지(王羲之)와 똑같은 글자를 써내려면 걸상에 앉아서는 불가능하다, 방안에 낮은 상을 놓고 그 앞에 꿇어앉아야 한다, 그리고 붓도 지금 붓을 써서는 안 된다. 진(晉)나라 시기의 붓은 털을 붓대 겉에 동여맸기에 그런 붓으로 글을 써야 왕희지와 똑같은 글자를 써낼 가능성이 있으니, 그러지 않으면 비슷한 정도에 만족하는 편이 낫다고 한 것이다.

삼국 시대는 고사하고 몇 백 년 뒤인 당나라 시기에도 삿자리나 침대에 꿇어앉는 자세가 일반적이었다. 옛날 문헌이나 그림을 보면 중국인의 침대가 높아지고 걸상이 차차 퍼진 것은 북송 때부터라고 보인다. 북송 시대에는 침대에 앉아 다리를 드리워야 예절에 맞았으니, 무례한 자세가 예절 바른 자세로 인정받기까지는 얼마나 오랜 세월이 흘렀던가?

한(漢)나라 사람들은 머리로 생각하지 않았다

서주를 차지한 유비는 원술을 치라는 황제의 명을 받는다. 두 군벌 사이에 싸움을 붙여 어부지리하려는 조조의 계책인 줄 뻔히 알면서도 왕명을 어길 수 없어 유비가 군사를 이끌고 출발하니 원술은 노발대발한다.

"원래 돗자리나 짜고 짚신이나 삼던 놈이 어찌 이리 건방지단 말이냐! 갑자기 서주 같은 큰 군을 얻어 제후들과 동렬(同列)에 서게 되더니 머리가 돌아버린 게로구나." (3권 57쪽)

맹달이 유봉을 욕하는 대목에도 머리가 나온다.

"네 어찌 그리도 머리가 어둡고 무디냐?" (8권 200쪽)

물론 이씨가 보탠 말이요, 옛날 중국 사람의 말답지 않은 소리다.

근대까지도 많은 중국인들은 인간이 심장으로 생각한다고 철석같이 믿으면서 생각하는 기관, 생각과 감정을 통틀어 '심(心)'이라고 불렀다. 외부의 도움을 받지 않고 저절로 툭툭 뛰는 심장은 옛 사람들에게 있어서 신비로운 존재였고, 심장이 멎으면 사람이 죽는 걸 보아온 상태였다.

어떤 중국학자는 고대 중국인들이 사람의 배를 수없이 가르면서도 인체의 내장 구조도 한 장 변변히 그리지 못했다고 꼬집었다. 그도 그럴것이, 고대 중국인은 남에게 보다 심한 고통을 주면서 천천히 죽이기 위해 배를 갈랐으니 후세 서방 의학자들의 해부와는 목적부터 달랐던 것이다.

머리 역시 마찬가지다. 머리를 잘라 뇌수를 파먹은 사람들도 그 뇌수가 어떤 역할을 하는지는 통 몰랐다.

그러니 머리가 돌아버린다거나 머리가 어둡고 무디다는 말은 쓸 생각조차 못 했다.

고대 인간들의 언행을 소설에서 원상 그대로 재현한다는 것은 원체 불가능한 일이요, 또 그렇게 할 필요도 없지만 재미있게 꾸미려고 붙인 말에서 현대 냄새가 물씬물씬 풍겨 사족이 되면 그 또한 헛수고가 된다.

언젠가 중국인들은 사람의 죽는 기준을 심장 사망으로부터 뇌 사망으로 바꾼다 하여 만만찮은 쟁론을 벌였다. 한나라 사람들이 보기에는 우스운 다툼에 불과하겠다.

그러나 이문열판에서 잘린 머리를 목이라고 한 것은 좀 따져보아야겠다. 고전소설에서는 시체에서 베어낸 머리를 전부 수급이라고 했다.

원래 진나라의 제도에 의하면, 장졸들이 적군의 머리를 하나 베어오면 한 계급 승진시킨다 하여 머리 수(首) 자와 계급 급(級) 자가 합쳐져 '수급(首級)'이란 말이 나왔다는 설이 있는데, 귀찮은 한자어를 피하고 순수한 우리 글로 그 뜻을 표시하려면 목보다 머리가 더 낫지 않은가 하는 생각이다.

이문열판에서는 장수들이 잘라낸 머리를 말에 다는 위치도 달라지는 경우가 많다.

'장팔사모를 들고 말안장에는 사람의 목 하나를 단 채 나타난 장포가 조운에게 말했다.'(9권 254쪽)

워낙 단 것은 머리였고, 단 부위는 말의 목이었다. 말안장에 사람의 머리를 달면 기수의 다리에 머리가 툭툭 부딪히면서 불편할 수밖에 없다. 말의 목에 머리를 달아야 말이나 사람이나 다 편하다.

헌데 이문열 씨는 책마저 말안장에 걸게 했다.

'(두예는) 좌구명(左丘明)의 〈춘추전(春秋傳)〉을 가장 아껴 앉으나 누우나 손에 잡고 있었으며, 바깥에 나갈 때도 반드시 사람을 시켜 〈좌전(左傳)〉을 말안장에 걸게 했으므로, 사람들은 그걸 좌전벽(左傳癖)이라 일컬었다.' (10권 196쪽)

언뜻 생각해도 알 수 있지만 말안장에 책을 걸면 책이 쉽게 망가진다. 두예는 출입할 때마다 꼭 사람으로 하여금 〈좌전〉을 들고 말 앞에서 가게 했으므로 그때 사람들이 그를 '좌전벽' 이라고 불렀던 것이다.

이처럼 빈번히 등장하는 안장이 다른 대목에서는 더구나 안장답지 않은 곳이 있다. 동작대에서 조조가 무장들에게 활 솜씨를 겨루게 하니 나중에 허저와 서황이 싸우는 장면이다.

'두 사람의 말이 가까워지자 서황은 급한 김에 활을 들어 허저를 후려쳤다. 허저는 한 손으로 서황이 내려치는 활을 맞받아 잡고 다른 한 손으로는 서황의 안장을 떼어 뒤엎었다.' (6권 314쪽)

말안장이 고정된 상태를 조금이라도 아는 사람이라면 안장 뒤집기가 말하기처럼 쉽지 않다는 걸 잘 알 것이다. 게다가 두 사람이 다 말을 탄 상태에서 안장에 손을 대고 힘을 쓰자면 얼마나 불편하겠는가?

실은 허저가 서황을 잡아당겨 말안장에서 몸이 떨어지게 한 것이다. 상대방을 말에서 끌어내리기가 안장 뒤집기보다 자연스럽고도 퍽 쉬운 일이다.

마지막으로 원작에서 잘리지 않은 머리가 이문열판에서 잘린 모습을 보자. 손견이 유표(劉表) 군대의 매복에 걸려 죽으니 그의 아들 손책은 아버지의 시체를 찾는다.

'시체를 찾아냈으나 목은 잘려 성안의 유표에게 바쳐진 뒤였다.' (2권 140쪽)

하여 손책은 아버지 시체의 머리를 찾기 위해 무진 애를 쓴다. 원문이 '쓰서우[屍首]'니까 시체의 머리라고 풀어썼는데, '쓰서우'란 '쓰티[屍體]'와 마찬가지로 주검이라는 말이다. 누구도 손견의 머리를 자르지 않았고, 시체는 통째로 유표의 손에 들어간 것이다.

이문열판에서 흔히 나타나는 낱말 뜯어 옮기기 식 오류다. 이런 것을 보더라도 글자를 하나하나 번역하는 축자역(逐字譯)은 바람직하지 않다.

겨울에도 자라는 곡식은 분명 있어

관도(官渡) 싸움에서 원소가 대패한 후 창정(倉亭)에서도 조조가 다시 한번 원소의 군대를 크게 무찌르니 원소는 자신의 근거지인 기주로 도망간다. 조조의 부하들은 승리한 기세를 몰아 아예 기주까지 들이치자고 주장한다. 허나 조조는 기주의 양식이 풍족하고 성을 지키는 심배(審配) 또한 꾀가 많아 급히 쳐서 쉽게 차지할 수 없다고 판단한다.

"거기다가 군사를 일으킨 지도 오래되어 백성들의 생업에도 어려움이 많을 터이니 이만 돌아가는 게 좋겠다. 기주를 쳐 빼앗는 것은 뒷날이라도 늦지 않다."

이에 대해 이문열 씨는 이렇게 해석했다.

'〈연의〉에서는 조조가 군사를 되돌린 이유 가운데 들에 곡식이 있어

(禾稼在田)란 이유를 대며 추수 뒤로 미루고 있으나 이는 저자의 혼동인 듯하다. 그보다 앞서 관도의 싸움이 한창일 때가 이미 겨울인 시월(冬十月)이었다.' (4권 293쪽)

속단! 속단이다.

소설 삼국지에서 앞뒤가 맞지 않는 부분이 적지 않은 건 사실이다. 그러나 그런 부분은 대체로 유비가 이끄는 촉한 집단의 정통성과 정의성을 강조하기 위해 일부러 자가당착의 우를 감내하고 만들어진 것이다. 유비의 혈통이나 조운의 나이 같은 경우가 그러하다.

소설 삼국지는 어느 한두 사람이 지은 책이 아니라 오랜 세월을 내려오면서 수많은 사람들이 심혈을 기울여 다듬은 명작인데, 특히 모윤(毛綸)과 모종강 부자는 학자들의 비웃음을 사지 않으려고 세부를 소홀히 스쳐지나가지 않았다. 그런데 함부로 '저자의 혼동'을 운운하면 삼국지에 손을 댄 뭇사람을 바보 취급하는 셈이다.

이씨의 오류는 두 가지, 우선 시월(冬十月)에 곡식이 들에 있을 리 없다고 여긴 의심이 틀렸다.

중국에서는 이모작을 하는 고장이 아주 많다. 날씨가 더운 하이난다오 같은 곳에서는 일 년에 세 번 농사를 짓기까지 한다. 이모작을 하는 북방의 경우 베이징 부근, 즉 옛날의 기주 땅인 허베이성의 예를 들어보면 겨울을 나는 밀(冬小麥)은 추분(秋分)에 심어 하지(夏至)에 거둔다.

그러니까 시월 이후 겨울철은 바로 밀이 밭에서 자라나는 중요한 시기다. 군대들이 싸움하느라고 밭을 짓밟았다가는 농민들의 미움을 사게된다.

그 다음 소설에서는 창정 싸움이 언제 일어났는지 밝히지 않았고, 관도싸움이 끝나자 곧 창정 싸움이 벌어진 듯하다. 허나 정사 삼국지를 보면 건안 5년 10월에 조조가 관도에서 원소를 이기자 원소의 대군이 급히 황하(黃河)를 건너 도망쳐 조조의 군대가 미처 따라잡지 못했다.

이듬해인 건안 6년 4월(夏四月)에야 조조는 황하 가에서 무력을 과시하고 창정에서 원소의 군대를 쳤다. 원소가 그 싸움에서 참패하여 기주로 도망갔고 조조는 그 해 9월에 허도로 돌아온다. 4월부터 9월 사이에는 곡식이 밭에 있다는 말이 아주 자연스럽게 나온다. 밀도 그렇고, 봄에 심는 곡식도 많지 않은가?

조조의 퇴군은 장기적인 통치를 위한 '한 걸음 물러서기'였다. 예부터 식견이 탁월한 총수들은 절대 눈앞의 빠른 승리만 바라지 않았다.

춘추전국 시대에 한 장수가 적국의 성을 맹공격했다. 성을 지키던 사람들이 필사적으로 방어하다가 항복할 의사를 비쳤다. 손쉽게 이길 기회였으나 그 장수는 단호하게 항복을 거절하고 군사를 휘몰아 한결 사납게 공격했다.

성을 지키는 사람들은 죽기 살기로 한참 더 싸우다가 더는 버틸 수 없게 되니 제발 항복을 받아달라고 빌었다. 그제야 장수가 항복을 허락하여 남들이 이상스레 여기고 그 이유를 물으니 장수의 대답이 이랬다.

"너무 쉽게 항복을 받아들였다가는 이 다음에 다른 나라에서 이 성을 칠 때도 쉽게 항복할 것이오."

군사적으로는 항복을 빨리 받을수록 좋으나 한 걸음 멀리 내다보면 통치에 극히 불리하다. 뛰어난 전략가는 거의 다 위대한 정치가였으니 원소가 오랫동안 경영한 하북 일대를 차지한 후 말썽 없이 다스리려면 조조는 민심 장악을 고려하지 않을 수 없었을 것이다.

위도가 북방보다 낮은 곳에서는 겨울에 심은 밀도 보다 일찍 여물어 제갈량이 다섯 번째로 기산을 나와 위나라 장수 사마의와 팽팽한 대결을 벌일 때, 4월(夏四月)이니 밀이 익었다는 말이 여러 번 나오고 밀 쟁탈전이 치열하게 벌어진다.

그런데 이문열판에서는 전부 '보리' 라고 하였으니 그 많은 오류를 일일이 지적하기 힘들다.

중국어에서 '마이[麥]' 는 '밀, 보리, 귀리' 등 여러 가지 뜻을 갖지만 간단하게 '마이' 라고 할 때에는 보통 밀을 가리키고, 보리는 '다마이[大麥]', 귀리는 '얜마이[燕麥]' 라고 한다. 이의가 있기 쉬울 때 확실히 밀이라고 찍어 말하려면 '샤오마이[小麥]' 라고 쓴다.

소설 삼국지에는 제갈량이 벤 곡식이 농서(隴西)의 '샤오마이' 라고 하여 분명히 밀임을 밝혔는데도 보리라고 한다면 어떻게 되나?

이밖에도 조조가 머리카락을 자를 때 지나는 밭을 포함하여 이문열판에 나오는 '보리' 를 전부 '밀' 로 바꿔보면 원 뜻에 어긋나지 않는다.

재사(才士)들의 라이벌 의식

조조의 권세가 하늘을 찌를 듯할 때 서천의 유장이 장송(張松)을 허도에 보내 조조의 힘을 빌려 쓰려 한다. 지지리 못생긴 장송은 워낙 서천을 조조에게 바치려고 생각했는데, 조조가 거만하게 나오는 바람에 마음이 변해 조조와 그의 부하들을 싸잡아 비웃는다. 그러자 조조 수하의 재사(才士) 양수(楊修)가 따지려고 나선다.

'그런 양수를 한눈에 알아본 장송은 마음속으로 어려움을 느껴 적당히 말을 둘러댔다. 자칫하면 양수의 말재주에 넘어가 낭패를 보게 될까 봐 두려웠기 때문이다. 양수 또한 자신의 재주를 믿어 세상 사람들을 모두 얕보아 온 터였으나 장송만은 달리 보였다.'(7권 39쪽)

중국의 삼국지 애호가들이라면 단연 "아니야! 이게 아니야!" 하고 반박할 대목이다. 쟁쟁한 인재들이 그렇게 공연히 겁부터 먹을 리 있나?

원문에서 장송이 양수를 보고 '유우신난즈[有心難之]' 했는데 마음 심(心) 자와 어려울 난(難) 자가 있다 하여 장송이 두려워했다는 게 아니라, 의도적으로 힐난(詰難)해보려고 나섰다는 말이다.

이때 '유우신[有心]'은 어떻게 할 마음이 있다는 뜻이고 난(難) 자는 동사가 된다. 난(難)은 경우에 따라 '어렵다, 좋지 않다'는 형용사와 '재앙, 난리'라는 명사가 되지만, '나무라다, 꾸짖다, 책망하다, 따져 묻다' 등의 동사로도 늘 쓰이니, 앞뒤 말을 헤아리면서 정확하게 파악해야 글을 이해하거나 옮길 때 우스운 오류를 만들지 않게 된다.

참고로 전에 나온 다른 한글 삼국지의 소제목이 '장영년(장송의 자)은 도리어 양수를 힐난하고'였다.

장송과 양수는 재능 있는 사람들 사이에 흔히 생기는 라이벌 의식을 느끼고 서로 상대방의 기를 꺾어놓으려 나선 것이다. 강한 적수를 만나 은근히 흥분한 두 사람의 말싸움에서 결국 장송이 비상한 암기력으로 양수를 놀라게 해 양수는 하릴없이 서천으로 돌아가려는 장송을 말린다.

"공은 잠시만 숙소에서 기다려주시오. 내가 다시 한번 승상께 말씀드려 공을 만나보게 하겠소이다."(7권 43쪽)

양수는 조조를 찾아가서도 역시 조조에게 장송을 불러보시라고 권하는데 두 마디 말에 다 원문의 '맨쥔[面君]'이 빠져 양수의 뜻과 다른 말들이 되었다. 워낙 양수는 장송에게 자기가 승상 조조한테 청을 넣어 장송이 황제를 뵈옵게 하겠노라고 말했고, 조조를 보고 한 말도 같은 뜻이었다.

"이 사람을 황제께 뵈옵게 할 수 있습니다. 천조(天朝)의 기상을 보도록 말입니다."

나관중본에는 '대국(大國)의 기상'이라고 되어 있는데 모종강본에서 천조라고 잘 고쳤다. 군벌할거 지역에서 온 사자에게 천자의 조정을 보여주면 사자가 돌아가서도 자랑할 만한 공적이 생길 것이니까.

헌데 조조는 군대의 모습을 보여주겠다는 이유로 양수더러 '우선' 장송을 교장(敎場)에 데려오라고 한다. 실권을 잡은 대신다운 말이다. 이런 심리가 두드러지는 '우선'이라는 말도 이씨 평역본에서 빠진 이유는 바로 앞에서 말한 '맨쥔'을 빼버려서다.

중국 역사에서 황제가 아무리 허수아비라도 상징적인 권위는 남아 있었고 황제를 만나는 절차 또한 굉장히 까다로웠다.

연암 박지원의 중국 유람기가 《열하일기(熱河日記)》가 된 것은 바로 조선 사신들이 청나라 건륭(乾隆) 황제를 만나보러 황실의 피서지인 열하로 갔기 때문인데, 그전이나 그후의 중국 방문과 별다를 바 없이 '만세'를 되풀이 한 조선 사절단의 활동은 현대 중국 역사학자들의 관심사가 아니었다.

같은 시기에 건륭 황제를 찾아본 영국 대표단의 행동이 그 후의 중국 역사를 바꿔놓았기에 깊이 있는 연구가 진행된 실정이다.

당시 통상을 목적으로 온 영국 사절단에게 청나라 관료들은 두 무릎을 꿇으라고 요구했으나 단호하게 거부하던 영국인들은 나중에 한쪽 무릎을 꿇기로 타협을 했다. 청나라 사람들은 양놈들이 무릎도 굽힐 줄 모른다고 비웃었지만, 덩치만 크고 속이 곪아가는 청나라의 실태를 파악한 영국인들은 중국을 깔보기 시작한다.

영국의 통상 요구는 거절당했으나 자국의 문화적·군사적 우세를 확인한 영국인들의 자신감은 드디어 수십 년 후 아편전쟁으로 드러난다.

똑같은 청나라 황제를 보고서도 조선 사람들의 생각과 영국인들의 판단은 달랐으니, 책 한 권을 놓고 이렇게도 풀고 저렇게도 푸는 것을 그처럼 이해하고 넘어갈까 궁리해보았으나 결론은 역시 '아니다'였다. 졸작을 명작으로 탈바꿈시킨다면 몰라도 걸작의 수준을 졸작으로 끌어내려서야 되나?

여담이지만 유비가 서천을 치다가 참패하여 도망가는 장면이 있다.

'나리유우신쓰사, 즈꾸뻔저우[那里有心廝殺, 只顧奔走].'

직역하면 다음과 같다.

'어디 싸울 마음이 나랴. 오직 달려갈 뿐이었다.'

그런데 이씨의 해석은 다르다.

'마음속에는 되돌아서서 한바탕 싸움을 벌일 뜻도 있었으나 몸은 그저 앞만 보며 달아날 뿐이었다.'(7권 165쪽)

어느 말이 패잔병에게 더 어울리는가는 보는 이들의 판단에 맡긴다.

뼈를 긁어 독을 다스리는 게 맞기는 한데…

관우의 신화 가운데서 가장 놀라운 건 아마 뼈를 긁어 독을 없애는 이야기가 아닐까 싶다. 이씨는 멋진 글 솜씨로 중국어 원본보다 더 재미있게 그 이야기를 서술한 다음, 보는 이들이 역사를 바로 이해하도록 짧지 않은 글을 덧붙였다.

'그런데 흥을 깨는 일이 될는지 모르지만, 여기서 다시 한번 들춰보고 싶은 것은 정사(正史)다. 진수의 삼국지에는 화타전에도 관우전에도 이 이야기가 보이지 않는다. 관우전에 빠진 것은 별로 역사적 가치가 없어서라면 이해가 되지만, 대단찮은 치료 얘기까지도 상세히 적은 화타전에서까지 빠진 것은 아무래도 이해가 되지 않는다.' (8권 163쪽)

뒤이어 이씨는 같은 쪽에서 화타(華佗)가 정사에 '거의 의자(醫者)라기보다는 방술사(方術士)에 가까울 만큼 신비하게 기록되어 있다' 면서 '혹 그 신비한 화타를 빌려 관공을 높이려고 꾸며 넣은 얘기는 아닌지' 추측했다.

그런데 정말 이씨의 흥을 깨는 일이 될는지 모르지만, 여기서 다시 들추어보고 싶은 것은 정사 삼국지다. '관우전' 에는 분명 뼈를 긁어 독을 뺀 이야기가 나온다. 한자로 955자밖에 되지 않는 관우전에서 거의 1할에 해당하는 85자가 그 이야기다.

관우는 어지러이 날리는 화살에 왼팔이 꿰뚫렸는데 후에 상처가 아물었으나 흐리거나 비가 오는 날이면 뼈가 늘 아팠다. 의사가 화살촉에 묻힌 독이 뼛속으로 스며들어갔으니 살을 째고 독을 긁어내야 우환거리를 없앤다고 하였다. 그 말에 관우는 팔을 내밀어 의사더러 칼로 째게 하였다. 그때 마침 관우가 여러 장수들을 청해 함께 앉아 술을 마셨는데 팔에서 피가 흘러 그릇에 넘쳐났으나 관우는 태연히 웃고 말하면서 고기를 베어 먹고 술을 마셨다. (羽嘗爲流矢所中, 貫其左臂, 后創雖愈, 每至陰雨,

관
우

骨常疼痛. 醫日: '矢鏃有毒, 毒入于骨, 當
破臂作創, 刮骨去毒, 然后此患乃除耳.'
羽便伸臂令醫劈之. 時羽適請諸將飮食相
對, 臂血流離, 盈于盤器, 而羽割炙引酒,
言笑自若)

관우전에서 이 이야기는 관우가 건안 19년(서기 214년)경에 자기와 마초가 누가 더 대단하냐고 제갈량에게 묻는 대목 뒤에 붙어, 건안 24년(서기 219년) 조인과 싸우기 전에 기록되었다.

의사의 이름이 나오지 않고 의사가 내놓은 치료 방법도 소설에서처럼 요란하지 않다. 그러나 소설에서는 이야기를 뒤로 옮겨 관우의 마지막 전투인 조인과의 싸움에서 상했다고 고쳤고, 이름을 남기지 못한 군의(軍醫)를 명의 화타로 설정했다. 그 이유는 두 가지로 보인다.

관우는 조인을 신나게 공격하다가 서황(徐晃)이 달려와 조인을 구원하는 바람에 패배한다. 그때에 서황과 관우가 일대일 겨룸에서 비기는데, 그보다 훨씬 앞의 백마(白馬) 싸움에서 서황은 원소의 장수 안량에게 지고 관우는 안량을 단칼에 죽인다.

관우의 무예가 서황보다 아득하게 높은 윗수라는 결론이 나오지만 마지막 싸움에서 두 사람은 비기니 이치에 맞지 않는다. 불합리한 면을 해석하기 위해서는 관우의 상처가 아물지 않았기에 힘과 무술을 제대로 발휘하지 못했다는 이유를 댈 필요가 있었을 것이다.

같은 값이면 다홍치마라고 이름 없는 의사보다 중국고대 최고급 신의(神醫) 화타를 내걸면 이야기가 훨씬 맛이 더해진다.

그런데 앞에 인용한 관우전의 두 번째 글자 '상(嘗)'이 이문열판 삼국지에서 전부 '항상'이나 '늘상'으로 옮겨졌기에 잠깐 살펴보고 관우와 화타의 이야기로 돌아가겠다.

여몽은 손권에게 감녕을 추천하면서 말하기를,

"(감녕은) 또 항상 서천에서 나는 좋은 비단으로 돛을 만들어 달고 다니니."(5권 168쪽)

또 여몽이 형주를 빼앗는 바람에 관우가 돌아갈 곳이 없어지자 관우의 부하 조루(趙累)가 관우를 보고 여몽이 약속을 어긴 행위를 나무라자고 건의한다.

"지난날 여몽이 육구에 있을 때 늘상 군후께 글을 보내 말하기를 양쪽이 서로 힘을 합쳐 함께 역적 조조를 치자고 했습니다."(8권 194쪽)

손권 집단과 유비 집단의 사이가 나빴는데 대장수 여몽이 늘상 관우에게 편지를 보냈다면 손권의 의심을 사기 십상이다. '항상, 늘상'이라는 뜻인 '상(常)'과 혼동한 듯한데 고문에서 이런 경우에 '상(嘗)'은 '…적이 있다'라는 뜻이다. 현대 중국어에서는 같은 경우에 '청[曾]' 혹은 '청징[曾經]'으로 표기한다. 문장의 앞뒤를 살펴 '이전에, 이미, 벌써' 따위로 옮기면 된다.

세상에는 별의별 사람이 다 있다더니 아픈 감각을 전혀 못 느끼는 사람도 있다는 말을 들었다. 그런 사람은 걸핏하면 아픔을 느끼는 우리 같은 평범한 인간들보다 오히려 불행하다고 한다. 팔다리가 부러져도 전혀 감촉이 없고, 내장이 썩어 들어가도 제때에 발견하지 못하기에 언제 급작스레 쓰러져 죽을지 모른다니까.

관우는 팔이 아팠다니 그런 사람은 아니었고 아픔을 꾹 참았을 따름이다. 하기는 우리 민족의 영웅 이순신 장군도 칼로 살을 후벼 어깨에 박힌 조총 탄알을 뽑아냈다 하고, 현대 중국의 맹장인 쉬쓰유우[許世友]는 여덟 번 부상당했는데 그때마다 아예 손가락으로 상처를 후벼 총알과 파편을 뽑아내고 호박 속살을 잔뜩 발라 치료했다 한다. 쉬쓰유우는 소림사에서 무술을 배워 손가락이 남달리 단단했다나.

동서고금에 아픔을 두려워하지 않은 장수들은 얼마든지 있었다.

사실 관우의 사적에서 유의해야 할 점은 고대 중국의 외과 치료 방법이다. 지금 중국어로 '쭝이[中醫]'라고 하는 한의(漢醫)는 흔히 맥을 짚고 알약, 탕약 따위로 속병을 고쳐주는 것으로 알려졌다. 기껏해야 침술이나 안마를 덧붙일 뿐이다. 그러나 고대에 특별히 전쟁이 빈번했던 중국에서 외과수술이 많았던 것은 의심할 여지가 없다.

1920년대에 무술가 완라이썽[萬賴聲]은 서양 의사들은 쩍하면 팔다리를 자르지만, 중국 의사는 가급적 팔다리를 보존하는 걸 원칙으로 삼는다고 지적한 바 있다. 관우의 이야기에서도 이런 원상유지 원칙이 엿보인다.

그러나 유감스럽게도 중국 전통의술의 외과 수술법은 지금 알 수 없게 되었다. 옛날 중국에는 이런 말이 있었다.

'제자를 가르쳐내면 스승이 굶어죽는다(教會徒弟, 餓死師傅).'

소설에서나 현실에서나 무술 고수들의 제자들이 흔히 스승보다 무예가 떨어지는 것도 이런 맥락에서 풀이된다. 남모르는 기술을 가져야 잘

먹고 잘 살 수 있는 상황에서 의사들은 개인기와 비방(秘方)을 비밀에 붙였으니 어렵사리 개발한 기술이 사라지기 쉬웠고, 또 중국의 전통 기술은 개인적 천부와 경험에 의존하는 경우도 많아 남들에게 체계적으로 가르치기도 어려웠다.

어느 무술가 겸 의사는 팔다리가 부러져 조각조각 부서진 뼈를 살 겉으로 만지면서 다듬어 원상복귀했을 지경으로 신묘한 기술을 지녔다는데, 그의 제자가 그 수준에 이르기는 하늘의 별 따기였다. 수많은 명의의 의술이 신비한 도술로 풀이되는 것도 그들이 처방의 비밀을 고수하면서 일부러 신비로운 맛을 풍긴 행위와 무관하지 않다.

화타는 그래도 남달랐던지 제자 오보(吳普)에게 건강도인술 오금희(五禽戲)를 가르치고, 제자 번아(樊阿)에게는 자신이 복용하는 약초를 알려주고 의술도 전수하는 등 속 넓게 행동했으나 그 제자 번아는 약초를 양생비결로 삼아 비밀에 붙이다가 술에 취한 김에야 털어놓았다.

소설에서 화타는 관우의 팔을 치료한 다음 조조의 머리 병을 고쳐주러 다시 나타난다. 두개골을 도끼로 쪼개고 머릿속에 든 바람기를 걷어내야 병 뿌리를 뽑아낸다는 끔찍한 치료 방법에 조조는 질겁하여 화타가 관우의 원수를 갚기 위해 자기를 죽이려 든다면서 화타를 감옥에 집어넣었다가 죽인다.

그러면 화타 시대에 뇌수술이 있었느냐 하면 그런 건 아니다. 화타전에 화타가 배를 가르고 내장을 수술하는 기록은 있으나 뇌수술을 했다는 말은 없다.

그리고 화타전에서 확실히 조조가 화타를 죽였지만 죽인 이유는 화타가 조조의 두통을 치료하다가 고향에 돌아간 후, 앓지 않은 아내의 병을 핑계로 조조 곁에 돌아오지 않았기 때문이다.

조조는 훗날 머리가 아플 때면 화타가 자기 병을 고칠 수 있었는데도 같잖은 녀석이 몸값을 높이느라고 일부러 병 뿌리를 뽑지 않았다고 원망했다.

또 순욱이 화타를 살려주자고 조조에게 건의했다 하고, 조조가 사랑하는 아들 창서(倉舒)가 열세 살에 요절한 다음 조조가 화타를 죽인 걸 후회했다고 적었으니 화타가 건안 17년(서기 212년)에 죽은 순욱이나, 건안 13년(서기 208년)에 죽은 창서보다 먼저 죽은 건 분명하다. 그러니 건안 24년(서기 219년)에 관우의 팔을 치료하고 또 그 때문에 관우의 원수를 갚으려고 한다는 의심을 받아 조조의 손에 죽을 리는 없다.

허나 사료와 픽션을 적당히 뒤섞어 훌륭한 소설을 만들어낸 소설가의 비범한 재주에는 감탄이 절로 나온다.

제갈량의 사주팔자

방통이 서천에서 죽으니 그날 밤 제갈량은 하늘을 보고 알아챈다.

'문득 서쪽 하늘에서 별이 하나 떨어지는 게 보였다. 크기가 북두성만큼이나 되는 별이었는데 떨어지며 흘리는 빛이 사방으로 흩어지는 게 예사롭지 않았다. 공명이 그걸 보고 깜짝 놀라더니 갑자기 소매로 얼굴을 가리고 소리 내어 울었다.'(7권 167쪽)

북두성이란 북두칠성의 줄임말인데, 원문에 나오는 '두(斗)'는 북두가 아니라 곡식 따위를 되는 말을 가리킨다. 별이 말만큼 크다면 심한 과장으로 보아야겠다. 그리고 원문에서는 공명이 소스라쳐 놀라 잔을 땅에 던지고 얼굴을 가리고 울었는데 이문열판에서 잔을 던지는 동작이 빠진 것은 상황을 이해하기에 아쉬운 일이다.

하늘의 별과 땅 위의 인간세상을 연계시키는 견해는 역사가 극히 오래다. 옛날 중국 사람들은 별의 변화가 인간 살림에 영향을 미친다고 믿었기에 열심히 별을 관찰하였으나, 76년마다 한 번 지구를 방문하는 핼리혜성을 이삼천 년간 착실히 기록하면서도 그 규율을 밝히지 못한 것은 길흉에 너무 집착했기 때문이 아니었을까 싶다.

다시 삼국지로 돌아가면 방통이 죽기 전에 제갈량이 유비에게 글을 보낸다.

'올해는 계해(癸亥)년이니 강성이 서쪽에 있고…'

헌데 60년마다 한 번 돌아오는 계해년을 계산하기는 어렵지 않다. 후한 말년부터 삼국 시대에 이르는 동안 계해년이 둘이라 183년과 243년이다. 183년이면 유비는 아직 고향에서 힘을 기르고 있었고, 243년이라면 유비의 무덤이 생긴 지도 20년이 지난 뒤다.

나관중본을 보면 '올해는 계사년(癸巳)이라 강성이 서쪽에 있고…' 로 되어 있다. 계사년은 213년, 유비가 건안 17년부터 19년까지 3년 동안 (서기 212~214년) 전쟁을 벌여 서천을 차지했으니 맞는 말이다.

아마 계사년에 강성이 서쪽에 있다는 말은 성상(星象)설에 맞지 않아 모종강이 고친 듯한데 어떤 이론의 틀에 맞추느라고 뭘 뜯어고치면 웃기는 소리가 나오기 쉽다. 관우의 팔자가 바로 그렇다.

정사에는 관우와 장비의 나이도 분명하지 않으나 관제묘나 장비묘에서 쇠는 생일은 있게 마련이고, 《여선외사》라는 고전소설에는 관우의 생일에다 생시(生時)까지 정확하게 나온다.

'무오(戊午)년 무오월 무오일 무오시.'

팔자에 온통 불을 뜻하는 오(午)만 가득하기에 그처럼 충성스럽고 용맹한 장수가 나왔다고 해석한다. 헌데 관우가 활동한 시기와 대조해보면 관우가 죽은 서기 219년에 앞선 무오년은 178년과 118년으로, 황건군의 봉기가 일어난 184년에 관우는 예순여섯 나는 노인 아니면 여섯 살짜리 어린아이라는 결론이 나온다. 도저히 서기 161년에 태어난 유비와 형제처럼 지냈다고 볼 수 없다.

당나라 문학가 한유(韓愈)가 원화(元和) 연간(806~820년)에 활약한 이허중(李虛中)이란 사람을 위해 쓴 묘지(墓誌)에, 이허중이 생년월일의 간지(干支)에 근거해 상생상극을 분석해서 인간의 길흉화복을 귀신처럼 맞혔다는 말이 나오는 것을 보면 당나라 때에는 아직 태어난 시간까지는 따지지 않았던 듯하다. 어떤 사람들은 이허중이 시까지 따졌노라고 주장하나 생년월일과 시를 합친 팔자는 역시 당나라가 망한 다음에 정해졌다고 보인다.

오대(五代, 907~960년)의 사람 서자평(徐子平)이 점술을 개진하고서야 생년월일시의 간지, 갑자을축을 따져 사주(四柱)와 팔자(八字) 개념이 확립된 것이다.

사주와 팔자의 개념이 확정되기는 1100년 미만인데 문자로 기록된 중국 역사는 그보다 훨씬 길다. 사주팔자가 생기기 전에 활동한 명인들의 출생 비밀에 호기심을 갖는 사람들이 많아지면서, 고대 명인들의 운명에 근거해 명리(命理)에 맞는 팔자를 만들다 보니 관우같이 생존 시기와 생판 다른 생년월일시도 나왔던 것이다. 사실 고대에는 물시계나 모래시계나 모두 민간에까지 보급되지 않았기에 민초들은 태어난 시간을 알기도 어려웠다.

그래도 제갈량의 사주팔자를 책에 '기록' 하고 그 운명을 푼 사람은 생년을 날조하지는 않았다.

신유(辛酉)년, 계축(癸丑)월, 병신(丙申)일, 정사(丁巳)시. 후한 영제(靈帝) 광화(光和) 4년(서기 181년) 7월 23일 사시(巳時).

1981년은 제갈량이 태어나 1800년이 지난 후의 신유년이다. 한국에 제갈량과 사주팔자가 꼭 같은 젊은이가 있을 가능성도 높지 않은가. 1981년 8월 3일(음력 칠월 초나흘) 12시에서 14시 사이에 태어난 사람의 사주팔자는 신유년 병신월 계축일 정사시라 제갈량과 사주팔자가 꼭 같다. 그에게서 현대 제갈량의 활약을 기대해본다면?

제갈량은 스물일곱 살 나던 해 유비와 만나 이름을 날리기 시작했는데 21세기 한국의 제갈량들이 두각을 드러낼 때는 언제일까?

제갈량이 북두칠성에 목숨을 빌었을까?

어느 야사에 임진왜란 때 조선에 왔던 명나라 수군 장수 진린(陳璘)이 하늘의 별을 보고 이순신 장군이 마지막 싸움에서 잘못될 걸 걱정하고 제갈량을 본받아 별에 빌어 목숨을 늘려 보라고 권했으나 이순신 장군은 거절했다는 말이 나온다.

목숨 빌기야 물론 허망한 전설에 불과하지만 이문열판에서는 제갈량이 목숨을 비는 방법마저 틀려 눈썹이 절로 찌푸려진다.

'밤에는 또 새벽까지 엎드려 북두칠성에 빌기를 그치지 않았다.' (10권 197쪽)

별에 목숨을 비는 제갈량

　원문의 '예저뿌강타더우[夜則步罡踏斗]'는 '밤에는 도사들이 걷는 방식에 따라 걸었다'는 말이다. 북두칠성의 모양을 따라 걸음을 걷는 식을 '뿌강타더우[步罡踏斗]'라 한다.

　이문열 씨는 목숨을 빌던 첫날 밤에 '이윽고 공명이 배축(拜祝)을 드리기 시작했다'(10권 196쪽)라고 했는데, 그것은 제갈량이 엎드려 빌었다는 말이다. 이른바 '빠이쭈[拜祝]'란 '엎드려 빈다'는 뜻이다. 이문열 씨가 새로운 명사를 만들지나 않았는지? 필자에게 있는 한글사전에는 '배축'이란 낱말이 없다.

　제갈량은 오장원에서 비범한 술법을 썼지만 천명(天命)을 어길 수 없어 죽고 만다. 오장원에서 목숨을 빌기에 앞서 제갈량은 사마의의 진채를 습격하기 위해 밤하늘에 검은 구름이 끼도록 법술을 부린다.

'칼을 짚고 북두칠성을 우러러 기도를 올린 뒤에…'(10권 154쪽)

원문은 이렇다.

'쿵밍짱짼뿌강, 다오쭈이삐[孔明仗劍步罡, 禱祝已畢].'

여기서 나오는 '뿌강[步罡]'은 바로 '뿌강타더우[步罡踏斗]'의 줄임말, 무협소설에서 북두칠성의 모양을 본떠 진을 치는 이야기들도 그 뿌리는 도사들의 걸음에 있다. 또 '짱짼[仗劍]'은 칼을 들었다는 말이지 짚었다는 뜻이 아니다.

이문열판에서 짱짼은 한 번도 제대로 옮겨지지 않아 '칼을 짚고' 혹은 '칼에 기대'로 되었으니 사람의 동작이 이치에 맞지 않을 때가 수두룩하다.

짱짼과 비슷하게 거의 백 프로 틀린 글자 몇 개를 꼽아본다.

'카이[鎧]'는 분명 갑옷인데 나올 때마다 투구라 하니 관우는 '녹색 전포에 금투구 쓰고'이고, '방덕은 푸른 전포 은투구'(8권 136쪽)라 머리만 단단히 보호하고 몸은 무방비 상태로 놔둔 격이 되었다.

여몽이 형주를 차지했을 때 군령을 어겨 죽은 군사는 백성의 삿갓으로 관 옆의 '카이쟈[鎧甲]'를 덮었는데 역시 투구라고 고집하다 보니 묘한 말이 나왔다.

'어떤 군사 하나가 지나가는 백성의 삿갓을 뺏어 투구 위에 쓰는 게 보였다.'(8권 176쪽)

더욱이 황당한 것은 손견이 동탁을 칠 때 은 갑옷을 입고 붉은 머릿수건을 두른 것을, 거기에 나오는 카이를 기어이 투구라고 쓰다 보니 머리에 두 가지 물건을 쓴 손견의 차림이 이상하기 그지없다.

'은 갑옷 은 투구에 붉은 머리싸개를 하고.' (2권 35쪽)

열흘을 의미하는 '쉰[旬]'은 거의 다 반 달, 보름으로 되었다.

'제이[賊]'가 거의 다 역적으로 나오는데 어떤 경우에는 '도적'이라고 해야 맞다.

'샌[賢]'은 꼭 '어질다'고 했는데 괜찮은 중한사전에는 다 나와 있다시피 이 글자는 '덕이 있다, 재능이 있다'는 뜻이요, 유능한 사람이라는 뜻이라 능력을 강조했을 뿐 어진 마음을 가리키는 말이 아니다.

그리고 화살이 과녁에 맞았다는 '쭝[中]'이 '꿰뚫었다'로 변한 것쯤은 이해할 만한 과장이자 변형으로 보더라도, 동오의 맹장 감흥이 나무 아래에 앉아 죽을 때 날아온 까마귀(鴉) 떼가 까치 떼로 변한 것은 도무지 이해할 수 없는 오역이라 해야겠다. 옛날에 까마귀는 흉조, 까치는 길조라고 하지 않았던가.

좌자의 술법, 도사들의 믿음

삼국지에는 기이한 술법을 가진 사람들이 적잖이 등장하지만 장각(張角)과 그의 동생들은 죽여도 시원찮은 '황건적'이고, 손책의 죽음을 불러온 우길(于吉)은 괜찮은 술사(術士)이며, 제갈량은 최고급 영웅으로 떠받들리는 등 그 대우가 사람마다 다르다. 도사 좌자(左慈)는 조조를 골려 주었다는 점 때문에 악역으로 매도되지 않는다.

좌자가 술상에서 조조에게 술 한잔 권한다. 조조가 좌자더러 먼저 마시라고 명령하니 좌자는 묘한 술법을 부린다.

'좌자가 껄껄 웃으며 관에 꽂혔던 옥비녀를 뽑았다. 그리고 그걸로

잔 가운데를 한번 주욱 긋자 신기하게도 잔은 술이 담긴 채 두 쪽으로 갈라졌다. … 술잔의 반쪽을 자신이 마신 좌자가 남은 반쪽을 조조에게 내밀며 껄껄거렸다. (조조가 받지 않고 꾸짖으니) 좌자는 그 잔을 공중으로 내던졌다. 잔은 이내 흰 비둘기가 되어 궁궐 처마를 빙빙 돌며 놀았다.'
(7권 361~363쪽)

필자가 잘못 이해하지나 않았는지 모르겠는데 이 글만으로는 아무래도 술잔이 반쪽씩 갈라졌다는 인상이 든다.

원문에서 좌자는 옥비녀로 잔 속에 금을 그어 술을 절반씩 갈라서 반쪽을 제가 마신 다음 남은 반쪽을 조조에게 바쳤다. 갈라진 것은 잔이 아니라 술이고, 7권 362쪽에 있는 삽화에도 좌자가 공중으로 내던진 잔은 갈라지지 않은 완전한 잔이다.

좌자는 처음 등장하면서 귤을 진 짐꾼들을 도와 한 사람마다 5리씩 짐을 대신해 져주었다.

'그렇게도 무겁던 짐이 늙은이에게는 가볍기 그지없어 보였다. 참으로 이상한 일이 아닐 수 없었다.' (7권 356쪽)

위에서 좌자의 도술이 원문보다 차원이 올라간 것과는 반대로 여기서는 도술의 급이 떨어졌다. 원문에는 좌자가 한 번 져준 짐은 모두 가뿐해져서 짐꾼들이 편해졌다고 되어 있으니 말이다. 짐이 가벼워졌다는 말이 여기서 나오기에 뒤이어 조조가 귤을 벗겨보니 속살이 없고 다 빈 껍질 뿐이었다는 신기한 현상을 굳이 해석할 필요가 없게 된다.

소설에 나오는 좌자의 도술은 대부분 현대 중국의 요술쟁이들이 재현할 수 있다. 물고기를 낚아 내거나 생강을 내놓는 등은 얼마든지 요술로 해석할 만하고 술잔의 술을 가르는 것과 잔을 비둘기로 변하게 하는 것 역시 간단한 요술이다.

중국의 요술은 최초에 고대 이집트로부터 전해 들어왔다고 인정하는 학자들이 꽤 있다. 소설에서 관로가 좌자의 술법을 환술(幻術)이라고 지적하는데, 옛 사람들은 사물의 본질을 바꾸지 못하고 남의 눈만 속이는 술법을 환술이라고 불렀다. 그런데 좌자가 평범한 요술쟁이에 불과하였냐 하면 그건 아니다.

좌자는 방중술(房中術, 섹스로 심신을 단련하는 도가의 수련 방법과 기술)을 안다는 정도의 기록을 남겼고, 그의 글은 후세에 전해지지 못했으나 그의 제자의 제자의 제자뻘인 동진(東晋) 시대의 유명한 도사 갈홍(葛洪, 서기 284~363년)의 저서 《포박자(抱朴子)》를 보면 좌자 같은 사람들의 믿음을 엿볼 수 있다.

갈홍의 주장 몇 가지를 꼽아보기로 하자.

신선이 되려면 우선 착한 일을 해야 한다. 선행(善行) 천이백 건을 쌓아야 최하급 신선이 될 수 있는데 한 번이라도 나쁜 짓을 저지르면 그 전에 한 좋은 일은 죄다 무효가 된다.

기(氣)를 자유자재로 다루어 널리 펼 수준에 이르면 강물을 거꾸로 흐르게 하고 창칼이 사람을 상하지 못하게 만들 수도 있다. 기 단련법의 하나로 숨을 길게 들이쉰 다음 숨을 죽이고 백 개 센다. 숫자를 차차 늘여 숨을 죽이고 천 개를 셀 정도가 되면 날마다 젊어진다. 문자 그대로 믿어준다면 숨을 곧잘 죽이는 해녀들은 저마다 신선급이 될 만하다.

뭐니뭐니 해도 신선이 되려면 단을 꼭 복용해야 하는바 그중 금단(金丹)이 최고다. 풀이나 나무 따위 식물은 반드시 썩기 때문에 식물에서 나오는 물건을 먹어보았자 몸도 나중에는 썩는다. 하지만 금단을 복용하면 몸이 금처럼 영원히 썩지 않는다. 금단을 먹으면 몸이 완전히 다르게 변한다고 믿은 갈홍은 이른바 외단파(外丹派)의 대표 인물이었다.

헌데 금단을 제련하려면 우선 진짜 비방을 얻기가 하늘의 별 따기요, 재료를 모으기도 힘든데다 제련 과정 또한 아주 복잡해 자금이 엄청 들어야 했다. 도사들이 부자와 권력자들에게 붙어살던 이유 중 하나가 바로 투자를 바라서였다. 남의 마음을 홀리려면 적당한 재주를 보여줘야 했고, 요술은 제일 좋은 방법이었다.

유감스럽게도 도사들의 신앙과는 달리 단을 먹어 신선이 되는 사람은 눈을 씻고도 보이지 않는데, 단을 먹고 죽은 사람은 줄레줄레 나타났다. 당나라 시기에는 황제마저 단약을 먹고 죽었으니 결국 외단파는 시들해지고 호흡 조절부터 시작해 명상하면서 체내에서 단을 만든다는 이른바 도가 내단파(內丹派)가 일어나 지금까지 전해오고 있다.

외단파는 단약 제조에 성공하지 못했으나 도사들이 기나긴 세월 갖가지 광물을 섞어 여러 모로 실험한 결과 화학반응들을 기록하게 되었고 화약도 발명되었다. 어떤 도사들은 날카로운 칼을 벼리어 내기도 했다.

알고 보면 장생불사를 노리던 도사들이 엉뚱한 공헌을 한 것이다.

이처럼 도사들이 발명한 화약이 세상에 널리 퍼지면서 고전소설에도 곧잘 나오게 되었다. 이문열판 삼국지에서는 제갈량이 오과국의 사람들을 몰살시킬 때 썼다는 지뢰에 대해 의심을 제기하면서 화약지식을 서술했는데 사용 시기가 달라 유감이다.

'일반적으로 화약이 싸움에 이용되기 시작한 것은 십삼세기로 되어 있으나 제대로 위력을 발휘하는 것은 그보다도 이, 삼세기 뒤의 일이 된다. 그런데 공명이 이세기 중엽에 지뢰를 썼다면 그 뒤 천 몇 백 년이란

공백이 생기는 걸 설명할 길이 없다.'(9권 212쪽)

우선 제갈량이 남만을 친 것은 서기 225년이라 3세기니까 2세기 중엽이라면 아무래도 어울리지 않는다. 3세기 초엽이 정확한 기술이다.

앞서 언급했다시피 중국 고대의 단을 제조하던 연단(煉丹) 술사들이 초석, 유황, 숯을 일정한 비례에 맞춰 화로에 넣고 단약을 제조했는데 단은 나오지 않고 화약이 나왔다. 당나라(618~907) 말기부터 화약이 싸움에 이용되기 시작해 송나라(북송 960~1127, 남송 1127~1279), 원나라(1206~1368) 때에는 널리 쓰였다.

초기 원시적인 화약무기로는 돌화창(突火槍), 화전(火箭)과 화포(火砲)가 있었는데 화살 뒤에 붙인 화약이 연소하는 추진력으로 화살이 멀리 나아가는 화전은 장병들이 좋아하는 무기였고, 지금도 중국인들은 화전과 같은 원리로 움직이는 로켓을 '훠쩬[火箭]'이라고 부른다.

송나라 시기에는 관청에 전문으로 화약과 화약무기를 제조하는 작업장이 있어 화약무기는 끊임없이 진보하였다. 1259년에 수춘부(壽春府)의 노동자들이 돌화창을 제작, 큰 참대를 통으로 하여 원시적인 탄알을 재우고 폭죽을 터치 듯이 쏘는데 포 소리와 같이 요란했고 탄알이 150보까지 갔다고 한다.

그보다 앞서 서기 1219년에 칭기즈칸이 '화라즈머[花剌子模, Khorazme]를 칠 때 화라즈머 군대는 몽골인들이 본 적 없는 코끼리를 진 앞에 세워 겁을 주려 했으나, 몽골군의 화기에 놀란 코끼리들이 날뛰면서 도리어 자기편을 짓밟았다는 기록을 보면 그때 이미 화기가 활발하게 사용되었던 것이다. 원나라 때의 이름난 무기로는 대형 금속의 관형(管形) 화기 화총(火銃)이 있다.

화약은 13~14세기에 아랍을 통해 유럽으로 전해졌다. 기어이 13세기에서 2~3세기 뒤에야 화약이 제대로 위력을 발휘했다고 말한다면 아마 유럽의 역사에나 어울리는 말이다.

소설 삼국지에는 삼국 시대 이후에 나온 말과 물건 그리고 일들이 꽤 된다. 제갈량이 맹획을 처음 잡을 때, 장막 안에 일곱 겹으로 무사들을 세우고, 그 속에서 맹획을 만나본다.

그렇게 둘러 세우는 무사들을 중국어로는 '워즈서우[圍子手]'라 했는데 이른바 '워이쑤쥔[圍宿軍]'의 속칭이다. 원나라 초기에 황성을 채 짓기 전에 임금이 대신들을 불러 조회를 보려면 그 바깥으로 군사들이 빙 둘러서서 보호했는데 그런 군사들을 워이쑤쥔이라 했다.

원나라 때의 속어가 소설에 들어간 것은 바로 소설이 제일 빨리는 원나라 때 나왔음을 말해주는 증거이기도 하다. 화약 역시 소설의 재미를 보태기 위해 후세에 삽입한 것이다.

대보름에는 통행금지가 없어

조조의 권세가 커질수록 그를 미워하는 사람들의 반항도 심해졌다. 건안 23년 정월 대보름에 경기(耿紀)와 위황(韋晃) 등 사람들이 조조의 부하들을 공격하다가 실패한다. 싸움이 벌어지기 전의 환경을 보면 맑은 하늘에 달과 별이 빛을 뿌리고 거리에는 울긋불긋한 등불이 걸렸다.

'백성들은 백성들대로 어찌나 흥겹게 노는지 어림군도 그걸 막지 못하고 궁궐 안의 물시계도 시각을 대어 그치게 할 수 없었다.'(7권 391쪽)

지금이나 옛날이나 정규군대가 마음먹고 뭘 금지하려고 들면 안 되는 일이 거의 없다. 단, 피를 많이 흘리느냐 적게 흘리느냐의 차이가 있을 뿐이다. 백성들이 흥겹게 논다 해서 그걸 막지 못할 어림군이 아니다. 원문은 여덟 글자다.

'진우부찐, 위러우뿌추이[金吾不禁, 玉漏不催].'

금오(金吾)란 집금오(執金吾), 즉 한나라 때 수도의 치안과 황실의 경위를 맡은 관직 이름이고 옥루란 물시계가 맞다. 그러나 이때 가리키는 옥루는 궁궐 안의 시계가 아니라 수도 곳곳에 널려 있는 시계들을 가리킨다.

말하자면 이날 밤만은 야간 통행을 허락하기에 귀가 시간에 신경을 쓰지 않고 날이 새도록 거리를 쏘다닌다 해도 이것을 금하는 자가 없었다는 뜻이다.

워낙 고대 봉건왕조 시기에는 야간통행이 금지되는 때가 아주 많았다. 그러나 가끔 특례도 있었으니 그중 하루가 바로 대보름이었다.

일단 나라나 성시 내부에 문제가 생기거나 외부 세력의 침입을 받으면 일 년에 한 번밖에 없는 대보름 등불놀이도 취소되었으니 등불놀이는 사회의 안전도를 가늠하는 잣대였고, 등불의 다양한 종류와 정교함의 정도 또한 이른바 태평성세의 자랑거리가 되었다.

관리와 백성들이 마음껏 밤을 즐기는 대보름의 등불놀이는 소설과 이야기, 극의 소재가 되곤 했다. 등불도 구경하고 사람도 살펴보는 재미있는 시간이건만 도적들이 물건을 훔치고 건달들이 여자를 희롱, 겁탈하는 등 툭하면 불상사들이 일어나 고전소설의 영웅들이 불의를 보고 참지 못해 칼을 빼드는 날이기도 했다.

소설 삼국지에서도 평화로운 놀이터에 갑자기 불길이 치솟고 싸움이 벌어져 사람들이 죽어가는 아수라장으로 변한다.

그런데 이 변화를 미리 내다보고 조조에게 화재를 경고한 사람이 있었다. 신비로운 점술가 관로(管輅)다. 소설에서 관로는 건안 24년 하후연의 죽음도 정확히 예언해 조조를 놀라게 한다. 과연 그 진실은 무엇이었을까?

점술의 종류와 역사

중국 고대 점술사에서 관로의 지위는 의학계에서의 화타와 엇비슷하다. 후세의 점쟁이들이 자기의 점술을 자랑할 때에 늘 쓰는 말이 바로 '관로보다 낫다' 는 것이었다.

역사 인물 관로는 그 비범한 점술과 예언으로 명관이나 명장들도 끼이기 어려운 삼국지에 들어갔고 '관로전' 은 여간 길지가 않다. 소설에 나오는 관로의 예언 또한 사람들이 점술을 광신하는 근거가 되었다.

그런데 알고 보면 흥이 깨지는 노릇이지만 소설에 나오는 관로의 예언은 이야기꾼과 소설가의 멋진 픽션이다.

관로는 조조보다 거의 두 세대 뒤떨어진 사람이다. 정원(正元) 3년(서기 256년)에 죽을 때 마흔여덟 살이었다니까 조조가 죽던 220년에 관로는 10대 초반의 소년이었고, 소설에 등장하는 건안 22년(서기 217년)에는 뱃속의 나이까지 쳐보았자 아홉 살밖에 되지 않으니 천하제일 세도가 조조와 만날 리 만무하다.

때문에 소설에 나오는 관로와 화타의 점술이나 의술 이야기는 거의 다 두 사람의 전기에서 베껴왔지만, 조조와의 만남과 대화 따위는 소설의 재미를 늘리기 위해 엮은 픽션일 뿐이다.

그런데 뛰어난 점쟁이임이 틀림없는 역사인물 관로는 어떤 방법으로 점을 쳤을까? 소설에서는 설명하지 않았고 다른 사람들이 점을 치는 경우에도 방법은 언급하지 않고 결과만 간단히 말한다. 이문열판 삼국지에서는 이런 대목들에도 오역이 있고 오류가 속출한다.

유비가 조조에게 쫓겨 허둥지둥 도망갈 때 세찬 바람이 먼지를 일으켜 해를 가렸다. 유비는 무슨 징조냐고 곁에 따르는 사람들에게 묻는다.

'음양의 이치에 밝은 간옹이 신점(神占)을 한판 펴보더니 질린 얼굴로 대답했다.'(5권 265쪽)

'신점(神占)'의 원문은 '슈우잔[袖占]', 즉 소매 속에서 점을 친다는 말이다. 이 슈우잔은 소설에서 두 번 나오는데 두 번째 나올 때에 이문열 씨는 그 말을 슬쩍 빼버렸다. 역시 유비가 이상한 현상의 길흉을 묻는 대목에서다.

'갑자기 푸른 깃대가 쓰러지며 갈가마귀 한 마리가 북쪽에서 날아와 세 번 울고 남으로 날아갔다. …공명이 말 위에 앉은 채 점괘를 뽑아보더니 기쁜 얼굴로 말했다.'(6권 238쪽)

그런데 여기서도 틀린 곳이 있다. 바람에 깃발이 거꾸로 말렸지 깃대가 쓰러진 것은 아니다. 이문열판에서는 깃대와 관계되는 이야기도 한두 군데가 틀린 것이 아니다.

'한바탕 불어 젖힌 그 바람은 주유 앞에 세워둔 대장기를 꺾어 주유의 뺨을 세차게 후리며 땅에 떨어지게 만들었다. 주유는 그 아픔 못지않게 바람의 방향을 보고 문득 떠올린 어떤 일에 상심하여 한마디 큰 외침과 함께 입으로 시뻘건 피를 토해 내며 뒤로 쓰러졌다.'(6권 110쪽)

여기에서도 깃대가 꺾이지 않았고 깃발이 바람에 휘날려 주유의 얼굴을 스쳤을 뿐이다. 깃대가 쓰러지거나 꺾이면, 특히 대장기가 부러지면 몹시 흉한 징조로 보았다. 제갈량이 아무리 구변이 비상하더라도 듣기 좋게 해석할 수 없었을 것이다.

제갈량 역시 '슈우잔' 했는데 앞에 썼다시피 이문열 씨는 이 말을 빼거나 다른 말로 바꿨고, 어떤 이들은 '소매로 점을 쳤다'고 옮기기도 했다.

이 말은 곧 소매 속에서 손가락을 꼽아가며 점을 쳤다는 뜻이다.

그런데 점술의 역사를 훑어보면 제갈량 시대에는 점술가들이 아직 소매 속에서 점을 치는 수준에까지는 이르지 못한 것으로 보인다.

아득한 옛날부터 점치는 풍속이 있던 중국에서 처음 확고한 지위를 가진 점 방법은 은(殷)나라 사람들이 늘 쓰던 거북점이었다. 무슨 일에 맞닥뜨렸을 때, 거북 껍데기를 구워 금이 생기면 그 금에 의해 길흉을 추측하였다. 거북은 오래 사는 동물이라 그 껍데기도 영험하다고 믿었던 것이다.

헌데 거북은 어디에나 있는 동물이 아니었고, 구하기도 어려웠기 때문에 거북점은 원가가 너무 비쌌다. 그래서 거북점보다 조금 뒤에 시작된 것으로 보이는 점이 시초(蓍草)점이다. 초본식물로서는 비교적 오래

주유

산다는 시초, 즉 톱풀(국화과의 다년초)이 선택되어 시초점이 오랜 세월 유행되었다.

전설에 의하면 주 무왕이 은나라를 치기 전에 거북과 시초로 점을 쳐 보니 점괘가 아주 흉했다 한다. 겁먹은 사람들이 많았으나 강태공이 시초를 밀어버리고 거북을 짓밟으면서 마른 풀과 죽은 껍데기가 어찌 길흉을 아느냐고 대수롭지 않게 말하더니 기어이 진군을 강행하여 승리했다.

시초로 점을 치려면 마흔아홉 대를 가지고 복잡한 순서에 따라 여러 번 가르는데, 점괘 하나의 여섯 개 효(爻)를 진지하게 다 뽑자면 적어도 30분은 걸린다. 상당히 힘든 노릇이다. 점괘의 이름, 점괘의 변화 그리고 《주역》과 그것에서 파생한 글의 효사(爻辭) 따위에 근거하여 미래를 예언하는 것이다.

한나라 때에 유행한 점술은 주로 이 시초점이었다.

그런데 이문열판에서는 그 점괘에서도 틀린 점이 발견된다.

동오 군대가 관우를 맥성에서 에워싼 다음 동오의 수령 손권의 명에 의해 여범(呂範)이 점을 두 번 친다.

"으뜸 되는 적은 멀리 달아난다는데 장군은 어떻게 관우를 사로잡겠소?"(8권 206쪽)

"이번에는 적의 우두머리가 서북쪽으로 달아나기는 해도 오늘밤 해시에는 반드시 사로잡히리란 점괘가 나왔습니다."(8권 207쪽)

원문 '꽈주디런왠뻔[卦主敵人遠奔]'과 '츠꽈주디런터우시베이얼저우[此卦主敵人投西北而走]'의 '주(主)'와 '적(敵)'을 합쳐 주요한 적으로 보고 '으뜸 되는 적, 적의 우두머리'로 옮겼는데, 여기에서 '주'는 점 관련 서적에서 수없이 나오는 글자로서 어떤 결과를 예언한다는 뜻이다.

사주팔자 해석에 쓰일 때에는 어떤 운명을 가진다는 뜻이다. 현대 중국어에서는 '전조(前兆)가 되다, 미리 알리다, 예보하다'는 뜻으로 가끔 쓰인다.

그러니까 이렇게 옮겨야 정확하다.

"적이 멀리 달아난다고 말해주는 괘가 나왔소."

"이 괘를 보면 적이 서북쪽으로 달아나게 되는데…."

후세 사람들의 생활 환경이 바뀌면서 시초도 쉽게 얻을 수 없게 되었고, 산가지나 막대기는 시초 같은 영험한 능력이 있다고 믿기 어려웠다. 지금도 성냥개비 마흔아홉 대를 가지고 점치는 사람들이 있지만 별로 매력이 없다.

후세에 날이 감에 따라 점치는 새로운 방법들이 개발되는데 그중 지금까지 제일 신통한 점술법으로 인기 좋은 방법은 동전점이다. 동전은 옛날 사람들이 얻기 쉬운 물건으로 그중에서도 당나라 때의 동전이 제일 영험하다고 한다.

동전 세 닢을 손에 쥐고 자기가 물을 일을 한참 생각하다가 상 위에 던지면 동전들의 정면, 반면에 의해 효 하나가 나온다. 여섯 번 던져 효 여섯 개, 즉 점괘 하나가 나오면 점쟁이들은 괘에 의해 묻는 일의 미래 변화를 예언하는데, 길흉을 묻는 사람이 경건한 마음가짐으로 임하면 동전에 그 일의 메시지가 들어가기에 정확한 예언이 나온다고 한다.

명산에 가면 도사(道士)들이 특히 이 점에 능해 좀 이름난 도사들은 국내외 관광객들을 접대하기에 바쁘다.

대체로 북송 시대에 역학 연구가 발달되면서부터 굳이 어떤 물건에 의존하지 않고 암산만으로 마음속에서 괘를 계산하는 방법이 유행하였다. 물론 현대에는 컴퓨터로 문제를 풀기도 한다.

이 밖에 글자점도 벌써 1000년 이상 유행하였다.

현대에는 너무 해석에 의거하는 파자점(破字占)보다 글자의 획수와 글자에 의거하고 글자를 쓴 시간도 결부하여 괘를 뽑아 분석하는 글자점이 보다 인기가 있다.

암산만으로 점을 치는 법이 나온 다음에야 소매 속에서 점을 치는 법이 탄생했는데, 점을 칠 때에는 네 손가락의 손가락 끝과 마디 금들을 열두 간지로 정하고 엄지손가락으로 손가락 끝과 마디 금들을 짚어가면서 괘를 뽑는다.

옛 사람들의 소매가 길고도 커서 소매 속으로 점을 쳤을 뿐, 손을 드러내고 쳐도 나온 점괘는 마찬가지다. 홍콩의 귀신영화에서 도사들이 손가락을 꼽아가면서 중얼거리는 장면들이 가끔 나오는 걸 보면 흉내나마 제대로 내는 셈이라고 할까.

관로는 워낙 소설에도 나오는 곽은(郭恩)이라는 사람에게서 주역을 배웠는데 일 년이 지나지 않아 곽은이 오히려 관로에게서 가르침을 받아야 했다. 관로가 새 우는 소리를 듣고 징조를 점치는 걸 부럽게 여긴 곽은이 배워달라고 간청하니, 관로는 곽은이 도를 좋아하지만 천부가 부족한데다 음률도 몰라 가르치기 어려울 것이라고 했다. 자연현상의 변화에 근거하여 그때그때 징조를 맞춰야 하는 이런 점은 점괘를 뽑는 점과는 다른 부류였다.

관로가 비결을 아는 대로 다 알려줬지만 곽은은 며칠이나 골똘히 생각해도 아무런 소득이 없어 배우기를 포기하고 말았다. 점도 잘 치려면 대단한 천부를 갖춰야 했나 보다.

사바악신은 신 내림굿

조조는 한중(漢中)을 치러 가는 길에 옛 친구 채옹(蔡邕)의 딸 채염(蔡
琰)의 집에 들러 조아(曹娥)란 여자의 비문을 발견하고 채염에게서 그 내
력을 듣는다.

"지난날 화제(和帝) 때 상우(上虞) 땅에 조간(曹旰)이라는 무당이 하나
있었는데, 특히 사바악신(娑婆樂神=굿 이름인 듯)에 능하였습니다."(8권
46쪽)

사실 이 대목은 필자가 본 기존 한글판 삼국지들의 해석이 다 시원치
않아 유감스럽게 여겼는데 '사바악신' 이 무슨 뜻이라고 확정하지 않은
이씨의 신중성은 높이 평가해야겠다.

옛날 삼국지에는 '사파(娑婆)악신' 이라고 쓴 판본도 있지만 현재 유
행하는 판본들에는 모두 '파사(婆娑)악신' 으로 되어 있다. '퍼쒀[婆娑]'
는 '흔들거리다, 빙글빙글 돌다, 춤추다' 등 몇 가지 뜻을 가지는데, 여
기서는 '춤추다' 는 말로 보아야 한다.

그 다음 '악(樂)' 은 중국어에서 '러' 와 '웨' '야오' '뭐' 이렇게 네
개 음이 있어 읽는 법부터 확정해야 한다. 필자는 이 글자를 여기서는
'즐겁다' 는 뜻인 '러' 라고 읽고, 이 말은 '쒀퍼러썬[婆娑樂神]' 으로 읽
어야 한다고 생각한다. 그 뜻을 풀이하면 다음과 같다.

'춤을 추어 신을 즐겁게 한다.'

말하자면 이문열판에서 조간(曹旰)으로 잘못 나온 조우(曹旰)는 신 내
림굿의 고수였다. 이렇게 보아야 다음에 나오는 조우의 죽음이 자연스럽
게 이어진다.

그 조우가 어느 해 단오절에 술에 취해 배 위에서 춤을 추다가 물에 빠져 죽으니 그의 열네 살 된 딸이 물가를 오르내리며 이레 동안 울다가 물 속으로 뛰어 들어갔다. 그로부터 닷새째 되는 날에 소녀가 제 아버지의 시체를 업고 떠올라 마을사람들이 강변에 묻어주었다. 뒤이어 효녀로 표창하고 비석을 세우니 그 비석이 조아의 비석이다.

봉건 시대에 효녀 조아는 자식 된 사람들이 따라 배워야 하는 본보기로 굳어져 책에 그림을 덧붙인 이야기가 실렸는데, 조우는 이상하게도 얼굴이 하늘을 향한 자세로 딸의 등에 업혔다 한다. 거기에는 그럴 만한 전설이 있다.

조아가 처음에 아버지를 업고 물에 떠올랐을 때 조아는 아버지를 부둥켜안은 상태였다. 물에서 사람을 건지노라면 그럴 수도 있지만, 어느 싱거운 사람이 그 광경을 보고 비웃었다.

"저것 좀 봐, 애비 딸이 우스운 꼴을 했구먼!"

그 말에 이미 시체가 된 조아와 조우는 다시 물에 잠겼다가 떠올랐는데 이번에는 서로 등을 졌다 한다. 시체라도 도학선생(道學先生)들의 눈길을 피할 수 없었던 것이 바로 중국 봉건 시대의 현실이었다.

물고기가 그물 아가리로 들어가니

야사에 나오는 관우의 공적은 대체로 심하게 과장되었으나 우금과 방덕이 거느린 대군을 격파하는 대목은 사실과 비슷한 듯하다. 이문열판에서는 우금의 칠군(七軍)을 '일곱 갈래 군사'로 풀어 썼는데, 나관중본의 설명에 의하면 당시 일군은 1만 2500명이었다. 칠군이란 일곱

군, 즉 8만 7500명 군사를 가리킨다.

관우는 그 승전으로 천하에 이름을 날렸고, 조조는 관우의 예봉을 피하려고 수도를 옮길 문제까지 의논했다. 그런데 소설에서 관우가 자신의 승리를 확신하는 이유가 퍽 재미있다.

우금이 어느 골짜기에 군사를 머무르게 하였기에 관우가 그 골짜기의 이름을 물어보자 길잡이 군사가 '증구천(罾口川)'이라고 대답을 올린다. 관우가 이제 우금은 반드시 나에게 사로잡힐 것이라면서 기뻐하니 군사들이 어리둥절해 그 이유를 묻는다. 관우는 자신만만하여 장담한다.

"증구는 그물눈이니 우금이 그물에 떨어지고서야 어찌 오래 견디겠느냐?"(8권 144~145쪽)

아주 틀렸다고 한다면 과할지 모르겠지만 어쨌든 조금 해석이 부족하다는 느낌이다. 중국어에서 '쩡[罾]'이란 나무나 대로 받치는 고기그물이다. 옛날 한글 옥편에서는 '삼태그물 증'이라고 했다.

삼태그물이란 앞이 너부죽하고 뒤가 좁게 댓가지 따위로 걸어 삼태기 비슷하게 만든 그물이다. 현대 중한사전에는 '쩡'을 네모난 반두(罩網) 혹은 대나무나 막대를 네 귀에 댄 네모난 그물이라고 해석한다. 물론 현대사전이 보다 정확하다. 증구는 '삼태그물 주둥이'나 '그물 아가리'지 '그물눈'이 아니다.

그리고 여기서 관우가 우금이 잡힐 걸 믿는 이유가 제대로 밝혀지지 않았다. 관우의 원래 말은 '위루쩡커우[魚入罩口]', 즉 '물고기가 그물 아가리에 들어왔다'는 뜻이다.

이씨가 원문을 눈여겨보고 그 뜻을 원래대로 옮긴 다음, 뒤에 해석을 붙였더라면 우금이 그물눈에 떨어지고 어쩌고 하느니보다 더 좋았으리라는 생각이 든다. 중국어에서 우금의 우(于)는 물고기 어(魚)와 마찬가지로 음이 '위'다. 그러니까 그 뜻은 물고기에 상당한 우금이 그물에 들어왔으니 살아날 수 있느냐는 것이다.

이처럼 중국 고대에는 장수의 이름과 지명이 서리서리 얽혀 갖가지 전설을 만들어냈다. 민간 이야기에서는 방덕도 그 음 때문에 방게로 취급되어 그물에 잡히는 운명을 벗어날 수 없게 된다.

소설 삼국지에서 인명과 지명이 더불어 생겨난 가장 유명한 이야기는 호가 봉추(鳳雛)인 방통이 '봉이 떨어지는 언덕'이라는 낙봉파(落鳳坡)에서 어지러이 날리는 화살에 맞아 고슴도치 꼴이 되어 죽는 대목이다.

대개 《삼국연의》라고 하면 70퍼센트가 진실이고 30퍼센트는 허구라고 한다. 그 몇 십 프로 허구 때문에 내로라 하는 대학자들도 소설과 역사를 헷갈릴 때가 많으니, 청나라 때의 유명한 시인 왕사정(王士禎, 1634~1711년, 王士禛이라고도 함)은 '낙봉파의 방사원을 애도하며'라는 시를 썼는데, 낙봉파는 소설에서만 나오는 지명이라 왕사정은 공연히 슬퍼한 셈이다.

다른 군담소설에도 비슷한 이야기가 적지 않다. 강태공이 나오는 《봉신연의(封神演義)》에서도 강태공의 강적 문태사(聞太師)가 스승이 미리 경고한 지점에서 패한다. 이 따위 전설이 역사 사실처럼 둔갑하여 널리 퍼지면서 지명에 관한 미신을 믿는 장수들을 양산했다.

이름에 용(龍) 자가 있는 어떤 장군이 성의 남문으로 나가면 곧장 목적지에 이를 수 있는데도 남쪽은 이(離)요, 이는 화(火)라 자신의 이름과 어울리지 않는다고 꺼려 일부러 길을 둘러가더라도 수문(水門)으로 나갔다는 식이다. 용이 물을 얻으면 신통력을 보인다는 믿음에서다.

전쟁은 워낙 불확실한 요소가 너무 많아 장수들이 신비한 힘을 믿기 쉬우니 웃고만 지나가지 못할 우스운 이야기가 참으로 많다.

어떤 부대가 포위되었는데 장군이 든 마당에 나무 한 그루가 있었다. 장군은 나무를 자르라고 명령했다. 곁에서 누가 왜 나무를 자르느냐고 물으니 장군은 네모난 마당에 나무가 있으니 곤할 '곤(困)' 자가 아니냐고 말했다.

물음을 던진 사람은 나무가 없어지면 더 나쁘다면서 웃었다. 왜냐하면 마당에 사람만 남으니 가둘 '수(囚)' 자가 되지 않느냐고. 장군은 할 말이 없었다.

20세기 중국 현대전쟁에서도 이런 한심한 일이 꽤 많았지만 역사는 승리에 자신이 없는 자일수록 미신에 매달렸다는 것을 증명하고 있다.

역사 인물 관우는 우금을 격파하고 수만 명 투항 장졸을 얻었는데 실은 그 때문에 더 빨리 패배하게 되었다. 군대가 갑작스레 불어나니 먹여 살릴 양식이 부족해 상강(湘江)을 따라 나르는 동오의 양식을 빼앗아버렸던 것이다. 손권은 그 소식을 듣고 여몽에게 관우를 치라는 명령을 내렸고, 이 싸움에서 관우는 대패하고 말았다.

겉으로 빛나는 승리의 뒤에는 흔히 이런 커다란 위험이 숨겨져 있는 법이다.

신하로서는 더 오를 수 없는 지위

도사 좌자가 위왕 조조를 보고 하는 말이 있다.

"대왕께서는 사람으로서는 더 높아질 수 없을 만큼 높아졌으니 이만

물러나 나와 함께 아미산으로 드시는 게 어떻겠소?"(7권 358쪽)

한편 점쟁이 관로는 상을 보아달라는 조조의 청을 사절한다.

"이미 사람으로서는 더 오를 수 없을 만큼 높은 자리에 올랐는데 상을 보실 까닭이 무에 있습니까?"(7권 380쪽)

승상이나 왕의 위에는 황제가 있으니 옛 사람이 정말 이런 말을 했다가는 본전도 찾지 못하고 꾸중을 듣게 된다. 야심가는 불만스러울 테고 충신은 불안해할 테니 말이다. 좌자나 관로의 원래 말은 사실 도를 잘 맞혔다.

'워이지런천[位極人臣].'

신하로서 그 지위가 오를 데까지 다 올랐다는 말이다. 삼국지의 저자는 기인들의 이런 말로 조조의 야심에 일침을 놓았다.

우리말로는 세도를 쓰는 사람이 날아가는 새도 떨어뜨린다고 하는데, '한 사람 아래일 뿐 만 사람 위에 있는(一人之下, 萬人之上)' 재상 따위 권신들이 살기가 아주 편했는가 하면 꼭 그렇지는 않다.

중국어의 '빤쥔루빤후[伴君如伴虎]'는 '임금 모시기는 호랑이 모시기'라는 뜻이다. 황제의 비위를 맞추기가 워낙 어려운데다 아무리 허수아비 황제라도 나름대로 충신이 있어 권신은 항상 위태로웠던 것이다.

소설에서 실권을 잃은 황제 한 헌제가 궁궐에 들어와 말을 거는 조조를 보고 나를 보좌해준다면 그만한 다행이 없겠지만 그렇게 되지 않거든 제발 덕분에 나를 퇴위시켜 달라고 하니 조조는 성난 눈길로 황제를 노려보다가 나간다.

헌데 《후한서》의 '복후전(伏後傳)'을 보면 그 말을 들은 조조는 호위병들이 부축해서야 대전(大殿)에서 물러나와 곁에 선 부하들을 돌아보았는데 등에 땀이 철철 흘렀고, 그 후에는 감히 황제를 찾아 상주하지 못했다 한다.

당시 제도로는 대신이 황제를 만나 뵐 때 황궁 경호부대의 장령들이 무기를 들고 그 곁에 서 있었으니 천하를 호령하는 조조라도 궁궐 안에서는 어느 한 장사의 습격에 죽을 수 있었다.

역대 권신들이 조정에서 죽음을 당한 사실을 상기한 조조는 결국 보다 안전한 곳에 남아 있기를 바라 재빨리 위공(魏公)이 되고, 나중에는 위왕으로 급을 올려 정당한 이유로 자신이 봉을 받은 영토인 위국(魏國)에서 살았다.

소설에서 천하 악인 조조가 화를 내며 나가자 한 헌제와 복황후는 조조 제거를 꿈꾼다. 원작에서 황후의 심부름을 하는 환관 목순(穆順)이 이 문열판에서는 웬일인지 벼슬아치가 되다 보니 그가 쓴 일반 모자가 관리용 사모(紗帽)로 변한 건 사소한 변형이다.

그런데 조조가 복황후의 계획을 발견하고 황후를 잡아낼 때 황후와 한 헌제의 대화는 너무 심하게 재구성되었다.

"이제 살아서는 다시 폐하를 모실 수 없을 것입니다. 부디 옥체를 보중하시옵소서."

"내 목숨 또한 어느 때까지 붙어 있을지 알 수 없구려. 무력한 이 몸이 한탄스러울 뿐이오!" (7권 292쪽)

원문의 말을 그대로 옮기면 아주 간단하다.

"살려주실 수는 없다는 말입니까?"

"내 목숨도 언제 어찌 될지 모르겠소."

목숨을 잃게 된 상황에서 지푸라기라도 쥐고 싶어하는 여자가 당당한

국모로 변신했는데, 필자 개인적으로는 역시 죽음을 겁내는 평범한 여자다운 말이 마음에 든다.

지나치게 과학적인 해석은 오히려 우스워

유비, 관우, 장비 삼형제가 처음 세상에 나와 장보(張寶)의 황건군과 싸우다가 장보의 요술에 한 번 당한다. 뒤이어 그들이 개와 돼지와 양의 피를 쏟아 요술을 깨치자 장보는 크게 패한다. 삼국지에서 요술이 처음 등장하는 대목이다.

문제는 이씨의 과학적인 해석으로부터 비롯된다.

'나중에 그곳 주민들의 말을 듣고서야 알게 된 것이지만 현덕이 장보에게 당한 것은 무슨 신통한 술법이 아니었다. 그들이 일시 몸을 피한 그 산골짜기의 지세와 기후가 묘해 오후가 되면 한때 큰바람이 일고 안개구름이 짙게 드리우는 곳이었다. 그런 사실을 우연히 그 지방 출신의 졸개에게서 들은 장보는 그런 지세와 기후를 이용해 신통한 술법을 부리는 척했다. 곧 바람이 일고 안개가 끼는 시각에 관군을 유인해 겁을 먹게 한 뒤 종이에 그린 사람과 풀잎으로 엮은 말을 날려 신병(神兵)이라도 내려오는 양 꾸몄다.' (1권 215쪽)

참 과학적인 해석이라 해야겠다. 그런데 똑같이 이상한 술법이라도 손책의 화를 돋운 우길, 조조를 놀려준 좌좌나 제갈량의 술법에 대해서 이씨는 나름대로 해석을 가하면서도 기만이라는 평가를 하지 않았다. 장보가 '황건적' 이라서 죽은 지 1800년이 지나서도 다시 망신을 당하는 모양이다.

요술이나 도술의 전설은 중국 역사와 더불어 전해 내려온다. 요사한 술법을 깨는 데 개피, 돼지피, 양피가 적격이라는 건 민간상식이고 그보다 더 위력이 강한 물건은 여자의 월경혈이었다. 신선이라도 여자의 월경 피가 몸에 묻으면 재수에 옴 붙는다.

19세기 중엽 청나라 군대가 태평천국 봉기군과 싸울 때, 성을 지키는 청군은 여자들더러 성밖을 향해 서서 아랫도리를 벗게 하였는데, 여자가 물건을 드러내면 적군의 대포알이 나오지 못한다고 믿어서였다. 어떤 이유가 이런 전설과 신앙을 만들었는지는 당분간 고증할 길이 없다.

허나 이처럼 요술을 이기는 비방과 희한한 방법으로 적을 이기는 비결이 대대로 전해진 것을 보더라도 중국인들의 요술이나 도술에 대한 믿음은 강했다. 정면인물이든 악역이든 도통한 사람들이 종이를 오려 말을 만들고, 콩을 뿌려 병사를 제조하는 도술은 고전소설에서 착실히 양념 구실을 한다.

믿는 자들에게는 뭔가 보인다는 말이 있던가. 현대 중국의 기공사들이나 초능력자들이 한때 신화를 만들었다가 근간에 깨지는 판인데 그들을 전부 사기꾼이라고 욕할 수도 없는 일이다. 많은 기공사와 초능력자들이 자신의 초인간적 능력을 확신했던 것이다.

설사 그런 능력이 훗날 부인되었더라도 한동안 시술자(施術者)와 능력의 힘을 받아들이는 사람들에게는 병이 치료되는 등 효과가 상당했다. 신앙요법과 비슷한 이치라 하면 틀린 말은 아니리라.

장각의 태평도(太平道) 신도들은 부적으로 사람들의 병을 고쳤는데, 같은 시기에 활약한 오두미교(五斗米敎)에서는 병든 사람을 치료하기 전에 먼저 일생에 저지른 잘못을 남김없이 고백하게 한 다음 부적을 그려

주었다고 한다. 이런 신앙요법을 쓰는 사람은 부적을 그릴 때 절대 자기가 사기를 친다고 여기지 않았을 것이다.

비바람을 불러오는 재주를 보이는 경우도 마찬가지다. 중이나 도사들이 비바람을 부르기 전에 꼭 목욕재계(沐浴齋戒)를 했는데, 그들이 다 사기꾼이었을까?

물론 야사에서 법술로 적을 이기는 이야기와는 달리 정사에서 도술로 적을 이긴 예는 찾아볼 수 없다. 북송의 휘종(徽宗)이 도교를 믿으며 도사를 중용했으나 수도 동경(東京)이 금나라 군에게 함락될 때 도사가 청한 신장(神將)은 그림자도 나타내지 않았다.

요술이나 도술은 민간문화를 이루는 한 부분인만큼 소설에 나오는 이야기는 소설가의 재미있는 픽션으로 치부하면 그만이지 억지로 해석을 붙일 필요는 없다는 생각이다.

기어코 《홍길동전》이나 《옥루몽》의 주인공들이 어떤 수단으로 남의 눈을 홀렸다고 과학적인 해석을 가하면 고전을 감상할 흥이 나겠는가?

황건군을 보는 눈도 이제는 달라져

중국에서는 최근 사람에 의거한 통치, 즉 인치(人治)가 아닌 법에 의거한 통치, 즉 법치(法治)를 행해야 한다는 소리가 날이 갈수록 높아지고 있다.

그런데 옛날 중국에서 법의 이미지는 실은 별로 좋지 않았다.

법가(法家)의 대표적 인물 상앙(商鞅)이 진(秦)나라에서 신법(新法) 실행에 성공해 엄격한 법률 조목들을 정했는데, 권력 싸움에 실패하여 도망가다가 여관에 들려고 하니 여관 주인은 그가 신분을 증명해야 머무르게 할 수 있다고 대답했다. 바로 상앙 자신이 정한 법률이었다.

법률의 폐단이 이처럼 심한가 하고 탄식한 상앙은 결국 정적에게 잡혀 말 다섯 필에 몸이 찢기는 혹형을 당해 죽었다. 그래도 그가 만든 법은 크게 바뀌지 않아 전국(戰國) 초기에는 제후들 가운데서 첫 손에 꼽을 수 없었던 진나라가 갈수록 강해져 나중에 천하를 통일하게 된다.

통일 진나라 역시 엄격한 법률에 의거해 나라를 통치, 너무나 엄한 법률에 견디기 어려워하는 사람들이 많았으나 그래도 대규모 반란은 일어나지 않았는데 드디어 진승(陳勝)과 오광(吳廣)이 반기를 들게 되었다. 그들은 수자리를 서러 가다가 장마 때문에 길이 막혔는데, 도착 날짜를 어기면 나중에 당도하더라도 죽인다는 것이 진나라의 법이었다.

이래도 죽음, 저래도 죽음이라 900명이 모여 반기를 들었다는 것은 잘 알려진 사실이지만 그 뒷면에 숨겨진 이유에도 관심을 가져볼 만하다. 도착 날짜가 너무 빠듯하게 계산되지 않았나 하는 점이다.

원래의 제후국 진나라가 있던 산시[陝西] 일대는 아득한 옛날에는 비옥했으나 훗날 차차 건조해졌다. 그 지역의 기후로 보면 천리 길을 가는데 20일이 걸린다고 할 때 조금 늘려 잡아 30일 이내에 목적지에 도착해야 한다고 못 박더라도 큰 무리는 아닐 것이다.

그러나 진승, 오광이 장마에 걸린 안후이[安徽] 일대는 기후 조건이 완전히 달랐다. 비가 주룩주룩 십여 일, 심지어 수십 일 오는 것도 이상하지 않았다. 그러니 산시의 기후 조건에 비춰 제정한 법률만 고집하다간 손오공 같은 재주나 있어야 법을 어기지 않을 수 있었을 것이다.

그러니 법에 의거해 나라를 다스리는 것은 물론 좋은 일이지만 상황에 따라 올바른 수정이 반드시 필요하다. 작은 분단국을 통치하는 법률과 통일국가를 다스리는 법률은 달라야 한다.

진승과 오광은 잠깐 빛을 뿌리다가 허무하게 최후를 마쳤으나 진나라의 고압통치에 반대해 나선 첫 민중들이라 하여 《사기》의 저자 사마천도 진승을 제후 격으로 취급해 주었다. 그들이 칼 물고 뜀뛰기로 나선 것 역시 후세 사람들에게는 범상치 않아 보여 대체로 그들을 영웅으로 쳐주었다.

그런데 진승, 오광의 봉기보다 규모가 훨씬 큰 후한 말기의 황건 봉기를 일으킨 장각은 정사에서 늘 욕을 먹는 대상이 되었고, 소설 《삼국지연의》가 대성공을 거두면서 야사에서도 죽일 놈으로 치부되었다.

장각
이기지 못한 것이 잘못이던가?

현대에 들어와서야 중국에서는 황건군과 그 수령에 대한 재조명이 이루어지면서 활발한 연구가 전개되고 있으나, 한국에서는 여전히 '황건적'의 인상이 사라지지 않았나 보다. 이문열 씨는 평역본 삼국지에서 나관중이나 모종강보다도 장각과 그 부하를 더 형편없이 격하시켰다.

이문열판의 독자들은 장각의 무리가 한심한 야심가요 사기꾼들이고, 황건적은 무지하고 비열한 사교집단이라는 결론을 내리기 어렵지 않으리라.

한국 역사에 나오는 홍경래, 전봉준 같은 이들이 역적의 모자를 벗은

지도 이미 하루이틀이 아닌데, 아직도 그런 고루한 견해가 존재한다는 건 필자로서는 이상스러운 일이다.

대충 꼽아보면 장각과 황건군이 욕을 먹는 이유는 크게 세 가지다.

첫째, 성공하지 못했다.

둘째, 황건 봉기는 중국 역사에서 최초로 나타난 조직적인 봉기였다.

셋째, 처음 본격적으로 도술과 종교 신앙을 이용하여 세력을 키웠다.

장각이 정권 탈취에 성공했더라면 역사에 장씨 왕조를 남기게 되고 승리한 제왕으로 꼽히게 되었을 것이다. 허나 재빨리 싸움에서 지고 병사하다 보니 포부도 펴보지 못하고 욕만 먹는다.

진나라 말년 진승과 오광의 자발적인 봉기나 전한 말년에 왕망이 황제 권력을 차지한 후 거의 동시다발적으로 천하 곳곳에서 반란이 일어난 경우와는 달리, 장각은 아직도 후한의 기반이 남아 있을 때 치밀하게 조직하여 세상을 바꾸려는 꿈을 꾸었다. 후세의 봉건 통치자들에게는 무서운 일이 아닐 수 없었다.

진승과 오광은 밤에 여우 울음소리를 내는 등 간단한 수작으로 사람의 마음을 끌었고, 전한 말년의 적미군은 요술을 부리지 않았으나, 장각은 계획적으로 도술과 토속신앙을 자신의 활동에 이용했다.

여기에서 중국 통치사상의 밑바닥을 들여다볼 필요가 있다.

춘추전국 시대에 제후들은 나름대로 제자백가의 사상을 통치이념으로 삼았다. 그중 실용적이었던 사상으로는 묵가(墨家), 병가(兵家)나 법가였다. 끊임없이 싸워야 하는 상태에서, 공자나 맹자의 인의(仁義) 중심 유가사상은 별로 인기가 없었다.

훗날 법가사상에 힘입은 진나라가 천하를 통일했으나 앞서 언급했다시피 진나라의 법은 너무 엄하고 융통성이 없어 얼마 지나지 않아 나라가 망하고 만다. 진나라 말년의 혼란 속에서 부상한 유방은 그 점을 파악하고 진나라의 복잡한 법을 줄이는 것으로 인심을 샀다.

한(漢) 왕조가 선 다음 새로운 통치이념을 확립할 필요가 있었던 것은 뻔한 일이다. 한나라 초기에 어떤 통치자들은 황로(黃老) 사상이라 하여 황제(黃帝)와 노자(老子)의 가르침을 바탕으로 하는 도가사상을 믿었으나 자연과 도(道)를 숭상하는 이런 사상은 통치에 불리했다.

결국 전한 무제(武帝) 때 학자 동중서(董仲舒)가 유가(儒家) 사상을 유일하게 존대하고 백가사상을 휴지통에 집어넣는다. '천지군친사(天地君親師)'라 하여 하늘과 땅을 앞에 놓았지만 하늘과 땅이야 눈에 보이는 인격이 아니니 천자인 임금이 바로 하늘의 대표였다. 사람이 우선 임금에게 충성하고, 그 다음 부모에게 효성을 다해야 하며, 스승을 존경해야 한다고 주장하니 봉건 시대 황제의 수직적 통치에 딱 들어맞는 이념이었다.

이때부터 중국 봉건왕조의 통치는 차차 이중성을 띠게 된다. 겉으로는 유가사상을 부르짖으면서 진나라를 욕하면서도, 속으로는 진나라의 법을 본받아 법률을 제정하여 나라를 다스렸다.

한때는 통치이념이 되기까지 했던 도가사상이 지위를 잃고, 통치자들을 구슬리던 신선사상도 황제들이 신선이 되지 못하니 뒷골목으로 밀려났다. 제자백가사상도 유력한 지지자가 줄어들었는가 하면 토착신앙도 설 자리가 위태로워졌다. 후한 시기에 사회가 차차 어지러워지면서 백성들에게 눈길을 돌린 도가사상의 신봉자들이 만들어낸 것이 바로 도교(道敎)였다.

훗날의 도교는 그 경전을 집대성한 《도장(道藏)》을 보아도 알 수 있듯이 순수 도가사상뿐만 아니라 묵자, 양자 등 제자백가 중 비유가사상을 전부 모아놓았다. 도교의 초창기에는 더구나 오만 가지 신앙이 복잡하게 얽혀들었다.

일반적으로 말하는 원시도교란 통일된 종교가 아니라 분산적으로 활동한 종교집단들을 가리킨다. 대표적인 지도자로는 태평도의 장각, 오두미도의 장로(張魯) 등이었다.

장각은 썩은 세상을 통탄하면서 권력 장악을 꿈꾸었으나 초기의 치밀한 계획과는 달리 군사를 일으킨 다음 필요한 전략과 전술이 부족했다. 장각 형제는 허망하게 죽지만 그 뒤를 이은 황건군은 20여 년이나 싸움을 벌였다.

그러나 그런 부대는 이미 정권 장악보다는 살아가기 위한 조직체로 바뀌었고, 장각 사후의 황건군은 특별한 요술에 의거하지 않은 것으로 나온다. 특출한 지도자도 없어 차례차례 소멸되거나 군벌군대에 편입된다.

객관적으로 분석해볼 때 황건 봉기는 후한 말년에 천하의 권력과 재산을 재분배하는 역할을 했다고 볼 수 있다. 황건군이 후한(後漢) 정권의 곪은 종기를 터뜨려놓았기에 조조, 원소, 유비, 손권을 비롯한 군벌세력들의 할거가 가능해졌고, 삼국의 통치자들이 그런 대규모 봉기를 막으려고 애쓰다 보니 삼국 시대는 한나라 말년보다 좀 편안한 사회가 이루어졌던 것이다.

역사를 만든 인물은 꼭 후세의 정치 변화에 의해 평가가 달라진다. 장각이 죽은 후 2000여 년 동안 기이한 재주로 인심을 모아 반란을 일으키는 사례가 심심찮게 나타나면서 '요술로 사람을 현혹시킨' 원조(元祖)

장각과 황건군은 봉건사회에서 날이 갈수록 혐오의 대상이 되었다.

그러나 장각에 대한 신앙은 중국 비밀종교, 비밀결사에서 은밀히 전해졌으니, 1930년대 일본이 중국 본토를 침략할 때 중국 중원지대의 한 비밀단체에서 가장 성스러운 글자는 바로 뿔 '각(角)' 자였다. 즉 장각은 신도들의 최고 신에 해당하였다.

지금은 장각신앙이 없어졌을 것이다. 그러나 태평도에서 믿었던 부적 태운 재를 푼 물 따위는 훗날 정보가 담긴 물이라 하여 '씬시수이[信息水]'라고 이름이 바뀌었는데, 기공사(氣工師)가 물에 기를 집어넣는 식으로 둔갑해 1980~90년대에도 상당히 유행하였다.

소설 삼국지의 독자들이 흔히 주의하지 않는 점이지만, 소설에서 '황건적'은 고작 양식이나 빼앗았으니 동탁을 비롯한 군벌들의 폭행과는 비교도 안 된다. 후세에 이런 말이 있었다.

'도적이 오면 얼레빗질을 하고, 관군이 오면 참빗질을 하며, 관리가 오면 칼로 박박 긁는다(賊來如梳, 兵來如笓篦, 官來如剃).'

봉건 시대에 백성들에게는 그럴듯한 명목을 내세우고 악행을 일삼는 관군이 화적보다 훨씬 무서웠고, 가장 두려운 존재인즉 다름 아닌 관리였던 것이다.

오두미도의 실패한 실험

장각의 태평도가 실패로 끝난 것과는 달리 원시 도교의 다른 한 갈래인 오두미도(五斗米道)는 그 이념을 실천에 옮긴 셈이다. 삼국지에도 나오는 장로는 자기의 할아버지 장릉(張陵)을 오두미도의 창시자로 떠받들었으나 실제 창시자는 다른 사람일지 모른다는 설도 있다.

어쨌든 후한 말년에 오두미교는 반란을 일으키지 않았기에 장릉은 후세에 신선 장도릉(張道陵)으로 추앙받으면서 그 후대가 강서(江西) 용호산(龍虎山)을 차지하고 세세대대 신통력으로 유명한 장천사(張天師)로 활약했다.

수호지의 서두에서 나오는 장천사가 바로 그중 한 대(代)다. 그런데 장로가 조조, 유장, 유비와 맞서는 것을 보면 적어도 그때까지는 별 신통력이 없었던 모양이다. 장로가 한중을 다스린 형편은 삼국지에 꽤나 소상하게 나오는데 이문열 평역본에서는 그 대목에서 여러 군데가 틀렸다. 여기서 일부만 꼽아본다.

'(병든 사람은 잘못을 뉘우치게 한 다음 병이 낫기를 비는데) 비는 법은 병든 사람의 이름과 자신의 잘못을 뉘우치는 뜻을 적은 글인 삼관수서를 세 통 써서 한 통은 산꼭대기에 묻어 산과 하늘에 고하고 다른 한 통은 땅에 묻어 땅에 고하며 나머지 한 통은 물에 넣어 물귀신에게 고하게 했다.' (7권 33쪽)

글을 산꼭대기에 묻는다면 도교의 신앙에 어울리지 않는다. 정사나 소설에는 글을 산에 놓는다고 '저(著)' 혹은 '방(放)' 자를 썼고, 어떤 소설판본에는 글을 태운다고 '분(焚)' 자를 썼다. 산에 놓든지 태우든지 다 글 뜻이 하늘에 닿기 위한 바람과 어울린다.

헌데 산 위에 글을 묻으면 땅의 신에게나 소식이 갈 것이니 오두미도 신자들이 그렇게 했을 리 없다. 후세의 도사들도 하늘에 고하는 글은 꼭 불살랐으며 어디에도 묻지 않았다.

'그런 다음 병이 나으면 쌀 닷 말을 내어 고마움을 나타냄과 아울러 의사(義舍)란 집에다 음식물을 차리고 지나가는 사람들이 마음대로 집어 먹게 했는데 이때 지나치게 많이 먹는 자는 하늘의 벌을 받아 죽는다는 말이 있었다.' (7권 33쪽)

이 글을 보면 병을 한 번 고친 자들이 지불하는 대가가 너무 크다. 쌀 닷 말에 집을 짓고 음식물까지 차리니 말이다. 그러나 사실은 이와 다르다. 소설을 보면 의사를 지었다는 말의 주어는 응당 장로이고 정사에서는 보다 상세하게 오두미도의 독실한 신도, 즉 제주(祭酒)들이 다 의사를 지었다고 썼다. 말하자면 의사 짓기는 오두미도의 제도였다.

공짜로 먹게 하는 쌀과 고기를 의미육(義米肉)이라 했으니 역(驛)과 비슷한 의사도 무료로 이용하는 집이라고 봐야겠다.

소설 삼국지의 말을 옮기면 다음과 같다.

'또 무료로 드는 집인 의사를 지어 그 속에 밥 지을 쌀과 땔나무, 고기, 음식을 두루 갖춰놓고 지나가는 길손들이 자기 먹을 양에 따라 제 손으로 가져다 먹게 하였는데 많이 집어먹는 사람은 하늘의 벌을 받는다고 하였다.'

정사에는 길손들이 배부를 정도까지 먹되 너무 많이 먹으면 귀신이 병이 나게 만든다고 썼지만, 훗날 이야기꾼들이 위협의 정도를 높이느라고 하늘의 벌을 받는다고 고친 모양이다.

장로가 한중을 차지한 30년 동안 한중에는 관리가 없고 제주들이 일을 맡아 보았는데, 백성들은 그런 통치가 살기에 편해 즐거이 받아들였다 한다.

외지에서 한중으로 옮겨 온 사람들도 꼭 오두미도의 규정을 따라야 했는바, 법을 어긴 자는 세 번까지 용서하고 네 번째로 죄를 지어야 처벌

했고, 사소한 잘못을 저지른 사람은 길 백보(百步)를 닦아 죄를 씻게 하는 등 그 통치 방법을 보면 대체로 법에 매달리기보다는 인간의 도덕규범에 호소하고, 신을 경외하도록 하는 신권(神權) 통치였다.

제주들이 전부 노자의 《도덕경(道德經)》을 배웠다는 기록을 보더라도 도가사상의 무위(無爲)를 통치이념으로 삼았음을 알 수 있다.

어떤 현대학자들은 장로의 한중 할거를 '원시 사회주의의 실험'이라고도 부른다. 그처럼 엄격한 세금제도 없이 자연경제 상태를 유지하는 집단은 폐쇄된 환경 속에서는 두루 즐겁게 살 수 있지만 일단 외부의 타격을 받으면 급속히 약해질 수밖에 없다.

오두미도의 술을 금지하는 등 욕망을 억제하는 제도 또한 공리적인 자극에 의존하는 외부 세계의 제도보다 경쟁력이 떨어졌다. 통치자들이 개인적으로는 가끔 무릉도원을 동경하면서도 현실에서는 절대 법 없는 상태를 허용하지 않는 이유가 바로 여기에 있다.

누가 뭐라고 욕하고 비웃든 장로는 수많은 사람들이 오랜 세월 안정된 삶을 살도록 기틀을 닦았다. 허나 그의 후대들은 세세대대 장천사가 되어 신비한 도술 신화나 창조하다가 나중에는 그들이 차지한 용호산의 지주로 전락하고 말았으니 조상보다 훨씬 못한 셈이다.

조조의 대군을 당하지 못해 창고를 모조리 불사르고 퇴각하자고 주장한 사람은 장로의 동생 장위(張衛)인데, 이문열판 삼국지에서는 장로의 주장으로 변했으니 소설에 나오는 장로의 성격과도 전혀 어울리지 않는 오역이다. (7권 312쪽)

끝으로, 원시도교는 늘 정부와 대항해 반정부 불법단체로 몰리다가 북위(北魏, 서기 386~534년) 때 도사 구겸지(寇謙之)가 정부와 타협하고

서야 정당한 종교로 인정받았다. 그런데 이 구겸지는 바로 장로의 술법을 계승한 사람이면서도 삼장(三張, 장릉과 그의 아들 장형 그리고 장로)의 거짓법술(僞術)을 없앤다고 떠들었다.

그 후에 일어난 농민봉기는 순수한 도교사상에 근거한 것보다 중국식 불교 이론에 의한 것이 더 많았는데, 특히 세상이 좀 어지러워지면 말세론이 대두하면서 미륵보살설이 농민들을 불러일으키곤 했다.

경릉은 무덤이 아니라 봉지(封地)

근거지가 없이 부평초처럼 이리저리 떠돌아다니던 유비에게 제갈량은 서천을 차지하라고 권한다. 당시 서천 익주의 주인은 유장(劉璋)이라는 사람이었다. 이씨의 삼국지에서 유장은 이렇게 소개된다.

'익주목 유장은 자를 계옥(季玉)이라 하며, 한때 명망 높던 유언(劉焉)의 아들이요, 한(漢) 노공왕(魯恭王)의 후손이었다. 장제 원화(元和) 연간에 경릉(竟陵)이 서천으로 옮겨지매 그리로 따라와 살게 되었는데, 뒷날 그 아비의 유언은 벼슬이 익주목에 이르렀다.' (7권 34쪽)

원문의 '시펑찡링[徙封竟陵]'이라는 말을 보고 혹시 경릉을 무슨 무덤으로 본 것은 아닌지. 그런데 정사 삼국지 '유언전'의 첫 마디가 이렇다.

'유언은 자가 군랑(君郞)이요, 강하(江夏) 경릉 사람이다.'

보다시피 경릉이란 형주(荊州) 치하의 현(縣)의 이름이다. 워낙 전한에 노공왕이라는 왕이 있었는데 후한 장제(章帝) 원화 연간(서기 84~87년)에 그 후대의 봉지(封地)가 경릉으로 바뀌면서 후손들이 경릉에 와 살게 된 것이다. 유장이 태어나기 거의 100년 전의 일이다. 한국식으로 말하면 유언, 유장은 본이 경릉 유씨인 셈이다.

여기서 봉지와 분봉(分封) 제도를 잠깐 살펴보기로 하자.

옛날 임금이 친척이나 공로 있는 신하들에게 땅을 떼어주어 제후로 봉하는 것이 이른바 분봉이요, 제후들이 차지한 땅이 봉지다. 인구가 적고 원시 지역이 많았던 상고 시대에는 제후들이 널리 흩어지면 미개발 지대를 개척하는 이점이 있었고, 제후의 후대들이 작위와 봉지를 세습하는 것도 통치를 안정시키는 데 유리했다.

그러나 춘추전국 시대에 이르러 제후들의 나라가 점점 더 커지고 그 세력이 강해짐에 따라 갖가지 폐단이 생겨나고 제후들 사이의 싸움으로 천하가 불안해졌다. 진시황은 중국을 통일한 다음 36군(郡)을 만들어 세습을 인정하지 않는 군수들이 다스리게 했다.

그런데 통일 진나라가 10여 년 만에 망하자 원 제후국의 후예들과 진나라를 뒤엎은 공신들을 주요 대상으로 하여 분봉제도가 되살아났고, 한 고조 유방도 건국 초기에 동성(同姓) 왕과 이성(異姓) 왕을 많이 봉했다. 삼국지에서 유비가 한중의 왕이 되면서 황제에게 올리는 표문에 분봉제도의 좋은 점을 힘주어 설명하는데, 유감스럽게도 이문열판에는 틀린 말이 섞여 있다.

'주나라를 살피건대 주실(周室)은 종친 외에 희씨(姬氏)도 왕으로 세웠으나 끝내 힘을 다해 주실을 세운 것은 종친을 세운 진(晉)과 정(鄭)이었으며 우리 대한(大漢)의 고조(高祖)께서도 여씨를 세워 왕으로 삼은 적이 있으나, 마침내는 그들을 베어내시고서야 나라가 평안해졌던 것입니다.' (8권 107쪽)

적당한 설명을 보태 유비의 원 말을 옮기면 다음과 같다.

'주나라는 전대의 두 왕조인 하(夏)나라, 은(殷)나라가 망한 교훈을 살펴보고 왕의 일가족인 희(姬)씨들을 제후로 많이 봉하였으니, 실로 희씨들의 진나라와 정나라가 보좌해주는 힘을 입었습니다. 고조께서도 우리 한조(漢朝)를 세우시매 자제들을 높이 올려 유씨들의 아홉 개 나라를 크게 여섯더니 드디어 고조의 황후 여씨 일파를 베어 유씨 가족을 편안히 할 수 있었던 것입니다.'

유비는 이처럼 고대 역사에서 자신이 왕이 되어야 하는 근거를 찾아냈고, 황실의 울타리 역할인 번왕(藩王) 노릇을 착실히 하겠노라고 나선 것이다.

군현제는 분명 분봉제도보다 훨씬 선진적인 제도이건만 유비의 글에서 쓰다시피 황제 일가의 통치를 유지하는 데는 분봉 제도가 유리했다. 한나라 개국 공신 한신(韓信) 등 유씨가 아닌 왕들이 유씨를 뒤엎지 못하고 하나하나 소멸된 현상에 대하여 이름난 역사학자 뤼스맨[呂思勉 1884~1957년]은 한나라에 동성분봉이 많은 것과 관계있다고 지적했다.

유씨네만 왕이 되면 천하가 편할 줄 알았으나 황제가 되고 싶은 사람들이 많아 반란도 일어났다. 황제의 자리를 지키려면 제후들의 세력을 약화시킬 필요가 있어 제후들의 제후국을 갈라 그 후대들이나 황제의 후예들에게 분봉하는 제도가 나왔다. 노공왕의 후예가 새 봉지 경릉으로 자리를 옮긴 것도 대체로 같은 맥락에서 보아야 한다.

후세 봉건왕조의 황제들은 천년만년 자기네 가문이 부귀영화를 누리길 바라 일가에게 식읍과 봉지를 떼어주는 제도에 매달릴 때가 많았다. 허나 크고 작은 왕들의 봉지에서 나오는 재물이 대부분 왕의 손으로 들어가는 형편에서 황제의 힘은 자연히 약해졌다.

명나라를 보면 초년에는 연왕(燕王) 주체(朱棣)가 조카 건문(建文) 황제를 몰아내고 황제가 되었고, 말년에는 각지의 왕들이 너무 많은 토지를 분봉 받아 황제보다 더 편하고 사치한 생활을 하다 보니 나라가 재빨리 썩고 말았다.

개간할 만한 땅을 거의 다 개간한 상황에서 토지가 번왕(藩王)들의 손에 고도로 집중되다 보니 땅을 잃은 농민들이 늘어났고, 그들은 명나라 말기 농민봉기의 참여자가 된다.

명나라 말대 황제 주유검(朱由檢)이 나라를 잃었는데도 오랫동안 동정의 대상이 되었던 데 비해 농민봉기군의 손에 죽은 주씨네 번왕들은 정사든 야사든 할 것 없이 좋은 소리를 듣지 못한 점 역시 황제 일가가 땅을 차지하는 제도의 약점을 어느 정도 말해주는 것이다.

혈통만으로 손쉽게 권세를 차지한 자들은 처음에는 똑똑하더라도 차츰 바보가 되는 것은 아닐까?

소금을 먹지 않고 30년을 살 수 있나?

조조가 황제의 눈에 들어 세력을 바야흐로 확장할 무렵, 황제가 조조에게 사신을 보내왔다. 낙양(洛陽)에 흉년이 들어 백성이나 관리나 할 것 없이 파리해졌는데 사신만은 주린 기색이 없어, 이상스럽게 여긴 조조는 어떻게 몸을 보살폈느냐고 묻는다. 사신 동소(董昭)의 대답은 간단했다.

"다른 것은 없고 다만 삼십 년째 간(소금기)을 먹지 않고(食淡) 있습니

다."(3권 36쪽)

조조는 감탄해 마지않는다. 인간이나 짐승이나 님 없이는 살아도 소금 없이는 못 사는 줄로 아는 필자도 감탄이 나오지 않을 수 없었다.

소금을 먹지 못하면 천하장사라도 기운을 추스리지 못한다. 산지 게릴라전에서 토벌군은 소금이 입산하지 못하도록 철통같이 봉쇄하고, 빨치산과 지지자들은 갖은 방법을 구사해 소금을 구하려고 애를 쓴다. 전쟁사에서 소금 몇 알 때문에 목숨을 잃은 사람이 그 얼마더냐. 동소 같은 재주를 보급했더라면 다 목숨을 부지했을 텐데, 원 참.

하지만 그런 재간을 익히기가 쉽지는 않나 보다. 백두산 속에서 인삼을 캐고 사냥을 하며 살던 외톨이 노인들은 절인 물고기를 조금씩 핥으면서 살았다 하고, 호랑이나 늑대가 사람을 습격하는 이유도 사람 몸에 염분이 있기 때문이라고 한다.

근년에 내몽골에서 늑대를 보호하다 보니 목민(牧民)들이 늑대 사냥을 하지 못하게 돼 인간이 늑대의 피해를 입는 일이 잦아지자, 그 해결책의 하나로 적당한 곳에 소금물을 두어 인명 피해를 줄이자는 주장이 나오기도 했다.

30년이나 소금을 먹지 않고 산다는 말은 상식과는 약간 어긋나지만 중국어에서 '스딴[食淡]'이란 말에 소금을 먹지 않는다는 뜻이 있기는 하다. 요리에 소금을 넣지 않으면 '스딴'인데 송(宋)나라의 장근(張根)이라는 사람은 아버지의 병이 심해 소금을 꺼리게 되니 요리에 소금을 넣지 않았다 한다.

그 아버지의 병이 당뇨병이었는지도 모르겠고, 아버지가 돌아간 후에도 장근이 계속 소금 넣지 않은 요리만 먹었는지도 알 수 없다.

'스딴' 의 또 다른 뜻은 '담백하게 먹다' 라는 것이다. 소박한 생활을 가리켜 곧잘 쓰는 말이다.

이전에 중국에서 출판된 조선어 삼국지에서 동소는 30년간을 육식을 안 했다고 대답하는데 그 말이 이치에 어울린다는 느낌이다.

필자 개인적으로는 동소의 말이 식사를 담백하게 했다는 뜻이라고 여기지만, 누군가 심신수련하는 특별한 인간들이 소금을 전혀 먹지 않고도 수십 년 잘 산다는 증거를 내놓으면 할 말은 없다.

이 문제는 이쯤에서 접어두기로 하고 소설에서 설명하지 않은 동소의 역할이 흥미롭다.

사신 동소는 원래 원소가 임명한 위군태수(魏郡太守)였는데 원소의 신임을 받지 못해 황제 신변으로 자리를 옮겼다. 조조의 세력이 원소보다 훨씬 약할 때 그는 벌써 하내(河內) 태수 장양(張揚)을 권하여 조조와 가까이하게 만들었고, 훗날 황제를 맞이하는 조조의 군대가 다른 군벌들에 의해 길이 막혔을 때는 한결 대담하게 조조의 명의로 된 편지를 써서 군벌 양봉에게 보냈다.

양봉은 동소가 위조한 글을 조조가 보낸 편지로 알고 조조와 사이좋게 지내려고 조조에게 진동(鎭東) 장군 벼슬을 내리는 것이 좋겠다고 추천하는 상주서를 황제한테 올렸다. 이처럼 동소는 조조와 만난 적이 없으면서도 조조의 능력을 인정했나 보다.

동소와의 첫 대면에서 조조는 그런 내막을 잘 몰랐으나 황제가 보낸 특이한 사신은 황제가 조조를 알고 조조에게 벼슬을 내리도록 부추겨준 숨은 공신이었다.

'화로 위에 앉다'의 진정한 의미

조조의 세력이 하늘을 찌를 듯 할 때 손권이 사신을 보내 글 한 통을 보내온다. 조조가 그 글을 받아보니 자기더러 어서 황제 자리에 오르라고 권하는 내용이었다. 조조는 손권의 속셈을 꿰뚫어보고 그 편지를 부하들에게 내보이면서 웃는다.

"이 어린놈이 나를 추켜세워 화로 위에 앉게 하려는 수작이로구나!"

조조는 아직도 자신이 제위로 나가는 위태로움을 그렇게 비유해 말한 것이었다. (8권 255쪽)

조조가 제위에 오르기를 꺼린 것은 분명하지만 그 정도의 해석으로는 충분하지 않다. 중국어에서 '솽꽌[雙關]'이란 '하나의 말에 두 가지 뜻이 담겨 있다'는 말이다. 직설적인 표현보다 암시를 더 선호하는 중국인들의 말을 제대로 이해하려면 이 솽꽌에 정통해야 한다. 우리 식으로 말하면 말귀를 잘 알아들어야 한다는 뜻이다.

그러면 조조의 그 한 마디에는 또 무슨 뜻이 들어 있을까?

중국 고대의 오행설 학자들은 왕조의 흥망성쇠를 오행설로 해석했다.

천하의 주인은 금목수화토(金木水火土), 오덕(五德)의 순서로 바뀐다는 주장으로 춘추전국 시대에 처음 나왔다. 제(齊)나라 사람 추연(鄒衍)은 뒤의 왕조가 앞의 왕조를 이긴다고 여겨 왕조 계보가 상극(相剋)하는 순서를 제시했다. 순(舜) 임금은 토덕으로 흥했으니, 그 뒤에 우(禹) 임금이 세운 하(夏)나라는 토를 이기는 목덕이고, 하나라를 뒤엎은 은나라, 즉 상(商)나라는 목을 이기는 금덕이며, 화덕인 주(周)나라가 상나라를 이겼다는 식이기에 주나라가 약해진 후 천하를 통일한 진(秦)나라는 수덕으로 자칭하면서 물을 의미하는 검은색을 숭상했다.

한나라는 초기에 수덕을 이긴 토덕으로 자칭하다가 후에 유향(劉向) 부자가 오행순환설을 고치면서 앞의 왕조가 뒤의 왕조를 낳는다는 상생(相生)의 순서로 바꾸고, 상고 전설에 나오는 임금들도 언급되면서 상당히 복잡한 계보를 이루었다. 억지로 맞춘 흔적이 역력한 계보였다.

황제(黃帝)는 토덕, 소호(少昊) 씨는 금덕, 전욱(顓頊)은 수덕, 제곡(帝嚳)은 목덕, 요(堯) 임금은 화덕이다. 한 나라 황실은 요 임금의 후예로 자처하였기에 요 임금을 화덕으로 만들기 위하여 소호씨를 끼워 넣었다. 그 다음 요(堯) 임금의 화덕이 토를 낳아 순 임금은 토덕, 다음 하나라는 금덕, 은나라는 수덕, 주나라는 목덕인데, 진나라는 임금 자리를 잠시 차지했을 뿐 정통이 아니라고 여겨 오행 순서에서 빼고 주나라의 목덕이 불을 낳아 한나라가 화덕이 되었다고 했다.

전한 말기에 새 오행순환설이 나와 후한 시대에 완성되면서 너무나 널리 퍼졌기에 한을 대체할 다음 왕조는 토덕으로 알려졌다. 화가 토를 낳는다는 논리에 근거해서였다. 토는 누런색이라 황건군이 생겨난 것이다.

소설에서 화덕이라는 말이 자주 나오는데, '더울 염' 자와 '유씨 유' 자를 붙인 앤류우[炎劉] 역시 화덕으로 흥한 유씨 정권을 가리킨다.

때문에 조조의 그 한마디는 결코 단순한 비유가 아니라 자기가 화덕을 대체할 마음이 없음을 밝히는 성명이기도 했다. 실권을 틀어쥐고 황제 못지않게 살던 조조로서는 황제라는 헛된 이름 때문에 남들의 반대를 받고 싶지 않았던 것이다.

영웅들은 반드시 후대를 만든다

청나라 때 수호지의 저자가 그 책을 쓴 보응을 받아 후세 삼대가 벙어리와 귀머거리가 되었다는 설이 돌았다. 조선 왕조의 문인 중에도 그것은 강도 노릇을 권장한 자가 받은 보응이라면서 고소해한 이가 있었다.

나쁜 일을 하면 후대에 나쁜 일이 생긴다. 반대로 좋은 일을 하면 후대에 두고두고 좋은 일이 생긴다.

불교의 인과응보(因果應報)설과 유교의 후대 의식이 겹쳐져 이루어진 중국식 인과보응론이 성행하다 보니 야사에서 영웅들은 항상 번식력이 비상하다. 제1대 영웅들이 억울하거나 비참하게 죽으면 제2대, 제3대 영웅들이 꼭 선조를 위해 복수한다.

삼국지를 보더라도 관우의 아들 관흥(關興)과 장비의 아들 장포(張苞)가 선대의 무예와 버금가는 능력으로 유비와 제갈량 수하의 맹장이 되어 활약한다. 정사와는 전혀 다른 이야기다.

관우의 작위는 아들 관흥이 계승했는데 관흥은 소년 시절에 벌써 이름을 날린 사람으로서 제갈량이 그를 비범한 인재로 보면서 굉장히 중시한 것으로 알려졌다.

관흥은 스무 살에 시중(侍中), 중감군(中監軍)이 되었다가 몇 해 후 죽고, 그의 아들 관통(關統)이 작위를 계승하고 공주를 아내로 맞았는데 호분중랑장(虎賁中郞將) 자리에서 죽었다. 관통은 아들이 없었기에 관흥의 서자 관이(關彝)가 작위를 계승했다.

그리고 장비의 아들 장포는 일찍 죽어 별 일을 하지 못한 것으로 알려졌다. 장비의 차자 장소(張紹)가 아버지의 작위를 계승하여 관직은 시중

(侍中) 상서복사(尙書僕射)에 이르렀고, 장포의 아들 장준(張遵)은 상서로 있다가 제갈량의 아들 제갈첨과 함께 등애와의 싸움에서 죽었다.

정사를 보면 알 수 있다시피 관흥과 장포의 무용담은 픽션에 불과하다. 그러면 왜 그런 이야기가 소상히 기록되었을까? 바로 이야기꾼들과 청중들의 애증이 불러낸 신화다.

불효 중에서도 후대가 없는 것이 가장 큰 불효라는 유교사상에 젖은 사람들의 마음속에는 대가 끊어져 제사를 지내지 못하는 것처럼 큰일은 없었다.

때문에 현실에서는 영웅들의 후대가 일찍 죽기도 하고 대가 끊어지기도 하지만 소설과 전설에서 영웅들은 꼭 후대를 만든다. 이야기꾼들은 그렇게 이야기를 엮어야 밥벌이가 되었고, 듣는 이들의 반향에 비추어 영웅 계보와 영웅사적을 완벽하게 다듬었다.

수호지는 소설에 불과하지만, 수호지의 배경이 된 시대에 뒤이어 금(金)나라가 송나라를 침략했다는 이유 하나 때문에 항금(抗金) 명장 악비가 주인공으로 등장하는 〈설악전전(說岳全傳)〉에는 수호지의 영웅들과 그 후대들이 다수 등장한다. 한국에서 〈영웅문〉이라는 제목으로 알려진 홍콩 무협소설가 김용(金庸)이 쓴 다부작의 주인공이 수호지에 나오는 곽성(郭盛)의 후대 곽정(郭靖)으로 설정된 것 역시 같은 맥락이라고 할 수 있다.

이 밖에 후세 사람들은 걸핏하면 자기 성씨와 같은 옛날 사람을 조상으로 모시는 버릇이 생겼다. 설사 소설에 나오는 인물이라도 무방하였다. 수호지 영웅들의 후대로 자칭하는 사람들이 중국 곳곳에 널려 있는 상황이다.

수호지에서 양산박의 오호상장(五虎上將) 중 첫 자리를 차지한 사람은 관우의 후손 관승(關勝)이다. 관승의 무기나 언행이나 모두 삼국지의 관우를 모방한 흔적이 역력하다. 야사에서 영웅의 후대들이 선조와 같은 무기를 쓰는 것도 공통적인 특징이다.

그런 대로 이야기로 치부하는 사람이 많았지만 청나라 말기 문인 유만춘(兪萬春)은 양산박의 영웅들이 죄다 비명에 죽는 수호지의 속편인 《결수호전(結水滸傳)》, 일명 《탕구지(蕩寇誌)》를 쓰면서 도적이 어찌 관우와 같은 성을 쓰느냐고 관승을 관승(冠勝)으로 바꿔놓았다.

하기는 그럴 만한 당당한 이유도 정사에 나와 있다.

촉나라가 망할 때 방덕의 아들 방회(龐會)가 관우의 후대를 씨도 남기지 않고 죽였으니 관승이 관우의 후대라는 건 참칭(僭稱)이 아니겠는가?

인과응보설의 신봉자들에게는 서글플지 모르지만 관우의 후사(後嗣)는 그렇게 사라졌다. 허나 역사란 워낙 유감으로 가득한 것이라고 생각하면 서글프지도 않을 일이겠다.

키 큰 사나이들의 신화

이전에 중국인들은 항상 옛날을 황금 시대로 간주했다. 그 여독(餘毒)이 아직도 남아 있어 실전(失傳)된 물건이나 책들을 그리워한다.

《소녀경(素女經)》이 어떠어떠했다고 하니 옛 조상이 얼마나 성지식에 정통했느냐 감탄하는 식이다. 다른 서적들을 보면 고대 중국인들은 '사정하고 싶을 때 꾹 참고 정액을 남겨두어 잘 단련하면 뇌수를 보충해준다'고 믿었는데도 말이다.

고대 숭배의 산물인 중국 고전소설들을 보면서 그들의 힘과 체격에 감탄하지 않는 사람은 드물 것이라 생각한다. 걸핏하면 여덟 자, 아홉 자라 지금 사람들보다 키가 훨씬 크지 않은가?

　　필자도 어린 시절에 삼국지 따위에 심취되었을 때 자신이 그처럼 왜소해 보일 수가 없었다.

　　중국에서는 도량형을 국제상용제도로 통일하면서 시제(市制)라고 하는 전통 도량형을 폐지하는 중인데 사람들의 생활 감정이나 말에는 여전히 전통 도량형제가 남아 있다.

　　현대 시제에서는 세 자가 1미터, 한 자는 약 33.3센티미터다. 이런 식으로 보면 관우의 키가 구척이라니 3미터 가량이라 그야말로 거인이다. 그러나 관우는 그렇게 키가 크지 않았다.

　　춘추전국 시대의 한 자는 19.91센티미터라고 확정되어 공자의 키 아홉 자 여섯 치는 191센티미터라는 것이 밝혀졌다. 젊은 시절 공자의 별명이 장인(長人), 말하자면 '껑다리'였다.

　　헌데 후한 시대의 한 자는 자료에 따라 수치가 달라진다. 필자의 수중에는 23.04센티미터와 24.2센티미터, 두 가지 숫자가 있다.

　　정사에 확실하게 기록한 제갈량의 키는 여덟 자, 환산하면 약 184~196센티미터라 제갈량이 당당한 사나이였다는 정사의 구절이 실감난다. 허나 관우는 야사에서 큰 키를 자랑하건만 정사에는 그 키가 얼마인지 나오지 않는다.

　　역사를 연구할 때 문자 기록보다 훨씬 확실한 근거는 고고학적 증거다. 고대 무덤에서 발굴된 시체와 발굴된 갑옷에 비추어 옛날 사람들의 키를 계산해보면 현대인보다 월등하게 크지 않을뿐더러 오히려 더 작은 편이었다.

사실 옛날 사람들은 키를 엄격하게 재지 않았다. 이야기나 소설에서는 걸핏하면 아무개의 키가 얼마라고 나오는데 줄자를 들고 재는 게 아니라 '말에 타면 한 길이요, 땅에 서면 여덟 자' 라는 식으로 눈으로 대충 보는 어림짐작이 많다.

자연의 섭리는 바로 하늘의 뜻

제갈량이 남만(南蠻)을 정복하는 이야기에 기이한 현상들이 숱하게 나온다. 이상한 샘물들은 그중 하나다.

아천(啞泉)이란 맛은 달콤하나 일단 마시면 벙어리가 되는 샘이요, 멸천(滅泉)은 끓인 물같이 뜨거운데 목욕하면 살이 문드러져 뼈가 드러나며 죽는 샘물이며, 흑천(黑泉)의 물방울이 몸에 묻으면 손발이 까맣게 되며 죽고, 얼음처럼 찬 유천(柔泉)의 물을 마시면 목구멍이 싸늘해지고 몸이 솜처럼 나른해지면서 죽는다 한다.

지금의 윈난성[雲南省]은 이름난 관광명승지이지만 토착민들이 그 일대를 차지했던 옛날의 남만 땅은 정배나 보내기 딱 좋아 사람이 살지 못할 곳으로 알려져 이상한 전설들이 많이 생겼다.

샘물 전설은 외지 사람들이 현지 기후와 풍토에 적응하지 못해 고생한 사실이 부풀려져 생겨난 것이 아닐까? 또 어떤 사람들이 자기 땅을 지키면서 외부 사람들에게 복종치 않으려는 의도로 일부러 열악한 조건을 과장하지는 않았을까?

1980년대에 중국에서 과학적으로 삼국지의 전설들을 분석하는 사람들이 있었는데 두 가지 해석은 지금도 기억에 남아 있다.

그중 한 가지는 아천에 대한 해석이다. 옛날의 남만 땅인 윈난 일대에는 갖가지 광물이 많고 구리가 꽤나 유명하다. 구리가 묻힌 곳에서 나오는 물을 마시면 목소리가 죽을 수 있다고 한다. 완전히 벙어리가 될 가능성은 적으나 발성에 문제가 생길 확률은 높다는 것이다.

그 다음은 제갈량이 '일이 이루어지는 건 하늘에 달렸다'고 한탄한 사건의 비밀이다.

제갈량이 사마의 부자를 상방곡(上方谷)에 유인하여 골짜기 어귀를 막고 불을 질렀다. 사마의 3부자는 이젠 죽었다고 절망에 빠졌을 때 난데없이 소나기가 쏟아져 불이 꺼진다. 사마의 등은 절호의 기회를 놓치지 않고 급급히 상방곡을 빠져나간다. 승리를 즐기던 제갈량은 탄식해 마지않는다.

"일을 꾸미는 건 사람에게 달렸어도 이루어지는 것은 하늘에 달렸구나(謀事在人, 成事在天). 억지로 해서 되는 게 아니니라."

한국에서는 '진인사대천명(盡人事待天命)'이란 말이 잘 쓰이지만 중국에서는 제갈량의 이 여덟 글자 탄식이 널리 퍼져 있다.

삼국지에 나오는 수많은 싸움들이 다 실제 일어났던 건 아니다. 허나 지명들은 낙봉파 같은 특례를 빼놓고는 픽션이 아니다. 때문에 후세 사람들은 옛날 싸움터를 찾아가 나름대로 생각을 내놓을 수 있다.

시인들이 감개무량하여 시구를 읊조리면 전략가들은 전법을 분석하고, 과학자들은 과학적인 과제를 연구한다. 특히 골짜기는 지진이 일어나거나 화산이 폭발하거나 대형 댐을 만들지 않는 한 그대로 남아 있어 연구하기에 좋다.

상방곡에 가본 기상학자들이 연구해보니 상방곡의 모양이 조롱박처럼 생겼는데 그 상공에 습한 공기가 많았다고 한다. 그런데 골짜기에 불이 일어나니 더운 공기가 위로 올라가면서 물방울이 형성되어 소낙비가 내렸다는 것이다.

등산하는 사람들이 늘 겪다시피 어떤 산에서는 해가 구름 뒤로 잠깐 들어가기만 해도 비가 뚝뚝 떨어진다. 상방곡도 그런 곳에 속한 모양이나 제갈량은 그 점을 몰랐기에 사마의를 유인하는 데까지는 성공했으나 태워 죽이지는 못한 것이라고 한다.

제갈량이 자연의 섭리를 좀더 잘 알았더라면 일이 이루어지는 건 하늘에 달렸다고 한숨을 쉬지 않아도 되었으리라는 설이다.

4장

벗기면서 보는 인물

유비는 한 헌제의 숙부가 아니라 손자의 손자?

유비는 벌써 800년 이상 한 헌제의 숙부로 알려져 유황숙(劉皇叔)으로 불리어 오지 않았나 싶다. 이문열판 삼국지 3권 283쪽에는 계보가 아주 상세하게 나와 있다.

"효경(孝景) 황제께서는 열네 분 왕자를 보셨는데 그중 일곱째 분이 중산정왕(中山靖王)이신 유승(劉勝)입니다. 승은 육성정후(陸城亭侯) 유정(劉楨)을 낳았고, 정은 패후(沛侯) 앙(昂)을 낳았으며, 앙은 장후(漳侯) 유녹(劉祿)을 낳고, 녹은 기수후(沂水侯) 연(戀)을 낳았습니다. 다시 연은 흠양후(欽陽侯) 영(英)을 낳고, 영은 안국후(安國侯) 건(建)을 낳았으며, 건은 광릉후(廣陵侯) 애(哀)를, 애는 교수후(膠水侯) 헌(憲)을, 헌은 조읍후(祖邑侯) 서(舒)를, 서는 기양후(祁陽侯) 의(誼)를, 의는 원택후(原澤侯)

필(必)을, 필은 영천후(穎川侯) 달(達)을, 달은 풍령후(豊靈侯) 불의(不疑)를, 불의는 제천후(濟川侯) 혜(惠)를 낳았습니다. 이 혜가 낳은 게 바로 동군(東郡) 범령(范令)을 지낸 유웅(劉雄)이며, 웅은 또 홍(弘)을 낳았던 바, 홍은 벼슬이 없었습니다. 현덕은 그 홍의 아들입니다."

이 계보대로 본다면 유비는 한 경제 유계(劉啓)의 19대 후손이요, 한 경제는 전한의 건국시조 한 고조 유방의 손자이니 유비는 유방의 21대 손자다. 그런데 《후한서》의 황제 계보를 보면 후한을 세운 광무제(光武帝) 유수(劉秀)는 한 고조의 9대 손자로 자칭하였고, 후한의 마지막 황제인 헌제(獻帝) 유협(劉協)은 유수의 8대 손자다. 말하자면 유협은 유방의 17대 손자다. 따라서 그 계보대로 한다면 유비는 유협의 숙부이긴 고사하고 유협보다 4대나 아래니까 오히려 유협을 고조할아버지라고 불러야 할 것이다.

그러면 왜 이런 오류가 생겼을까? 전한, 후한 합치면 황제가 모두 스물넷이다. 민간의 이야기꾼들은 대체로 그 황제들이 대대로 이어받은 줄 알았는데 한나라 역사에는 동생이나 형이 황위를 물려받은 경우가 심심찮게 많았다. 나이 어린 황제가 아들을 낳기도 전에 죽어버리면 황제의 친척 가운데서 사람을 골라 황제 자리에 앉혔기 때문에 스물넷 황제는 20대도 잇지 못했다.

삼국지에 나오다시피 동탁이 스물세 번째 황제인 소제(少帝) 유변(劉辯)을 밀어내고 유변의 형님 유협을 황제로 만든다. 또 한나라의 두 번째 황제 유영(劉盈)과 세 번째 황제 유항(劉恒)이 모두 유방의 아들인 것도 꽤나 알려진 사실이다.

이처럼 2대 황제와 3대 황제, 23대 황제와 24대 황제가 형제였던 것만은 그래도 감안하다 보니 두 대를 줄여 유협을 유방의 22대 손자로 간주했고, 유비를 그보다 한 대 높은 21대로 설정한 계보가 생겨난 것이다.

말하자면 삼국지의 저자들은 유비가 세운 촉나라의 정당성을 주장하고 유비가 당연히 정통이라는 것만 따지다 보니 너무 완벽하게 조작해버렸다. 그러니까 어느 인간의 혈통 계보가 너무 완벽하거나 어느 시기의 활동이 너무 완벽하게 기록되면 우선 그 진실성을 의심해 보아야 할 것이다.

사실 소설이 나오기 전인 원나라 시기의 잡극에서는 유비가 한 경제의 17대 후손으로 자칭하였고(그러면 한 헌제의 손자뻘이 됨), 초기의 삼국전설에서도 계보가 없이 그저 간단하게 황숙으로 나타났다.

이문열 씨도 나름대로 세 번이나 의문을 내놓았다.

'게다가 유비가 조상이라고 주장하는 경제(景帝)는 한의 황제 중에서 아들이 터무니없이 많은 이 가운데 하나여서 핏줄에서 정통성을 얻어내려는 야심가들이 끼어들기 좋은 족보에 속했고….' (8권 216쪽)

경제는 아들을 열넷을 두었다고 하니 그때 사람치고는 많다고 하기 어렵다. 허나 그의 아들 중산정왕 유승은 아들이 120여 명이나 되었다니까 참 많다고 할 만하다.

유승은 수십 년 전에 그 무덤이 발굴되어 역사 교과서에도 이름이 낀다. 옥돌들을 금실로 엮어 만든 금루옥의(金縷玉衣)를 입은 덕분이었다.

이문열판에서는 중산정왕이 무덤에 넣지 않은 보검이 잠깐 등장한다.

'원래 유비에게는 선대로부터 내려온 보검이 있었다. 중산정왕이 차던 칼로서 보석과 구슬로 장식된 값진 것이었으나 실제 싸움에 쓰기에는 너무 짧고 가벼웠다. 아예 유비는 새로이 다섯 자 길이의 쌍고검을 하나

벼리어 무기로 삼았다.' (1권 181~182쪽)

모종강이 부활하여 이 글을 읽는다면 '촉한정통론의 거두는 한국에 계시는구나!' 하며 탄성을 올릴지도 모를 일이다. 유비를 극력 미화하던 모종강 같은 사람들도 중산정왕의 보검을 운운하지 못한 것은 바로 그들이 너무나 한나라의 역사를 잘 알기 때문이었다.

유정은 중산정왕의 100여 명 아들 중 하나일 뿐이었고 유정의 후손도 갈래가 널리 퍼졌는데, 여러 대 뒤의 후손 유비한테까지 보검의 차례가 돌아갈 확률은 얼마나 될까? 유비의 혈통을 의심하던 이문열 씨답지 않은 사족이다.

기실 유비와 같은 시대에 살던 사람들은 유비의 황실 혈통을 의심하지 않았다. 정사 삼국지를 보면 유승의 아들 유정이 원수(元狩) 육년(기원전 117년)에 탁현(涿縣) 육성정후로 책봉 받았다가 해마다 제사에 쓰도록 황제에게 바치는 돈인 주금(酎金)을 제대로 내지 못해 작위를 박탈당했다.

그래서 그 후대들이 탁현에 머물러 살게 되었는데, 유비의 할아버지 유웅이 효렴으로 추천 받아 동군 범현 현령을 지냈고, 아버지 유홍도 소설과는 달리 주군(州郡)의 관리로 있었다. 그러나 유웅이 유승의 몇 대 손인지는 밝혀지지 않았고, 또 밝힐 수도 없는 일이다.

가령 유비의 17대 조상 유정이 육성정후가 되던 해에 서른 살이었다면 기원전 147년에 태어난 셈이고 유비가 태어난 서기 161년까지는 307년, 그 동안 16대를 번식하려면 대대로 스물이 되기 전에 자식농사를 부지런히 지어야 한다. 이론적으로는 가능할지라도 현실에서는 어림도 없는 노릇이다.

유비와 같은 시대 인물인 공융은 공자의 20대 손자요, 공주(孔宙)의 아들인데 이문열판에서는 평역자가 글귀를 잘못 읽는 바람에 억울하게도 공자의 21대 손자로 변했다.

'공융(孔融)은… 공자의 이십 대 손(孫) 태산도위(泰山都尉) 공주(孔宙)의 아들이었다.' (2권 272쪽)

유비의 21대 조상이라는 유방(기원전 256~195년)보다 300여 년 앞서 태어난 공자(기원전 551~479년)였기에 서기 2세기 말에 활약한 공융의 20대 조상으로서의 자격이 의심받을 리 없다. 한 대는 약 30년이 상례가 아닌가?

정상적인 번식 속도로 보면 유비는 유방보다 417년 어리니 유방의 15대나 16대 손자일 가능성도 없지는 않다. 어찌 보면 유비가 정말 유방의 17대 손자인 한 헌제의 숙부뻘일지도 모를 일이다.

나관중본에서 유비가 처음 한 헌제를 만날 때, 헌제가 유비의 조상을 묻자 유비는 저도 모르게 눈물을 주르르 흘린다. 황제가 놀라 왜 슬퍼하는가 물으니 유비는 선조가 중산정왕이라고 밝히면서 자신이 선조를 욕되게 하니 눈물이 난다고 대답한다.

모종강본에는 유비가 담담하게 혈통을 밝히는 말만 남았는데, 워낙 곧잘 우는 유비로서는 시골을 떠돌다가 어쩌다 중앙에 올라왔으니 감격에 목이 메어서라도 눈물을 찔끔 짜는 게 더 어울리기는 할 듯하다.

유비는 과연 관우의 형님인가?

삼국지를 본 사람치고 유·관·장의 형제 의리에 감동하지 않은 사람은 없을 것이다. 그런데 정사를 보면 유비, 관우, 장비가 형제처럼 사이가 좋았다고 썼을 뿐 형제를 맺었다는 기록은 없다. 모종강본에서는 달걀이 먼저냐 아니면 닭이 먼저냐 하는 문제와 비슷한 물음을 던졌다.

'지금 사람들은 의형제를 맺을 때 반드시 관제(關帝)에게 절하는데, 도원에서 결의하던 그 날에는 또 어느 신(神)에게 절했을까?'

명나라 후반부터는 사람들이 의형제를 맺을 때마다 세 사람을 본보기로 삼았다는 신빙성 있는 기록이 많은데 그런 풍속이 언제부터 나왔는지 고증할 길은 없고, 제일 먼저 의형제를 맺은 사람들이 누군지도 모른다.

먼 옛날 유방과 항우가 천하를 다툴 때, 유방의 아버지가 항우에게 잡혔다. 유방을 굴복시키기 위해 항우가 늙은이를 죽여 국을 만들겠노라고 을러댔더니 유방은 태연히 대꾸했다.

"나는 너와 형제가 되자고 약속했었다. 그러니 내 아버지이자 바로 너의 아버지다. 네가 내 아버지를 죽이면 바로 네 아버지를 죽이는 격이다. 정 죽이려면 나에게 고깃국 한 잔을 나눠다오."

하도 뻔뻔스러운 소리에 항우는 위협이 먹혀들지 않는다는 것을 알게 되어 유방의 아버지를 놓아주었다니까 그 시절에도 형제의 의를 맺는 풍속이 있긴 했던 모양이다. 그러나 그 의식과 절차는 알려지지 않았다. 또 유방과 항우는 의형제의 모범이 될 자격도 부족했다.

정사 삼국지에는 관우와 장비가 죽은 해만 적었지 나이가 얼마냐는 나오지 않는다. 엄숙한 역사학자로서 진수는 유비, 제갈량과 마초가 죽을 때의 나이는 기록하면서, 전혀 자신이 없는 관우, 장비와 조운, 황충의 나이는 적지 않았다. 삼국 시대에 생활한 사람마저 촉나라 장수들의 나이를 몰랐으니, 소설에 나오는 관우와 장비, 황충과 조운의 나이는 더욱 신빙성이 없다.

게다가 이문열판에서는 관우와 장비의 나이가 더구나 엉망이다.

'그때 장비는 유비보다 한 살 아래인 열아홉.' (1권 117쪽)

'나이가 장비보다 여섯 살이나 위인 관우가 형이 된 것은 말할 것도 없었다.' (1권 139쪽)

'나이로 보면 관우가 가장 위이고 다음이 유비이며 끝이 장비였지만, 관우의 주장으로 유비가 맏이가 되고 다음이 관우가 되었으며 장비가 막내가 되기로 했다.' (1권 175쪽)

'윗대는 관공이 장비보다 너댓 살 위였으나 관공이 아내를 늦게 얻은 바람에 아랫대에서는 (장포가 관흥보다 한 살 이상으로) 뒤바뀌게 된 것이었다.' (8권 347쪽)

자가당착이 되는 이런 말들은 전부 이씨가 보탠 사족이다. 등장인물들의 전전(前傳)을 만들 때는 관우의 나이를 제멋대로 정했다가, 관우가 죽는 대목에서는 원본 삼국지를 베껴 쉰여덟 살에 죽었다고 썼는데, 관우가 장비보다 여섯 살 이상, 유비보다 다섯 살 많다면 죽을 때 예순네 살이어야 한다. 이문열 씨의 책에는 이처럼 앞뒤가 맞지 않는 말들이 너무 많아 읽는 사람의 흥을 깨곤 한다.

정사의 말은 간단하다. 삼국지의 '관우전'과 '장비전'에 의하면 관우는 장비보다 몇 살 위였는데 장비가 그를 형님 대접하였고, 두 사람은 유비가 고향에서 무리를 모을 때부터 유비의 보디 가드 격으로 활약했다. 훗날 관우와 장비는 늘 유비 곁에 온종일 시립(侍立)했다니까 정확히 말하면 관우, 장비와 유비는 장수와 주인의 관계일 뿐이다.

민간전설이지만 그들이 서로 형님이 되겠다고 싸웠다는 이야기가 있다. 셋이 다투다 못해 결국에는 앞에 보이는 나무에 달려가 올라가기로 했는데 제일 날쌘 장비가 어느덧 꼭대기까지 기어 올라갔고, 관우는 나무 중턱에 그리고 굼뜬 유비는 나무 밑동을 끌어안았다.

장비가 득의양양하여 형님이 되려 하니 유비가 태연하게 던진 말씀.

"나무뿌리가 먼저 생겼더냐? 나뭇가지가 먼저 나왔더냐?"

관우와 장비는 입을 딱 벌렸고, 슬기가 유비에게 미치지 못하는 줄을 알고 고분고분 동생이 되었다고 한다.

또 다른 이야기에서는 세 사람이 같은 해, 같은 달, 같은 날에 태어났다고 주장하다가 엉큼한 유비가 자신의 생시(生時)를 조금 앞당겨놓아 형님이 되었다고도 한다.

어떤 책에는 청나라 강희(康熙) 연간(서기 1662~1722년)에 관우의 고향에서 관후조묘비(關侯祖墓碑)가 출토되어 관우가 한 환제(桓帝) 연희(延熹) 3년(서기 160년) 6월 24일에 태어났음이 밝혀졌다 하나, 청나라 때라면 관우가 이미 신으로 승격한 지 오랜 뒤라 그런 비석의 기록은 신빙성이 약하다.

또 후세 사람이 지은 《관공연보(關公年譜)》에는 '장비가 유비보다 네 살 어리다'는 말이 있어 관우는 160~219년, 유비는 161~223년, 장비는 165~221년이라는 생몰연도가 나오지만 다 싱거운 짓을 하기 좋아하는 사람들의 부질없는 장난으로 치부해야겠다.

형제로 맺어질 수도 없고, 형제도 아니었지만 그들의 정은 확실히 좋았다. 그러나 후세에 유비와 관우, 장비를 본보기로 삼아 향을 피우면서 '한날한시에 낳지는 못했어도 한날한시에 죽기를 바란다'고 한 사람들은 그 맹세를 지키지 않은 경우가 너무나 많다. 오죽하면 옛날에 이런 말까지 나왔을까.

'입으로는 형님형님 하면서도 손으로는 칼을 만진다(嘴里稱哥哥, 手里摸刀子).'

현대 중국사의 중요한 인물인 장제스는 걸핏하면 다른 군벌들과 결의형제를 맺는 방식으로 사람들을 끌어들였는데 그의 형님과 동생들치고 그에게 골탕 먹지 않은 사람이 없을 지경으로 그 따위 형님, 동생은 하등의 의의도 없었다.

팔자가 적힌 종이를 교환하면서 복을 같이 누리고 화를 함께 당하겠다 따위의 듣기 좋은 말을 쓰는 것이 의형제를 맺는 표준 형식으로 고착될 즈음, 결의형제를 맺는 동기도 불순해지기 시작한 모양이다.

참고로 말하지만 조운은 소설 삼국지에서는 형제에 끼지 못했고, 조운이 겸손하기에 유비를 형님으로 부르지 않았다는 전설도 있다. 그런데 소설에 나오는 조운의 나이를 계산해보면 꽤나 웃기는 결론이 나오니 다음 글에서 살펴보기로 하자.

조자룡은 유비의 넷째동생?

1990년대에 중국 관영 TV에서 대형드라마 《삼국연의》를 제작하여 방송하자 찬양과 비평 의견이 난무했다. 소설 삼국지만 본 시청자들에게는 그중에 조금 이상한 쟁론도 있었다.

쟁론의 불씨는 드라마에서 조운이 유비를 '형님'이라고 부르고, 유비가 조운을 친절하게도 '넷째동생'이라 칭하는 대목이었다. 반대파는 민간전설을 이야기하면서 조운이 한없이 겸손하기에 유·관·장의 형제

열에 끼여들지 않았는데 조운더러 유비를 형님이라 부르게 하면 조운의 인격에 대한 모독이라고 주장한 것이다.

찬성파는 중국 야사의 주요 조성 부분인 이야기, 특히 북방에서 유행하는 평서(評書, 중국 북방의 이야기 형식)의 어떤 판본에서 유비가 조운을 '넷째동생'이라고 부르니 근거가 충분하다고 여겼다. 사실 남방에서 전해지던 삼국 이야기에서도 조운은 유비, 관우, 장비 다음으로 가는 넷째로 간주되어 민간에서는 첫손에 꼽히는 맹장을 가리켜 '사장군(四將軍)'이라 높여 부르곤 했다.

역사책의 인물전기에는 당연히 그 인간의 가장 큰 공로를 적는다. 그런데 정사 삼국지의 '조운전'에는 이렇다 할 장수다운 공로가 보이지 않는다. 때문에 촉나라의 다섯 대장군 가운데서 제일 마지막 자리를 차지했는데 소설에서는 황충과 마초를 제치고 관우, 장비에 이어 세 번째 자리를 차지한다.

그러나 정사 삼국지의 주해에 인용한 '운별전(雲別傳)'에 조운이 강에서 아두를 빼앗아왔다던가, 조운이 황충과 함께 조조와 싸울 때 얼마나 용맹했던가 하는 기록이 있어 이야기와 소설의 소재가 되었다. 헌데 유명한 적장은 죽인 적 없는 모양이다.

촉나라 건국 초기부터 제갈량의 수하에서 활약하던 양희(楊戲)라는 사람이 연희(延熙) 4년(서기 241년)에 '계한보신찬(季漢輔臣讚)'이라는 글을 지어 유비와 오십여 명 신하들을 찬양했는데 관우, 장비와 마초 같은 사람들은 그 공로와 위신을 드높이다가 조운에 이르러서는 맹장이라는 입에 발린 감투 외에 고작 '정남후중(征南厚重, 정남장군 조운은 성품이 중후하다)'에 그쳤으니 현격한 차이를 보인다.

그리고 촉나라 말기인 경요(景燿) 3년
(서기 260년) 9월에 관우, 장비, 마초와 방
통, 황충에게 무더기로 시호가 추증되었으
나 조운에게는 그 이듬해 3월에야 시호를
주었다.

소설에서는 조운이 죽자 후주(後主)
유선(劉禪)이 눈물을 흘리면서 옛날 자기
목숨을 살려준 은인인 조운에게 순평후
(順平侯)라는 시호를 내리지만, 사실
순평후라는 시호는 조운이 서기 229
년에 죽은 후 32년이 지나서야 생겼으
니 조운의 지위를 가늠할 만하겠다.

정사의 기록보다 몇 십 배 되는 공로를 세운 야사의 대영웅 조운은 순
전히 조조 덕분에 부풀려졌다. 조운은 장판파에서 아두를 구하면서 조조
의 83만 대군을 무찔러 천하를 놀라게 하는 용장으로 부상하는데, 이야
기꾼들도 너무 황당하다는 느낌이 들었던지 조조가 조운의 재주를 아껴
사로잡으라고 하였기에 조운이 목숨을 잃지 않았노라고 적당하게 둘러
댔다.

나관중본은 조운이 아두를 구하기 전에 주모(主母)를 핍박해 죽게 하
였기에 충신의 사당에 들어갈 자격을 잃었다고 말한다. 허나 정사는 조운
이 유비의 부인과 아들을 다 구출했다고 썼으니, 여자와 아기를 구하자면
뻔한 일이지만 큰 싸움을 거치지 않고 난민 무리에 끼어 빠져나온 셈이
요, 당시 유비를 따라잡은 조조의 선두부대도 고작 5000명이었다.

일당백 정도가 아니라 일당수십만인 조운의 무용담의 진실은 조조의 대승리를 대패로 바꾸고 유비의 참패를 대승으로 바꾸기 위한 픽션과 과장에 불과하다.

그런데(이런 책을 쓰다 보니 '그런데'를 연발하게 된다), 소설에 나오는 대로 조운의 나이를 따져보면 괴상하기 짝이 없다. 소년 장수의 모습으로 나타났다가 남만을 칠 때까지만 해도 늙은 티가 나지 않는데, 남만정벌 2년 후인 건흥 5년(서기 227년)에 제갈량이 첫 번째로 기산을 나갈 무렵에 갑자기 늙어버려 일흔이 된다.

그러면 그는 서기 158년에 태어난 셈이다. 헌데 유비가 서기 161년생이니 사실은 유비가 조운을 보고 형님이라 불러야 한다. 우스운 일이다. 소설 삼국지만 본 어떤 이들은 유비가 조운을 형님처럼 믿고 의지하는 듯하다면서 그럴 듯한 해석을 가하지만 더구나 웃기는 소리다. 앞에 쓰다시피 조운의 실제 지위는 소설에서처럼 높지 않았다.

조운의 나이가 이상해진 현상의 근원은 초기 삼국 이야기(제5장의 '삼국지 연혁' 참조)에서 찾을 수 있다. 사마모(司馬貌)가 지옥에서 재판을 할 때, 조운은 유방의 장수 기신(紀信)의 후신이 되어 여든두 살까지 살고 병 없이 죽게 된다. 말하자면 나관중이 소설을 쓰기 전의 민간전설에는 만년에 이른 조운의 모습이 있었고, 조운이 늙은 몸으로 공로를 세우는 대목이 있었기에 나관중이 그런 이야기를 무시할 수 없어 적당히 수용했으리라 보인다.

사실 조운의 만년 무용담은 늙은 장수의 대명사인 황충보다 늙은 조운이 더 날쌔야 한다는 기묘한 라이벌 의식의 산물로 짐작된다. 조운이 황충의 부장으로 있을 때 두 사람이 쟁론하는 장면이 있지 않은가? 단,

조운이 칠십 고령에 싸움에 참여했다던 해에 촉나라와 위나라는 싸우지 않았으니 조운이 죽인 장수들은 종이 위에서나 살다가 죽어갔던 것이다.

삼국지에서 조운은 유일한 완전인(完全人)이다. 패전을 모르고, 충성스러우며, 전략적 안목을 갖췄나 하면 남녀관계에서도 근엄하기 짝이 없다. 도학선생(道學先生)들이 만점을 줄 만한 흠 없는 인간인데, 어느 중국학자가 지적했듯이 예술 형상으로서의 조운은 바로 너무 완벽하기에 오히려 매력이 좀 떨어진다고 해야겠다.

관우나 장비는 바로 그 성격의 불완전성 때문에 우리에게 보다 친근하게 다가오니 완전인은 역시 보통 인간들과는 거리가 먼 모양이다.

'유비는 울어서 강산을 차지했다'

1995년에 중국 투자에서 실패한 한국기업가의 수기를 읽다가 입가에 웃음을 흘렸다.

'중국인들은 다 유비, 관우, 장비 같은 정인군자인 줄 알았는데….'

중국을 아는 수준이 이 정도이니 실패가 당연하다는 느낌이었다.

'유비가 아두를 땅에 던진 것은 인심을 수매하기 위해서다(劉備摔阿斗 收買人心)' 따위 속어가 말해주듯이 중국인들의 인상에서 유비는 약은 수도 쓸 줄 아는 인간이지 결코 단순한 정인군자가 아니다. 그리고 중국인들 보고 유비를 어떻게 생각하느냐고 물어보면 '무능하다' 는 말을 쉽게 듣는다.

'유비는 울어서 강산을 차지했다(劉備的江山是哭出來的)'는 말처럼 유비는 무예가 졸렬하고 꾀도 모자라 툭하면 운다. 그런데 무능한 유비

는 소설이나 극에 나오는 유현덕이지 역사인물
유비와는 거리가 멀다.

당대 사람들의 눈에 유비는 효웅(梟雄)으
로 비쳤고, 중원에 있으면 천하를 소란스럽
게 하지만 한 구석을 차지하면 훌륭히 다
스릴 만한 영재였다. 사실 유비는 우선
그 생김새부터 남다르다.

은사 사마휘(司馬徽)의 어린 제자가
유비를 보자 알아보니 유비는 깜짝 놀란
다. 소년은 스승에게 들은 유비의 특징
을 말한다.

소설에 나오는 유비의 화상.

'유현덕은 키가 일곱 자 다섯 치요, 손은
길어 무릎을 지나며, 눈은 스스로의 귀를 볼 수 있을
만큼 길게 찢어졌는데…' (5권 45쪽)

유비는 귀가 어깨까지 드리웠다지만 눈이 길게 찢어졌다는 말은 없
다. 생물학을 배운 어떤 사람이 소설에 나오는 유비같이 생긴 사람은 이
세상에 없으리라고 단언했다는데 엄숙한 학자인 진수도 정사에 그렇게
적은 걸 보면 유비는 적어도 특별하게 생기기는 했던 모양이다.

하기는 예부터 사람들이 위대한 인물은 특별한 상이 있다고 믿었다.
유방은 코가 특별히 크고, 항우의 눈동자는 두 개였다는 등.

1970년대 말에 중국 농촌에서 황제로 자칭하고 사치스럽게 놀아대던
자가 붙잡혀 총살당했는데 별볼일 없던 그 자가 황제가 된 이유가 특이
했다. 남과 싸움이 붙어 홧김에 윗옷을 벗어버렸더니 몸에 희끗희끗한

점들이 드러났다.

곁에 있던 사람들이 깜짝 놀라 그게 무슨 자리냐고 물으니 백전풍(白癜風) 환자인 그 자는 기름 가마에 들어갔다가 죽지 않고 살아난 흔적이라고 둘러댔다. 무식한 농민들은 질겁하여 즉시 꿇어앉아 머리를 조아렸고 평범한 백전풍 환자는 공산당이 곧 망하고 자기가 황제가 된다고 떠들어댔다.

그 거짓말이 쉽게 먹혀들어 황후를 바치는 사람들이 줄을 이었나 하면 개국공신이 되려는 자들도 무리를 지어 찾아와 그 자는 한동안 편안히 살다가 총알을 받은 것이다.

상을 믿어 망한 사람들이 어디 한둘이었던가? 유비는 상만으로 행세하지는 않았다.

소설에서는 장비가 독우를 때리고 유비가 말린다. 장비의 성격을 눈앞에서 보듯이 그려냈으나 실은 역사에서 독우를 매질한 사람은 장비가 아니라 유비였다. 유비의 성품은 소설에서처럼 너그럽지만은 않았다.

어느 해인가 촉에 가뭄이 들어 금주령을 내렸는데 어느 집에서 술을 담그는 기구가 발각되어 그 집 식솔들이 잡혔다. 그 사람들은 자기네가 밀주를 빚지 않았노라고 변명했으나 처벌을 면하기 어려웠다.

그러던 어느 날, 유비가 간옹(簡雍)과 함께 길을 갔다. 간옹이 앞에 가는 두 남녀를 가리키며 말했다.

"저 두 사람은 간통하는 사이입니다."

유비가 살펴보았으나 별 이상이 없었다.

"어떻게 저 사람들이 간통하는 줄 아는가?"

"두 사람이 간통하는 기구를 가지고 있으니 말이지요."

간옹의 대답에 유비는 웃음을 터뜨렸고 술 담그는 기구를 집에 둔 사람들을 석방했다. 간옹이 이처럼 빙빙 에둘러서야 유비를 설득시켰다는 사실은 그만큼 유비의 고집을 꺾기가 쉽지 않았음을 말해준다.

그런 고집이 극대화되니 그 누구의 권고도 듣지 않고 동오 원정을 강행한 것이다. 20세기 초엽에 사람은 낯가죽이 두껍고 마음이 검어야 성공한다는 '후흑학(厚黑學)'을 내놓아 이름을 날린 리중우[李宗吾]는 조조를 낯가죽이 두꺼운 자의 전형으로 꼽고 유비를 마음이 시꺼먼 자의 본보기로 지적하면서, 유비가 제갈량의 군사 재능을 신임하지 않아 친정(親征)하였다고 인정했으나, 필자 개인 생각으로는 역시 유비의 승부욕과 교만, 착각이 참패를 불러온 것으로 보인다.

유비는 수십 년 전장을 누비면서도 독자적으로 대승을 한 적은 거의 없다. 조조의 깃발을 보고 도망친 적까지 있는 그는 서기 219년에 한중에서 조조의 군대와 크게 싸워 완승했다.

평생의 최대 강적을 이긴 후 촉나라 영토를 확보했고 전에 없이 많은 군사를 거느리게 되었으니, 가난에 시달리던 사람이 돈깨나 얻으면 세상이 녹두알만하게 보여 폼을 잡듯이, 동오를 단숨에 먹을 수 있다는 착각이 든데다 동오 군사의 총수는 이름도 별로 알려지지 않은 육손이었으니 유비의 눈에는 젖먹이로밖에 보이지 않았을 것이다. 그러나 전력방어에 나선 육손을 이길 전략전술이 부족해 유비는 결국 지고 말았다.

조조가 한번 대학살을 한 오점을 남겼고, 손권이 만년에 너무 포학했다면 유비는 성을 도륙내거나 공신을 죽이는 행위는 하지 않았다. 이야기꾼들이 좋은 일들을 그에게 붙여주기 쉬웠다는 말이다.

후세에 촉한의 지위가 올라가면서 유비도 덩달아 몸값이 올라갔는데 혹자는 제갈량이 없었다면 유비가 소설의 모양으로 변모하지 않았으리라고 말한다. 즉 명재상 제갈량이 있었기에 유비도 명군(明君)으로 변신할 수 있었다는 뜻이다.

정말 그런지는 따질 필요가 없지만, 지금 청두[成都]의 무후사(武侯祠)를 찾는 사람은 많아도 유비의 묘를 돌아보는 사람은 적으니 재상이 임금을 능가한 것은 분명하다.

나관중본에서는 유비가 관우마저 마음에 없는 거짓말로 속여 넘기는 등 효웅의 모습이 남아 있었으나 모종강본에서 유비의 언행이 너무 완벽하게 가꾸어졌기에 근년에는 그 반발로 유비를 매도하려는 사람들도 나타났다. 사실 모종강본의 유비가 보통 의미의 사람 냄새가 나지 않는 것은 그가 인(仁)의 상징이 되었기 때문이다.

야사의 유비는 어질다고 소문이 났지만 조금만 머리를 굴려도 알 수 있듯이 이익으로 뭉친 단체를 이끄는 통치자는 독한 면이 있게 마련이다. 어질다는 면만 강조하면 황당하지만 독한 면을 끄집어내어 유비의 모든 것을 부정하면 그것 역시 우습다.

옛날에 이른바 명주(明主), 밝은 임금이란 타고난 복이 있고 남을 믿으며 써주는 사람이었다. 복이 있어야 하늘이 도와주고 남을 믿어야 신하들이 힘을 낸다. 개인적 능력은 없거나 약해도 무방했다. 충신이 능력으로 보좌해주기 때문이다.

묻혀 살거나 벼슬길에 나선 인재들이 제일 바라는 주인은 자신의 재능을 충분히 발휘할 수 있게 믿어주고 써주는 사람이었고, 야사의 유비는 이런 요구를 만족시켜 주었다.

야사의 유비는 그런 꿈같은 주인의 화신이었으니 정사의 실존인물과는 떼어놓고 보는 편이 현명하다.

유비의 아들 유선의 이름은 어떻게 읽나?

조조가 천년 이상 욕을 먹었지만 적어도 자식 농사에서는 유비를 훨씬 능가한다. 조조의 아들 조비와 조식은 문학사의 한 장을 장식하는 쟁쟁한 문사들인데, 유비의 아들은 너무나 무능했다.

1990년대 중반에 드라마 삼국지가 인기를 끌던 시절, 유선(劉禪)의 이름을 어떻게 읽느냐는 쟁론이 있었다. '선(禪)'은 중국어에서 음이 두 개다. '찬'과 '싼'. 찬이라고 읽을 때는 불교와 관계된다. '찬[禪, 선]', '찬중[禪宗, 선종]', '찬쓰[禪室, 선실]'….

싼이라고 읽을 때는 흔히 '싼랑[禪讓, 선양=왕위를 다음 임금에게 넘겨줌]'이라는 뜻으로 쓰였는데, 전설에 나오는 요(堯)임금은 어진 사람인 순(舜)을 골라 왕위를 넘겨주었다 하여 미담이 되었지만, 후세에는 역성혁명의 표준 방식으로 변했다.

지금은 현실에서 완전히 사라진 낱말이기에 사람들이 거의 다 유선을 '류우찬'이라고 읽는데 정사 삼국지의 '두경전(杜瓊傳)'에서 촉나라의 대신 초주(譙周)가 유비와 유선의 이름을 논한 말을 보면 응당 '류우싼'이라 읽어야 한다.

"선주(先主)의 이름이 유비라 비는 갖춘다(具)는 뜻이고, 후주의 이름이 유선이니 선은 준다(授)는 뜻으로 풀이된다. 유씨의 나라가 구비(具備)되었으니 남에게 전수해야 한다는 격이라 진(秦) 목후(穆侯)와 한 영제(靈帝)가 아들에게 이름을 잘못 지은 것보다도 더 상서롭지 못하다."

또 유선의 형님, 유비의 양아들 유봉(劉封)의 이름을 보더라도 류우싼이 맞는다는 생각이 든다. 봉과 선을 합치면 '펑싼[封禪, 봉선]', 황제가 하늘과 땅에 지내는 제사의식의 이름이 된다.

어떤 학자는 유비가 아들에게 지어준 이름만 보아도 그 야심이 짐작된다고 말한다. 이문열판에서처럼 유비가 열일곱 살에 벌써 한나라 황실을 바꿀 결심을 내렸다면 황당한 소리지만, 유봉은 유비가 사십대에 형주에 가서 얻은 수양아들인데 그때쯤에는 유비가 황제가 되려는 야심을 품었다고 봐도 괜찮다.

여기서 수양아들과 관계되는 이문열판의 오류를 하나 살펴본다.

'(손견은) 거기다가 유씨(兪氏) 부인을 보아 아들 하나를 더 얻으니 이름은 소(韶)요, 자는 공례(公禮)였다.' (2권 124쪽)

원문은 '잰유우꿔팡위쓰이즈[堅又過房兪氏一子]'로서 '꿔팡[過房]'은 양아들을 얻는다는 말이다. 그러니 유씨 부인을 보아 아들을 하나 더 얻은 것이 아니라, 다만 '손견은 또 유씨 가문의 아들을 하나 양아들로 삼았다'는 뜻일 뿐이다.

삼국지 '오서 6권'에는 손책이 손소에게 손씨 성을 주었다고 되어 야사와는 좀 다르지만, 손소의 백부 손하(孫河)가 워낙 유씨였다고 썼으니 손소가 유씨의 자식이었던 것은 맞다.

소설에서는 유비가 유선을 낳은 다음 유봉을 수양아들로 삼지만 기실 유비는 친아들을 낳기 전에 수양아들을 두었다. 용맹으로 이름을 떨쳐 전공을 세운 유봉은 훗날 동료인 맹달(孟達)을 업신여기며 억눌러 맹달이 위나라로 도망갔고, 관우를 도와주지 않아 관우가 패전하여 죽었다.

유봉이 위나라로 오라는 맹달의 권고를 마다하고 위나라 군대와 싸우다가 지고 성도로 돌아오니, 유봉의 성격과 용맹을 꺼리던 제갈량은 유비가 죽은 다음 유봉을 통제하기 어려울까 봐 유비에게 사형을 권했다.

결국 유봉은 자결하는데, 죽기 전에 맹달의 말을 듣지 않았다고 후회했지만 유비 역시 그 죽음 때문에 통곡했다. 그러니 두 사람 사이에 정은 분명 있었으나 정치적 이익은 항상 사사로운 감정을 배제했던 것이다.

황실 혈통을 구심력으로 하는 유비 집단으로서는 유봉의 어머니가 유씨이기는 하지만, 일단 유봉이 말썽을 부리면 집단이 흔들릴 가능성이 높았다. 유봉의 죽음은 수양아들의 비극이었고, 유비의 친아들 유선은 황제 자리를 이은 다음 말썽 없이 수십 년을 보낸다.

어린 시절에는 소설 삼국지에 심취하다 보니 유비의 아들 유선이 명청한 임금이 된 원인은 유비가 장판파에서 아들을 땅에 던져버린 것 때문이라고 추측했다. 그 충격에 유선의 머리가 잘못되지 않았나 해서다.

이문열판에도 비슷한 견해가 나오기에 웃음을 지었다. 그러나 이문열판을 읽을 때 필자는 이미 정사 삼국지를 여러 번 읽었기에 동감은 하지 않았다.

당양 싸움에서 조조의 군대가 5000명에 불과했고, 조운이 감부인과 아두를 다 구해내었으니 싸움이 격렬했을 리 없다. 따라서 유비가 아들을 던져버릴 필요가 없었다. 사실 조운의 무용담이 절대다수가 픽션인 것을 깨우쳤을 때 어지간히 실망하기도 했다.

유선의 치하에서 살았던 진수는 유선이 '현명한 승상을 만나면 이치에 맞게 행동하는 임금이 되었고, 어리석은 환관에게 에워싸이면 혼군이 되었다' 고 평가했다. 그런데도 후주 손에서 나라를 잃었기에 망정이지, 일찍 죽어 그 아들이 계승했더라면 후세에서 후주가 무능한 인간의 대명사가 되지는 않았을지도 모른다.

그리고 후주가 이른바 현명한 임금이 된답시고 앞에 나서서 천하를 통일하려 거듭 전쟁을 벌였더라면 더 일찍 나라가 망했을지도 모른다. 야심이 없고 어리석은 후주였기에 오히려 촉나라 사람들이 적게 죽었을지도 모르는 일이다.

후주가 황제가 된 다음 제갈량이 모든 일을 결재하고 유선은 승인만 하면 되었다. 어찌 보면 동탁이나 조조와 한 헌제의 사이와 엇비슷하다고 할 수 있다. 단 제갈량은 황제 자리를 빼앗을 욕심이 없었기에 칭찬을 듣는다.

후주는 사실 편안한 임금 노릇을 했는데 임금이 할 일이 무엇인가, 임금이 받을 대우는 어떠한가를 따져보면 황제의 절대권력을 지켜야 했던 봉건 시대의 기준만으로는 명군과 혼군을 가릴 수 없다.

임금 감이 아닌 사람이 임금이 되었을 때, 아예 엘리트들에게 나라의 일을 맡기면 없는 재주에 억지로 임금 노릇을 하노라고 나라를 들볶는 것보다는 훨씬 낫다고 생각한다.

평범한 가문에서 태어났더라면 좋았을 유선은 역시 봉건제도의 희생양이었다고 해도 좋을 것이다.

어머니 뱃속에서 3년 묵은 역사학자

이문열판 삼국지에는 주어를 착각해 원문의 뜻이 정반대로 변한 대목이 수두룩하다. 그중 하나를 꼽아본다.

"이번에 촉병은 매복의 계책을 써서 우리 위병 사천여 명을 죽였습니

다.”(10권 94쪽)

위나라의 도독 사마의가 대장군 조진에게 보낸 사람이 하는 말이다. 원래 뜻을 밝혀보면 그게 아니다.

“이번에 도독은 매복의 계책을 써 촉병 4000여 명을 죽였습니다.”

소설에서 이 말이 나오기 좀 전에 진식(陳式)이라는 촉나라 장수가 제갈량의 군령을 어기고 위병과 싸우기 위해 경솔하게 골짜기에 들어간다. 그 결과 그가 거느린 촉병 5000인마는 위나라 군대의 매복에 걸려 겨우 400~500명만 살아남았으니 사마의가 촉병을 4000여 명 죽였다는 말과 맞아떨어진다.

이 진식이란 사람은 황충이 하후연과 싸울 때 아장(牙將) 신분으로 처음 나타나 싸움을 자청한다.

‘진식은 뒷날 정사 삼국지를 쓴 진수의 아비 되는 사람이다. 그런 대로 장수감이 되었던지 황충은 기꺼이 그 청을 받아주었다. 군사 일천을 떼어주며 골짜기 입구로 가서 진을 벌이고 산을 내려오는 적을 맞게 했다.’(8권 50쪽)

헌데 진식은 별로 싸워보지도 못하고 하후연에게 사로잡혔다가 다행히도 황충이 하후연의 부하를 사로잡았기에 포로 교환이 이뤄져 간신히 자기 부대로 되돌아온다.

그 다음 제갈량이 세 번째로 기산을 나올 때, 후주 유선이 제갈량을 도우라고 파견한 대장의 신분으로 다시 얼굴을 내미는데, 이씨는 긴 설명을 아끼지 않았다.

‘그런데 여기서 잠깐 눈여겨 보아둘 사람은 진식이다. 진식은 나중에 공명에게 죄를 얻어 허리가 잘려 죽는데, 정사(正史) 〈삼국지〉를 지은 진수(陳壽)는 바로 그의 아들이다. 그가 위의 정통성을 이은 진(晉)의 신하였기에 당연하다고 할 수 있을지도 모르나, 삼국 가운데서 정통을 위에 두고 역사를 기술한 것과 특히 공명의 인물평에 인색한 것은 모두 그 아비의 죽음에 서린 한 때문이라 의심하는 사람들도 있다.' (10권 51쪽)

나중에 진식은 앞에서 말한 패전의 책임을 추궁 받아 죽는다. 촉한 건흥 8년(서기 230년), 네 번째로 기산을 나온 제갈량의 명령에 의해서다.

'잠시 후 무사들이 잘려진 진식의 목을 공명의 장하에 바쳤다. 공명은 그 목을 진문에 높이 달아 다시 한번 군령의 엄함을 보였다.

그런데 다른 기록에는 진식이 받은 형이 요참(腰斬), 즉 허리를 잘라 죽이는 형이었다고 한다. 그거야 어쨌든 진식이란 사람의 죽음을 눈여겨 봐두어야 하는 것은, 이미 말한 대로 그가 뒷날 정사(正史) 삼국지를 쓰게 될 진수의 아버지이기 때문이다.' (10권 96~97쪽)

아버지가 제갈량의 손에 죽은 원한이 있기에 진수가 앙심을 품고 제갈량을 정당하게 평하지 않았다니 얼핏 듣기에는 그럴듯한 설이지만, 진수는 촉한 건흥 11년(서기 233년)에 태어난 사람이다. 아버지 진식이 건흥 8년에 죽었다면 진수는 어머니 뱃속에서 3년을 묵어야 한다.

노자(老子)처럼 위대한 인물은 어머니 뱃속에서 81년이나 묵어 태어날 때 머리가 새하얗다고 하는데, 진수가 노자보다야 못하더라도 훗날 위대한 역사 저서를 남긴 사람이라 3년쯤 어머니 뱃속에서 편안히 보냈다고 믿어도 괜찮을까?

정사의 기록을 보면 건흥 8년에 촉나라를 치던 위나라 군대는 장마에 걸려 되돌아왔다 한다. 촉나라 군대와 마주치지도 않은 모양이고, 제갈량도 그 해 가을에는 싸웠다는 기록이 없다. 제갈량이나 진식이 허깨비와 싸우지 않은 이상 진식이 죽으라는 법은 없다.

당나라의 방현령(房玄齡) 등이 지은 《진서(晉書)》의 '진수전'에는 진수의 아버지 이름이 밝혀지지 않았다. 단 진수의 아버지가 마속의 참군(參軍)이었는데 마속이 가정(街亭) 싸움에서 져 제갈량이 그의 목을 칠 때 진수의 아버지도 연루되어 곤(髡)이라는 형에 처해졌다고 썼다.

게다가 제갈량의 아들 제갈첨이 진수를 깔보았기에 진수는 '제갈량전'에서 제갈량의 군사 재능을 비하하였고, 제갈첨이 글씨만 잘 쓸 뿐 실제 재능보다 그 명성이 부풀려졌노라고 깎아내려 말했다는 것이 정사 《진서》의 주장이다.

글쎄, 필자가 읽은 책이 적어 비사(秘史)에 밝지 못한지는 모르겠지만 이씨는 무슨 근거로 진식이 진수의 아버지이고 제갈량 때문에 죽었다고 주장하는지 궁금하다.

진수의 아버지가 받은 곤 형은 소설 삼국지에도 한 번 나온다. 법정(法正)이 방통에게 팽양(彭羕)이라는 인재를 소개할 때다.

"촉 땅의 호걸인데 바른 말을 하다가 유장의 노여움을 사서 머리터럭이 잘린 채 남의 종노릇을 한 적이 있지요. 지금 머리칼이 짧은 것은 그 때문입니다."

선비로서 머리칼을 잘리고 남의 종노릇을 하게 되었다면 그것은 죽음에 버금가는 형벌이었다. (7권 109쪽)

팽양은 '쿤챈[髡鉗]'이라는 벌을 받았는데 '쿤'은 확실히 머리칼을 자르는 형벌이고 '챈'이란 쇠로 만든 테를 목에 거는 벌이다. 그러나 팽양이 남의 종노릇을 했다는 해석은 틀린다. 팽양은 '투리[徒隸]', 즉 정부에서 시키는 일을 하는 고역수(苦役囚)였지 어느 개인의 종질은 하지 않았다.

다시 진수와 제갈량의 관계로 돌아가 보면 진수는 바로 최초의 《제갈량집》을 정리한 사람이다. 소설에서는 제갈량이 죽기 전에 강유한테 자기의 작품을 넘겨주나, 사실은 제갈량이 죽은 후 수십 년이 지나 진수가 당시 전해지는 제갈량의 글들을 모아 《제갈량집》을 편찬했다.

그러니 그 누구보다도 제갈량에 대해 잘 안다고 할 수 있는 사람이 바로 진수이고, 제갈량이 촉나라의 제도를 정하면서 역사를 적는 사관(史官)을 설치하지 않았기에, 진수는 역사학자로서 촉의 역사를 쓸 때 유달리 어렵고 힘들었으니 제갈량의 약점 또한 누구보다도 잘 알았을 것이다.

때문에 진수는 삼국지에서 제갈량을 상당히 공정하게 평가했다. 제갈량의 나라를 다스리는 재능이 놀랍고 백성들의 사랑을 받았다면서 그 인격까지 포함하여 삼국지에서 거의 최고급 평가를 했다. 그런데 후세에 진수가 편찬한 《제갈량집》을 보면서 제갈량을 알게 되고, 제갈량을 완벽한 인간으로 우러러 숭배한 사람들이 그가 제갈량의 용병술에 대한 약점을 좀 지적했다 하여 그의 인격까지 물고 늘어질 줄은 몰랐으리라.

물론 이씨의 주장도 전혀 근거가 없지는 않다. 옛날 나관중본에 진식의 죽음에 이어, 그의 아들 진수가 훗날 진나라의 평양후가 되어 삼국지를 쓰면서 제갈량과 사이가 나쁜 위연(魏延)의 편을 들었고, 제갈량이 위나라를 침략했다고 썼다는 짧막한 말이 있었다. 그러나 모종강본은 촉을 정통으로 우러르면서도 그 말을 잘라버렸다. 너무나 황당한 소리라는 걸 잘 알아 그랬으리라고 짐작된다.

민간에서는 낭설이 그대로 남았던 모양이라 최고 이야기꾼들이 말 재주를 자랑하는 평서 《삼국연의》에서는 지금도 진수가 진식의 아들이었다는 말이 나오니까 이문열 씨가 혹시 그런 야사를 듣고 별 분석 없이 수용하지 않았나 싶다.

진수는 예순다섯 살 나던 진(晉) 원강(元康) 7년(서기 297년)에 죽었는데, 그가 삼국지를 내놓자 원래 그와는 별도로 《위서(魏書)》를 쓰고 있던 하후담(夏候湛)이라는 사람이 자기 책을 중단하고 없애버릴 지경으로 뛰어난 역사학자의 재능을 인정받았다.

만약 진수가 사사로운 감정 때문에 사실을 뒤집고 인물평을 거꾸로 했더라면 더러운 역사책, 중국어로는 '후이쓰[穢史]'로 매도되어 역사의 뒷골목으로 사라진 수많은 엉터리 역사책들과 운명을 같이했을 것이다.

마지막에 참고로 정사에 나오는 진식을 살펴보자.

삼국지의 '서황전(徐晃傳)'에 처음 등장하는데 건안 23년(서기 218년) 유비가 조조의 군대와 싸우라고 한중에 파견한 장수들 중 하나로 나온다.

그 다음 유비가 동오를 치던 장무 2년(서기 222년)에 '장군 오반과 진식의 수군이 이릉(夷陵)에 주둔했다'고 '유비전'에 적혔다.

'후주전'에는 '건흥 7년(서기 229년) 봄에 제갈량이 진식을 보내 무도(武都)와 음평(陰平)을 공격했더니 두 군이 평정되었다'고 썼다.

'제갈량전'에도 역시 건흥 7년에 제갈량이 진식을 보내 무도와 음평을 치게 한 사실이 나온다.

그 자격으로 미루어보아 마속의 참군 정도로 있던 인물 같지는 않고, 마속이 죽은 다음 해인 건흥 7년에 독자적으로 군사를 거느리고 큰일을 맡았다니 금방 벌을 받은 사람도 아닌 듯하다. 그후 진식은 정사에서 사라진다.

만에 하나 진식이 정말 진수의 아버지이고, 후에 제갈량의 손에 죽었다 하더라도 건흥 8년에 죽지 않은 것만은 틀림없다고 해야겠다. 진수도 어머니 뱃속에서 열 달 이상 묵지 않은 모양이고.

야사의 제갈량은 충성과 지혜의 화신

중국 야사에서 제일가는 지혜로운 군사는 제갈량이다. 제갈량에 버금가는 군사는 민간에서 유백온으로 통하는 유기(劉基, 자는 伯溫), 명태조 주원장을 도와 명나라를 세운 공신이다. 야사의 제갈량을 이해하려면 앞뒤로 500년을 본다는 유기의 신화도 알아볼 필요가 있다.

주원장이 남경(南京)성을 쌓고 유백온에게 남경성이 함락될 수 있느냐고 물었다. 유백온은 제비(燕)만이 날아 들어올 수 있다고 대답했다. 주원장은 그 말을 듣고 남경을 금성철벽으로 간주했으나, 수십 년이 지나 연왕(燕王) 주체가 남경으로 쳐들어와 조카 건문 황제를 몰아냈다. 그제야 사람들은 유백온의 말뜻을 알게 되었다.

만약 연왕이 아니라 응왕(鷹王)이 있어 황제 자리를 빼앗았더라면 아마 유백온의 말이 매(鷹)만이 날아 들어올 수 있다고 꾸며졌을 것이다. 유백온의 전설과 마찬가지로 제갈량의 신화도 차차 부풀려지면서 완벽하게 엮어지는 과정을 거쳤다. 소설 삼국지는 그 과정에서 가장 중요한 역할을 했다.

소설 삼국지는 세 사람을 그린 책이라고 해도 과언이 아니다. 간사한 인간의 화신 조조와 충성과 의리, 용맹, 무예의 화신 관우 그리고 제갈량이다. 한마디로 말해 제갈량은 충성과 지혜의 화신이다.

제갈량이 나오기 전에 슬기의 대명사는 유방을 도와 한나라를 세운 장량(張良)이어서, 조조는 순욱(荀彧)을 얻은 다음 '나의 자방(子房, 장량의 자)'이라고 한다.

조조를 욕하는 사람들은 조조가 자신을 유방에게 비한다고 욕하지만 사실 후세에 그 누가 자기의 부하를 보고 나의 제갈량이라 말했다 하여 그 사람이 유비처럼 황제가 될 생각을 했다고 욕할 수 없듯이 조조에게 너무 일찍 야심가의 딱지를 붙여서도 안 될 것이다.

관우가 강태공의 공적보다 훨씬 떨어지는 전공으로도 무신(武神)의 자리를 빼앗았듯이(본 장의 '관우가 강태공을 누르고 신이 된 사연' 참조) 제갈량이 장량보다 못한 업적으로 슬기의 신 자리를 차지한 데는 중국인들의 가치관의 변화와 직결된다.

북송 시대에 어떤 사람이 전한의 사람들은 대체로 지혜는 있으나 절개가 없고, 후한 사람들은 대체로 절개는 있으나 지혜는 없는데, 오직 삼국 시대의 인물만은 지혜가 있는데다 절개까지 갖췄다고 평했다. 봉건사회가 성숙기에 들어가면서 혼란 시기의 지혜에 대한 숭상이나, 평화 시기의 절개에 대한 흠모만으로는 사회를 유지할 수 없었기에 슬기와 절개를 두루 갖춘 인물에 대한 수요가 나타난 것이다.

주인을 바꾼 적 있는 장량은 도가의 사상에 물젖은 사람으로 공을 세운 다음 도나 닦았으니 봉건 시대의 충신으로는 적격이 아니었다. 그러니까 한 주인을 섬겨 죽을 때까지 아득바득 애를 쓴 제갈량이 차차 슬기의 화신으로 변할 수 있었던 것이다.

봉건사회에서 재능 있는 사람들은 임금의 눈에 들어 재주를 써보려는 것이 최대의 희망사항이었다. 그런데 가장 무서운 일은 바로 임금이 자기를 의심하는 것이었다. 군신이 끝까지 서로 믿어준 실례를 찾다 보니 마침 유비와 제갈량이 그들의 눈에 들어왔다.

사실은 전진(前秦) 황제 부견(苻堅)이 인재 왕맹(王猛)을 믿은 정도는 유비에 비길 바가 아니어서 왕맹을 반대하는 자들을 죽이거나 파직시킬 정도였으나, 부견이 저족(氐族)이었기에 오랑캐를 섬긴 왕맹이 본보기가 될 수는 없었다.

정사를 살펴보면 유비의 생전에 제갈량은 적수나 자기편이나 할 것 없이 모두에게서 나라를 잘 다스리는 대단한 인재로 인정받았다. 유비가 부대를 이끌고 싸움터로 나가면 제갈량은 성도에 남아 물자를 조달하고 군사를 모집, 훈련해 전방에 보냈는데 문제가 생긴 적이 없었다고 한다.

남만 원정은 제갈량이 총지휘한 첫 싸움이자 목적을 달성한 전쟁이었고, 그 후 여러 차례 기산 진출은 목적을 이루지 못했다. 기산 진출에서 군사를 많이 잃는 참패는 없었지만, 장졸을 꽤나 잃었다. 그러니 전략가로 따져보면 아주 뛰어난 사람은 아니었다.

제갈량이 후기에는 나라를 다스리는 데 정력을 돌리지 못했으나 그가 세운 제도가 좋았던지 그가 죽은 다음 촉나라 여러 지방의 사람들이 분분히 사당을 세우게 해달라고 청했다. 조정에서 허락하지 않으니 백성들은 자발적으로 길에서 사사로이 제사를 지내는 등 제갈량에 대한 존경은 절대적이라 할 만했다.

어떤 사람이 인격적으로 고상하면 차마 그 사람의 허물을 지적하기 저어하면서 모든 미덕과 능력을 그 인물에게 덧붙이는 것은 중국인들의 전통적인 심리와 행위다.

북송 시인 소식(蘇軾, 호는 東坡, 서기 1036~1101년)이 쓴 유명한 《적벽

회고(赤壁懷古)》에는 주유만 나올 뿐 제갈량은 없다. 주유가 전역을 주도한 사실에 부합되는바, 사실 삼국 시대가 정식으로 막을 올리기 전에 주유와 제갈량은 '동시유량(同時瑜亮)'이라고 불리었고 그때 환경으로는 제갈량이 주유의 덕을 본 셈이다.

소식의 아버지 소순(蘇洵)은 바로 옛날의 촉땅 사람으로 제갈량이 형주를 버리고 서촉으로 간 것부터 잘못되었다고 지적했으니 북송 때까지만 해도 제갈량은 아직 완벽하게 신화적 인물이 아니었다. 워낙 서촉 분지는 방어만 하기에도 이상적인 근거지가 되기 어려운 곳인데, 중원을 빼앗아 천하를 경영할 기지로는 더구나 어림도 없었다. 제갈량의 최초 전략이 워낙 틀렸다는 것이 소순의 견해였다.

이처럼 공정한 평가가 이뤄지던 차에 남송 시대에 들어와서는 성리학(性理學)이 주도적 지위를 차지하면서 제갈량이 충신의 귀감이 되었고, 충신은 충성만으로는 부족하기에 그에게 갖가지 능력을 부여하다 보니 비바람을 불러오고, 도술을 부리는 등 만능 충신이 탄생했다. 승상이 나라를 다스리는 공사(公事) 이야기보다 싸움하는 이야기가 더 인기 좋았으니 자연히 제갈량은 최고의 군사 역으로 재생하지만, 실존인물과는 퍽 다를 수밖에 없었다.

나관중본에서는 제갈량이 상방곡에서 사마의를 불태울 때 위연도 함께 죽이려 하는 등 당당하지 못한 점도 나타난다. 이것은 목적을 달성하기 위해서는 수단을 가리지 않아도 좋다는 민간전설의 냄새가 남아 있는 것이고, 모종강본에서 이런 대목을 자르면서 제갈량은 유교의 관점으로 가늠하여 전혀 흠잡을 데 없는 인간으로 변한다.

야사의 제갈량이 하도 완벽한 모습이 되었기에 그 반발로 실제로는 충돌할 여지가 별로 없었던 관우와 제갈량의 갈등을 극대화하여 서열경쟁으로 풀거나, 삼고초려도 그의 과장이나 허구로 해석하려는 사람들이 나타났다.

허나 제갈량이 삼고초려를 기록한 '출사표'를 바칠 때, 조운을 비롯한 유비의 형주 때 신하들이 많이 생존했기에 제갈량이 거짓말을 했더라면 분명 들통이 났을 것이다. 또 제갈량이 거짓말의 능수였더라면 당시 사람들이 그를 그처럼 존경할 리 없었다.

수많은 사람들의 꿈과 이야기가 엉켜 이뤄진 야사의 제갈량은 실존 인물보다 훨씬 부풀려진 예술 형상이니 시대가 변한 지금, 사람들은 그 형상에서 자신이 배울 점만 골라 배우면 그만일 것이다.

제갈량 영웅 만들기의 숨겨진 구도

유비가 75만 대군을 거느리고 동오로 쳐들어오자 손권은 육손을 총수로 명하여 저항한다. 오랫동안 단단히 방어만 하면서 적이 피로해지길 기다리던 육손은 드디어 첫 싸움을 벌인다.

쟁쟁한 대장군들이 싸우겠다고 나섰으나 육손은 순우단이라는 무명의 장수를 골라 촉군의 영채를 치게 한다. 순우단이 떠난 다음 육손은 대장 서성과 정봉더러 오군 영채(이문열판에서는 촉군 영채로 잘못 나온다) 밖 오리 되는 곳에 가서 매복했다가 순우단이 패전해 도망쳐 오면 촉군을 물리쳐 순우단을 구해 돌아오라고 명령한다.

그날 밤 순우단이 참패하고 돌아와 사죄하니 육손은 자기가 촉군의 허실을 알아보기 위해 시탐 공격했을 뿐이라면서 이제는 적을 이길 꾀가

소설에 등장하는 제갈량,
오랫동안 중국인 마음속에서 제갈량은 이런 모습이었다.

정해졌다고 자신만만하게 말한다. 촉군의 힘을 잘 아는 서성과 정봉이 촉병을 쉽게 이길 것 같지 못하다고 걱정하자 육손은 빙그레 웃는다.

"걱정 마시오. 이번에 내가 순우단을 보낸 것은 다만 제갈량을 속이기 위한 것이었을 뿐이오. 다행히 그 사람이 여기 없어 나로 하여금 큰 공을 이룰 수 있게 해줄 것이오."(9권 26쪽)

워낙 육손은 촉군이 오군의 습격에 무감각해지기를 노려 첫날 일부러 뻔히 질 싸움을 걸었고, 이튿날에 다시 대거 습격해 수백 리에 이은 촉군의 영채를 불사르고 쾌승을 거둔다.

헌데 전보도 휴대전화도 없는 옛날에 머나먼 동천(東川)에 있는 제갈량이 천리 밖에서 일어난 야간습격을 알 리 없을 것이니, 육손이 제갈량을 속이기 위해 그랬다는 말은 이치에 어긋난다. 원문은 틀리지 않았다.

'우쩌탸오찌, 딴만부꿔주거량얼[吾這條計, 但瞞不過諸葛亮耳].'

'다만 제갈량을 속이기 위한 것'이 아니라 '나의 이 계책이 제갈량만은 속여 넘길 수 없다'는 말이다. 그러면 왜 여기에서 이런 말이 나올까?

소설 속의 제갈량은 아주 복잡한 인물이다. 아들을 보좌해달라는 유비의 부탁을 받기 전까지는 전지전능에 가까운 초인(超人)이었다가 그

후에는 마속을 잘못 믿어 북벌 계획이 무산되는 등 약점을 드러낸다.

어떤 학자는 앞부분의 슬기로운 군사 제갈량은 민간전설에 의해 만들어졌고, 뒷부분의 비극적 인물 승상 제갈량은 대체로 역사책에 비추어 그려냈다고 지적했는데, 사실 그러했을 것이다. 앞부분에서는 없는 싸움도 만들어내 조조와 손권, 유장 및 그 부하들이 모두 명군사 제갈량에게 당한다는 이야기를 꾸밀 수 있었지만, 뒷부분에서는 승상 제갈량의 행적이 하도 뻔하기에 너무 사실에 어긋나게 묘사하기 어려웠다.

때문에 사실대로 제갈량이 동오와는 싸우지 않은 것으로 쓰면서도 간접적으로나마 동오의 인재들을 굴복시킬 필요가 있었던 것이다.

군사 제갈량의 적수는 주로 조조, 주유였고 승상 제갈량의 강적은 사마의였다. 제갈량의 이미지가 흐려지는 첫 사건인 관우의 죽음을 초래한 여몽은 관우의 넋이 잡아 죽여 복수했으나, 유비의 죽음을 불러온 육손은 평생 제갈량과 마주 설 기회가 없었다.

때문에 소설의 제갈량은 팔진도로 육손을 꺾어야 했다. 헌데 느닷없이 팔진도가 튀어나오면 너무 돌연한 느낌이 들어 앞에 슬쩍 한마디 끼워 넣어 육손 자신이 제갈량을 속일 수 없다고 자인하게 만든 것이다.

삼국지나 수호지를 읽어보면 큰 사건을 서술하기 전에 꼭 미리 분위기를 조성해준다. 육손의 말도 소설로서는 참 잘 된 말이다.

육손은 만년에 승상으로 일하다 후계자 문제에서 손권의 비위를 거슬려 욕을 먹고 화가 나서 죽었다. 사람에 대한 평가는 관 뚜껑을 덮고서야 (죽은 후에야) 이뤄진다는 '까이관룬띵[蓋棺論定]'이라는 말이 있듯이 중국인들은 항상 인물의 최종 결과에 따라 평가하다 보니, 결말이 시원찮은 육손은 일생의 가장 빛나는 승리마저 후세 사람들의 손가락질을 받게 되었다.

청나라 학자 전진황은 육손이 별다른 기이한 계책 없이 그저 장졸들
더러 띠(茅草)나 한 줌씩 쥐게 했다면서, 유비가 나무로 영채를 지었기에
망정이지 흙과 돌로 지었더라면 육손이 무슨 방법이 있었겠느냐고 질문
했을 정도다.

하기는 적벽싸움을 승리로 이끈 주유 역시 '동풍이 주랑에게 편리를
주지 않았더라면…'(당나라 시인 두목의 시)이라는 조롱을 들었을 정도
이니 동오군의 승전은 항상 어떤 간단한 방법에 매달렸거나 자연현상 덕
분이었다는 비난을 듣는다.

허나 뛰어난 장수인 주유가 조조를 물리치겠노라고 나선 이상 만약
동풍이 불지 않았더라도 꼭 다른 방법으로 조조를 이겼으리라는 결론이
나오듯이, 육손도 마침 유비의 영채를 불사르기 쉬우니까 불을 질렀을
뿐 적들의 형세가 달랐더라면
육손이 취한 전법도 달라지지
않았겠는가.

마오쩌둥은 《독서필기》에
서 전진황의 견해를 반박했다.

'흙과 돌로 영채를 쌓았더
라도 오래 지탱할 수 없었다.
양식이 부족하기 때문이다. 유

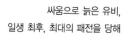

싸움으로 늙은 유비,
일생 최후, 최대의 패전을 당해

비는 예수(澧水) 유역으로 나가 곧장 상수(湘水) 서쪽으로 가서 적들에게서 양식을 얻으면서 운동전(運動戰)을 벌여야 했다. 그렇게 하여 적들을 분산시켜 쩔쩔 매게 했더라면 각개 격파할 수 있었다.'

대전략가의 명석한 판단이다. 중국 역사를 잘 모르는 외국인들이 마오쩌둥이 삼국지에서 배운 전술로 국민당을 이겼다는 말을 퍼뜨렸는데 이는 중국 현대사와 마오쩌둥의 능력을 전혀 모르고 하는 말이다.

사실은 점잖은 장비

도도히 흐르는 만리 창[長]강을 가로막는 산샤[三峽]댐 공사가 계획에 들어가면서부터 물에 잠길 명승고적들이 화제로 부상했고, 영리한 상인들은 어느덧 '작별의 여행' 코스를 개발해 돈을 꽤 벌었다. 산샤 작별 코스에서 빠지지 않는 것이 바로 장비묘다.

훗날 인민폐 1000만 위안을 투자해 원상이동하기로 낙착되었으나 어떤 학자들은 그 장비묘가 청나라 때 지은 것이어서 문화재로서는 큰 가치가 없다고 지적했다. 그래도 장비라는 이름 하나만으로도 국내외 관광객들을 무더기로 끌어올 수 있으니 장비묘의 경제 가치는 상당한 셈이다.

'장비' 하면 얼굴이 시커멓고 수염이 더부룩하며 성급하기 짝이 없는 사람이 떠오른다.

유·관·장 삼형제에게 관상쟁이가 관상을 보아주었다. 우선 유비를 보고 하는 말.

"참 좋은 상입니다. 백면백심(白面白心)이로군요."

얼굴이 희고 마음도 깨끗하게 하얗다는 말이다.

뒤이어 관우가 나섰다.

"훌륭한 상입니다. 홍면홍심(紅面紅心)이로군요."

얼굴이 붉고 마음도 붉으니 충성스럽다는 말이다.

유비가 급히 장비를 잡아당겼다.

"셋째동생, 자넨 상을 보지 말게."

관상쟁이 논리대로는 얼굴 검은 장비를 보고 '흑면흑심'이라는 말이 나올까 봐 두려워서였다.

홍명희의 《임꺽정》에서 관상쟁이가 곽오주를 보고 이리의 상이니 뭐니 하다가 곽오주의 무지한 손에 귀퉁을 맞는 걸 보면 장비 앞에서 흑면흑심을 운운하다가는 목숨이 간들거릴 만도 했다.

그런데 실존인물 장비는 점잖은 면도 많았던 것으로 보인다. 관우가 사졸들을 잘 대해주지만 사대부들 앞에서 거만했던 것과는 반대로, 장비는 군자를 존중하면서 사졸들에게는 혹독하였다 한다. 그러니 소설에서 장비가 문관을 깔보는 모습과는 딴판이다.

나관중본에서는 관우의 죽음에 이어 정사 삼국지에서 관우와 장비를 평한 말보다 더 길게 적었다.

'관우는 강한 사람을 억누르고 약한 자를 동정하기에 병졸들이 다투다가 그 앞에 와서 하소연하면 항상 화해시켰다. 하여 그의 병졸들은 관 나리께 미안하다고 차마 그에게 오지 못했다. 그런데 장비는 평소에 성질이 급해 우수한 사람을 존경하면서도 사졸들이 와서 하소연하면 시비를 가리지 않고 죽였다. 때문에 사졸들은 감히 그를 찾아오지 못했다.'

나관중본에서는 장판파에서 장비를 따라간 사람이 10여 명밖에 되지 않은 것도 매가 싫어서 그러했다고 설명했는데, 모종강본에서는 그 설명

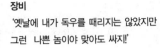

장비
'옛날에 내가 독우를 때리지는 않았지만
그런 나쁜 놈이야 맞아도 싸지!'

이 삭제되었다. 모종강본은 잘 고친 곳이 많지만 유비 집단의 편을 들다 보니 불합리한 대목도 적지 않다. 장비의 무예도 그렇다.

모종강본에서 장비가 여포와 오십여 합을 싸워도 승부가 나지 않으니 관우가 달려나와 여포를 협공한다. 어딘가 이치에 맞지 않는데, 이 점을 파악한 이문열씨는 나름대로 해석을 가했다.

'장비의 힘이 부치기 때문이 아니라 타고 있는 말이 여포의 적토마에 비할 바가 못 돼 시간이 흐를수록 불리해진다는 걸 알아보았기 때문이었다.' (2권 55쪽)

기실 나관중본에서는 장비의 창법이 흐트러지기 시작한다. 수호지의 이규(李逵)와 마찬가지로 장비 역시 무예가 최고 수준은 아니었고, 다만 그 용기와 저돌적인 성격으로 남을 압도했다.

따져보면 야사에서 장비의 모습은 아주 옛날부터 지금의 장비와 상당히 비슷하게 된 모양이다. 초기 삼국전설의 내용은 알려진 바가 없고 수나라 때의 극 제목이나 당나라 때의 시구로 미루어보면서 그것을 짐작한다. 그중 연구자들이 곧잘 인용하는 구절은 이상은(李商隱 813~858년)의 '교아시(驕兒詩)'에 나오는 두 구절이다.

'훠쉐장페이후, 훠샤오떵아이츠[或諧張飛胡, 或笑鄧艾吃].'

어떤 한국 학자는 이 말을 나름대로 풀이했다.

'혹은 장비의 오랑캐 같은 털보 얼굴을 재미있게 보고, 혹은 등애의 반벙어리를 웃기도 한다.'

이렇게 옮기는 학자도 있다.

'장비의 수염을 희롱하기도 하고, 등애가 말 더듬는 걸 비웃기도 한다.'

'후[胡]'라는 글자를 오랑캐 같은 털보 얼굴이라고 복잡하게 풀이하면 도무지 수긍하기 어려운데, 중국학자들은 전부 간단하게 수염으로 해석한다. 9세기에 이미 수염이 장비의 트레이드 마크가 되었다는 말이다.

야사가 원체 복잡한 만큼 삼국 이야기의 다른 인물들이 다 그러하듯이 초기의 삼국전설이나 원나라 잡극에서 장비는 겉모양부터 성격까지 여러 가지 주장이 난무하다가 《삼국지연의》가 나오면서 거친 가운데 세심한 면이 있는 용사로 부각되었고 키와 얼굴 특징도 정해졌다.

정사의 '장비전'에 없는 호방하고 급한 성격은 초기 삼국 이야기에서 장비가 한 고조 유방의 동서이자 맹장인 번쾌의 후신이었기에 그렇지 않았나 개인적으로 추측하는 바다. 너무 짧은 '장비전'에는 그저 장비가 유비의 고향친구라는 것만 나오기에 전설에서 그의 출신과 신분도 이렇게 저렇게 변하다가 《삼국지연의》에서 돼지를 잡아 파는 알뜰한 부자가 된다. 번쾌가 바로 개를 잡아 파는 백정이었다.

헌데 이문열판에서 장비를 건달로 그린 사실이 중국인들에게 알려지면 속칭 '싼궈미[三國迷]'라고 하는 삼국지 애호가들이 펄쩍 뛰지 않을까 싶다. 정사에는 장비가 젊은 시절에 관우와 함께 유비가 모은 무리에 끼었다 했으니 하기는 이문열 씨의 묘사가 보다 역사 진실에 가까울지도 모르는 일이지만 말이다.

사실 소설에 나오는 유비, 관우, 장비의 결의가 매력 있는 것은 바로 생면부지의 사람들이 모여서 의리로 뭉치기 때문이다. 과분한 해석은 사족에 불과하고 필자가 지금까지 본 세 사람의 결의 이야기가 자그마치 열 가지 이상이지만, 그 가운데서 유비가 황건군의 봉기 때문에 탄식하고, 장비가 대장부가 한숨만 쉬어서 되느냐 소리치며, 두 사람이 술을 마실 때 관우가 나타나는 원작소설 이야기보다 더 나은 것은 없다.

정사나 소설에는 장비의 얼굴색이 나오지 않으나 원나라 잡극에서 검은색으로 나오는데, 중국 극에서 검은색은 공정하고 정직함을 상징하는 색깔이다. 훗날 경극(京劇) 무대에서는 배우들이 장비가 가진 성격의 여러 가지 측면을 보다 풍부하게 나타내려 애쓰다 보니 얼룩얼굴(花臉) 장비가 탄생했다. 허나 이야기에서는 장비의 얼굴이 지금도 까맣게 그슬린 가마 밑바닥과 비슷하다.

어떤 한국인들은 유비가 황제가 된 해에 아들에게 얻어준 며느리가 장비의 딸이니 장비가 사실은 잘생겼을지도 모른다고 짐작한다. 그럴듯한 말이다. 하기는 후주 유선의 두 황후가 모두 장비의 딸이라 아버지가 추남이라면 딸이 물론 완전히 외탁을 할 수도 있지만 미모일 확률은 퍽 낮을 것이다.

그런데 정사 삼국지 '하후연전'의 주해를 보면 유선의 장모, 즉 장비의 아내는 바로 조조의 장수 하후연의 집안 여동생이었다. 건안 5년(서기 200년)에 열서너 살 나는 소녀가 고향인 초군(譙郡)에서 나무하러 나갔다가 장비의 손에 들어갔다. 장비는 그녀가 좋은 가문의 딸이라는 것을 알고 아내로 삼았고, 낳은 딸이 훗날 유선의 황후가 되었다.

훗날 하후연의 아들 하후패가 사마의에게 밀려 촉나라로 망명했을 때 유선은 자기 아들을 가리키면서 하후씨의 외조카라고 알려주었다 한다. 혼란기의 혼인은 이처럼 이상하게 얽힌다. 순전히 추측이지만 어찌 보면 관우의 아내가 명문 출신이 아니어서 유비가 관우의 딸보다 장비의 딸을 선호했을지도 모를 일이다.

야사에서 장비는 두 번 환생한다. 첫 번째는 이름만 바꿔 당나라의 안 녹산·사사명 난리에서 당 황실에 충성을 다한 장순(張巡)으로 태어났 고, 두 번째에는 성만 갈아 송나라를 위해 몸을 바친 악비(岳飛)로 태어 났다는데, 물론 지어낸 이야기에 불과하다.

유비와 관우, 장비의 사이가 좋은 것은 사실이지만 유비가 관우와 장 비를 어느 정도 생각했고, 당시 사람들이 그들의 공로를 어느 정도 인정 했는가는 의심해볼 만하다. 유비 생전에 후(侯)의 시호를 받은 사람은 법 정뿐이었으니 말이다. 촉나라가 망하기 몇 해 전에야 관우, 장비, 마초, 방통, 황충과 조운이 시호를 추가 받았는바, 장비의 시호는 환후(桓侯), 고대 소설에 늘 나오는 명칭이다.

'새 시대에 맞는 삼국지의 새로운 해석'을 시도하는 어떤 한국인은 나관중의 삼국지에서 장비의 캐릭터가 유비의 허물을 덮어주는 좌충우 돌형으로 묘사되고 있다면서 유비가 원술을 치러 갔을 때, 서주를 잃은 것은 장비가 술김에 조표(曹豹)를 구타했기 때문이라고 한 내용을 의심 했다.

'그보다는 오히려 유비가 통치를 잘못했거나 국가 경영을 잘못했기 때문일 가능성이 높다.'

책을 세심하게 읽지 않았기에 이런 의심을 하지 않나 싶다. 정사 삼국지의 '유비전'에는 유비와 원술이 한 달쯤 대치했는데 여포가 그 틈을 타서 하비(下邳)를 습격했고, 하비를 지키던 장수 조표가 유비를 배반하고 가만히 여포를 맞이했다고 되어 있다. 그리고 삼국지에 주해를 단 배송지는 《영웅기(英雄記)》의 기록을 인용했다.

'유비는 장비를 남겨두어 하비를 지키게 하고는 부대를 이끌고 원술과 회음 석정에서 싸웠는데 이기기도 하고 지기도 했다. 도겸(陶謙)의 옛 장수 조표가 하비에 있었는데 장비가 죽이려 했다. 조표의 무리는 영채를 굳게 지키면서 여포를 불렀다. 여포가 하비를 취하니 장비는 패배하여 도망갔다. 유비는 그 소식을 듣고 부대를 데리고 하비로 돌아왔는데 궤멸되었다. 흩어진 장졸들을 모아 동쪽으로 가서 광릉을 취하려고 원술과 싸웠으나 또 졌다.'

이와 같이 나관중이 소설을 쓰기 여러 세기 전에 벌써 장비는 확실히 하비를 잃은 책임을 져야 했다. 소설에서는 장비와 조표의 트러블을 순식간에 극대화하기 위해 장비가 술을 강요하는 장면을 만들었고, 조표를 장비가 미워하는 여포의 장인으로 설정했다.

유비가 독우를 때린 행위를 소설에서 인물의 성격에 더 비슷하게 장비의 소행으로 고쳐 썼다 하여 유비가 모든 책임을 져야 하는 듯이 함부로 의심한다면 아전인수라는 의심을 면하기 어렵다.

하기는 이문열판 삼국지에서 장비와 조표의 대화가 다르다 보니 장비의 언행이 너무 불합리해졌다.

조표가 사양하며 말했다.

"저는 천계(天戒)에 따라 술을 마시지 않습니다."

장비는… 불끈 성이 나 대뜸 욕설로 나왔다.

"죽일 놈 같으니라고. 어찌하여 너만 홀로 마시지 않겠단 말이냐? 나는 꼭 너를 한잔 마시게 해야겠다."(3권 60쪽)

한글 사전은 보통 천계를 '하늘의 경계'라고 해석하는데 중국 고서에서는 '하늘의 징계'라는 의미를 가지며 또 고전소설에서는 천계가 흔히 다른 뜻이어서 천성적으로 어떤 기호(嗜好)가 금지되었다는 말이다.

때문에 대중을 상대하는 드라마와 평서 삼국지에서는 '천계'라는 어려운 말을 빼버려 조표가 선천적으로 술을 마시지 못한다고 말한다. 지금 식으로는 술을 받지 않는 체질이라면서 사양했다는 뜻이다.

만약 날 때부터 고기를 먹지 못한다면 어머니 뱃속에서부터 소식(素食)한다 하여 '타이리쑤[胎里素]'라는 말을 쓴다. 이 밖에 천계보다는 드물게 쓰이지만 '톈얜[天閹]'이라는 말이 있다. 하늘 '천' 자에 거세한다는 '엄' 자가 붙었다 하여 하늘이 거세한다거나 하늘의 거세라고 풀어써서는 아니된다. 여기에서 천 자는 역시 '선천적으로, 천성적으로'라는 뜻이라 톈얜은 타고난 성불구(性不具)라는 말이다.

필자가 이전에 본 한글판 삼국지에서 조표는 '하늘에 맹세한 일이 있어 술을 안 먹겠다'고 하다가 장비가 화를 내니 겁을 먹고 술을 마시는 겁쟁이가 된다. 이문열 씨는 '하늘에 맹세한 일'은 언급하지 않았으나 장비의 말에 들어가서는 앞사람의 오류를 답습하여 장비가 성을 낸다고 그렸는데, 나관중본이나 모종강본을 비롯한 필자 수중의 여러 가지 중국어 삼국지 판본과는 전혀 다른 이야기다.

"쓰사한루허뿌인쥬우? 워야오니츠이잔[厮殺漢如何不飲酒, 我要你吃一盞, 싸움을 하는 사나이가 왜 술을 마시지 않겠는가? 한잔 마시라니까]."

조표의 말을 바로 옮겨야 그가 마지못해 술을 받아 마시는 행위를 제대로 이해할 수 있듯이 장비의 말도 바로 읽어야 술상의 분위기가 정확히 파악된다. 군자 앞에서 점잖았던 장비가 야사에서 성급한 인간의 대표로 찍혔더라도 이치를 전혀 모르는 사람은 아니었으니 대번에 죽일 놈이니 뭐니 할 리 없다.

초선과 주창은 픽션의 극치

소설 삼국지에는 정사에 없으면서도 큰 역할을 하는 사람이 둘 있다. 관우의 부하 주창과, 동탁을 죽이는 데 힘을 쓴 초선이다. 그런 두 인물이 나온 배경과 이유를 살펴보자.

관우가 유비에게 바친 충성이 놀랍다면 주창이 관우를 따르는 충성 또한 대단하다. 삼국 시대에 많은 영웅과 재사들의 충성은 어느 단체를 위해서요, 단체를 위함이란 결국 어느 한 인간과 직결된다. 소설에서 손권과 원소의 부하들의 충성도 크게 다루었지만 단 그들의 주인이 유비가 아니어서 한풀 꺾인다.

주창의 경우, 민간전설에서 주창은 관우의 칼을 메고 다니며 관우묘에서는 대체로 칼을 주창이 쥔다. 말하자면 골프장의 캐디 격이다. 관우가 신격화되면서 그의 사당에 먼저 생겼는지 아니면 극 무대에서 먼저 나왔는지는 확실하지 않으나 원나라 극에 이미 이런 인물이 나타나 관우를 받쳐주는 역할을 한다.

13세기에 활약한 원나라 최고의 극작가 관한경(關漢卿)의 이름난 작품 《관대왕은 칼 한 자루만 차고 홀로 모임에 가다(關大王獨赴單刀會)》

에 관우가 노숙과 만나러 가는 길에서 장강을 가리키는 이름난 대사가 있다.

"이건 강물이 아니로다. 20년 흘러도 그칠 줄 모르는 영웅의 피거니!"

격정에 넘친 이런 말이 나올 때, 관우 혼자만 있으면 분위기가 썰렁하니 그 곁에 종자가 따르고, 그런 인물의 이야기가 점점 더 풍부해지면서 이름도 정해진다. 그런 변화의 배경을 살펴보면 우선 현실적으로 장수를 모시는 마부가 모습을 드러낸다.

장수들은 당연히 말과 무기에 의지한다. 말은 밤에도 여물을 먹어야 했고, 장수들은 무거운 무기를 항상 손에 들고 있을 수 없었다. 말안장에 무기를 거는 자리도 있었지만 관우의 무기를 여든두 근으로 정하고 보니, 아무리 준마라 해도 관우의 체중에 갑주 그리고 칼의 무게를 항상 감당하노라면 체력이 엄청 소모된다.

이런 문제를 해소하기 위해 칼을 들어줄 사람이 꼭 필요했고, 그 사람은 힘이 좋아야 했다.

다른 군담소설에도 '마통[馬童]'이라고 하는 마부들이 등장해 시중꾼과 경호병 역할을 하고 직접 실전에 참여하기도 한다.

인간 관우와는 상관없던 주창이 신(神) 관우의 부하로 승격한 데에는 민초들의 소박한 꿈도 깃들지 않았나 싶다. 주창과 관우의 만남을 보다 극적으로 꾸미기 위해 같은 황건군 출신인 요화가 먼저 나타나 관우를 따르려다가 거절당한다.

삼국지에서 늘 쓰인 기법인데 서기 200년에 처음 나오는 요화가 서기 263년에도 촉의 장수로 나온다. 소설대로 따지면 60여 년 싸움판을 누빈 요화는 여든 살이 넘어도 출전하니 최고 노장이 되는 셈이다.

형주에서 관우의 부하로 있다가 촉나라에 와서 40여 년 장수로 활약한 후 서기 264년에 죽은 실존인물 요화의 이름을 그대로 옮기는 동시에 픽션을 보태다 보니 그 나이에 모순이 생긴 것이다. 관우가 다섯 관을 지나며 여섯 장수를 베는 이야기가 완전 픽션인만큼 그 이야기에서 요화가 처음 등장하는 정황도 허구에 불과하다.

　　소설에서 유일하게 여자 맛이 나는 여자 초선(貂蟬)은 주창보다 더 잘 알려졌다. 정사에 전혀 없는 인물이지만 서시(西施), 왕소군(王昭君), 양귀비(楊貴妃)와 더불어 옛날 4대 미인 중 하나가 되는 행운을 가졌던 초선은 2000년에 옛날의 촉 땅, 스촨[四川]성에서 그 무덤이 발견되었다고 하여 한동안 화제가 되기도 했다.

　　소설에 초선의 결말이 나오지 않기에 그의 최후에 대한 이야기도 만들어져 청나라 때의 극에 '관공이 초선을 베다' 는 내용이 있었다. 여포가 망한 다음 초선이 관우를 찾아와 홀리려다가 칼에 맞아 죽는다는 줄거리인데 모종강 부자는 그런 속설을 단호히 부정했다.

　　헌데 초선의 무덤이 나오면서 아마도 관우가 초선을 받아들여 초선이 훗날 촉나라에서 죽었으리라는 추측도 인기를 끌었지만 역사학자들은 물론 그 무덤의 진실성을 부인해버렸다.

　　삼국지를 깊이 연구했다는 어떤 한국인들은 초선이 동탁과 여포의 사이가 벌어지게 하는 이야기가 정사에는 전혀 없는 나관중의 창작물이라고 인정하면서도 뒤에 가서는 이상한 말을 한다.

　　'여포는 매우 로맨틱한 사람이었을 가능성이 높다. 아마 초선은 여기에 반했을 것이다. 나관중의 삼국지는 여포를 철저히 호색한으로 몰아붙이는데 이것은 말이 안 된다. 여포가 하비성에서 주색에 찌들어 대사를

초선
청나라 사람들의 눈에 비친 미인은 이런 모습이었다.

그르치는 장면들이 나오는데 이것도 여포에 대한 중상모략에 가까운 것이다. 결국 여포에 대한 평가는 그릇된 청류의식과 한족 중심의 중화주의에서 찾을 수 있다.'

그들의 추측을 보면 여포는 흉노족이고 동탁은 순수한 한족이 아니었기에 나관중이 일부러 동탁과 여포를 폄하했다는 식이다. 그들이 여포와 동탁의 민족소속을 단언한 데에 어느 정도 근거가 충분한지는 모르지만, 마초의 할머니가 강(羌)인이라 마초는 분명 4분의 1의 강인 혈통이건만 영웅 대접을 받는 데 아무런 지장이 없으니 그런 어림짐작은 근거 부족이다.

또 가후(賈詡)나 이각, 곽사가 서쪽 변경지역 태생이기에 평가절하 되었다는 결론을 내리는데, 정사 삼국지에서 가후의 능력을 충분히 인정한 것은 둘째치고, 같은 지역에서 태어난 장수(張繡)와 양부(楊阜)가 정사에서 큰 자리를 차지하는 것을 보더라도 지역감정으로 문제를 풀이한 결론은 속단일 수밖에 없다.

그리고 동탁, 여포, 초선과 관계된 이야기는 단순하게 나관중의 픽션이 아니다.

여포가 동탁의 시녀와 사통하였기에 동탁에게 발각될까 봐 두려워했다는 말은 정사의 '여포전'에 나오고, 원나라 극에 이미 동탁, 여포와 미인을 다룬 이야기가 있었다.

원나라 때 나온 소설 《삼국지평화》나 무명씨의 잡극 〈연환계(連環計, 連環記라고도 함)〉에서 초선은 성이 임(任)씨고 워낙 여포의 아내였는데 전란 속에서 남편과 헤어졌다가 우연히 대신 왕윤(王允)의 손에 들어와 동탁과 여포를 꼬이는 미끼가 된다. 동탁을 제거한 후 여포에게 돌려주겠다는 왕윤의 말을 믿고 미인계의 주역으로 나서는 것이다.

나관중의 소설에서는 이러한 소재를 가지고 왕윤이 어린 처녀를 이용해 동탁과 여포의 사이를 벌려놓는 것으로 이야기를 재구성했다.

또 나관중본에서는 초선이 열여덟 살인데 모종강본에서는 이팔가인(二八佳人)으로 묘사하기 위해 열여섯 살로 나이를 낮추는 등 적잖은 부분이 변화를 가져왔다. 오랜 세월을 내려오면서 엮어진 이야기에 근거해 여포와 초선의 감정 따위를 운운한다는 것은 한심한 일이다.

기실 초선이란 두 글자는 한나라 시기의 시종관원들의 모자에 달린 장식물이었다. 후세에는 고관귀인(高官貴人)들의 대명사가 되어 시나 글에 늘 나타났는데 삼국 이야기에서 여자의 이름이 되었던 것이다. 쓸데없이 정력을 낭비하며 가공의 인물을 연구할 필요는 없을 듯하다.

초선 연구는 여기에서 그치는데 그 한국인들이 동탁과 여포, 이각, 곽사를 재조명하려 애쓰기에 사족일지도 모르지만 좀더 이야기해보자.

동탁이 죽은 후 그 부하 이각, 곽사가 십만의 군대를 동원하여 장안을 다시 회복한 사건을 들어 그 사람들은 '이것은 주변의 지지가 없이는 불가능한 일'이라고 단정했다.

'다시 말해서 동탁의 정권이 상당한 정도로 인정된 정권이었다는 것이다.'

소설만 보면서 얻어낸 결론이라는 느낌이다. 소설에서는 이각과 곽사가 섬서(陝西)에 있었다고 하면서도, 동탁의 근거지인 서량주(西凉州)에서 왕윤이 양주(凉州) 사람들을 다 죽이려 한다는 요언을 퍼뜨려 군사를 모아서 장안으로 달려온 듯하다.

허나 정사의 '동탁전'과 '가후전'을 보면 당시 이각과 곽사 등 사람들은 섬현(陝縣)에 있었는데 군사를 흩어버리고 가만히 서량주로 돌아가자고 했다. 그때 모사 가후가 나서서 말렸다.

"지금 장안에서 양주 사람들을 다 죽이려 한다는데 당신들이 사졸들을 버리고 홀몸으로 가다가는 일개 정장(亭長)이라도 당신들을 잡을 수 있소. 아예 부대를 거느리고 서쪽으로 가면서 부대를 늘여 장안을 쳐서 동공(동탁)을 위해 복수하는 편이 좋겠소. 요행히 성공하면 조정을 받들어 천하를 정복하고, 실패한다면 그때 가서 달아나도 늦지 않소."

결국 그 말이 먹혀들어가 이각 등 동탁의 옛 부하들은 서쪽으로 나아가 장안을 친다. 무슨 말이냐 하면, 이각과 곽사는 장안의 동쪽에 있었는데 양주는 장안의 서쪽에 있었다. 중앙에서 그들을 사면하지 않는 상황에서 가만히 양주로 돌아가기 어려웠으니 칼 물고 뜀뛰기를 한 것이다.

아무튼 서쪽으로 가노라면 양주에 점점 가까워지니 밑져야 본전이었다. 훗날 이각 등이 가후에게 후작을 봉하려 하니 가후가 기어이 사절한 말에서 그 작전의 성질을 알 수 있다.

"내 꾀는 목숨을 구하는 계책이었을 뿐이니 무슨 공로가 있겠소!"

말하자면 살아남기 위한 작전이었기에 동탁의 부하들이 다 모였을 뿐이지 정권에 대한 지지와는 하등의 관계가 없었던 것이다. 머릿수로만 지지율을 가늠한다면 장연(張燕)의 황건군은 100만을 웃돌 때도 있었는데 그건 또 어떻게 해석해야 하는지?

픽션이 가득한 야사에 근거하여 역사인물을 분석하는 것만큼 우스운 일도 드물다. 군대가 모이면 거기에 따라붙는 사람들이 반드시 있다. 중국역사를 연구할 때 알아두어야 할 점은 농민군이든 군벌부대든 일단 어떤 군대가 생겨나면 거기에 붙어 먹고사는 사람들이 전투에 참여하는 사람보다 훨씬 많다는 것이다. 생존을 위한 집단이기에 그렇다.

예컨대 농민군 대부대가 50만이라 한다면 싸울 수 없는 가족들을 40만 이상으로 잡아야 한다. 중화인민공화국이 성립되기 전까지만 해도 '군대가 되어 양식을 먹는다' 하여 '땅빙츠량[當兵吃糧]'이라는 말이 있었으니 일단 군대가 되면 굶을 염려는 접어두어도 괜찮다는 뜻이었다.

만성 기아와 재난에 시달리던 중국 농촌에서나 나올법한 말이었다.

너무 일찍 죽으면 평가절하된다

유비가 서천을 얻게 한 제일공신은 법정이다. 헌데 촉군 태수로 임명된 법정이 사소한 원한마저 모조리 갚는 바람에 누군가 제갈량에게 너무 횡포하게 노는 법정을 꾸짖으라고 귀띔한다. 제갈량은 빙긋 웃으며 대답한다.

"지난날 우리 주공께서 형주를 지키고 계실 때의 어려움을 생각해 보시오. 북쪽으로는 조조가 두렵고 동쪽으로는 손권이 겁나는 딱한 처지였소. 그때 만약 법정이 도와 이 땅을 얻을 수 있게 해주지 않았더라면 주공께선 그대로 엎드러져 다시는 일어서실 수 없게 되고 말았을 것이오. 그런데 이제 와서 어떻게 법정이 하는 일을 가로막고 그 마음 내키는 대

로 하는 바를 꾸짖을 수 있겠소?"(7권 257쪽)

틀린 부분의 원뜻을 옮겨보면 맛이 다르다.

"다행히 효직(법정의 자)이 날개가 되어주어 드디어 주공께서 날개를 펼쳐 훨훨 날으시어 다시는 남의 제어를 받지 않게 되셨소."

워낙 이 대목은 나관중본에는 없었는데 모종강본에서 정사 삼국지 '법정전'에 근거하여 보태 넣으면서도 유비에게 불리한 말은 쏙 빼버렸다.

"주공께서 이전에 공안(公安)에 계실 때, 북쪽으로는 강한 조공이 두렵고 동쪽으로는 손권의 핍박을 꺼리는데다 가까이로는 손 부인이 신변에서 변을 일으킬까 봐 무서웠소. 그때는 정말이지 앞으로 나아가기도 어렵고, 뒤로 물러서기도 어려웠는데 법효직이 날개가 되어드려 주공께서 훨훨 날아올라 더는 남의 제어를 받지 않게 되셨소."

나관중본에서는 손 부인이 동오로 돌아간 다음에 더는 나오지 않는다. 허나 모종강본에서는 손 부인이 유비가 죽었다는 소식을 듣고 강물에 뛰어들어 자결한다. 때문에 유비가 손 부인을 꺼리고 무서워 한 부분을 자를 필요가 있었다. 소설가다운 솜씨였다.

이 대목보다 좀 앞서 원작에서는 유비가 서천을 차지하고 제갈량에게 나라를 다스리는 법을 정하라고 명하니 제갈량이 형법을 엄하게 정한다. 그런데 이문열판에서는 유비가 제갈량에게 형법을 엄하게 하라고 명령한다. 유비답지 않은 말을 구태여 인용할 것까지는 없는데 그 다음 쪽에 나오는 제갈량의 말은 너무 틀려 고칠 필요가 있다.

법정이 형벌이 너그럽기를 바라니 제갈량은 원래 서천을 다스리던 유장이 너무 나약하였기에 법을 꼭 엄하게 정해야 서천을 잘 다스릴 수 있다고 설명한다.

"총애하는 자만 벼슬을 높이니 벼슬이 높아질수록 남을 해치고, 무턱대고 따르는 자에게만 은덕을 베푸니 은덕을 받는 자는 거만해졌소." (7권 255쪽)

원문은 좀 다르다.

"무릇 사람이란 총애한다고 지위를 자꾸 높이면 더 높은 벼슬을 줄 수 없을 때는 사람이 잔악해지고, 순종시킨다고 함부로 은혜를 베풀면 전보다 더 후한 상을 줄 수 없을 때는 순종하지 않는 법이오."

이와 같이 제갈량은 벼슬과 재물로 사람을 끄는 방식의 한계점을 밝혔다.

소설에서는 법정이 별로 특출한 재능이 없다. 허나 역사 인물 법정은 제갈량이 그 지혜와 모략에 놀라곤 했다는 재사다. 그는 유비가 황제가 되기 전에 마흔다섯 나이로 너무 일찍 죽었는데 유비 생전에 시호를 준 유일한 신하였다.

유비가 손권을 치러 떠날 때 제갈량이 법정이 살아 있다면 꼭 임금을 막았으리라 탄식하는 말이 소설에 나오지만, 정사에는 유비가 패배하고 백제성으로 물러 왔을 때 제갈량이 한 말이 나온다.

"법효직이 살아 있다면 꼭 임금께서 급급히 동오로 진군하지 못하도록 말렸을 테고, 동오를 치더라도 이처럼 참패는 당하지 않았으리라."

조조가 적벽대전에서 참패한 후 곽가가 살아 있었다면 낭패를 보지 않았으리라고 탄식한 말과 비슷하다. 삼국지의 저자 진수가 법정을 조조 수하의 곽가나 정욱과 비슷한 인물이라고 평가했으니 역시 흥미 있는 일이다.

재능만으로는 누구에게도 뒤처지지 않은 법정이나 곽가가 훗날 지위가 제갈량만큼 올라가지 못한 것은 명이 짧았던 것과 직결된다.

유럽의 어느 정객이 말했다던가.

"그 어떤 정적보다도 오래 사는 것이 정계에서는 가장 확실한 승리다."

태사자의 포위돌파 전설과 사실

1988년에 쟝쑤성[江蘇省] 쩐쟝[鎭江]시에 놀러 갔다가 구경할 만한 곳을 찾아 어슬렁어슬렁 돌아다니는데 길가에 무덤 하나가 있어 다가가 보니 태사자의 무덤이었다.

순간 옛 친구와 만난 듯한 기분이 되었다. 어릴 적에 《삼국연의》를 보면서 대단히 좋아한 사람이 태사자였던 것이다. 관우 같은 신격화된 영웅들과는 달리 소설에서 태사자는 인간적인 면이 많은 인물이다. 필자는 훗날 책을 쓰면서 태사자의 이야기를 인용한 적이 있고, 그만하면 태사자를 잘 안다고 자부하는 바다.

그런데 이문열판 삼국지를 보면서 무척이나 불만스러웠다. 관해(管亥)가 거느린 황건군이 북해를 에워싸니 태사자는 북해상 공융의 은혜를 갚기 위해 홀몸으로 포위된 북해에 들어갔다가 홀몸으로 포위를 뚫는다.

태사자는 갑옷으로 몸을 단단히 감싸고, 허리에는 활과 살을 찬 채 창을 잡고 말 위로 올랐다. 갑자기 성문이 열리며 태사자가 홀로 말을 달려 나오는 모습을 보자 에워싸고 있던 도적들도 가만히 있지 않았다. 성지(城池) 가까이 있던 도적의 장수 하나가 졸개 수십 명을 이끌고 앞을 가로막았다. 그러나 태사자는 입 한 번 열지 않고 잇달아 대여섯을 창으로 찔러 말 아래로 떨어뜨리니 도적들은 놀라 길을 내주지 않을 수 없었다.

적의 우두머리인 관해는 한 사람이 성을 나와 길을 앗고 있다는 말을 듣자 반드시 구원을 요청하러 가는 사자일 것이라 짐작했다. 스스로 수백 기를 몰고 급하게 뒤쫓아 여덟 방향으로 태사자를 에워쌌다. 그러나 태사자는 조금도 두려워하지 않고 창을 말안장에 걸더니 활을 꺼내 살을 먹였다. 시위소리와 함께 여덟 갈래로 날아간 화살은 단 한 대도 빗나감이 없었다. 다가드는 자마다 급소에 화살을 맞고 말 아래로 떨어지니 겁을 먹은 도적의 무리는 아무도 다가들지 못했다. (2권 271~272쪽)

원작과 비교해보면 별로 틀린 데는 없다. 그런데 필자는 왜 불만을 품었을까? 여기에서 전설과 사실을 비교해보기로 하자.

삼국지 오서의 《태사자전》을 보면 황건군이 포위를 마무리하기 전에 태사자는 야밤에 가만히 틈을 타 성안에 들어갔다. 그가 군사를 거느리고 나가 싸우겠다고 했으나 공융은 허락하지 않았다. 헌데 공융이 기다리는 지원군은 그림자도 보이지 않고 적군은 날이 갈수록 엄밀하게 성을 에워쌌다.

공융이 평원상 유비에게 도움을 바라려고 마음먹었을 때 누구도 성을 나갈 수 없었다. 이때 태사자가 썩 나섰다.

그는 일단 활과 화살을 준비해 새벽에 말을 타고 성문 밖으로 나갔다. 그를 따라 나간 두 기병은 저마다 과녁을 하나씩 들고 있었다. 성안과 성밖의 사람들은 모두 깜짝 놀랐고, 적병들은 무슨 영문인지 몰라 잔뜩 긴장했다.

적군이 술렁거리며 출동하는데 태사자는 태연하게 말을 끌고 성밖의 해자(垓字)에 들어가 병사들더러 과녁을 세우게 하고는 해자에서 나와 화살을 쏘았다. 화살을 다 쏘고 나서 태사자는 성으로 돌아왔다.

이튿날 아침에도 똑같이 행동하니 성을 에워싼 황건군은 서서 구경하는 사람들도 있었지만 아예 드러누워 움직이지 않는 사람도 적잖았다.

사흘째 되는 날이 되니 태사자가 성밖으로 나가도 누구 하나 거들떠보는 사람이 없었다. 허나 태사자는 이미 단단히 채비를 한 상태. 밥을 배불리 먹고 짐도 다 꾸린 태사자는 적병이 해이해진 틈을 노려 갑자기 말에 채찍질하며 쏜살같이 내달렸다. 적병들이 어리둥절해졌다가 뒤늦게 정신을 차렸을 때는 태사자는 어느덧 포위망을 뚫은 뒤였다.

적병들은 부랴부랴 쫓아왔지만 태사자의 화살에 연거푸 몇이 떨어지니 더럭 겁을 먹고 물러갔다. 그도 그럴것이, 이틀 동안 태사자의 궁술을 잘 알게 되었기 때문이다.

일류의 신경전, 심리전이 삼류 무용담으로 탈바꿈하여 무척 유감스럽다. 하기는 소설 삼국지에서 태사자는 나중에 동오 집단에 귀속된 사람이라 관우, 장비나 조운 같이 지면을 할애 받을 수 없었다.

태사자가 요동(遼東)으로 피신했을 때 그의 어머니를 돌본 공융이 태사자의 재능을 인정하게 된 사연도 아주 재미있으나 여기서 다 이야기하자면 말이 가로새는 느낌이 들어 다른 기회에 소개할까 한다.

그러나 말이 나온 김이니 소설에 없는 태사자와 조조의 인연은 살펴보고 넘어가기로 하자. 태사자가 동오에서 이름을 날릴 때 조조가 편지를 보냈다. 잘 봉한 함을 태사자가 열어보니 속에 글은 없고 한약재 당귀(當歸)만 들어 있었다. 당귀, 즉 '돌아올지어다' 라는 뜻이었다.

태사자가 북방 사람이었기에 남방에 있지 말고 북으로 돌아오라고 암시한 것이다. 이처럼 조조도 욕심 낼 만큼 태사자는 유능한 장수였을 뿐 만용을 부리는 싸움꾼이 아니었다.

삼국지에는 성이 포위되었을 때 구원병을 청하러 가는 이야기가 몇 번 나온다. 그중 관우가 맥성에 갇혔을 때, 요화가 포위를 뚫고 나가 유봉과 맹달에게 지원을 바랐으나 거절당하는 이야기가 눈물겹다. 헌데 이문열판에서는 시작부터 냄새가 다르다.

'요화는 그 글을 몸 깊이 감춘 채 마음을 굳게 먹고 말에 올랐다.' (8권 200쪽)

원작을 보면 요화는 배불리 먹고 말에 올랐다. 일단 포위를 뚫으려고 나선 사람은 결심을 다지기보다 배를 불리는 것이 포위돌파 확률을 높이는 데 유리했다.

간웅 조조는 역적 조비의 아들이니라

중국의 현대 원로 작가 네깐누[聶紺弩]는 1986년에 삼국지를 위해 서문을 쓰면서 '간웅 조조는 역적 조비의 아들'이라고 갈파했다. 삼국사를 조금이라도 아는 사람이라면 조비가 조조의 아들인데 무슨 말도 안 되는 소리냐고 실소하겠지만 네씨는 나름대로 주장이 있었다.

'조조의 아들 조비가 한 왕조를 뒤엎고 위나라를 세웠기에 조조가 결국 간웅으로 몰렸다. … 조비가 황제가 되어 아버지를 무제(武帝)로 칭하였으니 이런 의미에서 아들이 아버지를 낳는다!'

생물학적으로는 조조가 조비의 아버지이지만 정치적으로는 조비 때문에 조조가 매도당하니 간웅 조조는 역적 조비의 아들이란다. 한평생 가꾼 정치 이미지가 아들이나 친인척 때문에 하루아침에 구겨진 한국의 대통령들을 연상하면 실감나는 일이 아니겠는가?

실존인물 조조는 지극히 머리가 명석한 정치인이었다. 소설에서는 조조가 막강한 권력을 휘두르면서도 황제를 밀어내지 않은 것을 교활성으로 치부했지만 그렇게 간단히 몰아붙일 일이 아니다.

정치가의 적은 세 가지가 아닐까 생각한다.

첫째, 가장 분명한 적이자 이기기 쉬운 적은 바로 적수들이다. 힘들더라도 때려눕히면 그만이다.

둘째, 간파하기 어려운 적은 측근이나 열렬한 추종자들이다. 따르는 사람들의 열화와 같은 요구에 냉철함을 잃은 정치가가 얼마인지 모른다.

추종자, 특히 광신도와 계산에 밝은 야심가들은 리더를 높이 모셔야 자기들도 따라 올라간다는 일념에 불타 리더를 둥둥 뜨게 만든다. 신해혁명이 성공한 후 중화민국 대통령에 만족하지 않은 왠쓰카이[袁世凱]가 황제의 꿈을 꾸는 것을 엿본 아들이 아버지가 믿는 신문을 위조해 민중이 제국을 바라는 듯이 민의(民意)를 날조한 사건은 유명하다.

'단 한 사람을 위해 한 부씩 찍은 신문'이라는 일화를 남긴 아들의 음모는 후에 왠쓰카이가 다른 아들이 밖에서 사온 진짜 신문을 우연히 보는 바람에 들통이 났다. 신문에 찍힌 날짜는 같은데 실린 글은 전혀 달랐던 것이다.

조조는 부하들이 거듭 황제가 되기를 권했음에도 불구하고 조씨에게 천명이 돌아온다면 주문왕(周文王)이 되겠다면서 자기 대에 황제가 되는 것을 사절했다.

셋째로, 가장 위험한 적은 바로 자신의 욕심이다. 황제보좌 일보직전에서 무상의 권위가 손짓하는 유혹을 참기란 어려운 일이다. 한 나라 최대의 실력파로 남의 존경을 받던 사람이 황제 자리를 빼앗은 후 곱지 않은 눈길을 받은 실례는 수두룩하다.

어제까지만 해도 똑같이 황제 앞에 무릎을 꿇고 머리를 조아리던 동료가 오늘은 용상에 앉아 절을 하라고 강요하니 속이 꼬이는 사람이 많지 않겠는가. 네 내력을 내가 빤히 아는데 그 무슨 천자라고?

조선조 태조 이성계가 임금이 된 후에는 더는 즐겁게 남들과 노닐지 못해 어느 날 술상에서 오늘은 군신의 예절을 버리고 농을 하자고 제의한 일화도 절대 권위를 가지면서 치르는 대가의 일부를 말해준다.

천하를 통일하지 못한 걸 내놓고는 갖가지 적들과의 싸움에서 늘 이긴 조조도 후세 사람들의 붓과 혀만은 당할 수 없었다. 조조만큼 찬반이 극단적인 인물도 드물지만 평가의 미묘한 변화는 당시의 정치 현실과 관계가 깊다.

다음 글에서 알아보기로 하자.

영웅 조조가 악인으로 매도되기까지

이문열판 삼국지를 보면 조조가 죽은 다음 악인으로 찍힌 원인을 해석하려고 나름대로 애를 썼다. 인간됨, 군사 재능 따위를 평가한 후 조조가 '당대 제일의 학자와 문사를 가차 없이 처형했기에 뒷날 써서 남기는 일을 맡은 사람들의 동료의식이 한 방향으로 모아져서 조조를 격하시키고 마침내 역사극의 고정 악역 배우로 만들어버린 것이나 아닐까' 하고 추측했다. (8권 275쪽) 실로 문인다운 분석이라 해야겠다.

'시대는 달라도 자신과 같은 일을 했던 동류를 조조가 함부로 죽인 일이 음험한 원한으로 뒷시대의 학자와 문사들을 자극해 그 나쁜 쪽으로의 과장은 물론 왜곡까지 서슴지 않게 만든 것은 아닐까? 탁류인 환관 출신, 군벌, 정통성의 결여, 그 밖에 그 어떤 조조의 단점보다도 그런 원한이 은연중에 대중들에게까지 옮아 오늘날의 조조상이 만들어진 것이나 아닐까.' (동권 276쪽)

순수 문인답게 학자나 문사의 역할을 과대평가했다는 느낌이 든다. 더욱이 정치 판도의 변화와 정객들의 영향력이 그 누구보다도 크다는 점을 지적하지 않아 무척 아쉽다.

청나라 말기의 소설가 오견인(吳趼人)의 소설에서 두 사람이 가벼운 말장난을 하다가 조씨가 '차오니더주중[操你的祖宗]'이라는 말을 듣는다. 문자 그대로 한 글자씩 따져보면 조조가 너의 선조라는 말인데 조씨는 벌컥 화를 낸다. 왜 그럴까?

조조 이름의 '차오[操]'는 지금 중국어에서 일성(一聲)으로 부드럽게 읽지만 옛날에는 사성(四聲)으로 세게 읽었다. 속어에서는 남자가 여자를 취한다는 동사 '차오' (글에서는 흔히 '×'로 표기된다)와 음이 꼭 같았으니 차오는 중국 한족들의 상욕에서 늘 쓰이는 말이다.

'차오니마[×你媽]'를 우리말로 옮기면 '네밀할'이다. 네 어머니를 내가 했으니 넌 나의 새끼뻘이라는 말이 된다.

책에 찍혀 나올 때는 보기 거북하다고 '×'로 생략되지만 중국 북방 사람들은 거침없이 '차오'를 내뱉는다. 다투다가 흥분되면 '차오'의 대상이 상대방의 어머니로부터 외할머니로 올라가 '차오니라오라오[×你

역사책에 나오는 조조의 화상.
영웅다운 기상이 흘러넘친다.

소설에 나오는 조조의 화상.
간사한 냄새가 물씬 풍긴다.

姥姥]'가 되었다가 팔대 조상까지 싸잡아 '차오니빠뻬이주중[×你八輩
祖宗]'이란 욕도 나온다. 가끔 10여 대 조상까지 욕할 때도 있다.

그러니까 앞에 말한 조씨는 상대방의 몇 대 손주 노릇하기가 달갑지
않은데다 조조를 자기와 연결시키는 것도 싫었다. 청나라 때에 이미 조조
의 이미지는 악인 중의 악인, 간신 중의 간신으로 굳어졌기 때문이다.

허나 1000여 년 세월을 거슬러 올라가 보면 당나라 대시인 두보(杜甫
712~770)가 조패(曹覇)라는 장군 화가에게 드리는 시의 첫 마디에 바로
조조를 언급했다.

'장군은 위 무제의 자손이거니[將軍魏武之子孫]….'

위 무제란 바로 조조니 역시 조조가 상대방의 선조라는 말이 되지만
조패는 펄쩍 뛰지 않은 모양이었고, 그 시는 명시로 전해 내려왔다. 굳이
역사책을 뒤지지 않더라도 당나라 때에는 조조가 영웅으로 대접받았음

을 말해주는 단적인 실례다.

중국 고대왕조사를 외울 때 '당송원명청'이라고 외우듯이, 당에 이은 큰 왕조는 송이다. 북송의 대문학가 소식(蘇軾)은 《동파지림》에서 남의 말을 인용해, 당시 철부지 애들도 삼국 이야기를 듣다가 유현덕이 졌다고 하면 슬퍼하고 조조가 졌다고 하면 기뻐했다고 쓰면서 '군자와 소인의 영향이 백세에 미친다'고 해석했다.

삼국지 연구가들이 애용하는 글이지만 어딘가 석연치 못한 해석이다.

그러면 두보로부터 소식에 이르기까지 300년 사이에 조조의 이미지가 흐려진 이유는 무엇일까?

지금 어떤 이들은 한족 정권이 강남에 몰려 있던 남송(서기 1127~1279년) 시기에 주희(朱熹)가 쓴 《통감강목(通鑑綱目)》에서부터 조조와 그의 계승자들이 역적으로 매도된 듯이 이야기하지만 역사는 그렇게 간단하지 않다. 세월을 더 거슬러 올라가면 조조는 영웅이 되었다가 그 이미지가 차차 흐려지는 단계를 거친다.

조조 생전에 그의 부하들은 조조를 대영웅으로 모셔 옛날의 유명한 대신 이윤(伊尹)과 주공(周公)보다도 낫다고 했다. 손권과 유비 같은 적수들까지 조조를 한나라의 역적으로 치부하면서도 조조의 군사 재능과 지혜는 인정했다.

조조가 죽은 다음 위나라가 섰다가 망할 때까지 조조의 공적과 슬기는 사람들이 따라 배워야 할 본보기가 되었다. 위 명제(明帝) 조예(曹叡)가 사치한 생활에 빠지니 신하들이 조조의 소박한 생활을 들어 황제를 말릴 지경으로, 조조의 인간상은 위나라 정권에 큰 영향력을 행사했다.

위나라가 망하고 진나라가 서면서부터 상황이 차차 바뀌기 시작해 조조의 모습이 거룩하지만은 않게 되었다. 조조의 흠을 꼬집는 사람들도 나타났으나 진나라가 천하를 통일한 다음에 나온 정사 삼국지에서 역사학자 진수는 조조가 도겸을 칠 때 사람을 너무 많이 죽였다고 지적하면서도, 그가 군벌을 소멸한 공로를 높이 평가하여 '비상한 사람이오, 세인을 압도하는 영걸(非常之人, 超世之傑)'이라고 인정했으니 유비나 제갈량을 평한 말보다 더 좋았다.

진나라를 세운 사마 씨가 위나라의 대공신들이었기에 조조와 그 후계자들의 공로를 치켜 올리는 것은 사마 씨에게도 유리해서 진수는 조조의 나쁜 행위를 감쌌다는 비난도 물론 듣는다.

서기 317년에 통일 진나라가 겨우 37년 만에 망해 한족 사대부들이 남방으로 도망가 동진(東晉, 서기 317~420년)을 세우고, 북방에는 속칭 '오호란화(五胡亂華)'라고 하여 유목민족들이 대거 중원에 들어와 열여섯 개 나라를 세우면서 중국이 남북으로 갈라지는 분열 시대가 다시 나타났다. 그때부터 조조의 위상은 차차 떨어지기 시작한다.

진나라 사람 손성이 쓴 《이동잡어》나 그보다 앞선 오나라 사람이 지었다는 《조만전(曹瞞傳)》의 조조는 간사하고 잔인하여 후세 사람들이 조조를 욕하는 근거가 되곤 했다.

주의해야 할 변화는 동진 시대의 습착치(習鑿齒)가 지은 《한진춘추(漢晉春秋)》에서 나타났으니 유비의 촉나라가 처음 정통이 되고, 조비가 세운 위나라가 찬역(簒逆)으로 폄하되었다.

습착치는 또 진나라가 직접 한나라를 계승했다고 해석하면서, 천하를 통일하지 못한 위나라를 아예 황조 계보에서 지우려 했다.

제3장의 '화로 위에 앉다의 진정한 의미'를 참조하면 알 수 있듯이

오행설학자들은 오덕순환에서 진(秦)나라를 빼버린 선례가 있다. 습착치는 한나라 황실이 통제력을 잃은 후 천하가 혼란에 빠졌는데 사마씨가 천하를 안정시켜 거대한 업적을 쌓았다고 하면서, 사마씨는 위나라를 위해 공로를 세운 것이 아니라 한나라를 위해 공로를 세웠다고 강변했다.

후세에 조조와 위나라를 매도한 사람들은 다 이 습착치의 설을 받아들이거나 더 발전시킨 것이다.

이러한 변화의 근원은 통일 진나라가 너무 빨리 무너졌기 때문이다. 유목민족에 밀려 남방으로 도망간 한족 사대부들은 북방의 땅을 잃어 가슴 아플 뿐 아니라, 문화가 파괴당한 것 또한 고통스러웠다. 때문에 진나라가 일찍 붕괴된 이유를 그 전신인 위나라에서 찾기도 하면서 북방강국의 압력을 받았던 촉나라를 동정하게 된 것이다.

진수의 삼국지에 주해를 단 배송지가 조조의 이미지에 불리한 말들을 대량 수록한 것을 보면 동진을 계승한 남송(南宋, 서기 420~479년) 정권 치하에서 남방에 살던 배송지 역시 조조가 별로 마음에 들지 않았던 모양이다.

동진이 망한 다음 남북조(南北朝, 서기 420~589년) 시대가 시작되어 중국의 정치 판도가 남북으로 갈라지자 조조 깎아내리기는 더욱 기세를 올렸는데, 통일 진나라 멸망 이후 300년 가까운 분열 시기에 권신이 황제를 핍박해 황제 자리를 선양받는 놀음이 여러 번 벌어졌다.

원래 황제가 자리를 내주겠다면 권신은 일부러 세 번 사양하는 등 그 모식(模式)과 글들은 다 조씨에게서 따온 것이었다. 그러나 이때까지만 해도 임금들이 조씨의 행위를 본받아서인지 조조를 욕하는 분위기는 자연발생적이었을 뿐 황실에서 직접 조조 타도를 주도하지는 않았다.

수나라(서기 581~618년)가 분열 상태를 결속지었다가 당나라(서기 618~907년)가 대제국을 만든 다음, 이세민이 고구려를 침략하러 가는 길에서 조조의 묘에 제사를 지내면서 쓴 제문(祭魏太祖文)은 조조의 이미지 변화에서 상당히 중요한 자리를 차지한다.

이세민은 조조의 재능을 찬양하고 그가 나라의 기둥이었다고 칭찬하면서도 한편으로는 한 나라가 기울어지는 것을 보고도 힘껏 바로 잡지 않았으니 임금을 무시한 흔적이 있다고 비난했다.

당 태종이 조조를 황제 대접하면서도 간신의 심보를 품었다고 지적한 후부터 조조의 이미지가 점점 흐려졌지만, 당나라는 통일국가답게 이러저러한 생각을 허용하였으니 앞에서 인용한 두보의 시를 보더라도 조조의 후예는 그 선조 때문에 부끄러워할 이유가 전혀 없었다.

그런데 안녹산·사사명의 난으로 하여 두보를 비롯한 문화인들이 옛날의 촉 땅으로 피난해 난리가 가라앉기를 고대하면서, 조조의 적대편인 제갈량의 이미지가 한결 올라가기 시작했다.

이제는 당나라가 망할 때부터 송나라가 일어나기까지 사이에 무슨 일이 생겼기에 조조가 북송 시대에 악인으로 변하게 되었는지 살펴보자.

당나라의 중앙정부가 지방을 통제하는 능력을 잃으면서 오대십국(五代十國, 서기 907~960년) 시기가 되어 수십 년 동안 중국 각지에 올망졸망한 나라들이 섰다가 사라지고, 중원 일대에는 황조가 다섯 번이나 바뀐다. 아침까지만 해도 이 나라였다가 저녁이면 다른 나라가 되는 판이었다.

그런데 이러한 황조의 교체는 역시 선양의 형식으로 이루어질 때가 많았다. 전임 황제는 과인의 부덕의 소치로 어떠어떠하니 천하를 아무개에게 넘기노라 선포하고, 신임 황제는 꼭 거듭 사양하다가 제위에 오른다. 사람들은 신물이 날 지경이었다.

또 황제의 성이 바뀌면 인사 물갈이가 진행되게 마련이라 한때 세도깨나 부리던 사람들, 꽤 잘 나가던 사람들이 몰락하게 되었다. 이런 시대 배경을 알아야 북송 시대에 정사와 야사에서의 조조의 이미지가 엇갈린 근원을 파악할 수 있다.

소식과 동시대 명사인 사마광(司馬光)이 《자치통감(資治通鑑)》을 편찬하면서 조씨의 위나라를 정통으로 간주했느냐에 대해서는 학계에서 조금 논란이 있으나, 당시 정사에서 조조는 결코 일방적인 비난의 대상은 아니었다.

보통 독자들에게는 별로 재미없는 일이지만 《자치통감》에서 사마광이 어느 정권을 정통으로 보았느냐 하는 것은 말썽이 많은 문제이기에 여기에서 잠깐 설명을 붙인다.

사마광은 유비가 서기 221년 4월에 황제가 되어 연호를 장무(章武)로 고쳤다고 기록한 뒤에 긴 의견을 붙였다. 그중 두 마디를 뽑아본다.

'구주(九州)를 합쳐 하나로 만들지 못했으니 모두 천자의 이름만 있을 뿐 천자의 실속은 없었다. …어찌 한 나라만 정통으로 떠받들고 나머지를 모두 괴뢰라고 하겠느냐(不能使九州合爲一統, 皆有天子之名而無其實者也… 豈得獨尊獎一國謂之正統, 而其餘皆爲僭僞哉).'

그 어느 정권도 정통으로 보지 않으면서도 사마광이 조씨의 위나라 연호에 의해 사건을 기록했기에, 그가 위나라를 정통으로 보고 촉나라를 괴뢰로 보았다는 말을 듣게 되는데, 사실 사마광은 이 문제도 명확하게 설명했다. 천하가 갈라졌을 때 연도와 날짜를 적어야 발생한 일들의 선

후 순서를 밝힐 수 있으니 한, 위, 진… 순서로 여러 나라들의 일을 적을 뿐, 이 나라를 올리고 저 나라를 깎는 것이 아니라고 말이다.

조비는 서기 220년 10월에 황제가 되어 황무(黃武) 연호를 썼는데, 촉한을 정통으로 보고 기어이 촉한의 연호로 후한의 연호를 잇게 한다면 이듬해 4월에 유비가 황제가 되기까지 몇 달 동안 일어난 일들을 기록할 방법이 없다. 사마광은 정직한 역사학자였기에 저작에 그런 허점이 생기기를 원하지 않았던 것이다.

그리고 송나라 개국황제 조광윤은 워낙 주(周)나라의 가장 유능한 장수였다. 무혈 쿠데타로 정권을 이양 받았으나 후세에 내내 '과부와 어린 아이한테서 황제 자리를 빼앗았다' 는 비난을 받았다.

송나라의 창립이 조비의 위나라 창립과 절차가 비슷하기에 사마광은 절대 조씨의 위나라를 무턱대고 비난할 수 없었다. 단, 조조의 공적을 사실대로 적는 한편 그의 인품을 깎고, 유비의 인격은 찬양하는 등 나름대로 평가를 했다.

정사에서 유비의 지위가 한층 올라가게 되었다는 것은 바로 조조의 지위가 내려감을 말해주는 것이다.

학자든 문사든 다 자기가 처한 시대를 벗어날 수 없고 시대의 금기를 완전히 무시하는 글을 발표했다가는 위험만 초래한다.

허나 백성의 입은 막을 수 없다고 그 어떤 정권 아래에서도 사람들은 자기의 속생각을 적당한 방식으로 나타내게 마련이다. 원인이야 어떠하든 역성혁명으로 하여 기득권리를 잃거나 새 부담을 지게 된 사람들은 당연히 허위적인 양보, 사양 의식(儀式)을 진저리나도록 싫어하게 되고 옛날 그렇게 출범한 모든 정권도 미울 수밖에 없었다.

위로 훑어보면 제일 처음 그런 놀음을 하여 새 황조를 만든 사람은 바로 조비요, 조비의 천하는 조조가 기틀을 마련해주었으니 조조가 고울리 없다.

이와 동시에 유가사상의 세력이 갈수록 강해지면서 유교의 이념에 근거하여 인간의 능력이나 공적보다도 충성과 효성으로 점수를 주었다. 조조가 아버지의 원수를 갚기 위해 군사를 일으킨 건 효성의 극치라고도할 수 있건만 황제와 다른 마음을 품었기에 충성에서 점수를 잃었다. 충효의 귀감이 아니었으니 통치자나 학자, 문사로서는 남들 보고 따라 배우라고 할 수도 없었다.

북송은 처음에는 거란, 뒤에는 서하(西夏)의 위협을 받다가 나중에 여진족이 세운 금(金)나라에 망한다.

북방 원정으로 유목민족을 친 공로를 세운 조조였건만 숭배 대상이되기는 고사하고 정사, 야사 할 것 없이 나쁜 놈으로 몰리다가, 남송이강남에서 정권을 세워 오나라나 촉나라의 형편과 비슷하게 북방 강적들의 위협을 받게 되자 대학자 주희의 《통감강목(通鑑綱目)》이 나오면서조조가 학계에서 완전히 악인으로 매도된다.

삼국지를 깊이 연구했다는 어떤 한국인들은 몽골족인 원나라의 침입을 받은 한족(漢族)의 민족적 자긍심이 촉한정통론을 내세웠다면서, 주희가 남송이 멸망할 당시(1276년)의 학자라고 주장한다. 웬만한 인명사전을 뒤져보았더라도 이런 한심한 오류는 피할 수 있었을 것이다.

주희, 즉 성리학(性理學)의 대가 주자(朱子)는 서기 1130년에 태어나1200년에 죽었는데 주희가 타계할 때 칭기즈칸은 아직도 몽골 부족들을통일하는 작은 싸움에 발이 묶여 있었고, 몽골과 남송 사이에는 금나라가 있어 몽골은 주희의 관심사가 될 리 만무했다.

남송의 최대 적은 여진족이 세운 금나라였으니 한족들이 북방 유목민족에게 밀렸을 때 성리학이 발달한 것만은 사실이다. 《자치통감》에 불만을 품은 주희는 성리학의 잣대로 역사를 재어 아예 촉한을 완전히 정통으로 확정하면서 후한의 연호에 이어 촉한의 연호로 연대를 적는 등 역사기록의 기본원칙마저 무시해버린다.

성리학의 세력이 강해지면서 학계에서는 조조가 악인으로 굳어졌으나 민간전설에서는 아직도 영웅 냄새가 조금 풍겨, 나관중의 이름으로 나온 삼국지에는 조조를 간사한 역적으로 규정하면서도 조조를 칭찬하는 말도 꽤 많이 남아 있었다.

몇 해 전 일본의 전자게임 삼국지가 중국에 처음 들어와 인기를 끌 때 어떤 이들은 의문을 제기하였다.

"삼국지 게임에서 조조를 '삼국제일영웅' 이라 하던데 웃기는 소리 아니야? 일본 놈들이란 참, 별 소릴 다 하네! 《삼국연의》도 제대로 읽지 못했나 보지?"

일본인이 읽은 삼국지에는 나관중의 냄새가 꽤 남아 있으나 중국인이 본 《삼국연의》는 모종강 부자가 수개한 개정판이어서 이런 말이 나오게 된 것이다.

명나라 때에 황제들은 관우의 지위를 올리면서도 조조는 별 관심사가 아니었던지 직접 조조 성토에 나서지 않았다. 극 무대에서 조조는 몹쓸 간신으로 고착되었지만 소설에서는 그래도 마지막 헝겊으로 치부를 가렸는데, 청나라 초기에 모윤 – 모종강 부자가 삼국지를 수정하면서 조조나 조조의 부하들을 찬양하는 대목은 전부 지우거나 뜯어고쳤고, 그 판

▲ 조조의 글씨.
◀ 조조 전문가 장줘야오[張作耀] 씨의 〈조조전〉.
인민출판사 2000년 10월 초판 1쇄.

본이 유일한 유행본이 되다 보니 조조의 이미지는 야사에서 완전히 시궁창에 처박혀버린다.

　게다가 훗날 시와 글을 짓기 좋아하는 청나라 건륭 황제가 직접 나서서 조조를 간신, 역적으로 점찍었으니 조조는 역사의 죄인이 될 수밖에 없었다.

　북방에서 일어난 소수민족으로서 다수민족을 지배하는 만주족 통치자들에게 있어서 조조 같은 인물이 경계 대상 제1호가 된 것은 자연스러운 일이 아닌가. 거룩하신 임금님의 말씀이 계신 다음, 청나라가 망할 때까지 조조를 위해 변호하는 사람은 눈을 씻고도 찾아볼 수 없도록 천하의 여론은 통일되었다.

　근대에서 제일 먼저 조조의 명예를 회복시키려고 시도한 사람은 만주족의 통치를 뒤엎는 혁명에 참여했던 대학자 장타이앤[章太炎]이다. 《위

무제송(魏武帝頌)에서 그는 조조의 군사 공적으로부터 인재 모집 능력, 검소하게 살고 청렴을 권장한 정신까지 전부 칭송했다. 장씨가 찬양 일변도로 나간 데는 그의 혁명가 배경과 무관하지 않다고 보인다.

1917년에 학자 후쓰[胡適]는 소설 삼국지의 잘못된 점은 '너무 심하게 조조를 눌러서(過抑曹孟德)'라고 지적했고, 1920년대에 루쉰은 조조가 '적어도 영웅'이라고 인정했다.

이때는 봉건 시대가 끝나고 중화민국이 성립되었으니 사람들이 전보다 자유롭게 생각하고 말하게 되었기에 이런 말도 나온 것이다. 루쉰은 또 문학과 예술작품에 나오는 조조와 역사인물 조조를 갈라놓고 보았기에 상당히 객관적이고도 공정하게 평가를 내릴 수 있었다.

1949년에 중화인민공화국이 성립된 이래, 조조는 두 번 '영웅 만들기'의 주역이 된다. 1950년대 궈머뤄[郭沫若]가 '조조를 위해 번안한다'고 선언하면서 논문을 발표해 논란이 많았다.

"정사에서는 조조가 완전히 나쁜 사람으로 매도되지 않았는데 일부러 번안할 필요가 있느냐?"

궈머뤄의 쇼를 못마땅하게 여기는 사람들도 많았지만 궈머뤄를 지지하는 학자들도 있었는데 궈머뤄는 태연했다. 자기의 학술연구에 자신이 만만했다기보다는 마오쩌둥이 조조를 상당히 좋아했기 때문이다.

궈머뤄가 마르크스레닌주의 역사연구 원칙에 근거해 조조를 재조명한 것까지는 좋았으나 정치풍토 때문에 조조의 나쁜 행위마저 합리화하려 시도한 것은 우습다. 그후 궈머뤄는 역사극 《채문희(蔡文姬)》도 써내지금도 유명한 연극으로 꼽힌다. 만년 악역 조조가 정면인물로 나타나니야사에 맛들인 사람들은 놀라는 한편 시답지 않게 여기기도 했다.

"쳇, 조조가 그렇게 좋아? 지금 세월 같으면 공산당이 됐겠구먼."

그후 1970년대에 조조의 이름이 또다시 중국인들의 입에서 오르내릴 때 조조는 이른바 '법가와 유가의 투쟁사'에서 법가의 대표가 되었다. 조조의 참모습과는 달리 부풀고 일그러진 영웅이었다.

조조는 두 얼굴이 한 덩어리로 얽힌 특별한 사람이다. 대학자들도 가끔 야사의 조조와 정사의 조조를 가르지 못하는 오류를 범한다. 허나 지금 그 누구도 야사의 예술 형상인 조조가 악하다 하여 실존인물 조조의 실제 행위를 고증하면서 예술 형상을 부정하지는 않는다.

야사의 조조는 역대 악인들의 악행을 전부 한 몸에 모아 만들어진 형상이기에, 실존인물 조조가 정말 어떤 짓을 했느냐는 전혀 중요하지 않다. 소설에서 군벌 유표의 아들 유종(劉琮)이 조조에게 항복하니 조조는 조용히 죽여버린다.

실존인물 조조가 유종을 죽이지 않았다 하여 그 누가 삼국지를 고치면서 조조가 유종을 중용했다고 쓴다면 부질없는 노릇이다. 역대에 귀순자들을 죽인 일이 하도 많았기에 소설의 이야기는 그런 현상을 반영했을 뿐이니까.

역사 인물 조조는 봉건 시대의 인간들이 이해하기 어려운 높이에 섰던 사람이어서 악인으로 찍혔다. 허나 현대 연구가나 문학가들에게 있어서 조조는 영원히 매력 있는 주인공이다. 정신분석을 도입하여 만든 새 역사극 《조조와 양수》가 인기를 끈 것은 인재 사이의 아낌과 마찰, 그리고 팽팽한 대결을 그렸기 때문이다.

오늘날 중국에서 조조는 역사의 인물일 뿐 그 이상도 그 이하도 아니다. 단순한 역적이나 간신이 아니요, 단순한 영웅도 아니라는 말이다.

관우의 작위가 대한의 수정후라고?

관우의 작위가 무엇인지 아는가?

삼국지를 본 사람들은 자신있게 대답한다.

"관우는 안량을 죽여 한수정후(漢壽亭侯)가 되었잖아."

맞는 말이다. 그런데 한수정후란 무슨 뜻이냐? 사람들은 대답하기 어려워한다. 이문열 씨의 책에서 관우는 이렇게 자칭한다.

"대한(大漢)의 수정후(壽亭侯) 관우외다." (4권 138쪽)

이것쯤은 이해할 만한 오류라고 할 수도 있다. 워낙 한수정후라는 벼슬 이름은 오해를 살 소지가 있어 한 왕조의 수정후라고 풀어 쓰는 사람들이 하나둘이 아니었다. 예를 들어, 원나라 잡극들에서는 수정후만 나온다.

나관중의 삼국지 제6권 1회에서는 조조가 조정에 상주하여 관우를 수정후로 봉하고 '수정후인(壽亭侯印)'이라고 새긴 도장을 새겨 관우에게 보낸다. 관우는 도장을 보더니 사양한다. 도장을 가지고 간 장요가 받으라고 관우에게 권한다.

"형님의 공로로 보면 후로 책봉한들 어디 과분합니까?"

"공로가 작아 이 작위를 받을 자격이 없네."

관우가 재삼 사양하자 장요는 도장을 지니고 돌아와 조조에게 운장이 사양하더라고 말했다.

"운장이 도장을 보았나?"

조조가 물으니 장요가 대답했다.

"운장은 도장을 보았습니다."

"내 생각이 짧았군."

조조는 도장장이더러 원래 글자를 지우고 '한수정후지인(漢壽亭侯之印)'이라는 여섯 자를 새기게 했다. 다시 장요를 시켜 도장을 보내니 관공은 글자를 보고 빙그레 웃었다.

"승상께서 내 뜻을 아시는구려."

관우는 곧 절을 하고 도장을 받았다.

삼국지를 정성 들여 다듬은 모윤과 모종강은 이 대목을 잘라버렸고, 제26회 앞에 붙인 평어(評語)와 관우를 한수정후로 봉하는 구절 뒤에 단 설명에서 거듭거듭 한수는 지명이고 정후는 작위 이름이라고 밝혔다.

한나라 때에 '정후(亭侯)' '향후(鄕侯)' '통후(通侯)'라는 작위들이 있었고, 공유(孔愉)는 여불정후(余不亭侯), 종요(鍾繇)는 동무정후(東武亭侯), 유비는 의성정후(宜城亭侯)였다.

삼국지 촉지에 대장군 비위(費禕)가 한수(漢壽)에서 여러 장수들과 만났다고 한 것을 보더라도 한수정후란 한수의 정후란 말이거니 어찌 '한'자를 버리고 '수정후'라 하겠느냐? 모씨 부자는 이렇게 목에 핏대를 세울 지경으로 '한수정후'의 이름을 바로잡았다.

삼국지를 평역하면서 전체의 구도는 모본, 즉 모종강본을 따랐다고 주장하는 이씨로서는 '대한의 수정후 관우'라는 말은 나타나지 말았어야 할 오류다.

유비가 죽은 후 여러 해 지나 후주 유선이 무더기로 공신들에게 시호를 추증할 때 관우에게 장무후(壯繆侯)라는 칭호가 내려졌다. 그러나 봉건 시대의 문인들을 내놓고는 지금 그 작위를 기억하는 사람들은 역사학자 가운데도 얼마 없다. 관우는 영원한 한수정후였고, 민간에서는 관왕,

관제였으니 말이다.

관우가 강태공을 누르고 신이 된 사연

한마디로 말해 관우는 사람이 아니라 신이다.

유비가 관우의 원수를 갚는다면서 동오를 치려고 군사를 일으키니 관우의 아들 관흥과 장비의 아들 장포가 서로 선봉장이 되겠다고 다툰다.

장포가 먼저 아버지의 공적을 자랑했다.

"내 아버지는 장판파에서 호통 한 번으로 조조의 팔십만 대군을 물리쳤고, 의리를 높이 사서 엄안을 놓아주어 서천을 얻었다!"

관흥이 뒤질세라 소리쳤다.

"우리 아버지는 수염이 배에까지 드리워 별호가 미염공이다!"

그 말이 떨어지기가 무섭게 관우의 신이 공중에 나타나 아들을 꾸짖었다.

"멍청한 녀석! 이 아버지의 수많은 업적은 말하지 않고 그까짓 수염이나 외우다니?"

수염이 긴 한 화가가 자기의 그림 묘미는 감상할 줄 모르고 수염이 아름답다는 수준의 칭찬이나 하는 사람들을 놀려주느라고 엮은 이야기다. 그런데 진짜 우스운 것은, 사람들이 잘 아는 관우의 업적은 픽션이 많은데 수염은 적어도 정사에 분명 기록되었다는 점이다.

후세의 신 관공은 역사 속의 실제 인물 관우와는 별 상관이 없다. 관우 하면 우리 머릿속에는 얼굴은 무르익은 대춧빛이요, 봉의 눈 위에 누워 있는 누에 같은 눈썹이 붙고, 아홉 자나 되는 거구로 청룡언월도를 휘두르는 맹장이 떠오른다.

그러나 정사의 '관우전'에는 관우의 수염이 길다는 말이 있을 뿐, 키와 모양이 적힌 유비와 제갈량과 달리 관우의 외모는 전혀 알 수 없다. 정사의 기록이 너무 짧고 간단하기에 관우현상에 해석을 붙이려는 전설들이 많이 나타났다. 관우가 인간으로부터 신으로 변한 과정을 훑어보기 전에 먼저 민간 전설 두 가지를 보기로 하자.

관우의 성은 워낙 관씨가 아니라 한다. 그가 나쁜 놈을 죽이고 도망가다가 어느 관을 지나게 되었는데 관을 지키는 자들이 이름을 물었다. 지명수배에 걸린 신세라 본명을 댈 수 없어 잠깐 머뭇거리다가 관문(關門)을 쳐다보고 얼른 관씨라고 자칭했다. 그 거짓말로 관을 무사통과하였고, 그후 아예 관씨로 행세했다는 것이다.

열혈청년 관우가 처녀를 희롱하는 불한당을 죽이고 도주하니 관병이 끈질기게 추적했다. 위험천만한 상황에서 시냇가에서 만난 한 노파가 풀과 물감을 주면서 꾀를 냈다. 머리카락을 잘라 턱에 붙이고 시냇물에 얼굴을 씻으라는 것이다.

관우가 그 말을 따랐더니 수염이 없고 허여멀쑥하던 관우가 눈 깜빡할 사이에 얼굴이 붉어지고 수염이 기다래졌다. 관병들은 그 곁으로 스쳐지나가면서도 관우를 알아보지 못했다. 그런데 이상하게도 얼굴 색깔이 다시는 원상복귀 되지 않았고 수염도 그대로 붙어 있었다. 워낙 그 노파는 관음보살의 화신이었다나.

나관중본에 나오는 《전등록(傳燈錄)》의 기재를 믿는다면 선종(禪宗)의 오대(五代)조요, 당나라의 고승인 신수(神秀)가 소설 삼국지에 나오는 옥천산에 도장을 세우려고 관우의 사당을 허물었는데, 관우가 구름 속에서 칼을 들고 말을 달리면서 자신의 사연을 이야기했다 한다. 하여 신수는 관우에게 그 절간을 지키는 가람신(伽藍神)이 되게 한다.

관우에 대한 자연발생적인 민간숭배는 이루어진 지 오래이고, 불교에서도 잽싸게 관우를 자기편으로 끌어들였지만 북송(960~1127년) 이전의 관우는 역사의 한 장을 장식한 다른 장수들과 별다를 게 없었다. 봉건 시대에 황제들이 밀어주지 않는 한 수많은 인간신들은 자연스레 죽어간다.

중국 역사에서 오랫동안 중국의 문성(文聖)으로 떠받들린 이는 공자였고, 이에 맞먹는 무성(武聖)은 관우였다. 지금 와서는 《손자병법》을 지은 손무를 병성(兵聖) 혹은 무성으로 부르는 사람들도 있지만 손무 숭배는 보급된 적이 없다.

그런데 1000년 전에는 문선왕(文宣王)으로 불리던 공자와 어깨를 나란히 한 무성왕(武成王)이 따로 있었으니 다름 아닌 강태공이었다. 그러면 강태공은 어떻게 무성이 되었고, 관우는 또 어떻게 강태공의 자리를 빼앗아 강태공을 무묘(武廟)에서 쫓아냈을까?

당(唐, 서기 618~907년)나라 때에 공자는 이미 문성왕이 되었고, 유가의 사상이 지배적 지위를 차지한 지도 어느덧 수백 년 세월이 흘렀다. 허나 글만으로는 나라를 지킬 수 없기에 무의 성인을 제조할 필요가 절박했다.

무장이나 무신(武神)에 대한 숭배가 체계화되지 못한 상태에서 유목민족 혈통을 가진 이연(李淵)–이세민(李世民) 부자가 당나라를 세우고 나서, 정통성을 보증하기 위해 원명이 이이(李耳)라는 노자(老子)를 조상으로 모셨다.

노자는 또한 도교의 경전 《도덕경(道德經)》의 저자라 도교도 전에 없는 전성기를 맞이하게 되었다. 그 전부터 강태공은 장수한 사람으로 알려져 도사들의 숭배 대상이 되었는데 도교가 흥성하면서 덩달아 지위가 갈수록 높아졌다. 게다가 강태공은 주 무왕을 도와 상나라를 뒤엎은 혁혁한 무공을 세웠는지라 무의 성인으로 자격도 당당했다.

개원(開元) 19년(서기 731년)에 당 현종(玄宗) 이융기(李隆基)는 장안과 낙양, 그리고 각 주에 태공묘를 하나씩 세우고 거인과 장수들이 정기적으로 제사를 지내고 싸움에 나가고 돌아올 때에도 제사를 지내게 하였는 바, 태공 곁에 모시고 서서 함께 제물을 향수하는 제2인자는 유방을 도와 한나라를 세운 장량이었다.

29년 후 강태공의 지위는 한결 높아졌다. 서기 755년에 시작된 안녹산·사사명의 난리 덕분이었다. 상원(上元) 원년(서기 760년)에 당 숙종(肅宗) 이형(李亨)은 강태공을 무성왕으로 추봉(追封)하고 문선왕 공자의 사당 곁에 사당을 세우도록 정했다.

이형의 본의야 안녹산과 사사명의 반란을 철저하게 진압하기를 바라서였지만 유감스럽게도 난리는 서기 763년에 간신히 가라앉았고, 그때부터 군벌할거가 시작되어 당나라는 급속히 내리막길을 걷게 된다.

군벌들이 날뛰는 시대에 신통한 능력을 보이지 못한 무성왕 강태공에 대한 신앙은 조금씩 엷어졌다고 보아야겠다.

당나라가 망한 다음 혼란하기 짝이 없던 오대십국 시대에 마침표를 찍은 송(宋)나라의 조씨 황실도 도교를 숭상하였다. 하여 북송 시대에 강태공은 소렬무성왕(昭烈武成王)이라고 시호가 보태졌고, 계속 무묘를 차지하게 되었다. 무묘 안이나 그 곁에는 글을 배우는 태학(太學)에 상응하는, 군사를 배우는 무학(武學)이 설치되기까지 했으나, 이윽고 관우가 무묘의 두 번째 자리를 차지하면서부터 강태공의 지위는 위태로워진다.

야사에 의하면, 제일 먼저 관우에게 관심을 보인 송나라 황제는 세 번째 임금 진종(眞宗) 조항(趙恒)이다. 당시 관우의 고향 해주(解州)의 소금 못이 말라들었는데 진종의 꿈에 치우(蚩尤)라는 요귀가 나타나 황제(黃帝)를 모시는 헌원전(軒轅殿)을 허물려고 하였다. 그런데 다행히 관우가 장천사(張天師)의 명을 받들고 달려와 요귀를 소멸시켰다.

조항의 꿈에서 관우는 이처럼 임금을 보호하고 나라를 지키며 백성을 보살피는 대공을 세운다.

'오두미도의 실패한 실험'에 썼다시피 장천사란 장로의 후예들이다. 삼국지에서 동오의 강자 손권까지도 깔보던 관우가 무능한 장로를 높이 보았을 리 없고, 그의 후대는 더구나 외눈으로도 거들떠보지 않았을 테지만 원통하게도 장천사가 먼저 신에 가까운 지위를 차지하는 바람에 고분고분 장천사의 말을 들어야 했다.

야사보다 확실한 정사를 보면 송나라의 네 번째 황제 인종(仁宗) 조정(趙禎)이 대장 적청(狄靑)을 자신의 관우, 장비라고 칭찬했다. 일곱 번째 임금 철종(哲宗) 조후(趙煦)가 황제로 있던 1086~1100년 사이에 관우의 지위가 슬슬 올라가기 시작하다가 드디어 여덟 번째 황제 휘종(徽宗) 조길(趙佶)이 대관 2년(1108년)에 관우를 무안왕(武安王)으로 봉하여 생전 왕 노릇을 해보지 못한 관우가 왕이 된다. 그 뒤 조길은 선화 5년(1123년)에 다시 '의용무안왕(義勇武安王)'이라고 관우의 시호를 보태주었다.

여기서 그때까지는 민간신앙의 대상이었던 관우가 중앙급 스타로 발돋움해 송나라 통치자들의 눈에 드는 그 시대 배경을 한번 살펴보자.

당이 망한 뒤 한족들이 통치하는 영토는 급격히 줄어들어 북방 국경선이 산서(山西) 일대에 그쳤고, 북송정권은 내내 거란(서기 907~1125년)의 위협을 받았다. 어떤 학자는 송진종의 꿈 이야기가 속되고 황당한 전설에 불과하지만, 민족간의 긴장이 팽팽하던 그 시절의 민족의식을 말해 준다고 인정한다.

중국인들은 염제와 황제의 자손, 줄여서는 '얜황즈쑨[炎黃子孫]'이라고 자칭하는데 상고 시대에 헌원 황제가 차례로 치우와 염제를 이긴 다음부터 통치자들은 꼭 자신이 황제의 후예라고 강조했다. 유목민족이 세운 정권마저 기어이 황제의 자손으로 둔갑해야 정통성을 인정받을 지경이었다.

그런데 강태공의 강씨는 어쩔 수 없는 염제 신농계의 성이라 황제족 전욱(顓頊)의 후대라고 자부하는 조씨 황제들은 마음을 놓을 수 없었다. 때문에 황제족 요임금의 후예인 한나라 유씨 황실을 충성스럽게 떠받든 관우가 차차 통치자들의 눈에 들게 되었다.

북송 시대까지만 해도 강태공의 곁에 서서 제2인자에 만족해야 했던 관우는 북송이 망한 다음 남송이나 원·명·청으로 정권이 바뀌면서 봉호(封號)가 점점 길어지더니 명나라 만력(萬曆) 연간(서기 1573~1620년)부터는 제군(帝君)으로 승격하여 황제급이 되었다. 물론 강태공을 무묘에서 쫓아낸 지 오래였다.

신이 되자면 황제의 추천이 가장 결정적인 요소가 되지만 역대 황제들이 백성들에게 추천한 신은 하나둘이 아니고, 숭배가 확실하게 이루어지지 않은 신도 엄청 많다. 최고 통치자의 의지와 엘리트들의 승인, 그리고 백성들의 인정을 받아야 완벽한 신이 생겨난다. 관우는 마침 여러 가지 조건을 만족시킬 수 있었다.

통치자들의 의지는 위에서 이미 말했으나 여기서 한 가지 사실을 더 보탠다. 송나라 개국 황제 조광윤이 무묘를 시찰하다가 포로를 생매장한 전국 시대 진(秦)나라 장수 백기(白起)를 꾸짖으면서부터 백기가 무묘에서 설 자리를 잃었고, 이와 함께 아내를 죽이고 장수가 된 오기(吳起), 말년에 조국을 버린 염파(廉頗), 항우의 부하로 있다가 유방에게 넘어간 한신(韓信) 등 스물두 명장들이 무묘에서 쫓겨났다. 전공에 의해 서열을 정하던 무묘가 도덕과 품행 위주로 기준이 바뀌면서 관우도 각광을 받게 된 것이다.

다음 엘리트들의 승인을 보기로 하자. 당나라가 망하고부터 오대십국 시대를 거쳐 북송이 국부통일을 완수하기까지 세력의 변화에 따라 이 집단에 속했다가 저 집단으로 넘어간 사람들은 이루 다 헤아릴 수 없다.

안정된 시대가 찾아와 유가사상을 종교화한 성리학 사상이 굳어지고 그 영향력이 차차 커짐에 따라 처음부터 마지막까지 한 집단에 충성했고, 조조에게 항복했다가 도망갔다는 기록을 남긴 관우가 엘리트들의 승인을 받을 수 있었다.

마지막으로 백성들의 눈에서는 관우의 실제 공로는 강태공이나 장량에 비할 나위도 없지만, 여든 넘은 노인 모습으로 세상에 나타난 강태공이나 처녀같이 얌전하게 생겼다는 장량이 무의 신으로는 미덥지 못한 상대였다. 때문에 순 무장 출신인 관우를 사당에 모시면 속이 훨씬 든든해졌고 공로야 얼마든지 조작할 수 있었다.

통치자와 엘리트들이 관우의 충성을 취했다면 민중은 관우의 무예와 의리를 기려 관우는 드디어 충성과 의리의 화신이 된다.

일단 신을 모시면 신에 대한 영험한 전설이 생겨나게 마련이라 관우의 전설도 날이 갈수록 늘어갔다.

관우에 대한 기록이 워낙 부족해서 그의 이미지가 지금 널리 알려진 모양으로 굳어지기까지는 상당한 시일이 걸렸다. 명나라 가정 임오년(서기 1522년)에 나관중의 《삼국지통속연의》가 출판될 때까지만 해도 관우는 왕에 불과했고, 이미지가 완벽하지 못한 점들이 수두룩했다.

관우의 칼은 앞에서 이야기했으니 여기서는 외부의 특징을 살펴보자. 우선 그의 키는 신상(神像)이 워낙 좀 높이 빚어지는 걸 감안하더라도 항우 때문에 아홉 자 되는 키가 생겨났다고 추측된다. 초기 삼국이야기에서 관우는 항우의 후신(後身)이다. 항우는 키가 여덟 자 넘는 사람이었으니 후신의 키도 작을 수 없다.

그의 얼굴빛은 원나라 시대의 잡극에서 그 뿌리를 찾아야 한다. 지금도 그러하지만 중국 희극에서 얼굴에 칠한 붉은색은 충성의 상징이다. 원나라 극무대에서 관우가 주인공으로 활약했는데 관대왕, 관우의 얼굴이 붉다는 말이 거듭거듭 나오니 그의 얼굴빛이 당시 이미 대춧빛으로 고정되었다고 보아야겠다.

나관중본과 모종강본을 대조해보면 관우 신화가 완벽해지는 과정이 빤히 보여 무척 재미있다.

나관중본에서 관우는 키가 아홉 자 다섯 치요, 수염이 한 자 여덟 치인데 모종강본에서는 관우의 키가 아홉 자로 줄고 수염은 두 자로 늘어났다. 소설에서 관우의 수염이 배 아래로 드리웠는데 수염과 키의 비례가 맞지 않을까 봐 워낙 깔끔한 모윤이 모종강본에서 고치지 않았나 의심스럽다.

또 나관중본에서는 관우보다 키가 큰 사람이 여럿이다. 여포의 키가 한 길이나 되고, 강인(羌人)의 원수 월길(越吉)도 키가 열 자다. 게다가 월길이 쓰는 철퇴도 백 근이라 관우의 청룡언월도보다 무겁다.

허나 모종강본에서는 여포와 월길의 키를 삭제하고 철퇴의 무게도 없 애버렸다. 하여 관우는 어느 모로 보나 제일 첫 자리를 차지하게 되었다. 관우를 관대왕으로 알아주던 나관중 시대와는 달리 모종강 시대에는 관 우가 이미 황제 격인 관제로 되었기에 그러한 변화는 또한 시대의 요구 였다.

모종강본 삼국지에서 관우보다 키가 큰 사람은 단 하나, 남만 오과국 의 수령 올돌골(兀突骨)이 한 길 두 자나 되는 거구를 지녔다.

이문열판에서는 이 올돌골의 키가 두 길, 즉 스무 자로 잘못 옮겨졌는 데, 그것은 명백한 오류다. 제갈량이 그 종족을 말살해버린 오과국 국민 은 소설에서 사람으로 취급하지 않았고, 올돌골도 등장해 얼마 지나지 않아 죽기에 올돌골만이 모종강본에서 간신히 관우보다 큰 키를 유지할 수 있었다.

그리고 관우가 의리를 보여주는 클라이맥스는 화용도에서 조조를 놓 아주는 장면이다. 이문열 씨는 이 대목이 정사에 나오지 않는다고 지적 하면서도 뒤에서는 화용도 사건을 기어이 제갈량과 관우의 권력 투쟁으 로 해석했다.

'제갈량이 나타나기 전 유비 집단의 제이인자는 어김없이 관우였다. … 그런데 그 관우와의 권력 투쟁에서 제갈량이 최초로 우위를 차지하 는 것은 화용도 사건 뒤였다. 관우의 성격이나 조조의 잔존 세력으로 보 아 도저히 불가능한 일을 관우에게 떠맡기고 굴복을 강요했다는 것이 다.' (10권 209쪽)

삼국 이야기의 연혁을 바로 알았더라면 억측에 근거한 제갈량과 관우의 서열 경쟁을 엮는, 이와 같은 분석은 나오지 않았으리라 본다.

현존하는 책으로서는 최초로 완전하게 삼국 이야기를 다룬 《삼국지평화》에서는 화용도가 활용로(滑容路, 중국어로는 활용이나 화용이나 다 '화룽'이라고 발음한다)인데 관우는 조조를 잡으려 애쓴다.

조공이 활용로를 찾아가는데 이십 리도 가지 못해 오백 교도수가 보이고 관장(關將)이 가로막았다. 조승상은 좋은 말로 운장을 달랬다.

"이 조조는 한수정후에게 은혜가 있소."

관공이 말했다.

"군사(軍師)의 엄한 영이올시다."

조공은 (관공의) 진을 들이쳤다가 말하는 사이 얼굴에 먼지와 안개가 생겨나며 조공이 몸을 빼게 되었다. 관공은 몇 리 쫓아가다가 돌아왔다.

보다시피 언어가 무척 조잡하고 또 조조가 죽을 명이 아니었기에 먼지와 안개가 생겨난 듯이 그렸다. 관우는 힘껏 노력했으나 조조는 하늘의 도움으로 살아난다.

또 원나라 극작가 주개(朱凱)의 극 《황학루(黃鶴樓)》에 나오는 관우는 조조를 놓친 일에 책임을 지지 않는다고 힘주어 말한다.

"뜻밖에도 진이 혼란한 가운데 조조가 도망갔소이다."

이처럼 나관중 이전에는 조조나 관우의 성격이 애매했으나 나관중이 완전히 새로운 이야기를 엮어 관우가 목숨을 잃을 각오를 하면서도 은혜를 갚는다고 썼다. 생명과 의리 가운데서 의리를 취하는 극적인 장면은 순전히 나관중의 아름다운 픽션인데 너절한 서열 경쟁과 무슨 상관이 있을까?

다음 관우의 죽음도 나관중본에서는 간단하다 못해 싱거울 지경이다.

결석에 이르니 양쪽은 산이고 산 곁에는 갈대와 시든 풀이 너저분하게 섞였다. 오경이 거의 다할 때였다. 한참 가는데 고함소리가 울리면서 매복한 군사들이 또 일어났다. 등뒤에서는 주연과 반장의 정예 군사들이 쫓아왔다. 관공이 반장의 부장 마충과 마주치는데 별안간 공중에서 누군가 소리쳤다.

"운장은 아래에서 오래 살았노라. 지금 옥황상제의 조서가 있으니 범상한 사내와 승부를 다투지 말지어다!"

그 말을 듣고 관공은 삽시간에 크게 깨달아 싸움에 미련을 두지 않고 칼과 말을 버렸다. 아버지와 아들은 신(神)으로 돌아갔다. (나관중본 16권 '玉泉山關公顯聖')

그러나 모종강본에서는 관우가 사로잡혀 손권 앞에 끌려간 다음 손권을 실컷 욕하고 죽는다.

워낙 《촉기(蜀記)》라는 책에 손권이 관우와 그의 아들 관평을 사로잡은 다음 항복시키려 했다가 죽였다는 기록이 있었다.

손권은 관우를 살려두어 유비와 조조와 맞서게 하려 했는데 곁에서 말렸다.

"늑대 새끼를 기를 수 없습니다. 훗날 꼭 해를 끼칩니다. 조공이 관우를 즉시 제거하지 않았다가 큰 우환거리를 자초하여 수도를 옮길 의논까지 하였습니다. 지금 어찌 살려둘 수 있습니까?"

하여 (손권은 관우의) 목을 베었다.

허나 정사 삼국지에 주해를 단 배송지는 〈오서〉를 보면 손권이 반장을 시켜 관우가 도망가는 길을 끊고 관우가 이르자 죽였다고 썼고, 관우가 죽은 임저(臨沮)는 손권이 있던 강릉에서 200~300리 떨어졌는데 관우를 죽이지 않고 한가히 그 생사를 논할 여유가 어디 있느냐고 지적했다. 배송지는 또 손권이 관우를 살려두어 유비와 조조를 막으려 했다는 말도 황당하다고 조소했다.

나관중은 통속역사를 쓰는 의식으로 책을 쓰다 보니 보다 정확한 기록을 고르면서 관우의 허망한 죽음을 하늘로 돌아가는 절차로 풀었으나, 모윤-모종강 부자는 소설가의 필치로 책을 다듬었기에 역사학자가 부정한 기록을 들춰내 관우의 죽음을 미화시켰다. 소설로서는 잘 고쳐진 셈이다.

그런데 관우가 죽기 전에 하는 말도 관우의 다른 신화들과 마찬가지로 남의 말과 행위를 표절한 냄새가 짙다.

"이 눈깔 푸르고 수염 붉은 쥐새끼 같은 놈아. 내 유황숙과 도원에서 결의하여 한실을 붙들어 세우기로 맹세를 하였나니 어찌 너와 함께 한조를 배반하는 역적이 되겠느냐! 내 이제 잘못해서 너희들의 간계에 빠졌으니 오직 죽음이 있을 따름이라 무슨 여러 말을 하느냐?"

관우의 위대한 형상을 부각시키기 위해 모종강본에서는 원소의 모사 저수가 조조에게 붙잡혀 한 말과 방덕이 관우한테 잡혀 꾸짖는 말을 다

삭제하였다. 방덕의 말만 보아도 관우가 한 말의 근원을 짐작할 만하다.

"이놈! 투항이라니 무슨 소리냐? 우리 위왕(魏王)은 100만 갑병을 거느리고 위엄이 천하에 떨쳤다. 너희들의 유비는 용재에 불과한데 내가 너에게 항복할 리 있느냐? 칼 아래서 죽을지언정 이름 없는 장수에게 항복할 리 있느냐?"

나관중이 정사 《방덕전》에서 베껴온 말인데, 모종강본에서는 관우에게 불리한 말은 전부 빼거나 뜯어 고치다 보니 방덕은 이유 없이 만용만 부리다가 죽는 멍청이로 전락되었다.

관우의 죽음과 직결되는 일을 하나 더 들어본다. 소설에서는 관우가 맥성에서 포위되었을 때 부근에 있는 유봉과 맹달이 구해주지 않아 관우가 곤경에서 헤어나오지 못한다. 이문열 씨는 그 이상한 짓의 뿌리를 여전히 제갈량과 관우의 경쟁에서 찾는다. 그의 분석은 200자 원고지 12매 분량이나 되는데, 길더라도 일부 인용한다.

유봉과 맹달이 관공의 곤경을 외면한 것도 단순히 그들의 사감(私感) 때문이었던 것 같지는 않다. … 맹달은 일생에 세 번이나 주인을 바꾸고 네 번째 다시 바꾸려다가 사마의에게 잡혀 죽음을 당하는 인물이다. 그런데 그런 인물일수록 세력을 잘 가늠하고 눈치가 빠르다. 그런 그가 아무런 사감 없이 관공의 위급을 외면한 것은 틀림없이 그래도 괜찮다는 판단이 있었을 것인데, 그게 바로 공명의 존재가 아니었던지 모르겠다. 공명이 드러내놓고 말한 적은 없지만, 관공을 도와주는 걸 그리 기뻐하지 않으리라고 이 눈치 빠른 인물이 단정했다 해서 큰 무리는 아니었다. … 결론적으로 공명은 비록 관공이 그토록 참혹한 최후를 맞기를 바라지는 않았다 하더라도 그가 떨어질 위험성에 대해 의외로 냉담했던 것만은 의심의 여지가 없다. 좀더 가혹하게 말한다면 번성공략에서 관우가 거둔 초기의 눈부신 성공에 고까웠던 나머지 그가 뻔히 빠질 위태로움까지 강 건너 불 보듯 한 것이나 아니었던지 모르겠다. (8권 237~240쪽)

제갈량을 비루한 인간으로 내리깎으니 그를 신인으로 치켜세우는 것만큼이나 억지가 나오게 된다. 정사 삼국지의 '유봉전'을 한 번이라도 읽었더라면 이런 억측은 하지 않았을 텐데 말이다. 관우는 절체절명의 위기에 빠졌을 때 유봉과 맹달의 도움을 바란 것이 아니라 번성을 한창 신나게 공격하다가 힘을 빌리려 한 것이다.

오군이 맥성을 에워쌌을 때 유봉과 맹달이 그 소식을 알았는지도 모를 일이다. 관우의 부하 요화가 포위를 뚫고나와 유봉과 맹달에게 도움을 간청하는 것은 소설의 재미를 보태기 위해 꾸민 픽션일 뿐이라 그런 소설에 근거하여 인간 제갈량의 인격을 의심하다니, 한심한 일이 아닐 수 없다.

초기 전설에서 천궁의 남천문을 지키는 수문장이 되었다가 천장으로도 활약하던 관우는 관제가 되면서부터 그 신통력과 관할 범위가 점점 더 불어났다. 사사로이 정을 통하고 주인을 해친 남녀의 허리를 자르기도 하고, 억울하게 당한 무력한 사람들을 구원하기도 했다.

아무튼 새로운 무신 관제가 탄생한 후 명나라 장수들은 관우를 굉장히 숭배했다. 임진왜란 때 명나라 수군을 거느리고 조선에 온 진린이 관제묘의 건립을 이순신 장군에게 건의했다고 할 정도다.

소설 《임진록》은 판본이 여러 가지인데, 그중 관우의 신이 등장하는 판본도 있어 관우 숭배의 국제화가 실감난다.

어찌 보면 우스운 일이지만 명나라를 정복한 만주족은 관우 숭배를 부정하기는 고사하고 오히려 거듭거듭 그 시호를 늘였다. 명나라 장수들과의 접촉에서 관우 숭배를 받아들인 것으로 보이는 누루하치와 그의 후대들은 관우가 자기들의 싸움을 도왔다는 전설을 만들어 관우 숭배를 조성했다.

중원에 들어오기 전부터 황태극을 포함한 만주 귀족들은 '관파마[關法瑪]'를 숭배했으니 '파마'란 만주말로 '나으리'라는 뜻이다.

알고 보면 명나라 말기 청나라 초기에 똑같이 관우를 숭배하는 군대들끼리 싸웠는데, 관우가 한족 편을 들지 않았던지 승리자는 결국 만주족이 되었다.

중국의 주인이 된 다음 만주족 통치자들은 그 전의 황조들이 무색할 지경으로 공자와 관우를 추켜올렸다. 건륭(乾隆) 연간(서기 1736~1795년)에 관제의 칭호가 충의신무영우관제(忠義神武靈佑關帝)로 늘어났는데 소수민족으로서 다수 민족을 지배하려면 최선의 방법라고 할 수 있는, 다수민족의 숭배 대상을 부인하지 않으면서 자신의 이익과 결부시키는 것이리라.

이러나저러나 관우는 북송 시대에 빛을 보기 시작해서부터 봉건 시대가 끝날 때까지 충성과 의리, 용맹의 화신으로 부각되면서 형상이 날이 갈수록 풍만해졌고, 많은 업종에서 관공을 자기들 업종의 시조로 모시다 보니 관제가 보우해야 할 범위는 너무나 넓어졌다.

역사인물 관우의 마지막 흔적은 그의 머리가 묻힌 곳이라는 낙양의 관우묘, 1948년에 중국인민해방군이 낙양을 공격할 때, 성을 지키던 국민당 소장 츄우싱샹[邱行湘]의 명령으로 허물어졌다. 기관총의 사계(射界)를 넓히기 위한 조치였다. 관우를 제일 숭배하던 츄우싱샹으로서는 아주 고통스러운 선택이었고 눈물도 꽤나 흘렸다고 한다.

1912년에 중화민국이 서면서 봉건 시대가 끝나고 1930년대에 신묘(神廟)가 폐지되는 등 신으로서의 관우의 지위가 약화되다가, 1949년에 중화인민공화국이 성립된 후 관제묘가 대폭 줄고, 신으로나 인간으로나 관우의 지위도 일락천장했다. 중국공산당은 관우를 숭배해야 할 필요를 느끼지 않았을뿐더러 봉건 잔재의 청산이 필요했던 것이다.

그 어떤 신이든 인간 세상의 정권이 뒷받침되지 않는 한 신통력을 펴보일 수 없다. 홍콩의 경우를 보면 신묘의 주인 관제는 오만 가지 기능을 가진 신이지만 민간에서는 관우가 형제 의리를 지킨 우상일 뿐이다.

하기는 지금도 관우가 하늘에서 내려보내 유비를 도운 신이라고 믿는 사람들도 없지 않으나 민간에서 관우는 주로 이야기의 주인공으로 남았다. 1980년대 이후에 홍콩 상인들을 통해 관우 숭배가 대륙에 다시 들어왔지만 그 영향력은 미미하다고 해도 괜찮다.

5장

재미로 보는 소설

야사에 이름을 빛내려면

중국 역사에 나오는 크고 작은 왕조들을 살펴보면 한 왕조의 창건 핵심 멤버들이 한 고장, 심지어 한 골목에서 나오는 경우가 많아 흥미롭다.

패현(沛縣)에서 태어난 한나라 개국 황제 유방의 부하들은 패현 출신이 많고, 봉양(鳳陽)에서 태어난 명나라 개국 황제 주원장의 심복 가운데는 봉양이나 인근 출신 사람들이 많다. 왕조를 세우지 못했어도 어느 지방에서 할거한 군벌이나 농민봉기를 주도했던 인물들의 곁에는 항상 고향친구들이 모여 장군이니 뭐니 하고 우쭐거렸다.

누가 일단 임금이 되면 하늘에서 내려온 별이라는 신화가 생겼고, 또 그런 큰 별을 보좌하기 위해 작은 별들이 큰 별 부근에 내려온다는 설도 따라 나오는 것이 상례가 되었다. 그럴듯한 설이지만 사실은 천하의 정기가 어느 한 고장에 모이고 천하의 인재가 어느 한 골목에 모인 게 아니라, 리더가 고향친구들을 믿고 써주었기 때문에 친구들의 재능이 빛을 본 것이다.

말하자면 리더가 믿고 써주었기에 타고난 재상감이나 장수감이 아닌 농부나 백수건달이라도 능력을 충분히 발휘했거나 본래 능력 이상의 재능을 보여주게 되었다.

성공의 삼대 요소로 '천시(天時), 지리(地理), 인화(人和)'를 꼽을 때 조조는 천자를 끼고 제후를 호령하였으니 천시를 이용했고, 손권은 장강의 천험(天險)을 믿고 강동을 지켰으니 지리를 얻었는데, 천시도 지리도 없는 유비는 단 한 가지 인화로 큼직한 땅덩어리를 차지했다는 통설을 구태여 떠올리지 않더라도, 소설 삼국지에서 가장 뛰어난 영웅들은 유비 집단에 모였다. 그럼에도 불구하고 유비가 세운 촉나라가 제일 먼저 망하니 독자들을 안타깝게 만든다.

위나라나 오나라의 모사들 중 제갈량을 당할 자가 없고 위나라, 오나라의 장수들이 관우, 장비, 조운의 발뒤축도 따라가지 못하는데, 어째서 뒤떨어진 자들만 모여 있는 위나라나 오나라가 이길까?

그러나 정사를 뒤져보면 인물상이 상당히 달라진다. 위나 오의 문관과 장수들의 공적과 능력은 촉의 인재들에 못지않을뿐더러 훨씬 뛰어난 점도 많다. 그러면 왜 사람들의 인상 속에서 유비의 부하들이 초일류 인재로 남았을까? 바로 촉나라의 제도에서 그 원인을 찾아볼 수 있다.

위나라나 오나라는 건국 후 사관(史官)을 지정하여 열심히 사건들을 기록했기에 진수가 정사 삼국지를 편찬할 때 위나라와 오나라의 역사를 기술하는 데에는 큰 어려움이 없었으나 촉나라의 역사만은 참고할 만한

유비의 신하들　　　　　　　　　　손권과 그의 신하들

책이 턱없이 부족했다.

다행히 진수가 촉나라 출신이었고, 촉나라가 수십 년 만에 망해 구술 역사라도 참고할 수 있었으니 말이지 그마저도 건지지 못할 뻔했다. 촉나라의 역사책이 부족한 것은 사관이 없었기 때문이고, 사관이 없었던 것은 제갈량이 촉나라의 제도를 제정할 때 역사를 기록하는 부서를 만들지 않았기 때문이다.

웬만한 왕조에는 사관이 있게 마련이고, 특히 임금의 일거일동은 전문 담당 사관이 시시콜콜 기록한다.

30대에 황제가 된 송(宋)나라 개국 황제 조광윤(趙匡胤)이 새잡이에 열중하는데 한 신하가 어떤 일을 아뢰었다. 황제가 귀찮아하는데도 신하가 계속 자기 말을 하는 바람에 골이 난 조광윤은 손에 든 탄궁(활 비슷하지만 화살이 아니라 흙 따위로 빚은 알을 쏜다)으로 후려쳤다.

조조와 그의 신하들

명장인 조광윤의 힘은 무서웠던 모양으로 한 대에 신하의 이빨이 부러지고 말았다. 신하는 말없이 이빨을 주워 품에 넣었고, 조광윤은 그 행위가 눈에 거슬려 캐어물었다.

"너 감히 나에게 앙심을 품으려느냐?"

"아니올시다. 사관에게 갖다 보이려고 그럽니다."

임금이 놀음에 취해 신하의 이빨을 부러뜨렸다는 기록이 후세에 남을까 봐 조광윤은 제발 사관에게 알리지 말라고 급히 사정했고, 임금이 사관을 두려워했다는 일화를 남겼다. 이처럼 사관의 존재는 역사에 오명을 남기지 않으려는 의식을 가진 임금들을 어느 정도 통제하는 역할을 했다.

조선 역사에 사초(史草) 때문에 비참한 사화(士禍)가 여러 번 일어난 것도 따지고 보면 임금이 자신이나 선대 임금의 명성을 지키기 위한 노릇이니, 실록 따위의 사서(史書)는 임금이 함부로 움직이지 못하도록 어느 정도 손발을 묶어주었다. 구제 불가능한 폭군이나 혼군은 예외이지만 말이다.

제갈량은 나라를 잘 다스렸다고 칭송을 받았으나 아무튼 사관을 지정하지 않았고 유비의 아들 유선은 질탕하게 놀아대다가 나라를 잃었다. 촉의 역사가 거의 구술에 의존해 정사의 기록이 애매해지면서부터 일은 우습게 된다.

　조조와 손권 및 그 후대와 부하들의 행적은 역사적인 사실로 꽤 소상하게 밝혀졌고, 따라서 당연한 일이지만 초인간적인 비범한 공적이 거의 없다. 하도 잘 기록되었기에 픽션의 여지가 적어졌는데, 이와 반대로 유비 집단의 인물들은 사적이 불투명하기에 이야기꾼이나 소설가가 상상의 날개를 활짝 펼치기 안성맞춤이었다.

　게다가 세월이 흐르면서 유비 집단을 동정하고 촉을 정통화하는 바람이 거세지면서부터, 남의 공로를 유비 집단에게 돌리고 같은 일도 정사와는 반대되는 묘사를 서슴지 않았다. 예컨대 동탁의 맹장 화웅은 손견이 죽였는데도 소설에서는 손견이 화웅에게 참패한 후 관우가 술이 식기 전에 화웅을 베어 후세에 길이 빛날 공로를 세운다.

　예부터 적국을 정복하면 우선 첫 작업으로 적국의 역사책부터 태워버렸다. 상대방을 뿌리 없는 민족, 뿌리 없는 그룹으로 만드는 데 그 목적이 있었지만 결과가 예상대로 될지는 물음표를 던질 만하다.

　촉나라의 경우 아예 사서가 없었기에 인물들의 사적이 아리송해졌고, 그 덕분에 큰일을 해내지 못한 사람들도 야사에서 으뜸가는 영웅으로 떠받들린다.

　제갈량을 신격화하는 이들은 공명이 그런 것을 다 내다보고 사관제도를 만들지 않았다고 해석할지도 모르지만, 그건 지혜의 화신인 야사의 제갈공명에게나 어울릴 해석이다.

　삼국 시대 영웅들의 이미지 변화에 대한 역사를 밝혀보노라면 자연스레 아래와 같은 결론이 도출된다.

　"야사에 이름을 빛내려면 자기와 관계되는 역사기록을 전부 없애라!"

삼국지 연혁

'소설 삼국지' 하면 나관중의 작품으로 알려져 공로나 과오를 모두 나관중에게 돌리고, 또 철저하게 촉한 정통론에 의해 지은 책으로 이야기되는데 여기에는 오해의 소지가 많다.

청나라 초기부터 지금까지 300년 이상 모종강본이 유행되었기에 외국인들은 고사하고 중국의 학자들도 가끔 모종강 부자가 집어넣은 견해를 나관중의 생각으로 짐작하고 원나라 말기, 명나라 초기의 사회 현상을 연구하는 경우가 있으니 우스운 일이 아닐 수 없다.

지금부터 나관중 이전의 삼국 이야기, 나관중의 삼국지, 모종강본이 나온 이후의 세 부분으로 나누어 삼국지의 연혁을 소개하려 한다. 상세하게 쓰려면 책 한 권 분량이지만 학술저작이 아닌 이상, 골자와 흥미로운 대목들을 골라 간단하게 쓴다.

나관중 이전의 삼국 이야기

삼국 시대가 끝나자 그 시대의 흥망성쇠를 다룬 작품들이 나타나, 나관중의 소설이 나오기까지 1000년 이상 세월이 흐르면서 삼국 이야기는 풍부한 소재를 이루었다.

진나라의 진수는 정사 삼국지를 편찬했고, 삼국 시대부터 남북조(서기 420~589년)에 이르기까지 갖가지 야사에 짧은 기록이 있었으며, 그보다 좀 늦게 수나라 말년에는 삼국 이야기가 무대에 올랐다. 《세설신어(世說新語)》의 기록에 의해 꾸민 '유비가 말을 타고 단계를 건너다(劉備乘馬渡檀溪)'라는 극이 수 양제(煬帝) 대업(大業) 연간(605~617년)에 꼭 두각시극으로 엮어져 무대에 올랐다 하고 이상은(李商隱)이나 두목(杜牧) 등 당나라 시인들의 작품에서 삼국 인물들의 모습을 찾아보게 되지만, 당시 이야기들의 상세한 내용은 알 수 없다.

송나라 때에는 도시 상품경제가 발달하면서 시민 계층의 문화생활 요구가 대폭 증대되었고, 따라서 이야기꾼들도 늘어났다. 전문적으로 삼국 이야기를 하여 먹고사는 '설삼분(說三分)'이라는 이야기꾼들이 있었다 하니 삼국 이야기가 상당히 완벽하게 엮어진 모양이나 현존 자료로는 그 전모를 알 수 없다.

그러나 지금 일부 남은 《신편오대사평화(新編五代史平話)》의 '양사평화(梁史平話)'에 역대 왕조의 흥망성쇠를 다뤘으니, 그중 한나라가 망하고 삼국이 선 원인을 인과보응설로 풀이한 대목도 있다.

유방이 항우를 죽이고 한나라를 세웠는데 공신을 의심하여 한신, 팽월(彭越)과 진희(陳豨) 등이 멸족의 화를 입는다. 세 공신이 천제(天帝)에게 억울한 사연을 하소연하니 천제는 무고한 세 공신을 불쌍하게 여겨 호걸로 다시 태어나게 한다. 한신은 조조가 되고, 팽월은 손권이 되며, 진희는 유비가 되어 한나라를 셋으로 나눈다….

불교의 영향을 받은 이런 인과보응설은 오랜 세월을 거쳐 내려오면서 그 줄거리도 바뀌었는데, 갈수록 내용이 풍부해졌다.

원나라 때의 잡극에도 삼국 인물들이 많이 등장하나 현재 전문(全文)이 남은 극은 지금의 소설과 다른 점이 적지 않고, 일부 극은 제목만 전해지기에 인물의 성격이나 이야기는 전혀 알 길이 없다.

현존하는 자료에서 가장 일찍 나온 삼국 소설은 연구가들이 반드시 언급하는 일본 내각문고 소장 《전상삼국지평화(全相三國志平話)》 3권이다. 원나라 지치(至治, 1321~1323년) 연간에 나왔다는 이 책은 글자수가 약 8만 자이니 나관중본의 10퍼센트 정도로 보인다.

중국에서도 출판되었으나 필자는 일부 내용만 보았을 뿐, 전문은 보지 못했는데 글귀는 상당히 조잡하여 매끈하지 못했다. 위에 든 《평화》와 마찬가지로 한 고조 유방이 공신을 죽이는 이야기로 시작되었으니, 그런 이야기에서 나관중이 소설을 쓰기 전에 전해오던 삼국 전설의 특징을 엿볼 수 있다.

여기서 명나라 후기에 나온 소설집 《유세명언(喻世明言)》의 제31권, '저승을 소란스레 하면서 사마모는 소송사건을 판결하다(鬧陰司馬貌斷獄)'라는 글을 소개한다.

동한 영제(靈帝) 때 촉군 익주(益州)에 이름은 사마모(司馬貌), 자는 중상(重湘)이라는 영리한 인물이 있었는데 재능은 뛰어났으나 세도를 쓰는 자들에게 밀려 뜻을 펴보지 못했다. 돈 많은 자들이나 관리가 되다 보니 가난한 사마모는 뒤를 밀어주는 사람이 없어 쉰 살이 되도록 초야에 묻혀 지냈다. 어느 날 그는 술김에 자기가 만약 염라대왕이 된다면 세상 일을 바로잡겠다고 불평을 하는 '원사(怨詞)' 한 편을 써서 불에 태운다.

옥황상제가 사마모의 생각을 알고 그더러 하룻밤 동안 염라대왕 노릇을 하게 한다. 그래서 사마모는 지옥에 들어가는데 공정하게 판결하면 내생에 부귀를 누릴 것이고, 그런 재능이 없으면 지옥에 떨어져 영원히 인간의 몸을 얻지 못하게 된다.

사마모가 염라대왕 자리에 앉아 오래 묵은 송사들을 몇 건 판결해 본 보기를 보여주겠노라고 자신만만하게 말하니, 판관은 350년 이상 끌어온 한나라 초기의 사건 네 가지를 내놓는다.

첫째는 개국공신 한신, 팽월, 영포(英布)의 송사로 유방과 그의 아내 여씨(呂氏)가 자기들을 억울하게 죽였다고 고소한 것이었다.

둘째는 싸움터에서 유방을 놓아준 항우의 장수 정공(丁公)이, 유방이 은혜를 갚기는 고사하고 오히려 자기를 죽였다고 고소한 것이었다.

셋째는 유방의 첩 척씨(戚氏)가 여씨가 권력을 탈취하고 황제 자리를 빼앗았다고 고소한 것이었다. 유방은 척씨가 낳은 아들 여의(如意)를 귀여워해 황제 자리를 전해주겠다고 약속한 적이 있는데, 유방이 죽은 다음 여씨의 아들이 황제가 되었고 척씨와 여의는 여씨에게 참살 당했다.

넷째로 항우가 그의 최후에 자기를 핍박한 왕예(王翳), 양희(楊喜). 하광(夏廣), 여마동(呂馬童), 여승(呂勝), 양무(楊武) 등 여섯 장수를 고소한 것이었다.

사마모는 자료를 읽고 나서 '허허' 웃더니 원고와 피고들을 다 불러와 사연을 말하게 하고, 그들과 관계되는 사람들도 데리고 와 일일이 물어본 다음 판결을 내렸다.

우선 한신은 한나라를 위해 충성을 다했으나 억울하게 죽었으니 조조로 태어나 처음에는 한의 승상으로 있다가 후에 위왕(魏王)이 되어 허도(許都)에 들어앉아 한나라 강산의 절반을 차지하게 한다.

그때가 되면 한신의 후신인 조조의 위엄과 권세가 세상을 뒤엎게 되고 마음껏 전세의 원수를 갚을 수 있다. 그러나 생전에는 황제로 칭하지 못하니 한나라를 배반할 마음이 없음을 밝히고, 아들이 한의 선양을 받아 무제(武帝)로 추존(追尊)하니 한나라를 위해 세운 10대 공로를 보상하는 바이다.

그 다음 유방은 내세에 여전히 한나라의 황제인 헌제(獻帝)가 되는데 평생 조조에게 눌려 불안하게 살게 된다. 전생에 임금이 신하를 저버렸기에 내생에는 신하에게 업신여김을 당하면서 보응을 받게 된다.

여씨는 복(伏)씨 가문에서 태어나 헌제의 황후가 되는데 조조에게 시달리다가 궁중에서 붉은 비단에 목매어 죽게 되니, 장락궁(長樂宮)에서 한신을 죽인 원한을 보상하는 셈이다.

한신을 유방에게 추천한 은인이자 훗날 여씨를 도와 한신을 죽인 소하(蕭何)는 양수(楊修)가 된다. 내생에 총명하기로는 천하에서 으뜸가고 조조의 주부가 되어 높은 봉록을 받으니 그건 한신을 세 번 추천한 은혜를 갚는 바요, 조조의 군사 비밀을 밝혀냈다가 그의 손에 죽으니 전생에 한신을 속여 장락궁으로 불러들인 대가를 치르는 것이다.

영포는 손권으로 태어나 처음에는 오왕이 되고, 후에는 오의 황제가 되어 강동을 차지하고 부귀를 누린다.

정직한 사람이었던 팽월은 유비로 태어나 수많은 사람들이 어질고 의롭다고 칭송하게 되는데, 후에 촉의 황제가 되어 촉 땅을 차지하여 조조, 손권과 천하를 셋으로 나눠 가진다. 조씨가 한을 멸망시킨 후 유비가 한나라의 뒤를 이으니 그건 팽월의 충성심을 표창하는 것이다.

팽월은 이제 개국 황제가 되는 복을 받았으나 기뻐하기는 고사하고 오히려 걱정한다. 천하가 셋으로 나뉠 때에는 크게 혼란한 시기인데 서촉의 한 구석 땅을 가지고 어찌 오와 위와 맞서겠느냐고 자신이 없어 하니 사마모는 몇 사람을 보내 도와주겠노라고 한다.

한신에게 유방을 저버리고 유방, 항우와 더불어 천하를 셋으로 갈라 가지라고 권했던 괴통(蒯通)은 슬기롭고 꾀가 많은 사람으로 태어나니 이름은 제갈량, 유비의 군사(軍師)가 되어 함께 나라를 세운다.

한신의 수명을 잘못 예언한 점쟁이 허복(許復)은 방통이 되어 유비를 도와 서천을 차지하는데, 서른두 살에 낙봉파에서 죽으니 허복이 일흔 두 살까지 한다고 장담했던 한신이 죽을 때와 같은 나이에 죽게 된다. 이 것은 점을 잘못 친 보응이라 이후의 점쟁이들에게 경고하는 바이다.

팽월을 도와줄 장수로 사마모는 우선 유방의 동서인 맹장 번쾌를 불 러 장비로 태어나게 하고, 다음 항우더러 성만 바꾸어 관우로 태어나게 한다.

"너희 두 사람은 만 사람이 당하지 못할 용맹을 지니고 유비와 도원 에서 결의하여 함께 나라의 기업을 다진다. 번쾌는 아내 여수(呂須)가 언 니 여황후를 도와 나쁜 짓을 하게 한 잘못이 있으니 아내의 죄에 남편이 연좌(連坐)되고, 항우는 진왕(秦王) 자영(子嬰)을 죽였고 함양(咸陽)성을 불태웠으니 두 사람은 다 비명에 죽게 된다. 그러나 번쾌는 생전에 충성 스럽고 용맹한데다 아첨을 하지 않았고, 항우는 유방의 아버지를 죽이지 않고, 여후를 더럽히지 않았으며, 술상에서 유방을 비겁하게 죽이지 않 았다. 이러한 세 가지 덕이 있으니 내생에 다 의롭고 용맹하며 강직하게 살고 죽어서 신이 되리라."

유방이 절경에 빠졌을 때 유방으로 분장했다가 적군에게 죽은 기신 (紀信)은 생전에 유씨 가문에 충성을 다했으나 하루도 부귀를 누리지 못 했으니 조운으로 태어나 촉의 명장이 된다. 당양 장판에서 100만 군중 속에서 주인을 구하여 이름을 떨치고 여든두 살까지 살다가 병 없이 죽 는다.

여씨의 시기에 비참하게 죽은 척씨는 감(甘)씨 가문에 가서 유비의 정궁(正宮) 황후가 된다. 이전에 여씨는 팽월의 미모에 반했으나 음탕한 마음을 성사하지 못했고, 또 유방이 척씨를 사랑한다고 시기하였으니 척씨가 팽월과 부부로 짝짓게 하여 여씨가 질투할 수 없게 한다.

척씨의 아들 조왕(趙王) 여의도 여씨 때문에 비명에 죽었는데, 내생에 여전히 척씨의 아들이 된다. 이름을 유선으로 고쳐 아명은 아두요, 유비의 대를 이어 후주가 되니 마흔두 해 부귀를 누리면서 전세의 고생을 보상한다.

정공은 주유가 되어 손권의 장수로 있다가 공명이 골려주는 바람에 화가 나서 서른다섯 살에 죽는다. 전생에 항우를 끝까지 섬기지 못했으니 내생에 손권도 마지막까지 섬기지 못한다.

홍문(鴻門)의 연회에서 유방을 구한 항우의 숙부 항백(項伯)은 혈육을 배반하고 남의 편을 들어 부귀를 탐냈고, 옹치(雍齒)는 원수인 유방이 주는 작위를 받았으니 두 사람은 다 항우의 원수다. 내생에 하나는 이름을 안량으로 바꾸고 하나는 문추로 고쳐 다 관우 칼에 목을 잘리니 항우가 전생의 원한을 갚는 것이다.

항우를 핍박하여 죽인 여섯 장수는 조조의 부하가 되게 하여 관애(關隘)를 지키게 된다. 양희는 변희(卞喜)로, 왕예는 왕식(王植)으로, 하광은 공수(孔秀)로, 여승은 한복(韓福)으로, 양무는 진기(秦琪)로 여마동은 채양(蔡陽)으로 이름을 고치는 바 관우는 다섯 관을 지나면서 여섯 장수를 베어 전생에 오강(烏江)에서 핍박한 한을 풀게 된다.

마지막으로 사마모는 초와 한이 천하를 다툴 때 억울하게 죽은 장병이나, 재능을 다 펴보지 못한 자나, 은혜를 채 갚지 못했거나 원한을 풀려는 자들도 다 삼국 시대에 태어나게 하는바 야박하고 남을 해친 자, 독한 음모를 꾸민 자, 은혜를 보답하지 않은 자들은 말로 변해 장수들을 태우게 한다.

하룻밤 꼬박 걸려 판결을 끝내니 염라대왕은 탄복해 마지않고 옥황상제도 "300년 넘게 끌던 사건을 반나절 사이에 명쾌하게 판결했다"고 칭찬하면서 이생에 재주를 펴보지 못한 사마모에게 내생의 복을 준다.

"사마모는 사마의로 태어나 장수가 되었다가 승상으로 올라가 자손에게 자리를 전하는데 세 나라를 아울러 진(晉)나라를 세운다. 한신이 조조로 태어나 원수를 갚지만 임금을 깔보고 황후를 시해하는 등 일은 바람직하지 않다. 후세 사람들이 전생의 원인은 모르고 나쁜 짓만 배울까 봐 사마의더러 조씨의 자손을 멸시하게 하여 조조가 헌제를 업신여긴 것과 꼭 같이 하는바, 그 보응을 보여줘 후세 사람들에게 착한 일을 해야지 나쁜 짓을 해서는 안 된다고 권해야 한다."

사마모가 아내 왕씨가 평생 자기와 함께 고생했으니 내생에도 부부가 되어 부귀를 누리기를 바란다고 청하니 염라대왕은 선뜻 허락한다. 사마모는 이승에 돌아와 아내에게 사연을 알려준 후 조용히 숨을 거두고 왕씨도 곧 이어 죽어 그들은 삼국 시대에 사마의 부부가 된다.

관우, 장비와 조운을 논한 글에 전해지다시피 나관중 이전의 삼국 이야기에서는 나관중의 소설에 나오는 인물들의 뿌리를 알 수 있다. 특히 촉의 장수들은 기록이 부족하였기에 위나라나 오나라의 인물들과는 달리 그 모습에 사마모 이야기에 나오는 전생의 흔적이 남아 있다.

여기에서 채양이 관우가 다섯 관을 지나면서 죽인 여섯 장수의 한 사람으로 설정되는 등 초기 삼국 전설의 모습이 엿보이고, 방통과 주유의 나이가 틀렸거나 진나라 말기, 한나라 초기의 유명한 관상쟁이 허부(許負)의 이름이 잘못 전해져 허복이란 사람을 만들어낸 등 오류도 찾아볼 수 있다.

이처럼 삼국 이야기는 오랫동안 불교의 인과보응설에 의해 해석되면서 단순한 역사순환론을 떠들었으나 나관중은 불교의 빛깔을 없애고 새로운 시각으로 삼국 이야기를 다루었다.

이른바 사마모가 사건을 판결했다는 한나라 영제 시기는 서기 168년부터 189년까지인데 영제가 황제가 될 때 155년에 태어난 조조는 이미 10대 소년이었다. 한신이 168~189년 사이에 조조로 태어난다면 원래 조조를 죽이고 다시 태어나야 하지 않는가? 황당하지 않을 수 없다. 이러한 모순도 있었으니 나관중이 그런 속설을 취하지 않았을 수도 있으나, 관우나 조운의 이야기를 엮을 때 민간전설을 완전히 무시할 수도 없어 조운의 나이가 이상하게 나타나는 등 오류를 남겼다.

나관중의 삼국지

봉건 시대에 통속문학가인 나관중 같은 사람들은 사대부들이 시골 선비라고 깔보는 인물이었기에 지금은 위대한 작가로 추앙받고 있지만 그 생애는 알 길이 막막하다.

나관중의 이름은 본(本), 혹은 관(貫)이고, 자를 관중이라 하는 바, 고향은 명나라 때부터 설이 아주 많았다. 옛날 책에는 태원(太原, 지금의 산시성[山西省] 타이왠[太原]시), 전당(錢塘, 지금의 저장성[浙江省] 항저우[杭州]시), 동원(東原, 지금은 산둥[山東]성에 속한 지역) 등 서로 다른 기록이 남았는데, 어떤 학자들은 여러 가지 설을 적당히 모아 나관중이 태원에서 태어나 동원에서 살다가 만년에는 전당에서 글을 썼다고 주장하기도 한다.

중국 학계에서는 나관중의 생애를 1330~1400년으로 추산하지만 실제 생몰연도와는 수십 년 차이가 날지도 모른다.

'나관중과 나는 망년교(忘年交, 나이차가 많이 나는 사람들이 친구로 사귀는 것)였고, 지정(至正) 갑진년(甲辰年, 서기 1364년)에 다시 만났는데 그후 또 육십년이 지났으니 그의 최후를 알 수 없다.'

《속록귀부(續錄鬼簿)》에 나오는 이런 말을 비교적 믿을 만한 근거로 보는데, 말한 사람의 나이를 추산하고 망년교란 말에 의해 나관중의 나이를 잡아보면 1364년에 적어도 마흔쯤은 되었다고 보인다.

《록귀부속편(錄鬼簿續編)》이라고도 하는 《속록귀부(續錄鬼簿)》의 저자는 그 이름이 잘 알려지지 않았으나 지금은 원나라 말년부터 명나라 초년까지 활약한 극작가 가중명(賈仲明)이 썼다고 주장하는 학자들이 있다.

위에 쓴 글을 가중명이 영락 20년(서기 1422년)에 쓸 때 여든 살이었다니 가중명은 1343년에 태어났다는 결론이 나온다. 나관중이 가중명보다 훨씬 나이가 많았다는데 어떤 이들은 다른 사료도 참작하여 나관중의 생몰년을 1315~1318년으로 짐작하지만 학계에서는 아직도 1330~1400년설이 통용된다.

그리고 나관중본에는 옛날 지명들을 언급하면서 지금 지명이라고 밝힌 곳들이 많다. 원나라에서 1329년에 폐기한 지명 강릉과 담주(譚州)를 지금 지명이라고 쓴 것을 보면 1329년 전에 책이 완성되지 않았나 짐작해도 전혀 근거 없는 추측은 아니다. 당시 나이를 서른 정도로 보면 1364년에는 예순 남짓하니 역시 망년교란 말에도 어울린다.

그러나 이런 것들은 영원한 미스터리로 남기고 작품이나 연구해보는 편이 좋을 성싶다.

문학사에서 흔히 《삼국지연의》를 명나라 때의 작품으로 보지만 확실한 근거는 없다. 단, 나관중의 이름으로 된 책들이 지금까지 전해오는 것만 해도 《수당지화(隨唐志話)》《잔당오대사연의(殘唐五代史演義)》《북송삼수평요전(北宋三遂平妖傳)》 등이 있고 잡극 《용호풍운회(龍虎風云會)》도 썼으며, 수호지의 편찬에도 참여했다고 하지만 명나라 때 그의 창작으로 알려진 수십 종 작품도 다 후세 사람들이 뜯어고쳤기에 어느 정도 원 모습을 유지했는지는 알 수 없다.

현존하는 최초의 나관중 삼국지는 속칭 홍치(弘治)본이라고 하는 《삼국지통속연의(三國志通俗演義)》다. 책의 앞에 홍치(弘治) 갑인년(서기 1494년)에 용우자(庸愚子) 장대기(蔣大器)가 쓴 서문과 가정 임오년(서기 1522년)에 수염자(修髯子) 장상덕(張尙德)이 쓴 소인(小引)이 있는데, 상무인서관(商務印書館)에서 영인(影印) 출판할 때 수염자의 소인을 **빼버렸**기에 홍치연간에 나온 책으로 오해를 받았다. 지금도 어떤 학자들은 홍치본이라고 부르는 데 습관이 되었다.

나관중이 활약한 때부터 160년 이상 지나서야 인쇄본이 나왔으니 그전에는 필사본이 유행하였다는 장대기의 말이나 믿어야 한다. 중국의 고서들을 곧잘 사다가 소장한 일본에서도 홍치본보다 더 일찍 나온 판본은 발견되지 않았으니 나관중의 사상은 역시 홍치본-가정본에 의해 연구하게 된다.

영국 런던과 중국 국내 도서관에서 가정본보다 더 역사가 오랜 판본을 보았다고 주장하는 학자들이 있기는 하지만 그런 판본들의 전모는 공개되지 않았다.

나관중의 원작에 가장 근접하다고
알려진 판본인 가정본(嘉靖本)
《삼국지통속연의(三國志通俗演義)》.
상하이고적출판사 1980년 출판.
이 책의 내용이 3분의 1 가량 바뀌어
모종강본이 생겼다.

또 그런 초기 판본들에 지은이의 이름을 밝히지 않았다가 가정본에
이르러서야 나관중이라는 이름을 썼기에 삼국지의 저자(著者)는 나관중
이 아니라 이름을 알 수 없는 명나라 문인의 작품 혹은 수많은 세월을 거
치면서 여러 사람이 함께 쓴 책이라고 강력히 주장하는 학자들도 있다.

물론 《삼국지통속연의》를 원나라 말년의 문장들과 비교해보면 당시
나온 작품이라고 믿기 어렵고 명나라 문인들의 냄새가 풍긴다. 하지만
고대 판본에 대한 확실한 증거를 보지 못했고, 학자들의 논증에서도 허
점이 많이 비치기에 필자는 이 책에서 여전히 저자를 나관중으로 보기로
한다.

가정본은 24권으로 나뉘었고 도합 240회[절(節)이나 측(則)이라고 부
르는 사람도 있다]인데 '진평양후진수사전, 후학나관중편차(晉平陽侯陳
壽史傳, 后學羅貫中編次)'라고 쓴 것을 보면 나관중으로서는 역사를 전

한다는 의식을 가졌던 것으로 보인다.

나관중의 삼국지가 흔히 철저히 촉한 정통론에 의해 쓰였다고 이야기 되지만 앞서 언급했다시피 여기에는 오해가 많고 사실과 어긋나는 점도 많다. 그 책이 도대체 어떤 입장을 취했느냐 하는 데에는 보는 사람에 따라 십여 가지 설이 난무한다.

촉한 정통설, 유씨 옹호 조씨 반대(擁劉反曹)설, 충의설, 삼국 흥망 역사 반영설, 현명한 인재를 노래(賢才謳歌)하는 설, 어진 정치(仁政)설, 농민 소원(農民願望)설, 촉한 비극설, 병법 선양(宣揚用兵之道)설, 성군과 명재상이 고기와 물처럼 어울린(聖君名相魚水相諧) 설, 난세 영웅 송가(亂世英雄頌歌) 설….

그중에서 '유씨 옹호 조씨 반대'설이 가장 중시를 받으나 가정본을 여러 번 읽어보면서 모종강본과 대조한 필자는 그런 견해를 찬성할 수 없다. 필자 개인적으로는 나관중의 삼국지를 위대한 비극으로 인정한 중국학자 장쩐쥔[張振軍]의 견해를 부분 수용하여 나관중이 이상적인 인격을 노래했다고 생각한다.

장쩐쥔의 지적과 마찬가지로 저자는 유비가 한나라 황실의 후예라 하여 그를 무조건 지지한 것이 아니라, 유비 집단에 이상적인 인격의 대표, 즉 인(仁)의 화신 유비, 충(忠)의 화신 제갈량, 의(義)의 화신 관우 등이 모였기에 사랑을 쏟았다는 생각이다. 또 필자의 연구에 의하면 나관중은 다른 집단의 인물들도 무턱대고 폄하하지는 않았다.

가정본에서는 '천하는 한 사람의 천하가 아니라 천하 사람들의 천하이니 덕이 있는 자만이 차지한다'고 거듭 강조했다. 이 점은 천하의 주인이 꼭 유씨여야 한다고 주장한 모종강본과 전혀 다르다.

나관중은 충·인·의를 비롯한 인간의 고상한 덕성을 노래하였는바, 유비 집단에 그런 덕성을 대량 부여하는 동시에 다른 집단의 사람들도 일단 고상한 면이 있으면 칭찬을 아끼지 않았다. 슬기와 용맹 역시 저자의 찬양 대상이었으니 어느 집단에 속한 인물이든 찬사를 보냈는데, 원나라 말기 명나라 초기에 활동한 나관중으로서는 당연한 처사가 아니었겠나 싶다.

몽골족의 치하에서 한족들이 황실에 충성을 바치기에는 정서적인 장애가 있었고, 원나라 말기에 혼전이 벌어져 천하가 들끓었는데 나관중이 정말 주원장의 적수인 장사성(張士誠)과 관계가 있었든 없었든 유일한 군주에게 바치는 충성보다 눈앞의 주인에게 충성을 다 하는 것이야말로 중요한 일이었으니 말이다.

그리고 소설에서 다룬 시대를 보더라도 한나라 말년의 인재들은 멀리 떨어져 있는 임금에게보다는 자기가 소속된 고을과 집단의 주인에게 충성을 바치는 것이 상례였기에 한 인간이 어느 집단에 속하든 일단 충성스럽고 의로운 행위를 하였으면 칭찬하는 것이 역사적 사실에도 부합하는 편이었다.

가정본에 의해 나관중이 삼국지를 쓸 때 염두에 둔 이념적 기준을 가늠해보면 대체로 유가의 입세(入世) 사상에 쫓았다고 보이는데 유교(성리학)의 냄새는 그렇게 나지 않는다.

나관중의 삼국지가 소설로서는 대단한 작품이지만 앞에서 말했듯이 한 인간을 단위로 하여 그 뛰어난 인격과 행위에 찬사를 보내다 보니 서로 적대적인 집단의 사람들이 다 영웅이 되는 등 후세 사람들이 비난할 꼬투리를 남겼고, 또 사관(史官)의 논(論)이나 찬(讚)을 대량 베껴 넣어

리듬이 느린 약점도 있었다. 문장도 약간 조잡했기에 글깨나 안다고 우쭐대는 사람들은 시시한 책으로 취급하기도 했다.

물론 글을 잘 아는 선비들 가운데도 소설을 무지무지하게 좋아하는 사람들이 있어 천주(泉州) 진강(晉江, 현재 푸젠성에 속함) 사람 이지(李贄, 자는 卓吾, 서기 1527~1602년)는 삼국지와 수호지에 평을 붙이기도 했다. 헌데 무석(無錫) 사람 엽주(葉晝)가 이지, 즉 이탁오(卓吾)의 명성을 빌어 삼국지, 수호지의 평을 위조했다는 주장도 상당히 설득력이 있다. 명나라 말기에 삼국지는 이미 120회로 구조가 조금 변했으나 그 내용은 대동소이했다.

모종강본이 나온 이후

명나라 말년에 이미 20여 종 판본이 나와 널리 유행된 삼국지는 시국적으로 위험한 소지가 많았다. 명나라 말기에 농민봉기가 전국을 휩쓸었는데 이자성(李自成), 장헌충(張獻忠)을 비롯한 봉기군의 수령들이 삼국지를 병서로 간주했다고 알려진 것이다.

뒤이어 만주족이 중원을 차지하는 등 천하의 형세가 크게 변한 다음 새로이 삼국지를 다듬을 수요가 나타났다. 이 작업을 완성한 사람이 그 생애가 잘 밝혀지지 않은 모윤(毛綸)－모종강(毛宗崗) 부자다. 모종강의 자는 서시(序始)로 장주(長州), 지금의 쟝쑤성[江蘇省] 쑤저우[蘇州] 사람이다.

자가 성산(聲山)인 모윤은 50대에 눈이 멀었는데 아들이 소설을 읽으면 평가를 하면서 힘들게 삼국지를 평하고 다듬었다는 눈물겨운 일화를 남겼다. 삼국지를 다듬고 평어(評語)를 붙인 사람이 모윤이냐 아니면 모종강이냐 혹은 부자의 합작이냐에 대해서는 학자들에 따라 주장이 갈라지는데 학계에서는 대개 모종강 부자라고 통틀어 말한다.

그보다 전에 오현(吳縣, 지금의 쟝쑤성에 속함) 사람 김성탄(金聖歎, 이름은 張采, 서기 1608~1661년)이 수호지와 《서상기(西廂記)》를 고치고 평어를 달아 책을 만들었는데 상당히 인기가 있었다.

모씨 부자는 김성탄이 수호지를 뜯어고친 수법을 본떠, 자기 손에 옛날 판본(古本)이 있다고 자칭하면서 당시 유행되는 이른바 속본(俗本)들을 여지없이 내리깎아 고쳐 썼으나 기실은 이탁오(앞에서 말한 이지)본에 근거했다는 것이 정설이다.

필자도 그 설을 믿었는데 최근 삼국지의 새로운 판본을 구입하면서 생각이 달라졌다. 천계(天啓) 3년(서기 1623년)에 출판된 《통속연의전상삼국지전(通俗演義全像三國志傳)》, 이 책은 출판자의 이름을 빌려 황정보(黃正甫) 간본(刊本)이라고 하는데 이 책을 정리하여 출판한 학자 장쯔허[張志和] 씨는 그 책의 본문이 홍치 연간(서기 1488~1505년)에 새긴 판본에 근거하여 인쇄했다고 주장한다.

천계본이야말로 사실은 현존하는 최초의 삼국지 판본이라는 그의 주장을 전부 받아들이지는 않지만, 총 20권으로 나뉘고 권마다 12절이 있는 천계본을 자세히 읽어본 필자는 모종강 부자가 가정본의 뒤를 이은 이탁오본만 본 게 아니라 천계본 같은 이른바 속본들도 참조했다고 확신하게 되었다. 이와 아울러 가정본과 모종강본만 대조해서는 약간 아리송하던 의문점들을 거의 다 풀게 되었다.

루쉰이 《중국소설사략(中國小說史略)》에서 모종강본의 범례를 베껴 모종강 부자가 삼국지를 고치고(改), 늘이고(增), 삭제(削)했는데 그 밖에

첫째로 각 회의 제목들을 정돈하고, 둘째로 글귀를 다듬고, 셋째로 논과 찬을 빼고, 넷째로 사소한 일들을 늘이거나 빼고, 다섯째로 시문(詩文)을 바꿨을 뿐이라고 했더니 적지 않은 연구자들이 모종강 부자가 '부분적인 손질' 을 했다는 식으로 그들의 역할을 과소평가하게 되었다.

그런데 나관중본의 4분의 1 이상의 내용이 삭제되고 고쳐 쓴 부분까지 합치면 나관중본의 3분의 1 이상의 내용이 고쳐져 모종강본으로 변신하였다. 물론 그렇게 고쳤더라도 책의 진정한 저자는 나관중이지만 주제와 가치관은 많이 달라진 것이다. 책을 배에 비한다면 모종강 부자는 배가 가는 방향을 슬그머니 돌려놓았다고나 할까.

모종강본에서 밝히다시피 모씨 부자는 철저하게 주희의 《통감강목》에 근거해 촉한 정통론을 내세워 인물과 사건을 포폄(褒貶)하였다. 필자는 모종강본이 지니는 가치관의 특징을 '옹유억손반조(擁劉抑孫反曹)'로 규정짓는다. 즉 유비 측은 덮어놓고 칭찬하고, 손권 측은 약간 눌러놓으며, 조조 측의 모든 인물은 꼭 내리깎았다.

완전히 유교의 잣대로 재다 보니 인물들의 개인적 능력이나 업적과는 상관없이 그 사람이 어느 줄에 섰느냐에 따라 평가가 달라졌다.

여기에서 두 가지만 예를 들어본다. 조조의 장수 하후돈이 눈에 꽂힌 화살을 뽑으니 눈알까지 뽑혀 나왔다. 하후돈은 그 눈알을 삼키자 그 바람으로 적진으로 내달아 화살을 쏜 적장을 죽인다.

나관중본에는 이 장면 뒤에 하후돈을 찬양하는 시가 있는데 모종강본에서는 눈알 먹은 장수가 용맹하긴 해도 오래 지탱하지는 못한다고 비웃는다.

또 손권의 부하 감녕이 죽은 대목에서 나관중본에는 감녕이 죽은 곳에 사당이 서서 지금까지 남아 있고 감녕의 신이 아주 영험하다고 썼을 뿐더러 시에 감녕이 어디를 지키니 관우가 감히 강을 건너지 못했다는 구절이 있는데, 모종강본에서는 그런 부분도 삭제되었다.

그리고 나관중본에서 유비 집단의 인물들의 말이 충의의 기준으로 완벽하지 못한 부분은 전부 흠잡을 데 없이 고쳤다. 허나 유비의 지위를 한껏 높이다 보니 유비의 실제 지위가 아직 그 정도에 이르기 전에 조조나 다른 사람들이 그를 높여 말하는 것으로 고쳐 어색한 점도 있다.

한편 모종강본에는 맨 앞에 도가(道家) 냄새가 풍기는 사(詞)를 보탰고, '무릇 천하의 대세는 나뉜 지 오래면 반드시 합치고, 합친 지 오래면 반드시 나누어지는 법이다(話說天下大勢, 分久必合, 合久必分)'라는 말도 보탰다.

이런 고침 역시 나관중의 뜻과는 많이 다른데, 잘 했느냐 잘못했느냐는 보는 이들의 입장에 따라 결론이 달라진다.

아무튼 강희(康熙) 연간(1662~1722년)에 모종강본이 나온 다음 다른 판본들은 전부 자취를 감추었다. 책의 내용이 원래 판본들보다 깔끔하였거니와 잣대가 좋든 그르든 봉건 시대 말기의 가치관에 알맞은 책이 나왔으니 그 책을 보는 위험성이 줄었기 때문이다. 봉건 시대에 정치적으로 문제되는 책을 보다가는 목이 날아가기 십상이었으니 말이다.

명나라 말년의 대동란(大動亂)이 지나간 다음 어느 한 집단에 충성하는 사람은 위험성이 다분했으니 정통 정권에 충성을 바친다는 것을 선양해야 하는 수요에도 어울리는 변화였다.

《삼국연의》는 지금 수호지, 그리고 《홍루몽》《서유기》와 더불어 중국 고전소설 4대 명작의 하나로 치는데, 다른 세 소설은 《후수호전(後水

滸傳)》이니 《결수호전(結水滸傳)》이니 《수호후전(水滸後傳)》이니 《후서유기(後西遊記)》니 《속홍루몽(續紅樓夢)》이니 하는 속편들이 잔뜩 나왔으나, 삼국지만은 실제 역사를 다룬 그 특성으로 하여 이렇다 할 속편이 하나도 없다.

필자는 순전히 개인적 흥취 때문에 산시[山西] 인민출판사에서 2000년 1월에 출판한 《삼국지후전(三國志後傳)》을 한 질 샀는데, 1609년에 출판된 《신각속편삼국지후전(新刻續編三國志後傳)》을 정리한 그 책은 너무 재미가 없어서 둘째가라면 서러워할 독서광인 필자마저 몇 십 장 읽다가 내던지고 말았다.

세상에 태어난 적도 없는 촉나라 군신의 후대들이 대거 등장하고 흉노족인 유연(劉淵)이 유비의 뒤를 이어 한나라를 부흥시키는 등 완전히 역사 날조였던 것이다.

《삼국지후전》을 본 유일한 수확이라면 1980년대에 한국에서 나온 특이한 삼국지, 즉 나관중의 삼국지를 1~5권으로 만들고 6~10권은 후삼국지(後三國志)를 엮은 책에서 유연을 유비의 후예로 설정한 것이 독자적인 발명이 아니었음을 발견한 것이다.

또 모종강본이 나온 다음 소설로서의 질이 훨씬 올라갔으니 말인데, 나관중본은 사실 소설로서는 다른 세 작품보다 어수선한 데가 많았다. 스타일로 보아 나관중본이 여전히 이야기 냄새가 짙다면 모종강본은 글을 아는 사람들도 볼 만했다.

헌데 모종강본이 소설로는 좋으나 그 사상 내용은 나관중본보다 훨씬 못하다. 필자는 나관중의 사상이 모종강 부자에 의해 왜곡된 데 대하여 늘 유감스럽게 생각한다.

옛날 판본의 그림이 들어 있고 모종강이 보탠
평어(評語)를 수록한 것이 특색인
《전도수상삼국연의(全圖繡像三國演義)》.
내몽골인민출판사에서 1981년 4월 출판.
청나라 때의 모종강본과 가장 근접하기에
삼국지 연구에 크게 도움이 되는 판본임.

지금도 중국에서 《삼국연의》는 역시 모종강본에 의해 다듬는데 현재
중국에서 제일 좋은 《삼국연의》 판본은 인민문학출판사본으로 알려져
있다. 그리고 홍치본은 연구자들의 편리를 위해 펴낸 상하이고적(上海古
籍) 출판사본이 가장 믿음직하다는 것이 일반적인 평이다.

삼국지의 영향

삼국 시대뿐만 아니라 그 뒤의 1000여 년 세월의 변화, 그리고 수많
은 인간들의 꿈이 깃든 나관중의 《삼국지통속연의》가 나오자 문학계에
모방작이 양산되었다. 삼국지만으로는 사람들의 독서 욕구를 만족시킬
수 없었기에 역사를 소재로 하는 《연의》 소설이 잇달아 줄을 이었으나,
삼국지의 수준을 능가하기는 고사하고 그 수준에 근사한 작품도 없었다.

정사 삼국지를 현대 중국어로 옮긴
《삼국지전역(三國志全譯)》.
중저우고적(中州古籍) 출판사
1991년 12월 초판.
삼국사와 삼국 이야기는 밑지지 않는
출판 아이템이다.

　그 이유를 살펴보면 삼국 이야기 같은 튼튼한 토대가 부족했고, 예술적인 창작 능력도 부족했기 때문이다. 역사 사실과 어긋나는 이야기들이 흔히 삼국지의 약점으로 꼽히지만 바로 그런 이야기 때문에 소설의 인물들이 살아 움직이는데, 다른 작가들은 역사책을 베끼지 않으면 역사인물의 이름만 빌려 완전 픽션으로 나가다 보니 작품의 무게가 부족하였다.

　삼국 시대의 장수들보다 훨씬 더 무거운 무기를 쓰는 장군들을 등장시키는 유치한 수법만으로는 삼국지의 영웅보다 더 훌륭한 인물이 나올 리 없었다.

　역사소설이 역사를 전하느냐 아니면 이야기를 꾸미면서 인물을 만드느냐 하는 쟁론은 지금까지 내려오고 있는 실정이다.

　필자가 본 수많은 고전 역사소설 가운데서 《동주열국지(東周列國志)》가 그래도 괜찮은 편이지만 춘추전국 시대의 500여 년 역사를 삼국지와 비슷한 길이로 엮다 보니 인물을 그릴 겨를이 없이 역사 기록을 베끼는 데 급급해 기억에 남을 만한 인물은 별로 없다.

다음으로 삼국지는 삼국 이야기를 다룬 극들에 새로운 소재를 대량 제공했다. 나관중 이전에 삼국 극이 워낙 많았고 소설이 나온 다음에도 소설 내용과는 다른 극들이 한동안 존재했으나 훗날 소설이 보급되면서 소설과 어울리지 않는 극들은 차차 사라졌다. 대신 소설에 근거한 극작품이 수없이 나타나 지금까지 중국 희곡의 중요한 부분을 차지한다.

삼국지는 또 수많은 이야기꾼들을 먹여 살렸다. 이야기꾼들은 나관중의 소설 줄거리를 따르는 동시에 나관중이 수록하지 않은 전설도 삽입하고, 새로운 이야기도 만들어냈다. 필자는 바로 그런 이야기들의 일부를 이 책에서 다루면서 중국 민간의 삼국 관련 통속 문화를 조금이나마 소개했다.

돌이켜보면 소설 삼국지의 신화는 명나라 말년부터 생겨났는바, 당시 농민봉기군들이 삼국지를 전술 교과서로 간주했다는 것이 그 신화의 발단이었다. 봉기군 수령 장헌충(張獻忠)이 날마다 사람들더러 삼국지와 수호지 등 책들을 이야기하게 하면서 매복·공격·습격 전술을 따라 배웠다는데, 그것은 농민군을 극도로 멸시하면서 증오한 사람들의 기록이기에 장헌충의 다른 전설과 마찬가지로 신빙성이 약하다.

장헌충과 비슷한 시기에 누루하치와 그의 후대가 삼국지에서 전법을 배웠다는 말 역시 어딘가 의심스럽다. 만주어로 삼국지가 번역되었으니 어느 정도 영향력이 있었다 하더라도 싸움에서 잔뼈가 굵은 만주족 장군들이 적수를 속여 허점을 만들어 공격하는 전략전술은 어쩌다 참고했을지 몰라도, 장수들의 일당만(一當万) 전설을 믿지는 않았으리라 보인다.

여기서 강조하고 싶은 점은 명나라 말기에서 청나라 초기의 사람들이 본 삼국지가 240회본이든 120회본이든 다 나관중의 삼국지였지 후세에 유행된 모종강본이 아니었다는 사실이다.

모종강본이 100년 이상 유행된 다음 청나라 말년에 태평천국 운동이 일어나자 명나라 말기와 마찬가지로 사대부들이 농민군의 능력을 깔보면서 농민군들이 삼국지와 수호지에서 전술을 배웠다고 했지만 태평천국의 전투 역사를 살펴보면 역시 신빙성은 약하다.

현대사에서 제일 이름난 삼국지 전설은 삼국지에서 전술을 배운 마오쩌둥이 주로 죽창으로 무장한 수만의 홍군부대를 거느리고 장제스의 200만 정규군을 이겼다는 신화인데, 중국 역사를 모르는 사람들이나 전하는 낭설에 불과하다.

이런 황당한 거짓말은 기실 옛 소련에 가서 유학하고 돌아온 러시아파들이 1930년대 초반에 토박이 혁명가 마오쩌둥을 군대에서 밀어내기 위해 그가 케케묵은 《삼국연의》와 《손자병법》에 의해 싸움을 한다고 비웃으며 지어낸 말로, 마오쩌둥은 만년에 이를 여러 번 부인하였다.

"기실 그때 나는 《손자병법》을 보지 않았고, 《삼국연의》는 몇 번 보았지만 작전을 지휘할 때 누가 《삼국연의》를 생각하겠는가? 죄다 까먹었다."

홍군 시대의 마오쩌둥은 정치 감각이 뛰어난 전략가여서 군벌들의 모순을 간파하고 타격 방향을 곧바로 정했을 뿐, 구체적인 전투를 지휘할 능력이 있는 전술가는 아니었다. 당시 홍군에는 주더[朱德]를 비롯한 수많은 직업군관들이 있었기에 전략과 전술이 맞아떨어져 전투에서 이겼던 것이다.

중국공산당이 전쟁을 벌이던 시절에 삼국지에 의해 싸움을 한 장군은 없었다. 이로써 미루어볼 때, 옛날 농민군들이 삼국지에서 전술을 배웠다는 말도 의심하지 않을 수 없다. 그런 말을 한 사람들이 거의 다 글이나 읽던 선비들이었던 것을 떠올리면 싸움이 뭔지도 모르는 사람들이 어림짐작으로 지어낸 말로 보인다.

중국에서 대중소설로나 치부되던 삼국지가 몸값이 올라간 것은 1980년대부터다. 일본인들의 놀라운 경제 성공에 경탄한 중국인들이 일본인의 성공 비결을 연구하면서부터 일본인을 따라 배워 《손자병법》이나 삼국지의 비군사적 효력을 연구하는 중국인들이 늘어났고, 《삼국경영법》 《삼국모략》《삼국관리법》 같은 저작들이 많이 생겨났다. 지금도 삼국지는 원고료를 벌려는 사람들에게 갖가지 소재를 공급한다.

중학교 졸업 수준의 중국인들은 거의 다 삼국지를 소설로 읽을 기회가 있었고, 무식한 사람들도 극과 이야기로 접하여 역사 인물 가운데서 삼국 인물들이 가장 널리 알려졌다. 삼국지에서 파생한 모든 것들은 '삼국문화' 라고 할 만큼 풍부한 내용을 가졌다.

삼국 인물들이 야사에서 너무나 큰 비중을 차지하기 때문에, 역사학자들은 삼국 시대를 다루는 저서를 지을 때, 다른 시대와는 달리 꼭 야사의 전설을 부정해야 하는 부담을 지게 되며 당연한 일이지만 학자들은 사실과 어긋나는 야사를 별로 좋아하지 않는 법이다.

그리고 대개 중국인들은 삼국지를 좋은 소설로나 칠 뿐 인생 지침서나 성전으로는 간주하지 않는다.

〈끝〉

삼국지가 울고 있네

너무나 잘못 옮겨진 한국의 삼국지

초판 1쇄 발행 __ 2003년 8월 18일

지은이 __ 리동혁
펴낸이 __ 박국용
편 집 __ 박영미
교 열 __ 이진희
마케팅 __ 윤항로
총 무 __ 이현아
인 쇄 __ 조광출판인쇄

펴낸 곳 __ 도서출판 금토
서울 종로구 신문로 1가 58-14 한글회관 203호
전화 : 02)732-6252(대표)   팩스 : 738-1110
E-mail : kumtokr@hanmail.net
홈페이지 : www.kumto.co.kr
1996년 3월 6일 출판등록 제16-1273호

ISBN 89-86903-41-5 03810

값 9,500원